人民共和國文化與文學叢書

七　編

李　怡　主編

第 5 冊

「尋根話語」與當代中國的文化境遇

吳雪麗　著

花木蘭文化事業有限公司

國家圖書館出版品預行編目資料

「尋根話語」與當代中國的文化境遇／吳雪麗 著 — 初版 — 新北
市：花木蘭文化事業有限公司，2019〔民 108〕
目 4+226 面：19×26 公分
（人民共和國文化與文學叢書 七編：第 5 冊）
ISBN 978-986-485-777-7（精裝）
1. 中國當代文學 2. 文學評論
820.8　　　　　　　　　　　　　　　　　　108011414

特邀編委（以姓氏筆畫為序）：

吳義勤 孟繁華 張 檸
張志忠 張清華 陳思和
陳曉明 程光煒 劉福春
（臺灣）宋如珊
（日本）岩佐昌暲
（新西蘭）王一燕
（澳大利亞）鄭 怡

人民共和國文化與文學叢書
七 編 第 五 冊　　　　　　　ISBN：978-986-485-777-7

「尋根話語」與當代中國的文化境遇

作　　者　吳雪麗
主　　編　李 怡
企　　劃　四川大學中國詩歌研究院
總 編 輯　杜潔祥
副總編輯　楊嘉樂
編　　輯　許郁翎、王筑、張雅淋　美術編輯　陳逸婷
印　　刷　普羅文化出版廣告事業
出　　版　花木蘭文化事業有限公司
發 行 人　高小娟
聯絡地址　235 新北市中和區中安街七二號十三樓
　　　　　電話：02-2923-1455／傳真：02-2923-1452
網　　址　http://www.huamulan.tw 信箱 hml810518@gmail.com
初　　版　2019 年 9 月
全書字數　219126 字
定　　價　七編 13 冊（精裝）台幣 25,000 元

「尋根話語」與當代中國的文化境遇

吳雪麗　著

作者簡介

吳雪麗（1975 年 09 月），河北靈壽人。

2007 年畢業於北京師範大學文學院中國現當代文學專業，獲文學博士學位。

2007～2009 年於四川大學文學與新聞傳播學院從事博士後研究工作。

2018～2019 年國家公派英國愛丁堡大學亞洲研究中心訪問學者，現爲西南民族大學文學與新聞傳播學院教授，博士生導師，主要從事中國現當代文學、文化研究，先後主持國家社科基金 1 項、教育部人文社科基金 2 項、四川省社科基金 2 項、校級課題多項等。

已出版專著《蘇童小說論》、《文化尋根與本土中國》，在《文藝理論研究》、《南開學報》、《南方文壇》、《民族文學研究》、《當代文壇》等發表學術論文 60 餘篇。

提　　要

本書選擇「尋根話語」作爲進入 1980 年代知識、文化、文學等歷史場域的通道，通過對「尋根話語」的歷史還原、知識考古，把「文化尋根」理解爲歷史的「中間物」，在充滿悖論和多種可能性的歷史場域中討論問題，主要選擇了「尋根話語」與文學書寫、民族國家想像、現代性實踐、身份認同等幾個方面，考察了「尋根話語」與當代中國的文化境遇的複雜關係。

本書嘗試理清並闡明的問題是：回到 1980 年代的歷史現場，考察「尋根話語」對於整個 20 世紀思想文化史的複雜性，探討它所攜帶的中／西、傳統／現代、本土化／全球化、身份認同等論題對今天的知識群體和當下思想文化的意義，並以「尋根話語」爲切入點考察當代中國的思想文化境遇，期待爲當代中國文化的重構提供的新的知識資源與思想視野。

人民共和國時代新文學史料的保存與整理——《人民共和國文化與文學叢書》第七編引言

李 怡

　　中國新文學創生於民國時期，其文獻史料的保存、整理與研究、出版工作也肇始於民國時期。不過，這些重要的工作主要還在民間和學者個人的層面上展開，缺乏來自國家制度的頂層擘畫，也未能進入當時學科建設的正軌。

　　作爲國家層面的新文學文獻史料的搜集整理工作始於新中國成立以後。

　　十七年間，作爲新文學總結的各類作家文集、選集開始有計劃地編輯出版。如在周揚主持下，由柯仲平、陳湧等編輯了《中國人民文藝叢書》。該工作始於 1948 年，1949 年 5 月起由新華書店陸續出版。叢書收入作家創作（包括集體創作）的作品 170 餘篇，工農兵群眾創作的作品 50 多篇，展現了解放區文學，特別是自《在延安文藝座談會上的講話》以來的文學成果，從此開啓了國家政府層面肯定和總結新文學成績的新方式。此外，開明書店、人民文學出版社等也先後編選了一些現代作家的選集、文集，通過對新文學「進步」力量的梳理昭示了新中國所認可的新文學遺產。

　　除了文學作品的選編，文學研究史料也開始被分類整理出版，如上海文藝出版社影印了二、三十年代的革命文學期刊四十餘種，編輯了《魯迅研究資料編目》、《中國現代文學期刊目錄》等專題資料，還創辦了《中國現代文藝資料叢刊》；作爲「內部讀物」，上海圖書館在 1961 年編輯出版了《辛亥革命時期期刊總目錄》。這樣的基礎性的史料工作在新文學的歷史上，都還是第

一次。第二年 5 月，在《中國現代文藝資料叢刊》的創刊號上，周天提出了對現代文學資料整理出版的具體設想，包括現代文學資料的分類法：「一、調查、訪問、回憶；二、專題文字資料的整理、選輯；三、編目；四、影印；五、考證。」﹝註1﹞標誌著中國新文學史料文獻研究之理論探討的起步。

作家個人的專題資料搜集、整理開始受到了重視，在十七年間，當然主要還是作爲「新文學旗手」的魯迅的相關資料。1936 年魯迅逝世後即有不少回憶問世，新中國成立後，又陸續出版了許廣平、馮雪峰、周作人、周建人、唐弢等親友所寫的系列回憶，魯迅作爲個體作家的史料完善工作，繼續成爲新文學史料建設的主要引擎。

隨著新中國學科規劃的制定，中國新文學（現代文學）學科被納入到國家教育文化事業的主要組成部分，對作爲學科基礎的文獻工作的重視也就自然成了新中國教育和學術發展的必然。大約從 1960 年代開始，部分的高等院校和國家研究機構也組織學者隊伍，投入到新文學史料的編輯整理之中。1960年，山東師範學院中文系薛綏之等先生主持編輯了「中國現代作家研究資料叢書」，名爲內部發行，實則在高校學界傳播較廣，影響很大。叢書分作家作品研究十一種，包括《郭沫若研究資料彙編》、《茅盾研究資料彙編》、《巴金研究資料彙編》、《老舍研究資料彙編》、《曹禺研究資料彙編》、《夏衍研究資料彙編》、《趙樹理研究資料彙編》、《周立波研究資料彙編》、《李季研究資料彙編》、《杜鵬程研究資料彙編》、《毛主席詩詞研究資料彙編》等；目錄索引兩種，包括《中國現代作家著作目錄》、《中國現代作家研究資料索引》；傳記一種，爲《中國現代作家小傳》；社團期刊資料兩種，有《中國現代文學社團及期刊介紹》和《1937～1949 主要文學期刊目錄索引》。全套叢書共計 300 餘萬字。以後，教研室還編輯了《魯迅主編及參與或指導編輯的雜誌》，收錄了十七種期刊的簡介、目錄、發刊詞、終刊詞、復刊詞等內容。這樣的工作在當時可謂聲勢浩大，在整個新文學學術史上也是開創性的。另據樊駿先生所述，中國社會科學院文學研究所現代文學研究室在五十年代末也做過類似工作。﹝註2﹞

﹝註 1﹞ 周天：《關於現代文學資料整理、出版工作的一些看法》，載《中國現代文藝資料叢刊》第 1 輯，上海文藝出版社 1962 年版。

﹝註 2﹞ 樊駿：《這是一項宏大的系統工程——關於中國現代文學史料工作的總體考察》（上），《新文學史料》1989 年 1 期。

　　當然，這些文獻史料工作在奠定我們新文學學術基礎的同時也構製了一種史料的「限制性機制」，因爲，按照當時的理解，只有「革命」的、「進步」的文獻才擁有整理、開放的必要，在特定政治意識形態下，某些歷史記敘和回憶可能出現有意無意的「修正」、「改編」，例如許廣平1959年「奉命」寫作的《魯迅回憶錄》，1961年5月由作家出版社出版。周海嬰先生後來告訴我們：「這本《魯迅回憶錄》母親許廣平寫於五十年前的1959年8月，11月底完成，雖然不足十萬字，但對於當時已六十高齡且又時時被高血壓困擾的母親來說，確是一件爲了『獻禮』而『遵命』的苦差事。看到她忍受高血壓而泛紅的面龐，寫作中不時地拭擦額頭的汗珠，我們家人雖心有不忍，卻也不能攔阻。」「確切地說許廣平只是初稿執筆者，『何者應刪，何者應加，使書的內容更加充實健康』是要經過集體討論、上級拍板的。因此書中有些內容也是有悖作者原意的。」〔註3〕

　　而所謂「反動」的、「落後」的、「消極」的文獻現象則可能失去了及時整理出版的機會，以致到了時過境遷、心態開放的時代，再試圖廣泛保存和利用歷史文獻之時，可能已經造成了某些不可挽回的物理損失。

　　1950年代中期特別是「大躍進」以後，以研究者個人署名的文學史著作開始爲集體署名的成果所取代，除了如復旦大學、吉林大學、中國人民大學、北京大學中文系師生先後集體編著出版的《中國現代文學史》外，以「參考資料」命名的著作還包括東北師範大學中文系中國現代文學教研室《中國現代文學參考資料》（1954）、北京師範大學中文系編《中國現代文學史參考資料》（高等教育出版社 1959）、吉林師範大學中文系現代文學教研室《中國現代文學參考資料》（1961）等，所謂「資料」其實是在明確的意識形態框架中對文藝思想鬥爭言論的選擇和截取，東北師範大學中文系中國現代文學教研室《中國現代文學參考資料》在文學史的標題上彙編理論批評的片段，讀者無法看到完整的論述，而其他保留了完整文章的「資料」也對原本豐富的歷史作了大刀闊斧的刪削，甚至還出現了樊駿先生所指出的現象：

　　　　「大躍進」期間，採用群眾運動方式編輯出版的一些「中國現代文學參考資料」書籍，有的不知是因爲粗心大意，還是出於政治需要，所收史料中文字缺漏、刪節、改動等，到了遍體鱗傷的地步，叫人慘不忍睹，更不敢輕易引用。理論上把堅持階級性、黨性原則

〔註3〕周海嬰、馬新雲：《媽媽的心血》，見許廣平《魯迅回憶錄：手稿本》1～2頁，長江文藝出版社2010年。

和爲無產階級政治服務的要求簡單化、絕對化了，又一再斥責史料工作中的客觀主義、「非政治傾向」，也導致了人們忽略這個工作必不可少的客觀性和科學性。〔註4〕

不過，較之於後來的「文革」，新中國十七年間的文獻工作還是值得充分肯定的，新文學的史料整理和出版在此期間的確在總體上獲得了相當的發展，——雖然「大躍進」期間也出現過修正歷史的史料書籍，不過，比起隨之而來的十年文革則畢竟多有收穫。在文革那浩劫的歲月中，不僅大量的文學文獻被人爲地破壞，再難修復和尋覓，就是繼續出版的種種「史料」竟也被理直氣壯地加以增刪修改，給後來的學術工作造成了根本性的干擾，正如樊駿痛心疾首的描述：

「文化大革命」後期，有的高校所編的現代文學參考資料，竟然把胡適的《文學改良芻議》和陳獨秀的《文學革命論》，與林紓等守舊文人反對新文學的文章一起作爲附錄。這就是說，他們不但不是「五四」文學革命最早的倡導者，而且從一開始就是這場變革的反對者、破壞者。顛倒事實，以至於此！不尊重史料，就是不尊重歷史；改動史料，就是歪曲歷史眞相的第一步。這樣的史料，除了將人們對於歷史的認識引入歧途，還能有什麼參考價值呢？

「文化大革命」期間，朝不保夕的「黑幫」和「準黑幫」、他們的膽戰心驚的親屬友好、還有「義憤塡膺」的「革命小將」，從各不相同的動機出發，爭先恐後地展開了一場毀滅與現代歷史有關的事物的無比殘酷的競賽。很少有人能夠完全逃脫這場劫難。不要說不計其數的史料在尚未公諸世人之前，或者尚未爲人們認識和使用之前，就都化爲塵土，連一些死去多年的革命作家的墳墓之類的歷史文物都被搗毀了。江青、張春橋等人爲了掩蓋自己三十年代混跡文藝界時不可告人的行徑，更利用至高無上的權力查禁、封鎖、消滅有關史料，連多少知道一些當年内情的人也因此成了「反革命」，甚至遭到「殺人滅口」的厄運。眞可以說是到了「上窮碧落下黃泉」的乾淨徹底的地步。

這類出於政治原因、來自政治暴力的非正常破壞所造成的損

〔註4〕 樊駿：《這是一項宏大的系統工程——關於中國現代文學史料工作的總體考察》（上），《新文學史料》1989 年 1 期。

失，更是不知多少倍於因爲歲月消逝所帶來的自然損耗。試問有誰
能夠大致估計由此造成的史料損失？更有誰能夠補救這些損失於萬
一呢？」〔註5〕

至此，我們可以說，中國新文學的文獻史料工作出現了中斷。

中國新文學文獻史料工作的再度復蘇始於新時期。隨著新時期改革開放
的步伐，一些中斷已久的文化事業工作陸續恢復和發展起來，中國新文學研
究包括作爲這一研究的基礎性文獻工作也重新得到了學界的重視。1980 年，
在中國現當代文學研究剛剛恢復之際，作爲學科創始人的王瑤先生就提醒我
們，「必須對史料進行嚴格的鑑別」，「在古典文學的研究中，我們有一套大家
所熟知的整理和鑑別文獻材料的學問，版本、目錄、辨僞、輯佚，都是研究
者必須掌握或進行的工作，其實這些工作在現代文學的研究中同樣存在，不
過還沒有引起人們應有的重視罷了。」〔註6〕

新時期的文獻史料工作首先體現在一系列扎扎實實的編輯出版活動中。
其中，值得一提的著作如下：

作爲文獻史料的最基礎的部分——作家選集、文集、全集及社團流派爲
單位的作品集逐漸由各地出版社推出，人民文學出版社與各省級出版社在重
編作家文集方面作了大量的工作，中國社會科學院文學研究所現代文學研究
室主編的《中國現代文學創作選集》叢書，人民文學出版社編輯出版的《中
國現代文學流派創作選》叢書，錢谷融主編的《中國新文學社團、流派叢書》
等都成爲學術研究的重要文獻，大型叢書編撰更連續不斷，如《延安文藝叢
書》、《上海抗戰時期文學叢書》、《抗戰文藝叢書》、《中國抗日戰爭時期大後
方文學書系》、《中國解放區文學研究叢書》、《中國淪陷區文學大系》等，《中
國新文學大系》的續編工作也有序展開。

北京魯迅博物館於 1976 年 10 月率先編輯出版不定期刊物《魯迅研究資
料》，人民文學出版社於 1978 年秋季也創辦了《新文學史料》季刊。稍後，
各地紛紛推出各種專題的文學史料叢刊，包括《東北現代文學史料》〔註7〕、

〔註 5〕樊駿：《這是一項宏大的系統工程——關於中國現代文學史料工作的總體考
　　　　察》（上），《新文學史料》1989 年 1 期。
〔註 6〕王瑤：《關於中國現代文學研究工作的隨想》，載《中國現代文學研究叢刊》
　　　　1980 年 4 期。
〔註 7〕黑龍江、遼寧社會科學院文學研究所共同編印，不定期刊物，1980 年 3 月出
　　　　版第一輯。

《抗戰文藝研究》、〔註8〕《延安文藝研究》、〔註9〕《晉察冀文藝研究》〔註10〕
等，創刊於六十年代初期的《中國現代文藝資料叢刊》於七十年代末期復刊〔註
11〕，創刊較早的《文教資料簡報》也繼續發行，並影響擴大。〔註12〕

　　1979 年中國社會科學院文學研究所現代文學研究室發起編纂大型史料叢
書《中國現代文學史資料彙編》，該叢書包括甲乙丙三大序列，甲種爲「中國
現代文學運動、論爭、社團資料叢書」31 卷，乙種爲「中國現代作家作品研
究資料叢書」，先後囊括了 170 多位作家的研究專集或合集近 150 種，丙種爲
「中國現代文學期刊目錄彙編」、「中國現代文學總書目」等大型工具書多種。
甲乙丙三大序列總計五六千萬字，由 60 多所高校和科研機構的數百位研究人
員參加編選，十幾家出版社承擔出版任務。這是自中國新文學誕生以來規模
最大的一項文獻整理出版工程。2010 年，知識產權出版社將已經面世的各種
著作盡數搜集，在《中國文學史資料全編‧現代卷》之名下再次隆重推出，
全套凡 60 種 81 冊逾 3000 萬字，蔚爲大觀。

　　一些較大規模的專題性文學研究彙編本也陸續出版，有 1981～1986 年天
津人民出版社出版的由薛綏之先生主編的《魯迅生平史料彙編》，全書分五輯
六冊計三百餘萬字，是對於現存的魯迅回憶錄的一種摘錄式的彙編。除外，
先後有上海社會科學院文學研究所主編的《上海「孤島」時期文學資料叢書》、
廣西社會科學院主編的《抗戰時期桂林文化運動史料叢書》、中國社會科學院
文學研究所魯迅研究室主編的《1923～1983 年魯迅研究學術論著資料彙編》
以及《中國人民解放軍文藝史料叢書》、《新文學史料叢書》、《江蘇革命根據
地文藝資料彙編》等。

〔註 8〕四川省社科院文學所與重慶中國抗戰文藝研究會聯合編輯，1981 年底開始「內
　　　　部發行」，至 1983 年 1 期起公開發行，到 1987 年底共出版 27 期，1988 年 3
　　　　月起改由四川省社科院出版社出版，重新編號出版了 3 期，1990 年由成都出
　　　　版社出版 1 期。
〔註 9〕陝西省社會科學院文學研究所和陝西延安文藝學會合辦的《延安文藝研究》
　　　　雜誌，於 1984 年 11 月創刊。
〔註 10〕天津社科院文學所創辦，最初作爲「津門文藝論叢」增刊，1983 年 10 月出版
　　　　第一輯。
〔註 11〕上海文藝出版社 1962 年 5 月創刊，出版 3 輯後停刊，第 4 輯於 1979 年復刊。
〔註 12〕最初是南京師範學院內部編印的資料性月刊，創辦於 1972 年 12 月，1～15
　　　　期名爲《文教動態簡報》，從第 16 期（1974 年 3 月）起更名爲《文教資料簡
　　　　報》，並沿用至 1985 年底。1986 年 1 月該刊改名《文教資料》，1987 年 1 月
　　　　改爲公開發行。

　　上述「文學史資料彙編」中涉及的著作、期刊目錄可謂是文獻史料工作的「基礎之基礎」，在這方面，也出現了大量的成果，除了唐沅等編輯的《中國現代文學期刊目錄彙編》〔註13〕外，引人注目的還有董健主編的《中國現代戲劇總目提要》，〔註14〕賈植芳等主編的《中國現代文學總書目》，〔註15〕《中國現代作家著譯書目》，〔註16〕郭志剛等編《中國現代文學書目匯要》〔註17〕，應國靖著《現代文學期刊漫話》，〔註18〕吳俊、李今、劉曉麗等編《中國現代文學期刊目錄新編》等。〔註19〕此外，來自圖書館系統的目錄成果也爲釐清文學的「家底」提供了幫助，如國家圖書館、上海圖書館編《1833～1949全國中文期刊聯合目錄》（補充本）、〔註20〕《民國時期總書目》〔註21〕等。

　　隨著史料文獻的陸續出版，文獻工作的理論探索與學科建設工作也被提上了議事日程。

　　20世紀80年代以來，學術界即不斷有人發出建立「中國現代文學文獻學」的呼籲。《中國現代文學研究叢刊》1985年第1期刊登了馬良春《關於建立中國現代文學「史料學」的建議》，他提出了文獻史料的七分法：專題性研究史料、工具性史料、敘事性史料、作品史料、傳記性史料、文獻史料和考辨性史料。《新文學史料》1989年第1、2、4期連續刊登了著名學者樊駿的八萬字長文《這是一項宏大的系統工程——關於中國現代文學史料工作的總體考察》。樊駿先生富有戰略性地指出：「如果我們不把史料工作理解爲拾遺補缺、剪刀加漿糊之類的簡單勞動，而承認它有自己的領域和職責、嚴密的方法和要求、獨立的品格和價值——不只在整個文學研究事業中佔有不容忽略、無法替代的位置，而且它本身就是一項宏大的系統工程；那麼就不難發現迄今

〔註13〕上下冊，天津人民出版社，1988年。
〔註14〕南京大學出版社，2003年。
〔註15〕福建教育出版社，1993年。
〔註16〕兩冊（含續編），書目文獻出版社分別於1982、1985年出版。
〔註17〕小說卷、詩歌卷各一冊，書目文獻出版社，1994年。
〔註18〕花城出版社，1986年。
〔註19〕上海人民出版社，2010年。
〔註20〕中央民族大學出版社，2000年。
〔註21〕北京圖書館編，書目文獻出版社1986年～1997年陸續出版。它以北京圖書館、上海圖書館、重慶圖書館的館藏爲基礎，收錄了1911年至1949年9月間出版的中文圖書124000餘種，基本反映了民國時期出版的圖書全貌。

所作的，無論就史料工作理應包羅的眾多方面和廣泛內容，還是史料工作必須達到的嚴謹程度和科學水平而言，都存在著許多不足。」

1986 年北京語言學院出版社出版了朱金順先生的《新文學資料引論》，這是關於中國現代文學史料學的第一部專著。

1989 年，中華文學史料學學會成立，著名學者馬良春任會長，徐迺翔任副會長，並編輯出版了會刊《中華文學史料》，〔註22〕2007 年，中華文學史料學學會在聊城大學集會成立了中國近現代文學史料學分會，標誌著新文學（現代文學）文獻學學科的建設又上了一個臺階。

進入 1990 年代，從學術大環境來說，新文學研究的「學術性」被格外強調，「學術規範」問題獲得了鄭重的強調和肯定，應當說，文獻史料工作的自覺推進獲得了更加有利的條件。近 20 年來，我們的確看到有越來越多的學者自覺投入了文獻收藏、整理與研究的領域，河南大學、清華大學、中國現代文學館、重慶師範大學、長沙理工大學等都先後舉辦了現代文學文獻史料研討的專題會議。2004 年至 2007 年，《學術與探索》、《中國現代文學研究叢刊》、《河南大學學報》、《汕頭大學學報》、《現代中文學刊》等刊物闢專欄相繼刊發了專題「筆談」，《中國現代文學研究叢刊》還在 2005 年第 6 期策劃了「文獻史料專號」，《現代中國文化與文學》設立「文學檔案」欄目，每期發表新文學史料或史料辨析論文。新文學文獻史料的一系列新的課題得以深入展開，例如版本問題、手稿問題、副文本問題、目錄、校勘、輯佚、辨偽等等，對文獻史料作為獨立學科的價值、意義及研究方法等多個方面都展開了前所未有的研討。

陳子善先生及其主編的《現代中文學刊》特別值得一提。陳子善先生長期致力於中國現代文學史料研究，尤其對張愛玲佚文的搜集研究貢獻良多。2009 年 8 月，原《中文自學指導》改刊成為《現代中文學刊》，由陳子善先生主持。這份刊物除了對中國現代文學研究突出「問題意識」之外，最引人矚目之處便是它為現代文學的史料文獻研究提供了大量的篇幅，不僅有文獻的考辨、佚文的再現，甚至還有新出版的文獻書刊信息及作家故居圖片，《現代中文學刊》的彩色封底、封二、封三幾乎成為學人愛不釋手的歷史文獻的櫥窗。

劉增人等出版了 100 多萬字的《中國現代文學期刊史論》，既有「中國現

〔註22〕《中華文學史料（一）》由上海百家出版社 1990 年 6 月推出。

代文學期刊敘錄」，又有「中國現代文學期刊研究資料目錄」的史料彙編，從「史」的梳理和資料的呈現等方面作了扎實的積累。〔註23〕2015 年 12 月，劉增人、劉泉、王今暉編著的《1872～1949 文學期刊信息總匯》由青島出版社推出，全書分四巨冊， 500 萬字，包括了 2000 幅圖片， 正文近 4000 頁，涵蓋了 1872～1949 年間中國文學期刊的基本信息。

一些著名學者都在新文學的文獻學理論建設上貢獻了重要的意見。楊義提出「文獻還原與學理原創」的「八事」：1、版本的鑑定和對這些鑑定的思考；2、作家思想表述和當時其他材料印證；3、文本真偽和對其風格的鑑賞；4、文本的搜集閱讀和文本之外的調查；5、印刷文本和作者手稿，圖書館藏書和作家自留書版本之間的互補互勘；6、文學材料和史學材料的互證；7、現代材料和古代材料的借用、引申和旁出；8、圖和文互相闡釋。〔註24〕

徐鵬緒、逄錦波試圖綜合運用文獻學、傳播學、闡釋學、接受美學等理論方法，對中國現代文學文獻學的基本概念進行界定，嘗試建構中國現代文學文獻學理論體系的基本模式。〔註25〕

2008 年，謝泳發表論文《建立中國現代文學史料學的構想》，〔註26〕先後出版《中國現代文學史料概述》（廈門大學出版社 2009 年版）和《中國現代文學史料的搜集與應用》（臺北秀威信息科技股份有限公司 2010 年版）、《中國現代文學史研究法》（廣西師範大學出版社 2010 年版），就「中國現代文學史料學」問題闡述了自己的詳盡設想。

劉增杰集多年現代文學史料研究和研究生教學成果而成《中國現代文學史料學》，〔註27〕此書被學者視為 2012 年現代文學史料考釋與研究方面的「重大突破」。

最近十多年來，在新文學文獻理論或實際整理方面作出了貢獻的學者還有孫玉石、朱正、王得後、錢理群、楊義、劉福春、吳福輝、林賢次、方錫德、李今、解志熙、張桂興、高恒文、王風、金宏宇、廖久明、李楠、魏建等。

〔註23〕新華出版社，2005 年。
〔註24〕楊義：《文獻還原與學理原創的互動》，《.河南大學學報》2005 年 2 期。
〔註25〕徐鵬緒、逄錦波：《中國現代文學文獻學之建立》，《東方論壇》2007 年 1～3 期。
〔註26〕《文藝爭鳴》2008 年 7 期。
〔註27〕中西書局，2012 年。

　　隨著中國文學傳播與研究的國際化，境外出版機構也開始介入到文獻史料的整理與出版活動，如香港牛津大學出版社出版蕭軍《延安日記》、《東北日記》，臺灣秀威信息科技股份有限公司出版謝泳整理的《現代文學史稀見資料》，臺灣花木蘭文化出版社自 2016 年起推出劉福春、李怡主編《民國文學珍稀文獻集成》大型系列叢書。

　　在中國現代文學的史料文獻意識日益強化的同時，當代文學的史料文獻問題也被有志之士提上了議事日程，洪子誠、吳秀明、程光煒等都對此貢獻良多，〔註 28〕這無疑將大大地推動新文學學科的文獻研究，更為新文學研究走向深入，為現代新文學傳統的經典化進程加大力度，甚至有人據此斷言中國新文學研究已經出現了現代文學研究的「文獻學轉向」。〔註 29〕

　　但是，與之同時，一個嚴峻的現實卻也毫不留情地日益顯現在了我們面前，這就是，作為新文學出版的物質基礎——民國出版物卻已經逼近了它的生存界限，再沒有系統、強大的編輯出版或刻不容緩的數字化工程，一切關於文獻史料的議論都會最終流於紙上談兵，對此，一直憂心忡忡的劉福春先生形象地說：「歷史正在消失」：「第一，我們賴以生存的紙質書報刊已經臨近閱讀的極限；第二，歷史的參與者和見證者現在很多都已經再沒有發言的機會了。2005 年，《人民日報》海外版的消息，國家圖書館民國文獻，中度以上破壞已達 90%。民國初期的文獻已 100%損壞。有相當數量的文獻，一觸即破，瀕臨毀滅。國家圖書館一位副館長講：若干年後，我們的後人也許能看到甲骨文，敦煌遺書，卻看不到民國的書刊。而更嚴重的是，隨著一批批老作家的故去，那些鮮活的歷史就永遠無法打撈了。」〔註 30〕

　　由此說來，中國新文學的文獻史料工作不僅僅有任重道遠的沉重感，而且更有它的刻不容緩的緊迫性。

　　新文學百年文獻史料，即便是中華人民共和國文學史料這一部分，也是好幾代史料工作者精心搜集、保存和整理的成果，雖然現代印刷已經無法還

〔註 28〕 參見洪子誠《當代文學的史料問題》（《長沙理工大學學報》2016 年 6 期），吳秀明、章濤《當代文學文獻史料研究的歷史與現狀——基於現有成果的一種考察》（《文藝理論研究》2012 年 6 期），吳秀明、章濤《當代文學文獻史料研究的歷史困境與主要問題》（《浙江大學學報》2013 年 3 期）等。

〔註 29〕 王賀：《現代文學研究的「文獻學轉向」》，《長沙理工大學學報》2016 年 6 期。

〔註 30〕 劉福春：《尋求中國現代文學文獻學學科的獨立學術價值》，《長沙理工大學學報》2016 年 6 期。

原它們那發黃的歷史印跡，無法通過色彩和字型的恢復來揭示歷史的秘密，然而，其中盡力保存的歷史的精神和思想還是「原樣」的，閱讀這些歷經歲月風霜雨雪的文獻，相信我們能夠依稀觸摸到中國新文學存在和發展的更為豐富的靈魂，在其他作品選集之外，這些被稱作「史料」的文學內部或外部的「故事」與「瘢痕」同樣生動、餘味悠長。

2019 年 1 月修改於成都江安花園

目次

緒論：「尋根話語」的歷史出場與問題史

第一節　論題的提出與研究路向

一、問題的提出

　　20 世紀 80 年代曾經是一個充滿了激情和夢想的時代，一個在 20 世紀中國文學史、文化史、思想史上都留下了深刻印記的時代。「思想解放」、「新啓蒙」、「人道主義」、「主體性」、「詩化哲學」等在當時成了一個時代的關鍵詞。在思想史的意義上，80 年代被認爲是上承「五四」新文化運動的第二次「啓蒙」，它不僅成就了一代知識者的英雄夢想，而且「新啓蒙」留下的許多有關文學、文化、思想的話題也爲 90 年代、以至新世紀以來的許多問題的展開起到了先導性的作用。三十年多過去了，在日益喧囂的時代裏，很多歷史在被人遺忘，許多故事不再被講述。三十多年的時間，中國文學、文化、思想也走過了不尋常的歷程，以學理的眼光回溯歷史，會發現許多問題有待澄清和重新梳理。如何回到歷史現場、回到彼時的話語空間，重新面對那個時代鮮活的記憶，以考古的方式鉤沉歷史的脈絡，需要時間沉澱後的理性回歸。「重回 80 年代」、「反思 80 年代」如今已成爲學界關注的問題，並且已開始有意義的嘗試和實踐，「重回」不是時光流轉中懷舊記憶的再現，「重回」的目的其實是「反省」、是回到歷史現場鉤沉許多話題的內涵、延展、分化及多重面向的內在悖論，並梳理 80 年代與此前、以及與 90 年代以後之至今天的文學、文化、思想的內在邏輯關係。

　　帶著這樣的問題意識，本論題試圖以知識社會學的方式重新進入 80 年代的歷史現場，考察歷史以怎樣的路向走向了今天，在文學、文化、思想所共同構建的話語空間中，追溯 80 年代的歷史邏輯，考察文學史、文化史、思想史的走向在當時的多種可能性，並探討這種複雜性與 90 年代以來的文學、文化、歷史的內在關係。80 年代是一個思潮更迭、話語紛呈的時代，在這個紛繁複雜的歷史空間中，選擇一個怎樣的角度進入歷史、選擇怎樣的切入點鉤沉起當代文學、文化、思想的流變，成為問題的關鍵。「尋根話語」正是在這樣的考量中進入了本論題的研究視野。

　　「文化尋根」發端於 80 年代中期，內在於「新啓蒙」的文化訴求之中。「文化熱」構成了當時探討「文化」問題的大的歷史語境，在中／西、傳統／現代的二元對立的知識構架中，中國和西方從文化的空間並置關係轉換成一種線型的時間敘述，在時間的烏托邦敘述下，歷史的終極想像被描述成一個以「西方」為旨歸的空間，是一種「時間性的空間關係」。「文化尋根」一方面是在「文化熱」的歷史語境下對中國現實的回應，同時也提供了從「文化」的不同面向討論中國問題的一個角度。另一方面，從文學史自身的流變來說，文學與國家意識形態的黏合，在 80 年代中期遭遇了某種困境，「傷痕文學」和「反思文學」對應的「思想解放運動」已難以推進，從政治反思走向文化反思，是當時文學尋求新的生長點的一種探索，也是在「世界文學」的想像下對中國文學「走向世界」的一種期待和實踐。於是，在國家話語內部的政治啓蒙遭遇困境時，「新啓蒙」也就是「文化啓蒙」成為 80 年代文學、文化、思想領域繼續推進的邏輯展開。

　　選擇「尋根話語」作為進入歷史現場的通道，一是因為「尋根」在一定程度上是對當時主流話語的超越，80 年代的主流話語是：現代與傳統、啓蒙與愚昧、先進與落後，在這樣的話語預設中，「文明與愚昧的衝突」在某種意義上成為 80 年代思想文化的共識，成為現代與前現代轉換的表徵。在時代的精神焦慮中，如何實現「文化的現代化」成為當時最重要的訴求，是向「西方」引進「先進」的文化放棄民族傳統，還是在傳統文化土壤中挖掘民族更新的文化因子，進入了知識者的視域。「文化尋根」在表層上突破了這種二元對立的思維框架，期待用「現代意識」重塑「民族文化」，以完成民族和文化的精神自救。「尋根」，回到傳統文化，回到廣闊的民間大地，實現了文學從政治訴求到自身的審美回歸，而「尋根」在「文化」的邊緣地帶的尋找其實

包含了當時「文學回到自身」的價值追求，這不期然又暗合了80年代「文學性」的主流話語和意識形態訴求。

當然，更為重要的，也是本論題可能的創新點在於，期待通過對「尋根話語」考古式的梳理，能夠發現被主流敘述所遮蔽的或被化約的諸多問題，也就是從發生學的角度回到歷史現場，考察歷史敘述的種種裂隙，並探究這種敘述何以形成。當然，任何一種回到歷史現場的努力，都無法全然窺破被重重迷霧所遮蔽的歷史真相，但本論題的努力在於，通過知識社會學的考察，並不旨在多大程度上能夠回到歷史的真實（因為歷史說到底也是一種敘述），而是考察文學、文化、思想領域裏話語流變在歷史的多重場域中是如何形成的，是如何被敘述的。從某種意義上說，這是一種試圖擱置價值判斷的知識學考察，並在考察中，窺破意識形態話語的表象。

如韓少功的《文學的根》、阿城的《文化制約著人類》等都被視為「尋根」文學的宣言，被認為是「尋根」回到傳統文化、回到民族土壤的倡導，但稍加留意，我們會發現其實宣言本身隱含了許多被遮蔽的問題。韓少功一直以來不僅是一個寫作者同時也是一個思想者，在80年代中期，他以「反現代」的姿態激贊在「湘西那苗、侗、瑤、土家所分布的崇山峻嶺裏找到了還活著的楚文化。那裡的人慣於『製芰荷以為衣兮，集芙蓉以為裳』，披蘭戴芷，佩飾紛繁，縈茅以占，結苣以信，能歌善舞，呼鬼呼神。只有在那裡，你才能更好地體會到楚辭中那種神秘、奇麗、狂放、孤憤的境界。他們崇拜鳥，歌頌鳥，模仿鳥，作為『鳥的傳人』，其文化與黃河流域『龍的傳人』有明顯的差別。」﹝註1﹞韓少功在「崇山峻嶺」中尋到了「活著的楚文化」，可即使這種「楚文化」和作為中原文明主體的「黃河文化」有再大的區別，這失落於民間的文化可以「重鑄現代靈魂」嗎？韓少功在宣言的結尾說：「西方歷史學家湯因比曾經對東方文明寄予厚望。他認為西方基督教文明已經衰落，而古老沉睡著的東方文明，可能在外來文明的『挑戰』之下，隱退後而得『復出』，光照整個地球。我們暫時不必追究湯氏的話是真知還是臆測，有意味的是，西方很多學者都抱有類似的觀念。科學界的笛卡爾、萊布尼茲、愛因斯坦、海森堡等，文學界的托爾斯泰、薩特、博爾赫斯等，都極有興趣於東方文化。傳說張大千去找畢加索學畫，畢加索也說：你到巴黎來做什麼？巴黎有什麼藝術？在你們東方，在非洲，才會有藝術。……這一切都是偶然的巧合嗎？

﹝註1﹞韓少功，《文學的根》，《作家》，1985年，第4期。

在這些人注視著的長江、黃河兩岸，到底會發生什麼事呢？」〔註2〕對自我民族文化的確認最後是通過一個「他者」的視野，或者更通俗的說是一個「西方」的視野，這是一個在「現代」的理論預設下「反現代」的纏繞的命題，一個文學神話、文學想像的烏托邦。類似這樣的問題，在80年代中期的言說中比比皆是。舉這一事例作為症候點，是想說明，本論題所關注的雖然是大的文化、思想問題，但在具體的問題分析上是從文本細讀入手、從文學現場出發，回到具體的歷史場域考察問題的複雜性。

同時，選擇「尋根話語」為視點進入80年代的歷史，也試圖把從五四「新文化運動」開啓的、到當下中國文學、文化、思想界依然在延續的話題（如現代性、民族化、全球化等）做知識學的爬梳，考察一個世紀以來的中國文化、思想變遷的歷史線索、並重點分析1980年代以來中國思想文化的境遇，這是本論題的重要伸展點。

二、相關問題的研究現狀

80年代中後期，學界對「尋根文學」的評論和研究基本上限於對這一思潮的命名和介紹，在研究視野上也局限於對「尋根文學」的社會歷史和文化背景的追溯，在研究方法上多採用社會歷史學的分析方法。相關論者或者從文學史的意義上指出「尋根文學」思潮與「傷痕文學」、「反思文學」的邏輯關係，或者是對「文化尋根」的「文化」問題的質疑、或者對「尋根文學」的作家、作品、藝術風格的總結等。如李劼的《「尋根」的意向和偏向》（《文學自由談》，1986年第1期），認為文學的「尋根」意向是認識論意義上的一個必然的邏輯進程，也就是從政治、文化、歷史反思過渡到對文化的反思，反駁了「五四」造成傳統文化中斷的觀點，認為「五四」中斷的不是傳統文化恰恰是對傳統文化的批判。在文章中，李劼還指出了「尋根」的偏向，即「尋根派」將文學的歷史學家的面目簡單地換成考古學家的面目，對人的關注上由「化民族」變為「民族化」，是對歷史啓蒙的某種反動。吳秉傑的《文化「尋根」與「尋根文學」——評一股文學潮流》（《小說評論》，1986年第5期），在文學史的意義上認為「尋根」是「反思」文學的擴大與深化，以文化為根挖掘民族傳統與文化心態、並進行審美批評，本身既是一種歷史的反思。他同時探討了「尋根文學」在理論認識與創作上的錯位，指出對「文化」觀

〔註2〕韓少功，《文學的根》，《作家》，1985年，第4期。

念的依附也使文學創作走向了某種狹隘性，造成了這種文學思潮的萎縮。陳思和的《當代文學中的文化尋根意識》（《文學評論》，1986年第6期），介紹了王蒙、張承志、阿城、韓少功等作家，認為「尋根文學」最早緣於王蒙的《在伊犁》系列，指出了尋根作家們的學者化傾向，並認為文化尋根意識的產生，標誌著民族文化的更新和走向了新的成熟。張學軍的《關於尋根文學的幾點思考》（《山東社會科學》，1988年第1期），則把尋根意識的緣起歸結為國內學界的文化熱和外國文學的刺激，並通過「尋根」派作家和「五四」一代作家對待傳統文化的不同態度，對當前「尋根」中的文化悖論進行了剖析。田中陽的《論當代「尋根文學」創作方法的多元化》、《論當代「尋根文學」的主題蘊含——從文學史的某些側面來觀照和思考》（《中國文學研究》，1988年第2期、1988年第4期）中，對中國當代「尋根文學」這個特定的概念作了界定，歸納了哪些作家和作品屬於「尋根文學」，指出「尋根」作家們的創作主張和實踐是各各不同的，而且在創作方法上比較多元，由此探討了「尋根文學」作品中的多重主題意蘊及其創作成因。李慶西的《尋根：回到事物本身》（《文學評論》，1988年第4期），從現象學的意義上對「尋根文學」進行了比較深入的分析，指出「尋根文學」是從作家個人道路上的風格探索到有意識的文化意識的追求，在小說美學上構建了新的審美（表現的）邏輯關係，確立了世俗的、日常生活的審美價值。而回到事物本身，回到生活的本來狀態中去，從另一種意義上也是一種反文化的回歸。在作家身份上，「尋根」的訴求也使作家從知識分子的個體憂患意識演變為民族民間的群體生存意識。季紅真的《歷史的命題與時代抉擇中的藝術嬗變——論「尋根文學」的發生與意義》（《當代作家評論》，1989年第1期、第2期），把「尋根文學」納入80年代的歷史語境，探討「尋根文學」的發生和藝術上所取得的成就的重要意義，指出了「尋根文學」中的樂觀情緒與憂患意識、理性回溯與感性復活等，總結了尋根作家不同的主體態度：如理想主義、實用主義、現實主義、浪漫主義、歷史主義等。《文化「尋根」與當代文學》（《文藝研究》，1989年第2期），指出「文化尋根」思潮的傾向是在80年代學術回歸的背景下，作家們有意識的拓展觀念背景的自覺追求，並追溯了以「文化」為契機，圍繞「文化尋根」展開的相關論證，肯定了尋根對文學的藝術回歸（重主體性認識、重整體性思維、重個性化）和重建文藝理論構架（本體論的支點、浪漫主義的精神內核、科學化的批評方法）的重要意義。潘天強在《冷卻以後

的思考——「尋根」文學得失談》（《文藝爭鳴》，1989 年第 2 期），肯定了尋根作家們在面對傳統文化時的自省精神、在藝術方法上的創新，認爲「尋根文學」的「載道」訴求阻礙了其向更深的思想領域的開掘。

進入 90 年代以後，學界對「尋根文學」的評述進入了一個相對理性的階段，在學理上對尋根文學進行了比較深入的分析，在原來的基礎上更多地進行了反思性研究。如總結「尋根文學」的得失、誤區，探討「尋根」與整個當代文學錯綜複雜的關係、與此前、此後的文學思潮在思想和藝術上的內在聯繫、「尋根文學」對小說藝術性的拓展、「尋根話語」內在的悖論、尋根的「文化啓蒙」特質、「尋根文學」對新的話語方式的開啓等。代表性的有羅謙怡的《「尋根文學」的追求和誤區》（《吉林大學社會科學學報》，1991 年第 2 期），通過對「尋根文學」發生的原因、藝術追求的分析，肯定了「尋根文學」拓展了作家的藝術視野、增強了作品的歷史感、豐富了作品的思想內涵和藝術個性，同時，也指出了「尋根」超越現實、向古老原始的生活尋求文化之「根」的問題和原因。南帆的《箚記：關於「尋根文學」》（《小說評論》，1991 年第 3 期），認爲「尋根文學」並不存在公認的綱領或宣言，只是一個大約而同的大趨勢而已。「尋根」依然包含了某種渴求皈依、寄託的願望，暴露了作家某種精神上的軟弱。在肯定「尋根文學」的出現意味著當代文學觀念從個性到文化的一個重新選擇、「尋根文學」對於創造新的文學想像的美學意義的同時，批評了尋根小說中的人物觀念化的跡象，認爲文化觀念的演繹使尋根作家忽略了文學眞正的主人公——人，並頗有見地地指出了此後在「後殖民」視野下要討論的一些問題：那就是當我們把文學和文化捆綁在一起的同時，緣於本民族的生存經驗的表達和世界文化之間錯綜複雜的關係。應其的《尋根文學的神話品格》（《文學評論》，1994 年第 4 期），指出「尋根文學」的歷史指向決定了它不同與以往寫實小說的審美選擇：小說形態向神話傾斜，呈隱形複調形式，表現出象徵的格局。王林的《論尋根文學的神話品格》（《社會科學研究》，1994 年第 4 期），指出「尋根文學」借助於神話因素，從社會形態、民族心理以及人的最基本的生活行爲和生命形式等層面，描繪出一幅民族立體的生存圖景。李潔非的《尋根文學：更新的開始（1984～1985）》（《當代作家評》、1995 年第 4 期），回顧了「尋根文學」的緣起和背景、尋根的理論、關於「尋根派」的組成、尋根的兩位代表人物：阿城和韓少功，並探討了「尋根文學」爲 80 年代中期小說藝術提供的新的方向和可能性。王一川

的《傳統性與現代性的危機——「尋根文學」中的中國神話形象闡釋》（《文學評論》、1995 年第 4 期），從神話形象的角度解讀了「尋根文學」中的「傳統性」與「現代性」問題，指出「尋根」的指向是以「傳統性」去衝擊並取代「現代性」，以《爸爸爸》為例，分析了韓少功在理論文本中顯示出的「傳統性」衝動，在小說中用神話形象進行了象徵性置換，並造成了理論本文與小說本文的相互拆解。以《小鮑莊》為例分析了處於正史與野史衝突中的仁義神話的幻象，即文本一方面建造現代仁義神話一方面又從內部拆毀它；以《古堡》為例，剖析了解魅時代擬巫師與大眾的共謀；以《老井》為例指出了家族神話和血緣親情的呈現與瓦解，即充分地呈現又有力地拆解了主要由家族神話和血緣親情構成的本土神話形象。孟繁華的《啓蒙角色再定位——重讀「尋根文學」》（《天津社會科學》，1996 年第 1 期），從啓蒙主義的視野，認為「尋根文學」是文化啓蒙，在精神向度上仍然是世紀之夢的延續，關切點依然沒有超越宏大的敘事目標和國家話語的範疇，「尋根」小說幾乎都是充滿寓言意義的「東方寓言」，延續的是現代主義的「深度模式」，「尋根」也是作家重歸文化母體、終結「他者」話語、重新自我定位的策略選擇。張清華的《歷史神話的傳論和話語革命的開端——重評尋根文學思潮》（《山東師範大學學報（人文社會科學版）》，1996 第 6 期），認為「尋根文學」在重構民族文化的承諾背後，朦朧地蘊含著對來自拉美等國的「後殖民主義」文化現象的傾慕與回應。帶有「歷史主義」特徵的文化啓蒙使命和它事實上所描摹的落後愚昧的傳統文化之間構成的自我矛盾，使作家在困境中不得不放棄啓蒙重負，走向純粹的人性演示和以歷史的審美敘述為特徵的「新歷史主義」寫作。另外，尋根文學的一個不期而至的成果是，引起了新時期小說整體的富有本質意義的話語變革。

　　新世紀以來，對「尋根文學」的研究更為深入，不僅在一個更為廣闊的文化視野和歷史背景中來重新審視這一重要的文學景觀，在研究方法上也採用了哲學、社會學、文化學、知識考古學等研究的新理論，提出了許多新的觀點。如從「尋根文學」和「先鋒文學」相關聯的視角，指出「尋根」的內在缺陷，並探討「文化尋根」背後的社會言說機制。張法的《尋根文學的多重方向》（《江漢論壇》2000 年第 6 期），把「尋根文學」放在迄今為止的新時期整體文化背景和新時期文學的文化運作中來理解與評價，從哲學的高度對「尋根文學」的理論與實踐展開分析，認為「尋根文學」的特點在於：既可

以作為現實，又可以作為超越現實的寓言；既是講故事，又是講更為根本的道理。並以《棋王》、《爸爸爸》、《小鮑莊》等「尋根派」作品為例，解析了「尋根文學」的多重方向。吳炫的《穿越當代經典——文化尋根文學及熱點作品局限評述之一》（《南方文壇》，2003 年第 3 期），依據一個作家應該建立起自己對世界的獨到的哲學性闡釋提出問題，對「尋根文學」的兩部代表性作品《爸爸爸》、《紅高粱》所存在的思想性和文學性局限進行了分析。葉舒憲的《文化尋根的學術意義與思想意義》（《文藝理論與批評》，2003 年第 6 期），認為文化尋根是一場再認識運動，從人類學的角度可以看作是在後殖民的語境下，如何重新審視長久以來在西方主流的霸權話語壓制下的被邊緣化和卑微化的事物，重新發現各種本土性、地方性知識的特有價值。並探討了文化尋根的學術意義在於隨著知識社會學的反思大潮和福柯的系譜學的歷史分析思路的普及推廣，給新的人文歷史研究帶來的契機。而文化尋根的思想意義在於，作為現代人文化再認同的方式，可以擴展我們進行社會現實批判的參照視野和緯度，提供社會發展道路選擇的多樣性參照。熊修雨的《啓蒙的現代意義及其偏差——論尋根文學的啓蒙意義兼與「五四」啓蒙運動之比較》（《青海社會科學》，2004 年第 5 期），通過對「五四」與「尋根」這兩次啓蒙運動的分析，指出他們在現實的指涉意義、表現形態和結果等方面的不同，探討了「尋根文學」的啓蒙意義及其偏差，反省了 20 世紀啓蒙的道路與命運。在《尋根文學民族化追求的回顧與思考》（《新疆大學學報（哲學人文社會科學版）》，2005 第 5 期）中，認為新時期「尋根文學」的民族化是新時期文學民族化意識高漲的結果和表現，總結了「尋根文學」民族化追求的表現：風俗畫描寫、對中國傳統哲學的吸納和運用、對民族文化心理的揭示，在形式上走向故事化和傳奇化。但同時在民族化追求上也走向了片面和形式，如對「根」的放大和誇張，在展示民族化的同時，也導致了「後殖民主義文化景觀」的出現。在《尋根小說與新時期小說敘事話語的變革》（《華中師範大學學報（人文社會科學版）》，2006 年第 3 期）中，認為新時期小說潮流的更迭演變體現為敘事話語的歷史變遷。尋根小說推動了新時期小說敘事話語的歷史變革，使其由當前客觀性的社會話語向虛幻的歷史與文化話語發展演變。王光明的《「尋根文學」新論》（《文藝評論》，2005 第 5 期），通過對一部分尋根作品的分析，指出「尋根文學」是當代文學想像範式轉變過程中一個重要的文學現象，它最重要的意義是尋回被歷史邊緣化了的小說美學，即重視從

個人意識、感受和趣味出發想像世界的傳統，而不是在對中國民族文化的發掘和想像性重構方面所取得的進展。吳俊的《關於「尋根文學」的再思考》（《文藝研究》，2005 年第 6 期），就「尋根文學」發生的宏觀歷史條件、特定的文化觀念、創作與理論的悖論現象以及相關的文學批評等，從相反的方向對「尋根」的理論和價值立場的曖昧性進行了探討。曠新年的《「尋根文學」的指向》（《文藝研究》，2005 年第 6 期），分析了「尋根文學」作為一個重要潮流所包含的複雜的流向，認為「尋根文學」一方面是「新啓蒙主義」和「國民性批判」這一主流思路的延續，另一方面又是 20 世紀 80 年代一種對於現代化最初不自覺的反應。「尋根文學」的興起使「新時期文學」主流產生了深刻的分化，導致了文學從「干預生活」到「日常生活」的轉變。啓蒙主義和「國民性批判」在韓少功的《爸爸爸》中成為了一種遺響，阿城的《棋王》則成為淪入日常生活的一個重要線索。陳靈強的《全球化語境下的身份認同及其危機——對 80 年代中期「尋根」文學思潮的現代性反思》（《江淮論壇》，2006 年第 1 期），指出「尋根」文學以文學的形式，參與了全球化語境下東西方文化的價值重估，以語言同歸和文本世界中原始神話天地的建構，完成了中華民族文化身份認同的嘗試，但是，「尋根文學」無法與「他者」建立確證的身份認同關係，從而陷入危機。《全球化語境下民族文化記憶的本土化反彈——對 20 世紀 80 年代「尋根文學」發生的現代性反思》（《晉陽學刊》，2006 年第 6 期），認為在全球化的視角下，於新時期文學整體文化運作的格局中反觀「尋根文學」，把尋根動因看作是「現代性」強勢擴張下民族文化積極的本土反彈，以找尋更具個性和活力的不規範文化，作為喚醒民族文化潛意識記憶的方式。劉忠的《「尋根文學」的精神譜系與現代視野》（《河北學刊》，2006 年第 3 期），認為「尋根文學」既是傷痕文學、反思文學的自然延伸，也是文學現代性生成的階段體現；既是中國傳統文化的再發現，也是啓蒙神話的重新接續。雖然它的文化內涵和審美屬性與其尋根宗旨存在偏離，但置於現代性視野中看，它有著自身特殊的精神譜系和文學史價值。在《文化史視野中的尋根文學》（《殷都學刊》，2006 年第 3 期）中，則從文化史的視野上，指出尋根文學是以「向後看」的方式一路前行的，它在走向傳統、走向民間的同時，也陷入了西方話語與本土話語的悖論之中。在《尋根文學、文化保守主義與山野精神》（《海南師範大學學報（社會科學版）》，2007 第 3 期）中，探討了尋根文學與文化保守主義的相同之處，「尋根文學」主張向傳統回歸，認同民

間文化，因此，在「尋根文學」中不僅能看到自然山水的影姿，也展示出作家回歸大地、融入山野的美好願望。姚新勇的《多義的「文化尋根」——廣譜視域下的「尋根文學」》（《暨南學報（哲學社會科學版）》，2008 年第 4 期），從更爲寬廣的視野重新審視了當代文學的「文化尋根」思潮，認爲「尋根文學」不僅是發生於 80 年代的文學思潮，而是持續近二十年的泛文化尋根思潮，尤其對其中被忽略了的少數民族族裔文學進行了比較深入的分析，肯定了少數族裔文學在社會轉型期廣泛的文學參與。鍾文的《「尋根文學」的政治無意識》（《天涯》，2009 年第 1 期），非常深刻地指出了「尋根文學」和「新時期共識」的錯綜複雜的關係，分析了「身份認同」在「尋根」創作中的內在動因，並從後殖民的立場上探討了「拉美文學」背後的政治譜系和話語邏輯，認爲「尋根文學」存在對拉美文學的誤讀現象，而這種「誤讀」反應的正是「尋根文學」的政治無意識，在此基礎上對「傳統」與「現代」、「中國」與「西方」、「世界文學」與「西方文學」等在新的知識與歷史語境中進行了重新討論。

在對「文化尋根」的研究中，比較重要的博士論文是林秀琴的《尋根話語：民族文化認同和反思的現代性》（福建師範大中國現當代文學專業，2005 年 4 月），在論文中，林秀琴討論了在 1985 年前後被命名爲「尋根」的作家和作品，從「話語」的角度探討了尋根話語的歷史語境、相關論證、主要立場、文本實踐和價值意義。通過對「尋根話語」所涉及的一系列文學現象的分析和梳理，指出在開放的「世界」語境和文化認同危機中，尋根話語對民族傳統文化的剖析和整理、挖掘和建構，其目的在於建立民族文化認同和民族的主體性。在「現代性」的總體方案和現代性危機的體認中，尋根話語通過「鄉土」這一支點考察了變革時代社會生活的精神狀態，建立起現代與傳統、歷史與倫理、啓蒙與審美的觀照緯度，表達了對現代化進程的思考和對現代性的反思。

綜上所述，已有的研究成果雖然就「尋根文學」作爲一種文學思潮進行了比較廣泛和深入的研究，取得了很大成就，但多就單個作家進行分析，或是把「尋根」作爲一種相對獨立的文學思潮進行論述，在問題的廣度和深度上開掘不夠。而且在以往的研究中，以「尋根話語」爲 80 年代的一個「症候點」，把「文化尋根」彰顯出的關於中國文學、文化、思想的諸多問題，放置在整個 20 世紀的宏闊歷史語境中進行考察、並以「尋根」爲「歷史節點」進

行當代思想文化問題分析的研究，目前尚有很多空白。本書正是在這樣的意義上，試圖填補以往研究的薄弱點和空白點，並提供進入當下中國思想文化問題的一個有意義的思路。

三、問題的方向與伸展點

為了在最大程度上實現以上的研究目的，本論題嘗試從以下幾個角度進入問題。

其一：「文學尋根」對文學書寫的拓展。「尋根文學」所攜帶的「回到文學自身」的訴求，尋求反叛「文革」模式和社會主義現實主義的文學話語資源、文學表達方式，成為 80 年代文學尋求自我品格的一個重要界碑，並使「文學尋根」在多重面向上與整個 80、90 年代的文學、文化、思想變遷構成了頗為複雜的關係。如它所拓展的「民間書寫」、「日常生活」等話語資源，在 90 年代以後成為文學寫作的重要取向。它所實踐的文學的形式創新則為其後的先鋒派寫作拓寬了道路，而且，「形式」本身的意識形態意味也值得分析，形式史在某種意義上也是一部精神史。

其二，「文化尋根」與「民族國家話語」。「民族國家話語」是自晚清以來傳統中國向現代中國轉換過程中的一個重要問題。從「文化尋根」這一視角，可以考察一個世紀以來的文化思想命題經過了怎樣的起承轉合，在 80 年代又面臨了什麼樣的新問題，這些問題對當代中國、當代文化、當代思想有怎樣的意義。如「尋根」雖然在表層上深入民族文化的歷史祭奠、文化遺存，從主流的國家意識形態中逃離，但在深層上，依然屬於 80 年代的「宏大敘事」和「精英敘事」，試圖構建的是以「傳統文化」為生長點的「民族國家」文學，一個經過「現代意識」重塑的「民族國家」形象。而且，「尋根」在表層上的退回民間、退回儒道傳統文化和內在的「現代民族國家」訴求之間又充滿了巨大的張力。另外，「尋根話語」中的文學表達是通過人文地理版圖的文學想像，構建起一個由不同的地域文化、風土人情為指向的「民族國家」，從以階級鬥爭為工具的政治認同中逃離。這種地圖式的、板塊式的族別和文化想像，構建了一個前現代的民間和鄉土中國，但田園牧歌的鄉土中國必然也面臨了現代轉換的陣痛和撕裂。這樣的「中國」想像在某種程度上又是「世界文學」的內在邏輯的展開，是在「世界主義」導向下重構「中國」形象、以文學的「現代化」作為訴求「世界文學」的構想鏡像。

其三，「尋根話語」與「現代性的焦慮」。「尋根」中的「現代性焦慮」延續了自「五四」以來的中國知識者的強國之夢，「文化尋根」是以否定五四「新文化運動」對傳統文化的態度爲邏輯起點的，但兩者卻存在頗爲複雜的關係。80 年代中期的「新啓蒙」本來就是藉重西學話語開拓了新的思想文化空間，在文化邏輯上是對「五四」的借用和展開。「文化尋根」與五四「新文化運動」也都是在歷史－文化的維度上推進，雖然在觀念內涵（價值判斷）上大異其趣，卻存在內在的統一性。「尋根」不管如何要跨越「文化斷裂帶」，如何挖掘傳統文化之根，面對的同樣是 80 年代的「現代性焦慮」，而且在很多問題上回到了了原來的意識形態，如「國民性」問題依然是五四傳統的邏輯展開。在「反思的現代性」意義上，「文化尋根」所走向的鄉土中國和民間世界，相對於整個 20 世紀以來的現代性訴求，無疑可以看作一種「審美現代性」方式對現代的內在反省。但即使是被認爲「反思的現代性」的鄉土書寫、民間視野，也是在自五四「新文化」運動以來的「中國」對「世界」的發現中發生的，而「文化尋根」所追尋的「中國的即是世界的」的不同的世界想像，和五四一代人卻有著歷史境遇的不同。換言之，在上個世紀的 30 年代，可以產生沈從文這樣的「反現代性」的田園牧歌想像，但在 80 年代的中國語境中，卻不可能再出現沈從文式的「中國書寫」。

其四，「尋根話語」與「身份認同」等問題。「身份認同」的問題是關乎個體、民族、國家的重要問題。對於 80 年代中期的知識者來說，他們的自我身份認同依然是精英姿態和「文化英雄」，對問題的關注依然是集體生活演習下來的對民族國家命運的宏大敘述。這是自晚清社會轉型以來中國知識者主流的個體認同，但隨著 90 年代以來知識者迅速的邊緣化和面對現實的失語，一個新的問題已經浮出歷史地表並引起了討論：那就是重新梳理 80 年代知識者啓蒙姿態可能存在的問題，這不僅涵蓋了「尋根」前後的一代知識者，而且是一個對當下有意義的話題。另外，在中／西、傳統／現代二元對立的語境中，如何確立自我的民族、國族身份認同，「尋根者」試圖探求一條新路。相對於「思想解放運動」的「現代化」、「新啓蒙」的「西化」語境，尤其是在 80 年代「現代化」成爲民族、個人、國家意識形態的共識下，「尋根」試圖從傳統文化中尋找民族身份認同的追求，提供了一種新的思考。但這一思考必然地充滿了悖論和艱難，就算是擱置「現代化論」在起源上本身所包含的資本主義意識形態的價值理念訴求，「尋根」「用現代意識重鑄民族靈魂」

的「現代意識」同樣是內在於中／西、傳統／現代的話語邏輯的。更具有現實意義的是，在今天全球化語境中，「尋根」所顯示出的知識者的曖昧身份依然是懸而未決的問題。如何在「全球化」語境下尋求身份認同，如果說在 80 年代還是一個潛隱在地表之下的問題的話，那麼，在今天的中國知識界已經成為一種有共識的憂慮。如果說，在 80 年代的語境中，「尋根」在傳統文化中確立民族身份還是對彼時的「西方化」的反駁，那麼，把「尋根話語」放置在全球化和後殖民的視域中，並考察地緣政治中的權力關係，則「尋根」中的「中國想像」和「世界想像」就值得重新考量。

　　本論題最後的目的是期待以「尋根話語」為切入點，考察當代中國的文化境遇，深入把握和梳理當代思想文化的變遷。圍繞 80 年代「尋根話語」的「啟蒙」、「現代性」、「焦慮」、「激進」、「保守」、「民族」、「世界」等話題，從 80 年代出發，一方面是回溯之前的相關歷史流變，另一方面也試圖探求之後的思想文化的路向和存在的問題。如 90 年代以來啟蒙的分化，知識分子從「文化」啟蒙出走，在「告別革命」後，從 80 年代知識的焦慮到 90 年代日常生活的焦慮。並以「文化尋根」為起點，在 90 年代以來的「激進」與「保守」、「後現代」與「後殖民」、「全球化」與「民族認同」、「自由主義」與「新左派」等論爭所呈現出來的問題中，考察當下文學、文化、思想界的狀況。

　　此外，需要加以說明的是，本論題以「尋根話語」作為探討問題的出發點和進入 80 年代歷史場域的切入點，其中的「尋根」指的是 80 年代中期，確切地說是在 1984 年杭州會議和 1985 年的《文學的根》、《跨越文化斷裂帶》、《我的根》、《理一理我們的「根」》、《文化制約著人類》等一系列宣言的發表為標誌的「文學尋根」，並把問題擴展為當時「文化熱」視野下的「文化尋根」。涉及到當時「新啟蒙」運動中以「走向未來」、「文化：中國與世界」叢書編委會、中國文化書院三個民間的文化學術團體的不同文化訴求、以及圍繞在北京的《讀書》、上海的《新啟蒙》等刊物周圍的啟蒙學者們對中國文化的討論。從「文學尋根」到「文化尋根」，鉤沉整個 80 年代、80 年代以前以及 90 年代以來的文學、文化、思想走向。而「話語」一詞運用的是福柯意義上的話語，關注的主要是文化和思想史等領域，是一個多元綜合的關於意識形態再生產方式的實踐概念，強調的是話語實踐，「在話語中我們能聽到欲望、歷史、政治無意識等諸多異質成分交織起來的混響。」〔註3〕。

〔註 3〕嚴鋒，《現代話語》，山東友誼出版社，1997 年版，第 6 頁。

本論題從文學問題出發，最後期待探討的是文化和思想的問題，所以在研究對象上不僅包含了「尋根文學」中的代表作品，如韓少功的「楚文化」、李杭育的「葛川江系列」、賈平凹的「商州系列」、鄭萬隆的「異鄉異聞」、鄭義的「遠村」、「老井」文化、李銳的「厚土文化」、莫言的「高密東北鄉」、扎西達娃的「西藏」系列、烏熱爾圖的「狩獵文化」、阿城的「道家文化」、王安憶的「儒家文化」等文本，而且涵蓋了「五四」以來的相關文學文本、「尋根」之前的「現代派」作品和之後的「先鋒派」創作，而且在「民間書寫」、「日常敘事」等話題中涉及到 90 年代以後的相關創作。同時，在文學文本之外，本論題也涉及到相關的文化、思想文本，如李澤厚、甘陽、劉小楓、劉青峰、劉再復等的著作。在研究時段上，也以 20 世紀 80 年代為中心，在問題追溯上回到「五四」前後的現代歷史語境，涵蓋了對 50～70 年代中國的思想文化實踐的考察、并伸展到 90 年代以來的相關問題。因而，其中包含的研究可能性，比一般理解的遠為豐富。

還需要重點說明的是，本論題從「文化尋根」出發，但不限於對這一思潮、流派、文化現象的研究，而是力圖將「尋根話語」看作是承上啓下的文學、文化和思想現象、一個發端於 80 年代的重要「歷史節點」，通過對相關文學文本、文學現象、思想文化狀況的歷史描述與知識考察，進而考察整個 20 世紀、重點是當代中國尤其是 80 年代以來的文學、文化和思想境遇，在「現代性」、「民族化」、「全球化」、「身份認同」、中／西、傳統／現代、本土／全球等問題上，提供進入當下中國問題的一個新的視點。

第二節　「文化尋根」與問題的相關視域

一、「文化尋根」的歷史出場

「文化尋根」在 80 年代中期的歷史出場，和當時的「文化熱」有內在的邏輯關係，某種程度上可以說，「文化尋根」是以文學的方式參與了知識界的文化討論。20 世紀 80 年代興起的「文化熱」，一方面是 70 年代末政治領域中的思想解放運動在文化領域的邏輯展開，另一方面也和以西方文化為參照對象的「新啓蒙」運動密切相關。當時的文化論爭熱潮肇始於文化史的研究，而聯合國科教文組織的《人類文化與科學發展史》的編寫則是其導火索，圍繞文化史的編寫，文化與文明、文化史的對象與範圍、文化形態問題、對中

國傳統文化的重估、中西文化的優長等問題成為討論的主要話題，而以此為契機文化史研究和文化討論在全國漸次展開。從當時討論的問題可以看出，事實上，知識界關注的焦點是如何評價中國傳統文化、如何看待中西文化的關係和中國文化的未來走向三個問題。而「文化尋根」試圖回答的正是如何從傳統文化中挖掘有益的因素以重塑民族文化和民族靈魂的重要問題，是在「文化熱」的歷史語境下對中國現實的回應，也提供了從「文化」的不同面向討論中國問題的一個角度。

「尋根」從文學書寫進入主流的話語空間，同時也是新時期文學思潮歷史演進的邏輯展開。從當時文學自身的發展來看，「傷痕文學」、「反思文學」在既有的政治反思的意義上已無法推進，也就是說，當「傷痕文學」指向了十年「文革」，通過把「文革」指認為「封建意識的復辟」和「極左思潮的氾濫」而完成了和十七年歷史的對接，「反思文學」則進一步把「反思」的視野推進到 57、58 年的「反右」和「大躍進」、對「極左」思潮的氾濫進行歷史追蹤時，民族國家話語和政黨話語遭遇挑戰，歷史的合法性敘述出現了裂隙。在這樣的話語空間中，「新時期共識」，也就是政治領域、文化思想領域、文學領域所達成的關於「文革」、關於「新時期」的敘述的「共識」在「反思」的意義上遭遇困境，而疏離政治、從文化的角度進入歷史，挖掘民族文化的優根和劣根，成為文學寫作新的空間選擇。而就文學書寫的形式而言，從「傷痕小說」、「反思小說」到「改革小說」，「現實主義」的敘述方式、「文革」式的政治語言方式等陳舊的文學形式，在國門打開後的 80 年代，受到了來自於西方現代文學各種新異的敘述方式的巨大衝擊，這也使「尋根文學」除卻在思想和文化反思的意義上尋求新的敘述策略外，同時在「文學自身」、「文學性」等問題上尋求新的突破，是當時文學創作尋求新的增長點的一種探索。

另外，80 年代中期「拉美文學」的成功也是一個不能忽視的歷史語境，1982 年，拉丁美洲作家加西亞・馬爾克斯獲得了諾貝爾文學獎，這對於中國作家來說無疑是一個「爆炸」性事件。在 80 年代中期中/西、傳統/現代的二元對立的知識框架中，文學的秩序被描述為一個從東方走向西方、走向世界、走向現代的烏托邦，「西方」和「東方」已經由空間的並置關係在話語上轉換為一種時間序列上的「先進」和「落後」的文學，走向西方的現代文學，似乎是在「世界文學」秩序中尋求自我空間位置的唯一途徑。而拉美作家的成功在給中國作家「震驚體驗」的同時，也給他們打開了一個新的窗口，那就

是「第三世界文學」如何走向西方、走向世界的問題。在當時的話語空間裏，「後殖民」是一個被擱置的或者說尚未被關注的問題，於是，拉美文學通過本土化寫作融入世界文學的經驗也給了中國作家一個新的啓示，即期待通過本土書寫、通過對本民族文化的呈示以獲得「世界文學」的體認。「尋根文學」在當時的文學和文化訴求，其實正暗含了通過文學的本土化寫作以獲得「世界文學」體認的努力，是對中國文學「走向世界」的一種期待和實踐。

正是在以上的歷史語境中，「尋根文學」作爲新時期第一個既有理論宣言又有創作實踐的文學潮流在文壇顯影。「尋根」的標誌性事件是 1984 年 12 月的杭州會議，當時，《上海文學》編輯部、杭州市文聯《西湖》編輯部、浙江文藝出版社三家單位在杭州療養院聯合舉辦青年作家和評論家的對話會議，主題是「新時期文學：回顧與預測」，在這次會議上，就文學創作的多樣化、文學寫作與傳統文化的關係、小說觀念、批評觀念、文學創作中的感性與理性等問題進行了廣泛的討論〔註4〕，地域文化、小說創作的文化資源、本土化、拉美文學等也是當時與會者關注的重要話題〔註5〕，後來「尋根文學」的基本觀念在這次會議上已經有了初步共識，並內在地成爲後來「尋根文學」的理論先導。因此，「杭州會議」在對之前的新時期文學進行回顧與總結的同時，其實也預示了後來一個階段文學發展的走向：那就是從文化的角度進入文學創作，從文學創作中的「政治座標」轉向「文化座標」，從單向度的「政治的人」轉向複雜的、多向度的「文化的人」。

二、「尋根理論」的內在悖論

雖然「杭州會議」對話的焦點並沒有完全集中到「文化尋根」上，但對小說藝術規範相關話題的展開卻給與會的小說家和評論家們打開了廣闊的思路，在「杭州會議」之後，韓少功發表了引起廣泛討論的《文學的根》〔註6〕，提出向民族文化的深層尋找自我的「尋根口號」，後來被人們稱爲「尋根派宣言」，緊接著鄭萬隆的《我的根》〔註7〕、李杭育的《理一理我們的「根」》〔註8〕、

〔註 4〕周介人，《文學探討的當代意識背景》，《文學自由談》，1986 年，第 1 期。
〔註 5〕王堯，《1985 年「小說革命」前後的時空》，《當代作家評論》，2004 年，第 1 期。
〔註 6〕韓少功，《文學的根》，《作家》，1985 年，第 4 期。
〔註 7〕鄭萬隆，《我的根》，《上海文學》，1985 年，第 5 期。
〔註 8〕李杭育，《理一理我們的「根」》，《作家》，1985 年，第 9 期。

阿城的《文化制約著人類》〔註9〕、鄭義的《跨越文化斷裂帶》〔註10〕等文章相繼發表，一時形成了「尋根」的熱潮。幾位小說家都是當時「杭州會議」的參會者，如果說「杭州會議」是一個契機的話，那麼，此後的這一系列「宣言」的發表則預示了在相當長的一個階段內，「尋根」成了文學和文化界關注的熱點問題。然而，在這一系列的「宣言」和討論中，其實並沒有完全一致的對「尋根」的理解，而是彼此之間充滿了分歧和悖論，但因此也伸展出了許多有待深入考察的相關問題。

韓少功在《文學的「根」》中，首先提出的問題是「絢爛的楚文化流到哪裏去了？」在追溯楚文化的源流時，韓少功認爲「文學有根，文學之根應深植於民族傳統文化的土壤裏，根不深，則葉難茂。」爲了說明自己的觀點，韓少功南以「廣東文學」、北以「新疆文學」爲例，認爲他們都開始找到了文學之根，而「這大概不是出於一種廉價的戀舊情緒和地方觀念，不是對歇後語之類淺薄地愛好，而是一種對民族的重新認識，一種審美意識中潛在的歷史因素的蘇醒，一種追求和把握人世無限感和永恆感的對象化把握」。在這裡，韓少功把地域文學、地域文化和民族文化統一起來，並以丹納的《藝術哲學》爲依據，提出根植於民族文化深層的精神氣質的恒久性。文學創作應該「在立足現實的同時又對現實世界進行超越，去揭示一些決定民族發展和人類生存的謎。」在「尋根」中，首先應該注意的是鄉土，因爲「鄉土是城市的過去，是民族歷史的博物館」。但需要指出的是，在韓少功這裡，「鄉土」的意義並不是鄉村、鄉土中國，而大概等於今天的「民間」這樣一個概念，或者說在文化的意義上是鄉土中所凝結的「不規範文化」，甚至「規範」文化也需「依靠對不規範的東西進行批判地吸收，來獲得營養，獲得更新再生的契機。」韓少功最後又以湯因比對東方文化寄予的厚望爲例證，認爲西方基督教文明已經衰落，而古老沉睡的東方文明，可以在外來文明的「挑戰」下，復出以照亮整個世界，「我們的責任是釋放現代觀念的熱能，來重鑄和鍍亮這種自我。」

李杭育在《理一理我們的「根」》中，對傳統的儒家文化和中原文明大加鞭笞，認爲中國文學的傳統並不很好，「萬分痛恨我們的傳統」，「純粹中國的傳統，骨子裏是反藝術的」，即使是敦煌的異彩和唐詩的斑斕，也不過是得益

〔註 9〕阿城，《文化制約著人類》，《文藝報》，1985 年 7 月 6 日。
〔註10〕鄭義，《跨越文化斷裂帶》，《文藝報》，1985 年 7 月 13 日。

於佛教和西域文化的傳入。在這樣的意義上，李杭育認爲漢族「規範文化」之外的各少數民族文化才是未來文化和文學發展的方向，它們「純淨而又絢爛，直接地、渾然地反映出他們的生存方式和精神信仰，是一種眞實的文化，質樸的文化。生氣勃勃的文化。」，而我們民族文化的精華更多地保留在中原規範文化之外，根植在民間的沃土中，「假如中國文學不是沿著《詩經》所體現的中原規範發展，而是以老莊的深邃，吳越的幽默，去揉和絢麗的楚文化，將歌舞劇形式的《離騷》、《九歌》發揚光大，作爲中國文學的主流發展到今天，將是個什麼局面？」在今天中西文化交流的時機，更應該「理一理我們的『根』，也選一選人家的『枝』，將西方現代文明的茁壯新芽，嫁接在我們的古老、健康、深植於沃土的活根上，倒是有希望開出奇異的花，結出肥碩的果。」

如果從李杭育的《理一理我們的「根」》就此判斷李杭育是一個對傳統「規範文化」持否定態度的人，那就有失簡單化了，實際上，在這樣的激奮中，李杭育表達的更多是對民族文化的憂慮。如果關注到他此後的《文化的尷尬》〔註11〕一文，則可以很清楚地看出，不管是對中原文化的否定、對民間文化的認同、還是對西方文化的借鑒，李杭育所表現出的是一種在 80 年代頗具先見性的知識者的憂患，那就是對民族文化命運的憂慮和對西方文化霸權的反抗。在 80 年代總體的西化語境中，李杭育通過《文化的尷尬》，表達了自己對「全球化」、「西方化」視域下的中國文化的痛切反省，「別人的情況我不大清楚，起碼我自己，初學寫作那時候對中國的文化（尤其是民間的俗文化）是遠不及對西方的了解。」當「西方文化」成爲「全球性」的文化標杆時，很容易導致作家對自我文化的隔膜，「是否有些作家，對中國的文化，還遠遠比不上他對外國商品了解的多呢？」在「全球化」其實也是「西方化」的今天，「我們的民族個性在一天天的削弱，民族意識是愈來愈淡薄了。」但文學是崇尙個性的，「文學是嚮往個性、崇尙個性的。從來的文學都把個性看得極重，中國的文學總該有點中國的民族意識在裏邊，這個說法大約是不過分的。倘使我們的文學裏沒有一點自己的氣味，自己的面孔，那我們又何必做人做文呢？我們跑到世界上去，人家問起來，我們算什麼人呢？我們的作品算是個什麼東西呢？」「而世界上那些大作家，中國的也在內，沒有哪一個是缺乏他的民族意識和天賦個性的，也沒有哪一個對他的民族的文化只是一知半解

〔註11〕李杭育，《文化的尷尬》，《文學評論》，1986 年，第 2 期。

的。大作家全都是他那個民族的精神上的代表。」在「民族化」、「西方化」、「全球化」的多重視野中，中國的尋根作家也遭遇了一種「悖論」性的選擇，那就是對「西方化」和「全球化」的警惕以及對「民族文化」的複雜心態：「一方面，很清楚地知道我所承受的民族意識有多麼糟糕，一方面又不得不頑固地捍衛它，生怕除此而外我就什麼也沒有了。」這大約也是很多「尋根」派作家在理論和實際的創作中陷入悖論的原因之一，因此，李杭育呼籲「希望將來我能獲得一個開放性的民族意識」。

阿城在《文化制約著人類》中，針對中國小說寫作大多包括社會學的內容，指出了文學表達和文化的深刻關係，「中國文學尚沒有建立在一個廣泛深厚的文化開掘中。沒有一個強大的、獨特的文化限制，大約是不好達到文學先進水平這種自由的，同樣也是與世界文化對不起話的。」其實，在這裡，阿城強調的依然是一個文學寫作中表現本民族個性的問題，而「民族性」在阿城這裡被「文化」置換了，他所反抗的依然是「西方文化」的霸權，認為「戊戌變法、辛亥革命、五四運動、無疑不由民族生存而起，但所借之力，又無一不是借助西方文化。」姑且不論阿城對中國歷史的判斷是否準確，但從「立論」的依據中，可以看出他借「文化」問題表達的依然是對「中國文化」和「中國文學」走向「世界」的可能途徑的探索，那就是對本民族「文化」的重視，「文化是一個絕大的命題。文學不認真對待這個高於自己的命題，不會有出息。」因為「人類創造了文化，文化反過來又制約著人類」，所以，文學寫作只有根植於本民族文化的深層，變現本民族的文化特性，才能重建中國文化和中國文學。

鄭萬隆的《我的根》，在深情地描述了自己根植於黑龍江流域的文學之根後，認為「獨特的地理環境有獨特的文化」，從文學表達的廣泛的意義上，「如若把小說在內涵構成上一般分為三層的話，一層是社會生活的形態，再一層是人物的人生意識和歷史意識，更深的一層則是文化背景，或曰文化結構」，所以「每一個作家都應該開鑿自己腳下的『文化岩層』。」鄭萬隆其實強調的是個人成長和生活的地域文化和民族性情對自己寫作的深刻影響，因為「獨特的地理環境有獨特的文化」，而鄭萬隆生命的根和小說的根都根植於他生長的黑龍江畔獨特的東北鄂倫春文化，也是「尋根」中所尋找到的邊地少數族群文化。

鄭義在《跨越文化斷裂帶》中表達的寫文化小說的渴望，則直接來自於自我的寫作經驗和寫作訴求，他認為只有超越「五四」造成的和傳統文化的

斷裂，把文學創作根植於傳統文化的土壤中，才能走向世界，對當時出現的尋根傾向的作品表示讚賞。在鄭義那裡，評價文學作品優劣高低的標準是「作品是否文學，主要視文學作品能否進入民族文化。不能進入文化的，再鬧熱，亦是一時，所依恃的，只怕還是非文學因素。」這樣的表述造成的悖論在於，當鄭義爲了拓展文學寫作的深層意蘊而歸結於對文化的表達時，另一方面又造成了文學評價的狹隘化，文學可以表現民族文化、當然也可以表現人性的複雜、社會、政治的糾葛，甚至於形而上的思考。當然，對於鄭義而言，與當時所有「尋根」作家所面臨的問題一樣，他們提出文化的概念，是爲了最大可能的反叛當時文學寫作的「政治化」和「社會化」。

以上的文章在後來文學史的敘述中，被認爲是「尋根文學」的代表性宣言和理論，是因爲他們都提出了「文化」這樣一個概念，而要在文學寫作中表達怎樣的文化訴求，其實在不同的作家那裡是有很大的分歧，也就是說，「文化尋根」派作家雖然有大致相同的傾向，但卻沒有統一的理論和旗幟。通過對具體文本的分析可以發現，除了韓少功有比較系統的理論體系、提出了自己的文學創作觀念外，李杭育則多情緒性的表達、理性的分析和沉澱較爲欠缺，其他的作家大多是針對自我寫作經驗的創作談，從自我的寫作實踐出發總結出不能逃離自我的文化傳統的寫作訴求。但是，他們也幾乎同時關注了一個重要的問題，那就是文學、文化、民族等重要的論題。

如韓少功對受「東、西方文化的雙重雙面影響」的俄羅斯文學和日本文學的讚賞以及對賈平凹的「商州」系列和李杭育的「葛川江」系列小說的肯定，其實暗含了這樣一個問題，那就是文學寫作的西方和本土資源的交匯融合，而他對「規範文化」和「不規範文化」的區分，則暗含了正統與民間資源的融匯。也就是說，在 80 年代的歷史語境中，西方/東方其實是知識界立論的一個基本的二元對立框架，但在尋求東方和西方融合的背後卻是一個被普遍擱置的、或者說被有意屏蔽的西方的視野。韓少功在他的《文學的「根」》中所列舉的丹納和湯因比的例子，可能是一個他自己都未曾意識到的問題，那就是不管怎樣的融合交匯，文學的未來指向的依然是「西方」的體認。而李杭育在《理一理我們的「根」》中，對中國傳統文化和文學的否定，旨在強調中國文學未來發展的方向是在「中原規範文化」之外的文化，這和韓少功的正統和民間的觀念異曲同工。可見，在 80 年代「西化」的熱潮中，一部分知識者已重視到「民間」的意義和價值，但此「民間」背後的邏輯卻依然是一個「西化」的視野，那就是

對正統的中國傳統文化的否定態度，這和90年代的「民間」概念有根本的不同。如果說80年代的「民間」更多是「化外之民」的話，那麼，90年代的「民間」則是在主流文化、主流意識形態所籠罩下的「化內之民」的潛在狀態和被遮蔽的生存眞實。在阿城的《文化制約著人類》那裡，「東方文化」和「西方文化」則是兩個各成體系、各有優長的文化類別，西方/東方在阿城那裡是不同文化背景的作家在寫作時都必須面對的一個大的文化限制。也就是說，既然「文化制約著人類」，那麼，文學寫作就不能只攀在社會學這根藤上，不能只是對當時的社會生活的「共識」或「質疑」，而應該深入廣闊的民族文化的深層。在鄭萬隆的《我的根》中，雖然也談到了拉美文學的成功，但他同時認爲「這些『試驗』，有些在西方成功了。那是因爲它是西方。而我的根在東方。東方有東方的文化。」鄭萬隆在西方／東方的二元視域中，關注的依然是自我的東方身份和東方體驗，是根植於東方文化確切的說是他腳下的那片東北黑土地的文化。鄭義的《跨越文化斷裂帶》，更多強調的是普泛意義上的中國傳統文化，這和阿城頗爲相似，就是在文學創作中要有文化訴求。

總之，所謂的「尋根理論」雖然被文學敘述歸納爲一個一體化的文學運動，其實彼此之間對文化傳統、東方、西方、民間等概念的內涵卻有不同的理解，而且，他們此後的創作實踐也呈示出與理論本身的悖論和游離。但總體來說，「尋根」作家們立論的依據依然未能逃離80年代的啓蒙語境，在傳統與現代、愚昧與啓蒙、落後與前進、西方與東方等話語預設中，在一代青年作家「走向世界」的精神焦慮中，如何實現文學與文化傳統的融合、如何實現「文化的現代化」是當時知識者的重要訴求。不管從那個角度進入文化問題，「尋根」作家們總體的指向是期待用「現代意識」重鑄「民族靈魂」，以實現文學、文化和民族的精神自救。

三、圍繞「文化尋根」的相關討論

在「尋根」作家們發表各自的「尋根」宣言的同時，文學界、文化界、思想界也就相關的問題展開了討論。如何界定文學與文化的關係、如何看待「文化斷裂」、如何評價「五四」、什麼樣的文學寫作才能「走向世界」，都成爲當時的熱門話題。《作家》、《文藝報》、《文學自由談》、《讀書》、《文學評論》、《文藝爭鳴》等報刊和雜誌也圍繞這一系列問題進行了集中的爭鳴，80年代知識界關注的許多問題也在此間不斷顯現出來。

其中，《文藝報》作為當時一份比較主流的官方報紙，在 1985 年用幾個專版展開了「關於文學『尋根』問題的討論」。1985 年 8 月 10 日，《文藝報》闢專版刊登了周政保、劉火、周克琴的討論文章。除了周克琴對「尋根」作家們的創作態勢表達了由衷的欣喜外，周政保和劉火對「尋根」的相關理論和創作提出了自己的不同見解。周政保在《小說創作的新趨勢——民族文化意識的強化》〔註12〕一文中指出，雖然「尋根」還具有相對的模糊性，但依然是一種小說審美意識的深化與覺醒，他在肯定「尋根」作家們對自己民族和地域的文化歷史與文化現狀的思考時，也非常深刻地指出了「尋根」的當下視野的缺失。周政保認為，「文學的『根』，應該深植於民族文化傳統的土壤之中，但作為當代小說，只能以當代生活作為自己的土壤，因為這土壤同樣體現著一種獨特的民族文化形態。」「文學的『根』，就在那千姿百態的當代文化形態之中，關鍵在於我們有沒有那樣一雙眼睛，那樣一種善於發現的感覺。」在討論中，周政保敏銳地看到了「尋根」派作家創作意識的片面性：即認為描寫了那種古老的、相對恒定的、甚至是原始落後的生活，才能呈現民族文化的特點。殊不知，應以巨大的熱情去關注腳下的土地和急劇變化的當代生活才是中國小說走向世界的有效途徑。劉火在《我不敢苟同》一文中，針對阿城的「當代文學常常包含社會學的內容，因此大約不大好達到文學的先進水平」的觀點提出質疑，認為「文學裏有社會學，這不是文學的罪過，而是責任。」社會學也是文學創作中的重要元素。而針對阿城的「文化斷裂」論，劉火則提出了完全不同的見解：「漢文化歷史層有過斷裂帶，但『五四』卻是把一個行將就木的古典文學拯救了出來，給以了全新的解釋和運用，並以輝煌的業績躋身於世界文學的潮流。」

　　1985 年 8 月 31 日的《文藝報》在文學「尋根」的專版討論中刊登了當時還在中國社會科學院攻讀博士學位的汪暉和王友琴兩個年輕人的文章。汪暉的《要作具體分析》一文，肯定了阿城「文化制約著人類」的論斷，但就「五四」造成文化斷裂的問題，汪暉認為阿城關於「五四」以後中國文化的描述不完全符合歷史事實，而「文化最深刻的體現仍然是在現實的、活生生的人的思維方式、行動方式、生活方式以及人與人的關係之中；對文化的重視應是和對現實的重視完全一致的。」王友琴在《我只贊成阿城的半個觀點》一

〔註12〕周政保，《小說創作的新趨勢——民族文化意識的強化》，《文藝報》，1985 年 8 月 10 日。

文中，則肯定了阿城提出的文學和文化的關係，但認為阿城未能區分文學內部結構的兩個不同層次，即「對作者的關注對象和作者的價值評判」，所以導致「不僅歪曲了民族文化發展的歷史事實，更重要的是模糊並傷害了阿城自己的立論。」並批駁了阿城對「五四」新文化運動的判斷，認為「五四」知識分子「作為對中西方文化的碰撞、民族文化在現代世界中面臨危機的積極應戰者，他們在這種過程中建設了新的民族文化。」

在此後不久的 1985 年 9 月 21 日的《文藝報》，又整版討論了「文學『尋根』」，其中劉夢溪的《文化意識的覺醒》一文對阿城的《文化制約著人類》和鄭義的《跨越文化斷裂帶》做出了回應，他首先肯定了阿城和鄭義就文學需表達文化問題的見解，「最優秀的文學創作總是根植於民族文化的深層結構之中，缺乏文化素養的作家固然寫不出具有高度藝術價值的作品，如果特定的文化背景有嚴重缺陷，偉大的作家也難以誕生。」而針對中國文化的「斷裂」說，劉夢溪認為「在我們面前橫亙著兩個斷裂帶──對傳統文化的斷裂和與當代世界文化的斷裂帶。」但就造成「文化斷裂」的原因，劉夢溪反駁了阿城的觀點，認為把其歸於「五四」是不公正的，違背歷史事實。「兩個文化斷裂帶的形成，絕非始於『五四』，而是在第二次世界大戰以後，特別是五十年代後半期和六十年代的左傾以及隨之而來的十年動亂，使我們與傳統文化和當代世界文化隔離開了。」「文化斷裂」只能填補而無法跨越。王東明在《文化意識的強化與當代意識的弱化》一文中，熱情洋溢地讚揚了「尋根」小說對小說觀念革新的嘗試，「傳統的小說觀念受到了有力的衝擊和挑戰，一種生機盎然、詩意洋溢的小說觀念正在崛起。」「這是作家審美意識的真正覺醒，是對小說藝術特性的更高層次上的自覺。」但王東明也頗為敏銳地提出了自己的憂慮：「在民族文化意識強化的同時，是否可能出現當代意識弱化的傾向？」在文學創作中，如果只是崇古慕古、獵奇式的展示所謂「傳統文化」，而沒有當代意識的鎔鑄，缺乏富有當代性的審美理想的燭照，是不可能有好作品的。「在傳統文化面前，只有融匯了當代意識，藝術地觀照、思考，才能使我們站在更高的高度上俯察它，也才能使對於穿透文化所做的一切具有現實意義。否則，我們就有可能落到這樣的可悲境地：剛剛摒棄了文化虛無主義，卻又重蹈了早已為人唾棄的『國粹』派們的覆轍。」仲呈祥的《尋「根」，與世界文化發展同步》一文，則認為當下出現的自覺強化民族文化意識的創作傾向，是與整個世界文化的發展同步的，「中國文學倘要同世界對話，就必

須在自己的作品中，滲融鮮明的中華民族文化的意識」，而在創作中強化民族文化意識，則要有開放的心態，對民族文化中消極和積極的兩方面進行甄別，而且要具備深厚的中國文化修養。

劉納的《「尋根」文學與文學「尋根」》一文〔註13〕，在質疑「尋根」作家們厭棄社會性主題、強調文學表現「文化」的偏執和片面性的同時，指出「文學的根可以扎在傳統的民族文化，也更有理由扎在現實的民族生活中。」「民族性」並不是文學表達的唯一，人性、個性、階級性、傾向性也是文學的重要屬性。就「尋根」作家們對「五四」造成的「文化斷裂」的論斷，劉納頗有見地地指出「民族的文化傳統，既是一份光輝的、充滿奇蹟的遺產，又是一根暗淡的、充滿苦痛的遺產。『尋根』作家們著眼於文化本身，更多地看到前者。『五四』作家們著眼於民族命運，更多地看到後者。這是那一代作者在歷史轉彎處所做的文學選擇。這選擇留下了缺陷，也留下了不滅的光榮。」

1986 年第 1 期的《文學自由談》也就「尋根」話題展開了廣泛的討論。李劼在《「尋根」的意向和偏向》一文中，反駁了阿城的「文化斷裂論」，認為「五四」中斷的不是傳統文化而是對傳統文化的批判。「五四」達到了社會革命政治宣傳的目的，卻沒有完成思想啟蒙的任務。他在肯定「尋根」文學對民族文化的尋找的同時，也指出了「尋根」可能存在的偏向，「『尋根』文學一方面力圖重鑄民族的自我，一方面又在淳樸的風土人情之下唱起了對傳統美德的戀歌，結果就有可能在找到民族的自我傳統的同時重新丟掉覺醒了的人的自我，致使重鑄云云成了一句漂亮的空話。」。文學「尋根」的未來方向應該是「自我」，因為「我們這個民族缺少的就是自我，於是，『尋根』就會順理成章地變成『尋找自我』，而『鳳凰涅槃』的意向也隨之轉為人的自我意識的蘇醒。」張炯的《文學尋「根」之我見》一文，也對阿城的「文化斷裂論」提出了質疑，張炯認為，「『五四』運動所要決裂的只是與科學和民主相對立的封建的愚昧的東西，而非我們中華民族的所有文化傳統。」「『五四』新文化、新文學對傳統舊文化、舊文學的叛逆，是既有批判也有承繼的，它不是也不可能是一刀兩斷的截然『斷裂』」。而如果把民族文化傳統和心理積澱看作文學的「根」，文學寫作不加鑒別去尋「根」，是文學「尋根」的一大缺陷，「傳統是流，不是源」，因此，「尋根」應該紮根於堅實的現實生活。對「尋根」宣言中的「中原文化」傳統，張炯認為是一種非常狹隘的解讀，因

〔註13〕劉納，《「尋根」文學與文學「尋根」》，《文藝報》，1986 年 1 月 4 日。

為中國文化向來就是一個各民族文化不斷融合的過程，不存在單純意義上的「中原文化」。張春生的《「尋根」，文化意識與文學發展》一文，認為當前的文學已從社會小說發展到人文小說，而「尋根」小說是文學發展的積極方向，對尋根派的創作實踐給予了充分的肯定，認為「尋根」代表了文化意識與文學發展的新方向，具有重要意義。

《讀書》編輯部也就創作界和評論界都十分關注的文化問題，以「當代文學中的文化意識」為主題，展開了進一步的探討和思考。其中有代表性的是陳平原的《文化·尋根·語碼一文》〔註14〕，陳平原就長期以來的中化和西化的問題提出了自己的獨到見解，他認為文化是「雙向逆反運動」的對立統一。而對於傳統問題，「所謂反叛傳統，並不是拋棄傳統，而是借助現代眼光重新發現傳統。準確地說，是在借助傳統改造外來文化、吸收外來文化的同時，站在一個新的角度、用一種新的眼光來反觀傳統、解釋傳統、選擇傳統，通過調整傳統的內部結構來創造一種更富有生命力的「新中有舊」的「傳統」。陳平原對「尋根」作家的創作和理論都表示了理解和認同，認為阿城、韓少功小說的現代意識與批判眼光，「在某種意義上說，這是五四文學改造國民靈魂主題的延續。」「世界文學的一體化與民族文學多樣化之間的張力，支撐著整個二十世紀中國文學。一方面要求與世界文學直接對話，一方面要求突出民族特色，即使沒有拉美魔幻現實主義文學的影響，中國文學遲早也會「尋根」。但他也對「尋根」中可能出現的問題表達了自己的憂慮，如怎樣才能「堅持尋根過程中的批判意識」、「不只關心古代文化，而且應關心近代文化、當代文化，注意現實生活中古代文化意識與當代文化意識的撞擊」、「作家的學者化不應體現在作品的學術化，作家的文化意識不應停留在風土人情、文物古蹟這一淺層次。」

總之，在1985～1986年間，文學「尋根」和「文化」尋根的問題，成為當時學界的一個熱點，許多學者都參與了這場論爭，到1987年後，這種討論逐漸沈寂。而對「文學尋根」思潮的研究，則在90年代後更為廣泛和深入。但通過80年代中期這次集中的對「尋根」的討論，許多知識界關心的問題逐漸浮出水面，如文學寫作與文化的關係，文學的當代視野、文化與民族國家、全球化、現代性、重評「五四」等問題，不僅在80年代已引起廣泛的注意，而且也開始出現了不同於歷史的「合法化」敘述的異質的聲音，呈示了「尋根」這一「話語」的內在張力和所伸展的諸多問題，以及所提供的進入中國問題的不同視野和路徑。

〔註14〕陳平原，《文化·尋根·語碼》，《讀書》，1986年，第1期。

四、「文化尋根」的問題視野

　　「文學尋根」和「文化尋根」在 80 年代中期的歷史出場和引起的廣泛討論，昭示了「根」之於民族生存和民族文化發展的重要意義，而關於「尋根」話語所攜帶的現代性、民族化、全球化等話題，所連接的則是整個 20 世紀直到今天知識界所關注的重要問題。從歷史的脈絡來看，發端於上個世紀 80 年代的「尋根」話語上承自「五四」新文化運動以來的「現代性」和「民族性」的思考，下接 90 年代以來的新儒學、保守主義、自由主義等相關的討論。因此，「尋根」話語作為歷史的切入點，鉤沉的是一個世紀以來的中國文學、中國文化、中國思想的內在脈絡和發展趨向，通過「文學尋根」和「文化尋根」的考察，可以看到在一個漫長的歷史時期內思想的連續性和知識者對文化、民族國家等問題不同的訴求，並得以觀照歷史的複雜性和多重面相。

　　「尋根」所藉重的文化資源從廣義的意義上可以分為兩個部分，那就是正統的傳統文化和非正統的民間文化。在阿城和鄭義那裡，他們所尋找的是中國正統的儒道傳統，而在韓少功、李杭育、鄭萬隆那裡，更多的是「不規範」的民間文化和邊地少數族群文化。但在他們的理論和創作之間，又充滿了重重的悖論。阿城在《棋王》〔註15〕中雖則旨在探討道家文化的超脫和「無為無不為」的人生追求，但在文本的深層，透過「食」和「色」的表象，卻透著現實生存的沉重和精神追求的無奈。鄭義在《老井》〔註16〕中，也陷入了對沉重的儒家文化評價的兩難境地，「提筆之先，我自然是偏愛趙巧英的，不料寫來寫去，對孫旺泉竟生出許多竟連自己亦感到意外的敬意。」〔註17〕而韓少功雖然對「楚文化」極盡讚美，傷感於「絢麗的楚文化到哪裡去了？」〔註18〕但在他的代表作《爸爸爸》〔註19〕中，卻痛切地展示了楚地原始初民的愚昧、麻木，延續的是自魯迅以來的現代的「國民性批判」、是知識者的批判和啓蒙傳統。李杭育在他的《最後一個漁佬兒》〔註20〕中，雖然對「最後一個」表現出了無比的敬意，但這「最後一個」在現代的擠壓之下卻更像是

〔註15〕阿城，《棋王》，《上海文學》，1984 年，第 7 期。

〔註16〕鄭義，《老井》，《當代》，1985 年，第 2 期。

〔註17〕鄭義，《太行牧歌——談談我的習作〈老井〉》，《中篇小說選刊》，1985 年，第 5 期。

〔註18〕韓少功，《文學的「根」》，《作家》，1985 年，第 4 期。

〔註19〕韓少功，《爸爸爸》，《人民文學》，1985 年，第 6 期。

〔註20〕李杭育，《最後一個漁佬兒》，《當代》，1983 年，第 2 期。

一曲舊時代的輓歌。對傳統文化的批判與認同、對民間文化的迷戀和游離、知識者的啓蒙情懷和懷舊心態，在「文化尋根」中纏繞在一起，而以此為視點，可以看到一個世紀以來中國的文化、思想流變和知識者的精神譜系。

「尋根」在矛盾和游移中呈現出的對傳統文化的態度其實是內在於80年代知識界的「新啓蒙」運動的。所謂「新啓蒙」是相對於「五四」啓蒙運動而言的，80年代在思想史的意義上被認為是「第二個五四」或者說是「五四」傳統的回歸，「80年代人文思想界的文化進軍背後最大的話語支撐便是五四，」〔註21〕重新被評價和解釋的「五四」傳統成為80年代的文學和文化想像的重要參照和思想資源。在80年代的思想空間裏，「救亡壓倒啓蒙」〔註22〕成為對中國近現代史的普遍共識，因此，在政治上撥亂反正後的「新時期」需要再一次的思想啓蒙。80年代的文化思想界正是通過對「五四」的挪用獲得了「新啓蒙」的歷史合法性，而「五四」所開啓的「啓蒙」傳統在某種程度上也規約了80年代文化反思的方式。當時，以「新啓蒙」為代表的「現代化」意識形態對毛澤東時代政治文化的批判成為思想界的主導潮流，「文學尋根」和「文化尋根」也正是在這樣的意義上跨越了「文革」、「十七年」的政治話語方式，向歷史的深層、更確切地說是向民族文化的深層尋求文化救贖和文學建構的新路向。韓少功、阿城、鄭義等人面對傳統文化的矛盾和猶疑，其實頗具症候性的顯示了80年代「文化熱」整體語境中文化反省的悖論和困境，那就是當他們越過對中國近現代歷史和文化的分析而進入遠古文明和傳統文化時，中國近現代以來的歷史發展的內在邏輯也規定了他們「反省」的不徹底性和種種悖論。「現代化」是80年代的主流意識形態，而傳統／現代則是主要的話語方式，作為「文化啓蒙」者的「尋根」作家們不再可能像古代士大夫階層一樣完全沉浸在「古老而優雅」的儒道文明中，當他們以「現代意識」和「現代視野」對傳統文化進行觀照時，作為現代知識者的「批判」精神則會在不經意間割斷他們對「傳統文化」的尋找和讚賞。換言之，在啓蒙精神和批判傳統成為80年代的主流話語時，當「現代化」成為知識分子和國家權力有「共識」的主流意識形態時，「尋根」作家們根本無法超越當代語境和當代意識而重回傳統。

〔註21〕賀桂梅，《人文學的想像力》，河南大學出版社，2005年版。

〔註22〕李澤厚，《啓蒙與救亡的雙重變奏》，《中國思想史論》，天津社會科學出版社，2003年版。

　　但在經歷了 80～90 年代之交的社會和政治動盪之後，在 90 年代，中國思想界逐漸由「激進」趨向「保守」，知識者從「思想」退回「學術」，相對統一的「現代化」意識形態分裂，而關於「激進」與「保守」、「新自由主義」與「新左派」等成爲文化和思想界的新問題，也就是「告別革命」〔註 23〕之後的中國文化思想變遷的新走向。90 年代以後，韋伯的《新教倫理與資本主義精神》在思想界的流行、對亞洲四小龍的「儒教資本主義」成功實踐的關注、對「五四」以來的激進思潮的反省，共同構成了 90 年代的思想空間，傳統文化研究熱，新儒學、保守主義等一時成爲顯學。歷史的詭譎在於，當站在 90 年代以後的話語空間中重新考量 80 年代的文化啓蒙時，「文化尋根」則彰顯了不同的意義和價值。鄭義對儒家文化的傾心和阿城對道家文化的讚賞，暗合了新儒學和保守主義的思想訴求，而韓少功對「絢爛的楚文化」的尋找、李杭育對不同於中原文化的「不規範文化」的認同和鄭萬隆對黑龍江流域邊地少數族群文明的詩性表達，又和 90 年代的「回歸民間」相呼應。同樣頗具症候性的是，80 年代的啓蒙思想者韓少功在 90 年代主編了《天涯》雜誌，《天涯》和韓少功後來成爲「新左派」的身份標籤。姑且不論「新左派」的身份有多大意義上的分歧，而廣義的「新左派」在 90 年代思想界的出場，實際上是知識群體在潰敗和迷茫之後重新尋找到了討論中國「現代性」問題的新視點。一方面是對 80 年代「新啓蒙」的重新反省，另一方面也是對 90 年代以來已經捲入全球化進程中的中國現實尋求可能的思想生長點。韓少功 80 年代對「民族文化之根」的尋找，實際上在當時是內在於「傷痕」、「反思」等思潮對「十七年」等過往歷史某種程度上的否定性判斷的，但他尋求文化反省的新途徑時，可能不曾預料到，被稱爲「新左派」的知識者在 90 年代以後要重新考量這一時段的社會主義實踐、并反省 80 年代作爲主流話語的「現代化」意識形態的問題。

　　今天重提「文化尋根」、重新梳理 80 年代這一重要話語的意義，其實在於對 80 年代文學反思、文化反思的再反思。試圖通過這種梳理和反省，尋找 80 年代「現代性」的話語譜系和內在邏輯，並提供重新考查 90 年代以來的「激進與保守」、「新儒學」與「資本主義」、「新左派」和「自由主義」、「民族化」、「全球化」、「身份認同」等相關思想問題和話語方式的一個契機，尋求能夠進入當代中國現實的新的知識資源。

〔註23〕李澤厚，《告別革命》，牛津大學出版社（香港），1993 年版。

第一章 「尋根話語」與文學書寫的拓展

　　「文學尋根」或者說狹義上的「尋根文學」在文學史的意義上，是 80 年代文學尋求自我品格的一個重要界碑。首先，在 80 年代中期的文壇上，文學書寫努力尋求反叛「文革」模式和社會主義現實主義的話語資源和表達方式，而當時「傷痕」和「反思」文學在「政治反思」意義上的邏輯展開，使「回到本學自身」、「文學性」的訴求難以實現，「尋根文學」在這樣的意義上成為對一個時代「話語場」的突圍，有重要的意識形態意義。而且，「尋根」在精神追求和創作實踐上的啓蒙情結和精英姿態，使「文學尋根」在多重面向上和整個 80 年代的文學變遷構成了頗為複雜的關係。其次，「尋根文學」作為當代文學史上一次重要的文學實踐，開拓了此後文學書寫的話語空間。「民間」作為一個與國家意識形態敘述相區別的敘事空間浮出歷史水面，對民間最樸素的生存真實的呈現，與宏大敘事的話語規約和敘事策略構成了有趣的對話，民間倫理、民間生存法則在美學意義上獲得了自己的主體地位。在「尋根」對民間生活的展示中，國家政治意識形態訴求漸行漸遠，文學與「革命」、「政治」生活相剝離，普通人的日常生活進入了文學敘事的視野，呈現出一種溫暖而淳樸的「日常美學」。「尋根」中的邊地書寫和族群講述，也拓展了當代文學的表達空間，遠離了借「革命敘事」進入主流文學的族群寫作路徑，使「規範文化」之外的邊地族群獲得了文學、文化上的多重意義，開闢了多元化文學選擇和文化選擇的新的可能性。再次，「尋根文學」的形式創新，在 80 年代的文壇上，不僅對「現代派」文學的形式實踐構成了有效的補充，那就是在文學形

式上向「西方」和「傳統」的雙重借鑒，爲「現代派」爭論之後「文學向何處去」的問題提供了可供借鑒的資源。而且，「尋根」派作家對「語言」、「寓言」等問題的重視，也構成對此後的「先鋒派」小說的先導性作用。形式史本身也是精神史，形式變革的背後其實潛隱了作家個體對世界的不同表達和意識形態的訴求。因此，「尋根文學」作爲 80 年代中期文壇上一次重要的文學思潮，具有歷史「關節點」的意義，一方面它是對此前文學「政治化」寫作的一種反駁，是對文學寫作新的可能性的開掘；另一方面，「尋根文學」也構成了後來文學史的一個起點，它所攜帶的文學敘述的相關問題，對此後的文學寫作產生了深遠影響。

第一節 「尋根文學」的發生與問題

在 80 年代文學史上，「尋根文學」作爲一個重要的歷史「關節點」，不僅聯繫著對此前的「傷痕」和「反思」寫作的政治性訴求的反駁，而且「尋根」所開啓的「文化反思」在文學的表達視野、形式變革、價值判斷等方面都具有對此後文學發展的「先鋒」作用，其文學史和思想史的意義也已在歷史和未來的向度上得以呈現。但在 80 年代複雜的歷史場域中，「尋根文學」是如何發生的？它的歷史出場攜帶著怎樣的問題史？這些問題對當下文學有怎樣的啓示或借鑒意義？對這些問題的重新回視和考量，就不僅具有了單純的歷史意義，而且具有豐富的當下意義。

一、意識形態的價值危機

80 年代初期，在「新啓蒙」的主流話語下，「文革」被指認爲「愚昧」的「封建」時期，而相對應的「文明」的「現代」成爲對一個新的歷史時期的共識，在「文革」結束後的文學思潮中，政治性的控訴和反思成爲主流，「由於文學在『當代』是政黨的政治動員和建立新的意識形態的有力手段，在社會結構、經濟發展的轉變過程中有重要的作用，因而，在許多時間裏具有突出的身份，受到包括政治領導者和一般民眾的重視。」〔註1〕在「文革」結束後的 80 年代，文學同樣分享了這一「殊榮」，文學寫作成爲完成新的歷史「共識」的重要途徑和方式之一，爲新時期的社會政治實踐進行合法性論述，並通過文學藝術建構

〔註1〕洪子誠，《中國當代文學史》，北京大學出版社，2007 年版，第 187 頁。

整個社會的群體認同。當然，這其中也有寫作者和國家政治文化意識形態的裂隙和衝突，但種種的裂隙和衝突又在整個文學體制的規約和壓抑中被限定在國家意識形態所許可的空間中。也就是說，在80年代初文學的生存方式在某種程度上依然是「十七年」文學的延續，對政治文化的意義訴求依然是文學寫作的主要方式，只是在經歷了沉痛的歷史「劫難」之後，文學體制對意義話語的導向性不再採取那種疾風暴雨式的階級鬥爭的方式。

文學與國家意識形態的「共謀」首先表現為文學寫作在「文革」結束後共同參與了政黨的政治實踐，當時的「傷痕」、「反思」小說甚至得到了黨的領導機構和最高領袖、文化官員的肯定。如當時的中央主席胡耀邦在1980年2月12、13日的劇本創作座談會的講話中，在評價「新時期」以來的文學創作時，說：「三年來的文藝，總的來說起了很好的作用，其中特別是寫了大量揭露林彪、『四人幫』的東西，包括他們搞特權，搞冤、假、錯案的作品。我覺得這些作品的絕大部分是很好的，是文藝界對我國人民的貢獻，起到了推動歷史前進的作用。」〔註2〕黨的意識形態的重要領導人胡喬木1981年8月8日在思想戰線問題座談會上的講話說：「這些作品總的說來，是有益的，對於認識過去的歷史，批判『左』傾錯誤，揭露林彪、江青反革命集團的罪行，表現站在正確立場上的黨員和群眾的英勇鬥爭，產生了積極的作用。」〔註3〕可見，黨的重要領導人對「傷痕」、「反思」文學的肯定，是因為文學寫作對揭露「四人幫」、左傾錯誤方面和政治實踐的一致，實際上依然是「文學為政治服務」的延續，是在政治領域而非文學領域的「同步」實踐。而張光年對「傷痕文學」的界定則認為：「所謂『傷痕文學』，依我看，就是在新時期文學發展進程中，率先以勇敢的、不妥協的姿態徹底地否定『文化大革命』的文學，是尊奉黨和人民之命，積極地投身思想解放運動，實現撥亂反正的時代任務的文學。」〔註4〕也就是說，「傷痕」和「反思」的這種主流意識形態的寫作方式是受到了體制的激勵與歡迎的，而且，「奉黨和人民之命」，仍然是依附於政治的「遵命文學」。當時的文學評論家何西來對「傷痕文學」的解釋是：「在『文化大革命』這場綿延十年的歷史浩劫中，黨的優良傳統，人與人之間的正常關係，民主、法制和人的尊嚴，都受

〔註2〕中共中央文獻研究室編，《三中全會以來重要文獻選編》，人民出版社，1982年版，第345頁。
〔註3〕張光年，《文壇回春紀事》，海天出版社，1998年版，第92頁。
〔註4〕中共中央文獻研究室編，《三中全會以來重要文獻選編》，人民出版社，1982年版，第886頁。

到粗暴的踐踏；從國家主席、黨的領袖人物，到庶民百姓，蒙難受屈者以億萬計。這是整個民族的災難和不幸，它造成了無數個人和家庭的悲劇，在人們的心靈上留下了累累傷痕。正面描寫這種傷痕，提示個人和家庭的悲劇命運的文學，就是傷痕文學。」〔註5〕從官方和知識界的對「傷痕文學」的界定和認同，同樣可以看出，在80年代初期，知識界和國家意識形態在面對剛剛過去的歷史時所達成的共識，這也是此後不再來的知識者和權力階層的「蜜月期」。這種政治性的文學依然延續了過去50～70年代文學的敘述策略，那就是文學共同參與了國家意識形態對現實和歷史的合法化敘述。這種強烈的社會憂患意識和政治激情，使70年代末到80年代初的文學依然在「政治化」的敘述規約中，「傷痕」和「反思」都成爲政治控訴和政治反思的文學，核心就是對極左政治的控訴與批判。如「傷痕文學」的典型文本《班主任》和《傷痕》，《班主任》直接指向的是「文革」時期的政治和文化蒙昧主義，班主任張俊石所代表的啓蒙知識分子對「文革」的定義和對「四人幫」的「愚民」政策的控訴，也正是「新時期」政治啓蒙的主流話語。

但是，在政治意識形態和時代主題籠罩下的新時期文學，儘管直接表現重大的社會主題，局限於社會的政治層面，可並不意味著文學和政治的「共謀」中沒有異質的聲音存在。也就是說，「『傷痕』、『反思』文學的『歷史講述』並不是隨心所欲的，一旦其中的話語立場觸犯了國家意識形態的話語禁忌，或者甚至僅僅是引起了後者的『誤解』，對於它的『話語規約』便將不可避免。當然，『話語規約』並不僅僅針對那些『浮出海面』的異質話語，由於文學體制的高度嚴密，那些真正具有挑戰性的『異質話語』實際上是難以出籠的。」〔註6〕因此，當「傷痕」和「反思」文學的「歷史敘述」一旦溢出了國家意識形態所規約的話語空間，就會受到體制的「話語規約」，這種文學和政治之間高度黏合的狀態是80年代初文學寫作的主流。

比較有「症候性」的事件是對「傷痕」代表作《苦戀》的批判，典型地表現出文學界在80年代初「乍暖還寒」的歷史境遇中，爲了和國家意識形態達到思想上的統一而採取的種種措施。當時對白樺的劇本《苦戀》的批判集中在幾個症候點上，如在劇本中，幼小的晨光在禪房裏看到神龕裏佛像時的

〔註5〕何西來，《蚌病成珠──論「傷痕文學」》，《清明》，1983年，第1期。
〔註6〕許志英、丁帆，《中國新時期小說主潮》，人民文學出版社，2002年版，第51頁。

一段對話：爲什麼這個佛像這麼黑啊？長老深沉地說：善男信女的香火把他薰黑了……在批評中被指認爲對「人民」對領袖的信仰的扭曲。當凌晨光的女兒到父親畫畫的簡陋的小屋中告別去國時，女兒說：「您愛我們這個國家，苦苦地留戀這個國家……可這個國家愛您嗎？！」被批評爲，祖國就像母親一樣，不管母親怎樣錯怪了兒子，兒子都不應該不愛或記恨母親。而在劇本的結尾，「文革」結束了，流浪在外的凌晨光卻凍餓而死，他用身體在雪地上畫出了一個大大的「？」號，凍僵的身體成了問號下面那個大大的圓點。同時，在劇本的開頭和結尾都出現了蔚藍的天空中那一行排成「人」字的雁陣、在寒風中堅強地挺立著的那株不屈的蘆葦。這一系列具有象徵性的意象被批判爲：「四人幫」倒臺了，凌晨光怎麼可以死去？那個大大的「問號」是對祖國、對黨的不信任等。其中相關聯的現代迷信、個人崇拜、個人受難、祖國受難、知識分子的精神、個人與國家等問題，成爲批判的焦點。在 80 年代初，也正是通過對這一系列充滿了裂隙的「異質話語」的「規約」，國家意識形態確立了自己所期望的符合「四項基本原則」的「話語秩序」。「文學體制處以《苦戀》的『話語規約』，不僅是要清除『異質話語』並將它的言說主體納入自己的『話語秩序』之中，而且，實際上，它還是『四項基本原則』這一主流意識形態的核心話語的不斷『重申』、『複製』、『滲衍』的『話語再生產過程』。」〔註 7〕

　　另一個「症候性」事件是對禮平的《晚霞消失的時候》的批判，小說通過哲學意義上對「暴力」的反省進而深刻反思了「文革」的暴力話語，以一種時過境遷後的「悲憫」、「寬容」、「平和」達到了對歷史和人性的深刻反思。在「文革」中，群眾暴力以「革命」的名義獲得了合法性，但「革命」的暴力深深地傷害了了少女南珊的生命尊嚴。當成年後的南珊和李懷平再一次相遇，李懷平對曾經參與的群眾暴力的深刻懺悔如果說尚在國家意識形態所許可的話語空間的話，那麼，當泰山法師和南珊對暴力行動的「合法性」反思上升到對一切人類暴力的總體性反思和哲學思考時，敘述的合法性就會遭遇國家意識形態的壓抑和規訓，也表現出禮平式的知識分子寫作與國家意識形態之間所存在的深刻的裂隙。在小說中，文明與野蠻、歷史與道德、革命與暴力、正義與非正義、階級性與個性、善與惡、愛與恨、情與理、信仰與虛

〔註 7〕許志英、丁帆，《中國新時期小說主潮》，人民文學出版社，2002 年版，第 56
　　　～57 頁。

無的思辨都超越了國家意識形態的「革命」、「信仰」等話語空間，顯示了當時的知識分子寫作在試圖構建自己的話語體系時對國家意識形態的越軌和所遭遇的困境。換言之，如何在「話語講述的時代」講述歷史，成為知識分子話語的一種有意義的嘗試，這種嘗試的背後顯示了在80年代初文學書寫溢出國家意識形態話語規範之外的多種可能性的探索。但這種「溢出」很快受到了批判，「非馬克思主義」成為對「南珊的哲學」最具症候性的論斷，「總之，南珊的哲學不可能產生巨大的力量。它不是改造世界的哲學，因為它只是訴諸抽象的人類心靈而否定實際的鬥爭；它不能說明世界，因為它貶低理性而自居朦朧。在地上的神還原為人以後，為什麼又要用老的教條去重新束縛思想呢？」〔註8〕

以上的語境都構成了後來的「尋根」文學從「文化」層面上尋求話語突破、探索文學寫作新的表現領域和可能性的一個重要「話語場」。也就是，當「傷痕文學」和「反思文學」通過「批判精神」和「反思意識」，來控訴和質疑「文革」和「反右」時期的政治「專制主義」和「蒙昧主義」時，相對單一的社會政治視角限制了文學向更深和更廣闊的領域的開掘，而政治文化的標杆也規定了文學的不能「越界」。當一個時代的苦難和創痛得以宣洩、當面對歷史更深入的反省無法推進，「傷痕」和「反思」文學也就遭遇了瓶頸狀態。因此，「文化熱」在某種意義上是政治、歷史的反思無法推進之後的一種策略性選擇，是以文化反思的方式釋放了整個80年代前期知識者的政治激情，即以文化隱喻表現了 80 年代普遍的啟蒙意識，「文化尋根」和「尋根文學」成為知識分子尋求新的話語突破的嘗試，是在國家意識形態的價值危機之時，尋求新的意義話語的思想實踐和文學實踐。因此，在「尋根文學」的背後，「潛伏著一種焦灼不安，一種急於擺脫困境的努力，他們急於找到一個新的思想和藝術的支點，不僅創造出一種新的人格本體。」〔註9〕

實際上，在「尋根文學」以前，文壇已經出現了汪曾祺《受戒》、陳建功的《轆轆把胡同九號》、鄧友梅的《那五》等小說，這些小說不黏著於現實的政治問題，而是把民間、民俗、市井生活帶入了小說創作中，顯示出文學表達另外的可能性。而後來被指認為「尋根」作家的鄧剛也已寫出了他的《迷人的海》。李杭育在描述杭州會議之前的文壇時說：「一些具有先鋒精神的小說家的思維形

〔註8〕若水，《南珊的哲學》，《文匯報》，1983 年 9 月 27、28 日。
〔註9〕蔡翔，《詰問和懷疑》，《當代作家評論》，1993 年，第 6 期。

態發生了很大變化，他們正從原有的『政治、經濟、道德與法』的範疇過渡到『自然、歷史、文化與人』的範疇。」〔註10〕在「杭州會議」之後，「尋根文學」的代表作家韓少功推出了他的小說《爸爸爸》，在這部小說中，背景被推到一個「不知有漢、無論魏晉」式的深山野林中的「雞頭寨」，社會政治的影響被推遠，「雞頭寨」和「丙崽」的故事在文化學和人類學的意義上展開，獲得了全新的「文化反省」的意蘊。史鐵生在他的《我的遙遠的清平灣》中一反「知青小說」對「上山下鄉」的苦難生活的政治反思，把溫情的筆觸伸向了陝北黃土地上淳樸的人情、人性之美和那片土地上厚重、淳樸的民間生活。李杭育在他的「葛川江」系列小說中，專注的是傳統文化消失的悠遠和蒼涼，鄭萬隆的「異鄉異聞」展示了在遙遠的黑龍江流域的密林中發生的種種人和自然的傳奇，烏熱爾圖的「狩獵文化」中的人性之美與勇武成爲鄂溫克民族品格的詩性表達，而阿城對「道家」文化的沉迷和王安憶對「儒家」「仁義」文化的反觀也賦予了新的意義。這一系列被稱爲「尋根」的代表作品，在價值判斷上都遠離了社會政治視角對「人」和「歷史」的反思，傳統與現代、人與自然、歷史與現實、文化的優長與劣根形成了新的價值起點。

因此，「尋根文學」在某種意義上宣告了「新時期共識」的破裂，是「新時期文學」政治反思的整體性和統一性的終結，「尋根」對傳統文化的尋找和對民間世界的關注，使被禁錮在政治意識形態下的文學表達獲得了新的視野，或者說恢復了文學寫作更爲豐富的經驗，文學不再單純是對政治生活和社會主題的演繹和詮釋，而是向文化的深層尋求更爲深遠的歷史記憶和人性內涵。當然，另一方面，「文化尋根」也建構了另一種意識形態的價值判斷，那就是，在「尋根」作家那裡，「尋根」不僅是一種尋求新的自我的表達方式，同時更重要的也是一種社會和文化建構。在「尋根」小說中，那些個體的「他」、或「他們」，都是一個有限的自我，置身並受限於整個文化的規約，也是在這個意義上，「尋根」作家把政治的人轉換爲了文化的人，在消解舊的政治意識形態書寫的同時，實際上開啓了另一種意識形態書寫——文化意識形態。

二、文學形式的現實主義危機

「現實主義」在 20 世紀初進入中國，之所以被熱情地接受，「是因爲它似乎能提供一種創造性的文學生產與接受模式，以滿足文化革命的迫切需

〔註10〕李慶西，《尋根：回到事物本身》，《文學評論》，1988 年，第 4 期。

要。」〔註11〕也就是說，現實主義在「五四」知識者那裡，延續的並不是西方對現實主義的理解，即「一種要在語言中捕獲眞實世界的衝動」，一種基於現實主義對世界的表達的眞實性問題，而是「啓蒙」的需要，是一種解決問題的現實方案，具體說就是如何打破傳統的枷鎖，通過現實主義的敘述重建新的文化圖景。實際上，西方的文學觀念進入中國，從來就不是一種脫離現實的知識掌握，而是進入按照現實需要不斷被重釋的過程。因此，「現實主義」作爲一種文學敘述的形式策略，從一開始其實就暗含了豐富的現實意蘊，他所面對的「中國現實」是「小說中國」所攜帶的「民族」、「啓蒙」、「救亡」等國族和民眾命題。「現實主義」因而成爲大半個世紀中國文學的「圭臬」，並從相對「廣闊」的現實主義命題走向日益狹隘的、窄化的「革命的現實主義」的敘述。

「文革」後的小說基本上延續的是 50～70 年代的文學表達方式，尚未擺脫現實主義的「反映論」和「典型論」的規範，也未從政治批判、歷史反思的現實主義文學成規中解放出來，以至於使「『現實主義』一語直到今天仍擁有相當雄辯的——和政治化的——說服力：每一重要的政治解凍時期（包括1956～1957 年間的『百花運動』和後文革時期）的文學都被當作是對解放前現實主義小說傳統的良性復歸而受到熱烈稱讚。」〔註12〕而現實主義所攜帶的憐憫、眞誠的道德體察和注重人情、人情的倫理關懷，在「文革」結束後的 70 年代末 80 年代初，對打破「文革」「瞞」和「騙」的文學也起到了重要作用。在「傷痕」和「反思」小說中，追尋小說內部的深度意義和倫理內涵成爲重要的訴求，而「深度意義」指向的是政治蒙昧，「倫理內涵」則是對「以階級鬥爭爲綱」的話語機制的反抗。「所有的現實主義小說都是通過維護一種與現實的特權關係來獲得其權威性的。然而，這一訴求不僅僅簡單的是一種消極前提，它也是一個舉足輕重的形式因素，在現實主義模式的所有樣本中都留有運作的痕跡。每一部新作都有權重構這一訴求，由此顯示它對現實的獨特把握。」〔註13〕「文革」後小說正是延續了現實主義這一歷史權威，以「重回十七年」的現實主義的「眞實」爲支點，完成了歷史的翻轉，在文藝理論領域，「十七年」和「文革」時期受到壓抑和批判的「非主流文學」成爲新的文學想像的重要資源，並重新建立起與「五四」啓蒙文學的聯繫，如胡

〔註11〕安敏成，《現實主義的限制》，江蘇人民出版社，2001 年版，第 40 頁。
〔註12〕安敏成，《現實主義的限制》，江蘇人民出版社，2001 年版，第 4 頁。
〔註13〕安敏成，《現實主義的限制》，江蘇人民出版社，2001 年版，第 8 頁。

風的現實主義理論、秦兆陽的《現實主義——廣闊的道路》、錢谷融的《論「文學是人學」》等，當時被稱爲「重放的鮮花」受到文學界的重視。〔註14〕

　　「文革」後小說對現實主義的回歸，一方面是一種歷史慣性的延續，另一方面也源於現實主義的內在規定性，如同「五四」新文學作家對現實主義的呼喚和實踐一樣，對「現實主義」的回歸併不只是出於小說本身內在的美學要求，而是因爲現實主義更有益於對社會和文化問題的解釋。「傷痕」和「反思」文學以及「改革」文學對「歷史現實」和「當下現實」的關注，就是通過宣洩被壓抑的情感和期許未來的美好圖景，而達到了現實主義的「淨化」功能，緩解了人和世界的緊張關係。在現實主義小說中，「文本的合法性由此被交付給了外部世界，因而意義框架彷彿不是來自文本，它們本身就蘊涵在世界之中。」〔註15〕如在「傷痕文學」和「反思文學」的代表作品《班主任》、《傷痕》、《楓》、《在小河那邊》、《李順大造屋》、《天雲山傳奇》等小說中，「被損害」的個體傷痛被象徵性的設計，爲的是將這種精神苦痛的淵源追溯到對個體進行「戕害」的「文革」和「極左」政治。作家們將目光轉向了「歷史劫難」中被「宰割」的個體，對一個個在歷史邏輯上「眞實」的故事的講述，並不是在小說內部完成「故事」的自足性和探尋「故事」和「世界」的關係，而是直接指向了「眞實的故事」背後的政治控訴和人性啓蒙，依然是對剛剛過去的歷史和當下的現實生存的文學言說。在對「浩劫」時代的「傷痛」展示和反省之間，現實主義的「眞實」所指向的全部的社會暴力最終落腳在一個個「眞實」的個體命運中，通過「宣洩」、「控訴」、「傷悼」，社會和個體共同的傷痛得以平復。而隨後的「改革文學」更是「『國家』根據新的歷史需要試圖整合『社會主義現實主義文學』等文學資源，推動『十七年』文學向新時期文學轉移，並提出一整套對新時期文學發展具有某種示範性和引導性的文學成規的艱苦努力。」〔註16〕如蔣子龍的「喬廠長系列」小說，「現實主義」的敘述策略指向的是當時「百廢待興」的中國現實和「現代化」的民族夢想，

〔註14〕在「文革」後對「文學復興」的想像，另一個路徑是恢復「十七年文學」的「主流」，即堅持恢復毛澤東所開啓的「人民文學」的主導地位。這種對未來文學路向的分歧，在此後對《飛天》、《在社會的檔案裏》、《假如我是眞的》等的批判、對詩歌領域的「三個崛起」理論的批判、對「人道主義」、「異化」問題的批判中都有所體現。

〔註15〕安敏成，《現實主義的限制》，江蘇人民出版社，2001 年版，第 18 頁。

〔註16〕程光煒、李楊，《重返八十年代》，《當代作家評論》，2009 年，第 3 期。

「改革」這種面對當下經濟建設的「主流文學」一方面剔除了「傷痕」和「反思」文學對人性的壓抑和摧殘的歷史「陰暗」面；另一方面，這種「現實主義」的講述方式直接參與了國家意識形態對中國現實和未來的設計和期許。「現實主義」通過文本世界達成的人和外部世界的和解，在 80 年代的中國，不僅具有文學史的重要意義，更具有現實的意義。

但當「傷痕文學」和「反思文學」在「撥亂反正」意義上的文學實踐耗盡了自我的創新能力、「改革文學」的現實激情和全民期待遭遇挫折時，和國家意識形態緊密結合的「現實主義」在當時也幾乎耗盡了它所攜帶的「批判」和「啓蒙」訴求。小說在藝術上已陷入了困境，李潔非形象地表達了 80 年代的小說寫作在回歸文學基本常識後的乏善可陳，「在這個意義上，1983 年、1984 年兩年的小說創作，就像是心滿意足地照料自己門前的中產階層。我們讀到的絕大多數作品，從技巧上說，都是既不好也不壞的作品；一方面，它們不像前幾年小說藝術幼稚時期的作品，即便屢獲殊榮，也仍然有大可挑剔之處；另一方面，要說它們有何特異新奇之處，也是絕對談不上的。」〔註17〕雖然，王蒙和宗璞等人的「意識流小說」在「人與歷史」、「人與命運」等命題上已開始了新的嘗試，而汪曾祺的「高郵系列」、賈平凹的「商州系列」盡顯了中國古典筆記小說和散文化、詩化小說的魅力，但小說藝術上眞正的創新尚未形成主流，而「尋根」小說在文學史的意義上可以說眞正開創了小說寫作「溢出」「現實主義成規」的努力和有效的嘗試。

實際上，作爲「尋根文學」的發端的「杭州會議」的主題就是「新時期文學：回顧與展望」，而如何突破原有的小說藝術的規範成爲會議最主要的話題，也就是如何突破「傷痕」和「反思」文學所延續的那種 50～70 年代小說的現實主義的「反映論」和「典型論」的敘述成規、以及政治、倫理、道德的敘事訴求。當時，《受戒》、《那五》、《高女人和她的矮丈夫》等小說所表現出超越現實的政治問題的寫作，反而「從生活的縱深方面掘出幾分世事滄桑的意境。這使人感到，逾過現實的層面倒更容易看清世道人心的本來面目。」〔註18〕而在杭州會議之前，一些後來被稱爲「尋根派」的作家已有作品出現，李杭育的「葛川江小說」系列已初成格局，鄭萬隆也在寫作他的「異鄉異聞」

〔註17〕李潔非，《尋根文學：更新的開始（1984～1985）》，《當代作家評論》，1995 年，第 4 期。
〔註18〕李慶西，《尋根：回到事物本身》，《文學評論》，1988 年，第 4 期。

系列，烏熱爾圖的「狩獵文化」已引起文壇重視，阿城的《棋王》也早被文壇矚目。但李慶西認爲，「尋根」對於這些作家來說，在當時還是個人風格意識的探索，並沒有眞正的文化自覺。但是，無論是從「現實主義」所攜帶的當下意義還是從小說寫作的美學自覺進行考量，都可以說，當「尋根」作家們開始對既有的現實主義規范進行挑戰、嘗試文學寫作另外的可能性時，這些具有「知青」身份的作家們未能和世界「和解」，而走向了更艱難地尋求表達自我和表達世界的新的可能。

三、「回到文學自身」的訴求與悖論

在「文化尋根」出場的歷史語境中，「傷痕」、「反思」、「改革」文學所構建的社會政治話語已無法整合「人與歷史」、「人與社會」等複雜的現實關係，以清算「文革」的政治蒙昧、人性扭曲、經濟停滯爲肇始，文學敘事完成了一個巨大的社會政治變革後意識形態的合法化敘述，但是這場以「文化」的名義發動的席捲全國的「革命」浪潮在文學敘述中的眞正終結，卻開始於 80年代中期的另一場「文化」的文學實踐，即借「文化尋根」把文學敘述推向了「文化」而非當時的社會政治敘述。使「對當代中國歷史的思考，轉而成爲對前現代中國社會與傳統文化的批判；現實的悲喜劇的寫作被代之以一種『民族寓言』式的書寫方式。」〔註19〕也可以說，發端並發展於國家意識形態話語內部的這些文學實踐既不能向歷史和社會的深層推進，也對現實的生存處境失去了闡釋力，「文化」就適時地成爲進入新的話語建構的一個有效切入點，在 80年代「文化熱」、「文化詩學」、「人學」、「人道主義」等話語邏輯下獲得了對歷史、現實發言新的邏輯起點。

同時，新時期文學在經歷了 1983～1984 年的「清除精神污染」後，更迫切地尋求「文學回到自身」的新的可能，「在 80 年代的歷史語境中，『讓文學回到自身』作爲一種同義反覆的表述方式，曾經有強烈的政治批判意蘊。其所反抗的，是那種『階級鬥爭工具論』的文學規範，以使文學從特定政治主題的限制中掙脫出來。但是，由於缺乏對『文學自身』更爲自覺的歷史自覺和有效地知識表述，這種關於文學的想像事實上僅僅只是文學／政治二元對立結構中一個『空位』。也就是說，離開了政治主題，『文學』無法說

〔註19〕戴錦華，《隱形書寫──90 年代中國文化研究》，江蘇人民出版社，1999 年版，第 44 頁。

明自身。」〔註 20〕「回到文學自身」其實是文學剝離政治的最直接訴求,「尋根文學」也正是在新時期文學反抗「文革」和尋求「現代化」話語上的邏輯展開,「尋根」向文化深處的開掘,一度被指認爲文學遠離政治的「文學性」訴求。「尋根」終結了新時期「改革文學」對「現代化」的強國夢想和對民眾美好生活的期許,也就是說,「尋根不再是解決緊張的處於困境的現實難題,而是尋求一種歷史記憶,尋求一種文化趣味。」〔註 21〕但這種「歷史記憶」和「文化趣味」卻不期然攜帶著對民族歷史和民族文化的反思,成爲繼「政治反思」之後的另一次可以被納入國家意識形態的文學想像的「文化反思」。從「政治反思」到「文化反思」,只不過是意識形態話語審美意義上一次轉換,而眞正美學意義上的「回到文學自身」則陷入了另一種悖論,那就是當文學「尋根」試圖在「文學性」意義上拓展新的表達空間和尋求「回到文學自身」的本體訴求時,「尋根」本身的意識形態意味使純粹意義上的「回到文學自身」成爲不可能。

「文化尋根」在八十年代試圖剝離文學書寫與社會政治實踐的黏合,也內在於當時的「文化熱」和「詩化哲學」的話語邏輯和理論譜系。在當時的「文化熱」中,活躍於知識界和思想界的是三個重要的「知識圈」和「文化圈」,一是劉青峰和金觀濤的「走向未來叢書派」,用自然科學的方法進行社會學、歷史學研究,認爲中國封建社會得以長期延續的原因在於中國傳統文化的「超穩定結構」。而以李澤厚、湯一介、樂黛雲等爲核心的「中國文化書院」則著重於對中國傳統文化的現代化轉換的探索。以甘陽、劉小楓、周國平等爲代表的「文化:中國與世界」編委會,主要從事西方現代哲學和美學的譯介,並用新的「非政治」的話語方式來談論中國問題。如果把「文化尋根」置於八十年代中期這一思想空間中,則會發現它本身的文學訴求和文化訴求之間的重重悖論和複雜的意味。尋找傳統文化之「根」、以完成傳統文化的現代轉換和以「非政治化」的方式談論「文化哲學」、「文化詩學」問題、追溯「文化」的「根本」,本來在 80 年代的知識場域中是兩種不同的訴求,即內在的中/西、傳統/現代視野的對立,也是「中國文化書院」和「文化:世界與中國編委會」各自的側重點,但「文化尋根」正是在這兩種知識譜系上顯示了 80 年代知識、思想的複雜性,一方面,「尋根」是向傳統文化深處的尋找,是

〔註 20〕賀桂梅,《「純文學」的知識譜系與意識形態》,《山東社會科學》,2007 年,第 2 期。

〔註 21〕陳曉明,《表意的焦慮》,中央編譯出版社,2002 年版,第 67 頁。

對儒家、道家文化的張揚、同時攜帶著對文化劣根性和民族劣根性的批判；另一方面，以「文化」的視角進入文學想像，首先對應的是 80 年代文學剝離政治化敘述、「回到文學自身」的訴求。但是，正如「中國文化書院」潛在的「西方」視野和「文化：中國與世界」學派顯在的「西學」取向，背後都是 80 年代中國在「西方」視野下的文化「焦慮」。同時，「文化尋根」派的文化訴求也在 80 年代的這一思想譜系上補充了「傳統文化派」和「西學派」各自的盲視，針對「傳統文化的張揚」，「尋根」派發現了傳統文化的劣根性，而當「詩化哲學」把「人」的解放和「個體」的「感性」自由上升到超越歷史、文化的現代烏托邦衝動時，「尋根」則發現了個體受制於文化的種種不自由，也就是阿城筆下的「文化制約著人類」。當然，不管是「傳統文化」派、「西學」派還是「尋根」派，他們所尋求的文化上的保守主義、美學上的激進主義或者是文學上的「非政治」訴求，在 80 年代其實都是一種「非政治的政治」，有豐富的意識形態內涵。

　　歷史的詭譎在於，「尋根文學」試圖擱置「政治化」的敘述尋求新的話語空間的「回到文學自身」的訴求，雖然在 80 年代成為文學尋求自我品格的一個重要界碑，但在 90 年代的歷史語境中，當文學在市場、資本、娛樂、消費等意義上放逐「政治」時，「回到文學自身」和「文學性」又成為了一個新的問題。李陀就曾指出：「隨著社會和文學觀念的變化與發展，『純文學』這個概念原來所指向、所反對的那些對立物已經不存在了，因而使得『純文學』觀念產生意義的條件也不存在了，它不再具有抗議性和批判性，而這應當是文學最根本、最重要的一個性質。雖然『純文學』在抵制商業化對文學的侵蝕方面起到了一定作用，但是更重要的是，它使得文學很難適應今天社會環境的巨大變化，不能建立文學和社會的新的關係，以致 90 年代的嚴肅文學（或非商業性文學）越來越不能被社會所關注，更不必說在有效地抵抗商業文化和大眾文化的侵蝕同時，還能對社會發言，為百姓說話，以文學獨有的方式對正在進行的巨大社會變革進行干預。」〔註 22〕李陀對「純文學」的反省實際指向的是對當下文學的憂慮，當「純文學」在 90 年代的語境下失去了所反抗的文學體制時，也因為和現實的疏離受到質疑。賀桂梅則敏銳地指出，「導致文學在 90 年代『失效』或『失勢』的原因，並不在於『純文學』觀念自身，而在於『純文學』（或『純藝術』）的體制與具體作品內容的政治性之間的『張

〔註 22〕李陀，《漫說「純文學」》，《上海文學》，2001 年，第 3 期。

力關係』的消失。」〔註23〕在這樣回視的視野上,「尋根文學」在疏離社會政治書寫而向文化深處的開掘也不期然落入了這樣一個悖論,那就是當「尋根」作家們爲了逃離社會政治化的文學表達、終結「文革」敘事、開拓新的話語空間時,並不是在現實中尋找話語資源,而是一頭扎進了傳統文化的汪洋大海和偏遠閉塞的深山野林。當然,這樣說並不是否定「尋根文學」在反抗既有的文學話語方式和價值判斷時在 80 年代所具有的先鋒性,以及逃離政治書寫、「回到文學自身」的努力,因爲在文學發展的不同階段,由於文學體制、文學消費、文學評價標準等因素的不同,對同一文學現象的考量會有很大的不同。換言之,如果在 80 年代文學和 90 年代文學之間試圖建立同一性理解,實際上往往會遮蔽對不同歷史時段和具體歷史問題的深入分析的可能性。在 90 年代,當「純文學」和「回到文學自身」作爲一種政治性的反抗力量失去「效應」時,「文學尋根」所開啓的對新的話語方式的尋找,依然是文學試圖建立對自身的反省與警覺的可貴嘗試。雖然,「80 年代前期,關於『文學』獨立內涵的建構始終處在文學/政治的二元結構中,『文學性』始終是以『反政治』或『非政治』性作爲內涵的,文學的內涵有其所抗衡的政治主題的反面而決定。在這樣的意義上,『傷痕文學』、『反思文學』、『尋根文學』、『朦朧詩』等創作潮流,以及『文學是人學』、『文學的主體性』等批評範疇,人就處於社會主義的話語體制當中,而並沒有形成新的自我表述的話語方式。」〔註24〕但是,「尋根文學」對文學/政治二元結構的反抗、對文學/文化視野的介入、對新的話語表述方式的尋找,在今天看來,依然有重要的文學史和思想史的意義。作爲一個重要歷史時段的「關節點」和「中間物」,「尋根」不僅拓展了新的表達視野,而且開啓了文學形式革命的先河。

　　總之,勾勒 80 年代「文化尋根」前後的知識譜系和歷史語境,是爲了把問題歷史化,也是爲了在「清理」中尋求「尋根」的「自我批判」,並從歷史反思和批判中,發現「尋根」的歷史輪廓和意識形態的訴求,也是從現實出發回溯歷史、并能以歷史的態度考量這一話語的複雜性。借用賀桂梅描述「純文學」的歷史譜系時的話,可以說,只有從「自我批判」的高度上,「文化尋根」才可能被視爲一種意識形態,那些支撐著「文化尋根」表述的潛在歷史

〔註23〕 賀桂梅,《「純文學」的知識譜系與意識形態》,《山東社會科學》,2007 年,第2 期。

〔註24〕 賀桂梅,《「純文學」的知識譜系與意識形態》,《山東社會科學》,2007 年,第2 期。

結構和認知框架才能夠被顯影出來。也唯有如此，有關「文化尋根」問題的討論才可能不淪爲毫無生產性的非此即彼的爭辯，而成爲思考當前歷史條件下文學及文學研究重新尋找批判性立足點的步驟之一。〔註25〕

第二節 文學話語空間的拓展

　　整個 20 世紀 80 年代的文學史可以以「尋根文學」爲界分爲兩個部分，在此前，圍繞社會政治生活的文學敘述和現實主義的敘述方式成爲文學主流，而在此後，從政治生活逃逸，民間、日常生活、邊地族群等漸次進入文學視野，小說的形式創新也日益多樣化。因此，作爲歷史的一個重要的「關節點」，「文學尋根」不僅在敘述倫理上是對「傷痕」和「反思」小說的反駁，同時攜帶著 80 年代「文學啓蒙」的熱望，而且，它對此後的先鋒派的形式創新、「新寫實」的日常生活敘述都有先導性作用。正如曠新年所指出的，「『尋根文學』構成了 20 世紀 80 年代中國文學的一個重要的文學現象，它並非是一個時過境遷的潮流，而是成爲彌散在中國當代文學中的一種力量和重要的酵素。它導致了中國當代文學的精神轉向和中國當代文學審美空間的大量釋放，也導致了中國當代文學表現領域的轉移和疆界的大規模拓展。」〔註26〕

　　但「文學尋根」自始至終都不是一個有嚴格的開始和結束的文學運動，關於「尋根文學」的開端就存在不同的定位。季紅眞認爲，「尋根」思潮最早可以追溯到汪曾祺 1982 年 2 月發表於《新疆文學》上的理論宣言《回到民族傳統，回到現實語言》〔註27〕，而《受戒》和《大淖記事》則是這一宣言的創作實踐。而李慶西則把「文學尋根」淵源追溯至賈平凹於 1982 年發表的《商州初錄》〔註28〕，陳思和將之追溯到王蒙在 1982～1983 年間發表的一組《在伊利》系列小說，認爲王蒙爲以後的「文化尋根」派小說開了先

〔註25〕借用賀桂梅在《「純文學」的知識譜系與意識形態》中對「純文學」問題的討論方式。通過把「純文學」變爲「問題」的知識譜系學考察，賀桂梅還原了「純文學」出場的歷史語境和意識形態性。而此處對「文化尋根」的歷史發生和其作爲歷史「中間物」的考察，也是爲了把「尋根」還原到 80 年代豐富的歷史場域中，發現「文化尋根」和「尋根文學」所攜帶的複雜的問題意識。

〔註26〕曠新年，《寫在當代文學邊上》，上海教育出版社，2005 年版，第 75 頁。

〔註27〕季紅眞，《文化「尋根」與當代文學》，《文藝研究》，1989 年，第 2 期。

〔註28〕李慶西，《尋根：回到事物本身》，《文學評論》，1988 年，第 4 期。

河〔註29〕。雖然學界對「尋根」文學的開端有不同的體認，但相對有共識的
是，最早提到「尋根」這個概念的是在李陀給烏熱爾圖的通信中，李陀說：「……
我很想有機會回老家去看看，去『尋根』。我渴望有一天能夠用我的已經忘掉
了許多的達斡爾語結結巴巴地和鄉親們談天，去體驗達斡爾文化給我的激
動。」〔註30〕其實，不管是《受戒》、《商州初錄》、《在伊犁》，還是烏熱爾圖
充溢了邊地奇觀和民族風情的書寫，實際透露的都是一種遠離社會政治化敘
事的新的文學話語，一種關於民風風俗、地域風情、人情世故、日常生存的
話語方式，而這種統攝在廣義的「尋根」下的新的話語方式，顯示了文學書
寫新的視域和審美風格。

一、民間生存本相的呈示

小說自起源於稗官野史、街談巷語、道聽途說始，就是一種「民間傳統」，
當然，班固在《漢書‧藝文志》中的小說界定並不是現代意義上作為一種文
學體式的小說，可「民間」作為小說的來源則是無可置疑的。但是，小說藝
術的這種民間傳統在現代以來的文學敘述中逐漸陷落，小說成為「啟蒙」民
眾、參與整個民族國家建構的重要載體，小說的「江湖」空間、市井冷暖、
傳奇因素等在「革命」歷史敘述中被驅逐。但在80年代的「尋根文學」中，
「民間」、「市井」、「風俗」等作為美學範疇重新進入文學史，並延續到90年
代的「民間」書寫，成為90年代文學的重要走向之一。從80年代作為「尋
根」先導的「風俗文化小說」始，「小說由此開始『回家』，離開社會政治與
意識形態的急流，而接近於許多恒久長在的東西，接近於生存、人類永恆不
變的風景，開始關注安歇在古老的家族譜系上生長出來的人物，這些人物的
社會特性、階級身份都逐漸模糊化了，而他們的種族文化特性卻逐漸清晰起
來。」〔註31〕

賈平凹在他的「商州三錄」系列小說中，社會政治變遷被推遠，自然奇
觀、民風民俗、民間傳奇、鄉村野史成為小說敘述的主要對象。在他的「商
州」民間，自然萬物與異鄉異聞水乳交融，山川河流與村史奇人相映成趣，
在這個似乎不被政治文化所浸染的鄉野之處，民間倫理、民間生存法則成為

〔註29〕陳思和，《當代文學中的文化尋根意識》，《文學評論》，1986年，第6期。
〔註30〕李陀、烏熱爾圖，《創作通信》，《人民文學》，1984年，第3期。
〔註31〕張清華，《民間理念的流變與當代文學中的三種民間美學形態》，《文藝研究》，
2002年，第2期。

重要的價值判斷。在 80 年代初的文壇上，當革命傳奇、政治控訴、歷史反思成爲文學書寫的主流時，賈平凹的「商州」系列小說無疑像一陣清新之風，越過了政治化敘述的壁壘，原來在廣闊的民間世界有如此之多的鄉野軼事、浪漫傳奇。《黑龍口》寫得不像小說，但在風雪肆虐、夜宿農家的散淡講述中，把一個青山綠水中深山小鎮的鄉風民俗展現的淋漓盡致。《莽嶺一條溝》中，居於深山之中的接骨名醫卻在一個深夜被狼脅迫爲老狼治病，終因愧疚跳崖而死。《捉魚捉鱉的人》中那個奇醜的捕魚人放進水裏的求愛瓶，在美好的期待和希望中透著一份沉重和蒼涼。《小白菜》中美麗善良的小白菜因美麗而被嫉妒，命運多舛，在世人的白眼中悲慘地死去。《一對恩愛夫妻》中，相愛的夫妻爲了逃脫書記的魔爪，不得已毀容。在賈平凹的「商州」，善與惡通行，美與醜並肩，這裡既不是酷烈的階級鬥爭的「戰場」，但也不是世外桃源，在祖祖輩輩生老病死的深山密林中，生活在「歷史」之外的人們卻無法逃脫世世代代的命運悲歡。《周武寨》中，周家和武家在幾代結怨後終於和解，基於民間的最基本的生存法則和人性中善的因子，使歷盡劫難的周家母子接納了流浪歸來的武家父女，一個新的家庭組合演繹了民間世界的寬容和溫愛。《劉家三兄弟本事》中，貧窮使人性變異，劉家老大奪取本是給老三介紹的對象，而老二居然在分家時也要把嫂子作爲財產分了。在賈平凹這些被視爲「尋根」先導的系列小說中，「尋找」的主旨並不在民族文化之根和地域文化之根，他通過「商州」這一地域書寫回到的是廣闊的民間天地，是隨著世事變遷依然行走在「歷史」之外的民間生活，山川河流亘古不變，人情、人性、民風、民俗雖在隨時而變，但根底裏卻是民間的基本生存倫理和生存選擇。

鄭義的「尋根」代表作是「太行牧歌」中的《遠村》和《老井》，鄭義回到太行山深處，期待在晉地尋找到傳統文化之根，看他看來「作品是否文學，主要視作品能否進入民族文化。不能進入文化的，再鬧熱，亦是一時，所依恃的，只怕還是非文學因素。」〔註32〕姑且不論鄭義在太行山深處是否找到了民族文化的遺存，但從《遠村》和《老井》看，小說中更打動人的卻是千百年來亘古如初的民間生存和民間倫理，它們沉滯、壓抑但又充滿民間的溫情和道德訴求。在《遠村》中，楊萬牛爲了心愛的女人葉葉多年來堅持著「拉邊套」的痛苦生活，這種一個女人和兩個男人的生活實際上是被儒家的倫理文化所不齒的，但在貧窮的太行山裏，只有楊萬牛無怨無悔的「拉邊套」才

〔註32〕鄭義，《跨越文化斷裂帶》，《文藝報》，1985 年 7 月 13 日。

使葉葉一家的生活得以延續，民間世界不僅默認了這種生活方式甚至成為一種具有地方性的民間生存常態。楊萬牛和葉葉做夢都想成為真正的夫妻，可是，生存的壓力和基於家族「換親」婚姻的束縛，他們只能痛苦地承受著這種有愛但沒有婚姻的生存方式。相對於狗的追尋愛和自由的勇氣和魄力，人類的生存顯得如此的沉重和壓抑。同樣，在《老井》中，孫旺泉和巧英志同道合，他們期待能走出大山到外邊的世界。可是，他們一次次被民間的道德倫理所淹沒，在民間倫理的重壓之下，「孫旺泉本是英雄小龍再世，自帶幾分神氣兒。但積歷史、道德、家庭、個性的包袱於一身，漸漸，竟由人變作一塊嵌死於井壁的石。」〔註33〕孫旺泉像一座沉默的大山，只有承受和屹立，他無奈的選擇和最後對大地的堅守，只不過再次證明了他的「根」就在太行山的民間世界，離開這裡，他的生命就會枯萎。

小說家李銳在他的「呂梁山」系列小說中，同樣呈現了民間生存的沉重、壓抑和自在自為。從成名作《厚土》到《無風之樹》、《萬里無雲》，李銳矚目於呂梁山的厚土中，人物、大山、河流、牛羊在天地之間獲得了同樣的存在理由，他們都是小說中的主人。李銳遠離了「五四」以來鄉土作家們的啟蒙熱忱，他只是民間生存的一個平視者，他的小說似乎不是「敘述」而是「呈示」，「他們就像黃土高原上默默的黃土山脈，在歲月中默默地剝蝕，默默地流失……或許有一天，會突然間在非人所料的去處，用他們的死沉積出一片廣闊的沃野。歲月悠悠，物換星移，在無限無極的時間和空間中，這完全是無意的呈現，便愈發給人以無可言說的震撼。」「我的小說若能把這驚歎與錯愕略表一二就是莫大的幸運。從不敢奢望那個無言卻又無所不包的呈現——那呈現本是給予所有已經死去的、正在死去的和將來必定也要死去的全部生命的報償。」〔註34〕在對「厚土」的生存本相的呈示中，黑鬍子老漢的戲文「香車寶馬」、「笙簫笛管」和「天天讀」的「毛主席語錄」構成一種戲謔的場景，知青們在「廣闊的天地」裏看到是以「救濟糧」為交換的男女苟合（《鋤禾》）。兩個男人在生死一瞬間的換妻得來的平衡（《眼石》），下鄉的女知青在洪水中犧牲，多年以後，隊長尋到一個男人的屍骨和她合墳（《合墳》）、卑微的男人因著一點可憐的尊嚴弄得家破人亡（《青石澗》），暖玉成了矮人坪男人

〔註33〕鄭義，《太行牧歌》，《中篇小說選刊》，1985年，第4期。
〔註34〕李銳，《生命的報償》，《厚土》，人民文學出版社，2008年版，第216～217頁。

們的「共妻」，苦根兒的革命話語和民間倫理背道而馳（《無風之樹》）。在貧瘠、沉滯的呂梁山間，物質的貧乏觸目驚心，身體的欲望一觸即發，但「對他的角色而言，『食』和『色』都已逼到最基本的生存界面。……他們的行為就算離經叛道，比起整個天地不仁的大環境，竟顯得良有以也了。」〔註35〕在以呂梁山為背景的一系列小說中，李銳就是以這種裸露的生存真實「呈現」了「人與自然之間相互的剝奪和贈與」，使「生命的本相讓人無言以對」。〔註36〕

而在莫言的小說中，「大地」和「民間」則獲得了它們最原初的意義。他筆下的「大地」和「民間」展現的是自然的生機勃勃和人性的豐盈複雜、善惡難分，他的民間世界不是田園牧歌、不是風俗民情，不是藏污納垢，是生命的自然張揚和大地詩情的自然湧現。在莫言的「高密東北鄉」，革命歷史敘述中作為革命對象的土匪殺出江湖，成為抗日的民族英雄，一反革命意識形態的敘述策略，「『土匪』從意識形態的兵營反出江湖，一時間遍地英雄下夕煙。」〔註37〕《紅高粱家族》中的土匪余占鰲的「搶佔民女」和「殺人越貨」在民間敘述倫理下成為自然生命強力的高揚，他最後走向抗日戰場在血流成河中成就了「草莽英雄」，反襯出現代人的虛弱和蒼白。而「我奶奶」戴鳳蓮對愛和生命自由的追求，如同高密東北鄉的紅高粱，淒婉動人、濃烈激蕩，相對於對傳統女性賢良淑德的文學想像，「我奶奶」發出了對生命自由的呼號：「我愛幸福，我愛力量，我愛美，我的身體是我的，我為自己做主，我不怕罪，不怕罰，我不怕進你的十八層地獄。我該做的都做了，該幹的都幹了，我什麼都不怕。」在整個的「紅高粱家族」中，莫言跨越了庸俗社會學和政治倫理學對家族歷史的追溯方法，緣於大地和民間的詩意與激情，使「紅高粱家族」成為真正的民間傳奇的歌哭，而「人類學的『生命詩學』發酵了他的那些鄉村生活經驗，使他躍出了當代作家一直難以脹破的鄉村敘述中的風俗趣味、倫理情調、道德衝突，而構建出了一個全然在道德世界之外的『生命的大地』，一部由人性和欲望而不是道德和倫理書寫的民間生存的歷史。」〔註38〕如同戴鳳蓮在生命的彌留之際對上天的追問：「天，什麼叫貞節？什麼叫正道？什麼是善良？什麼是邪惡？」但是，莫言所尋找到的民間大地和民

〔註35〕 王德威，《呂梁山色有無間——李銳論》，《當代小說二十家》，北京三聯書店，2006年版，第186頁。
〔註36〕 李銳，《銀城故事·訪談》，《銀城故事》，長江文藝出版社，2002年版。
〔註37〕 黃子平，《「灰闌」中的敘述》，上海文藝出版社，2001年版，第81頁。
〔註38〕 張清華，《敘述的極限——論莫言》，《當代作家評論》，2003年，第2期。

間激情也成爲「尋根」文學的終結，他把居於邊緣地位的民間生活上升到敘事倫理的中心，把居於歷史邊緣的人物、那些被主流敘事所遮蔽的民間人物上升爲歷史和民族的主體，在這樣的意義上，「在被權威敘事淹沒了的邊緣地帶，在紅高粱大地中，莫言找到了另一部被遮蔽的民間歷史，也告別了『尋根』作家相當主流和正統的敘事目的。」〔註39〕

　　如果說「尋根」作家們對民間世界的發現和對民間生存方式的書寫，在80年代的歷史語境中是一種敘事策略，是爲了反抗政治意識形態的統治地位，尋求新的話語表達方式，依然承載著他們的進入主流並試圖重新佔據歷史主體地位的努力，那麼，在90年代以來的文學書寫中，「民間」才眞正獲得了美學的主體地位，「民間書寫」成爲與「精英寫作」、「大眾文化」等概念相對的一個獨立的審美範疇。李銳繼續了他的「銀城系列」，從歷史邊緣出發解構了正統的革命敘事，從淹沒在時間深處的「舊址」和「廢墟」上重新打撈被主流歷史所遮蔽的民間生存眞實。賈平凹在他的鄉土新作《秦腔》中重新書寫了鄉村破碎的歷史和民間世界的整體性的斷裂，「回到純粹的鄉土生活本身，回到那些生活的直接性，那些最原始的風土人情，最本眞的生活事相」。〔註40〕而莫言從《豐乳肥臀》、《檀香刑》到《生死疲勞》，民間的哀告、苦難、屈辱和大地的悲愴、創痛、酷烈，展示了一種幾乎「純粹」的民間話語，包含了「血與淚的心痛和悲憫」，在他的筆下呈現出一個「偉大的民間，被剝奪和被凌辱的民間，也是因爲含垢忍辱而充滿了博大母性的永恆民間。」〔註41〕而畢飛宇的《平原》、閻連科的《日光流年》、《受活》、李洱的《石榴樹上結櫻桃》等小說則爲「鄉土民間」提供了另外的文學想像，「民間」不再是敘述的策略性選擇而是敘述本身、生活本身。

二、從政治生活到日常生活

　　從「尋根小說」開始，日常生活成爲小說敘述的重要資源，在50～70年代文學以至新時期最初幾年的文學寫作中，「政治生活」成爲主要的敘事資源，人物的命運遭際、悲歡離合常常和重大的歷史事件、政治事件聯繫在一起，在風雲變幻的政治風雲中，日常生活敘述幾乎被拒絕，即使是「傷痕」

〔註39〕張清華，《敘述的極限──論莫言》，《當代作家評論》，2003年，第2期。
〔註40〕陳曉明，《本土、文化與閹割美學》，《當代作家評論》，2006年，第3期。
〔註41〕張清華，《敘述的極限──論莫言》，《當代作家評論》，2003年，第2期。

和「反思」小說中的小人物的命運，也離不開重要的歷史境遇對自我命運的潛在規定性，背後指向的是「十年文革」的創傷性經驗。但在「尋根」小說中，政治生活漸行漸遠，日常生活作為一種「意義訴求」的源流受到關注。正是在日常生活的不自覺的流動、自在的生存方式中，潛隱了「文化」的內在積澱和慣性。李慶西就認為，「『尋根派』作家之所以如此重視日常生活的價值關係，也正是因為從人的基本生存活動中發現了命運的虛擬性。如果要真實地表現人格的自由，可行的辦法就是穿越由政治、經濟、倫理、法律等構成的文化堆積，回到生活的本來狀態中去。真實的人生，人的本來面目，往往被覆蓋在厚厚的文化堆積層下。這種堆積，既有歷史的，也有現實的。」〔註42〕這在史鐵生、李杭育、阿城、王安憶等作家的小說中都有所體現，他們講述普通人的庸常故事、講述小人物的苦惱和悲歡、講述歷史潛流之下的日常生存，在對日常生活的關注中，文學體現出不同於以往的品性。

　　史鐵生的《我的遙遠的清平灣》，沒有那個年代無處不在的政治話語，他用回憶的方式講述了在清平灣插隊時的日常生活，貧窮、苦澀但充滿了人情味的陝北農村，在回望的視野裏像一幅散淡的水墨畫慢慢鋪開。小說沒有尖銳的矛盾衝突、沒有情節的起承轉合，對陝北民間的日常生存方式、日常人情冷暖的講述呈示出一種新的小說美學。同樣是寫知青生活，同樣是對「鄉土之根」的尋找，但史鐵生遠離了當時的公共話語，而是轉向以個人話語書寫自我的人生經驗和命運遭際，並懷了悲憫和溫潤之心，世俗生活的貧瘠和苦難也因此被超越，荒涼的內心因為那些日常的、世俗的溫暖而日漸豐盈。《插隊的故事》中，在偏僻的大山裏，人們過著日出日落的日子，明娃的故事、瞎老漢和隨隨父子的故事、懷月兒的讀書夢、金濤和徐悅悅當小學老師的故事、小彬和劉溪沉默沒有結果的愛情，所有的一切都普通瑣碎，像任何一個地方平平淡淡的世俗生活。史鐵生在離開清平灣多年以後，重新回到當年插隊的地方，重新回望過往的生活，沒有對歷史的控訴、沒有對苦難的言說、甚至也沒有對命運的傷悼。這種世俗的、日常的敘述在知青文學中可以說獨樹一幟，當他再一次回到遙遠的陝北農村，尋找自己曾經的生活之「根」，但這「根」既不是對民族文化重塑的期待也不是對沉滯、麻木的鄉土文化的反省，而是最普通和日常的世俗生活。在這樣的意義上，史鐵生的「尋根」提供了一種不同於其他作家的「文化」尋根，他沒有「文化」焦慮，他的小說

〔註42〕李慶西，《尋根，回到事物本身》，《文學評論》，1988 年，第 4 期。

呈現的是民間世俗生活的常態，他不悲憤也不喜悅，世俗和日常成爲一種溫柔的略帶憂傷的美學風格。

李杭育的「尋根」小說《沙灶遺風》和《最後一個漁佬兒》關注的也是普通人的平凡生活，一個人的日常生活被不斷前進的時代拋下後的孤單和寂寞，人與變動的世界相遇時的尷尬和落寞。耀鑫雖然執著地要實現自己造一座屋的夢想，卻勸自己的徒弟另謀職業了，而葛川江上最後一個漁佬兒福奎則繼續著他貧窮但自由的生活。這是一個時代的困惑，在「現代」文明和「古老」的生活間，「現代」人承受著變革帶來的精神痛苦。在李杭育的小說中，「最後一個」的悲涼、「遺風遺俗」的無奈都是通過世俗的日常生活來表現的，福奎雖然成了葛川江上的最後一個漁佬兒，已經捕不到魚，可他不喜歡岸上的生活，他寧肯讓貓把他好不容易捕到的鱸魚叼去也不想給可以爲他提供一個新工作機會的大貴吃，他甚至覺得死在岸上對他都是一種恥辱。畫屋師爹耀鑫和兒子爲蓋房的事爭吵，卻終於不能圓了那個給自己畫屋的夙願。在李杭育的小說中，世俗生活的變遷成了敘事的主要動力，他回到生活的本來狀態中去，並從日常生活中挖掘時代變遷帶來的心靈創痛和掙扎。

阿城的「尋根」代表作《棋王》對世俗生活的關注和對世俗生活價值的肯定，在當代文學史上具有非常重要的意義。在《棋王》中，構成「棋呆子」王一生日常生活的就是「吃」和「棋」，阿城極盡細微地描述了王一生對「吃」和「棋」的執著，「衣食之本」和「精神自由」在王一生身上同樣的重要，王一生對飢餓的理解和對糧食的極度愛惜，其實是最根本的世俗生活倫理。小說對王一生的日常生活的書寫，沒有大的悲歡離合、沒有作爲「棋王」的跌宕傳奇，一切皆出於世俗的人生常態，下鄉、下棋、吃飯、比賽，對王一生而言皆非刻意爲之，而是世俗人生的日常點滴。《棋王》其實可以寫成一個傳奇，可阿城棄傳奇而親日常，身懷絕技的王一生不以棋行走天下，撿破爛的老者也不以棋爲「生」。「棋道」在小說中雖然被賦予了「道家」文化的象徵，但對於「爲棋不爲生」的無名老者和王一生而言，「棋」就是他們的日常生活。阿城的另一篇小說《孩子王》，講述的也是下鄉知青的日常生活，被調去當老師和被辭退重新回去種地，對於主人公而言不過是從一種生活到另一種生活的日常改變，沒有悲喜、沒有掙扎，一切皆從容平淡。山裏的孩子們的故事也和「啓蒙」等知識話語無涉，多認識幾個字、可以寫像樣的作文，樸素地就像山裏日出日落的生活。當然，如果說阿城在「三王」中依然有對自然、

文化的烏托邦懷想，那麼，到《邊地風流》則幾乎是凡俗人物的「異鄉異聞」，可能平庸瑣碎、可能無所作為、可能粗鄙醜陋，可依然透著世俗生活中的「生氣」和「意味」，俗人俗事、人間煙火成為小說敘事的主體。「如果『三王』小說仍執著『禮失求諸野』的烏托邦懷想，《邊地風流》所要標記的，應是『禮不下庶人』。庶人所充斥的是世俗社會，熙來攘往，啼笑之外，更多是不登大雅的苟且與平庸。」〔註43〕

王安憶的《小鮑莊》向來被視為「尋根」文學中探尋「儒家文化」的代表作，而儒家的「仁義」文化主要通過撈渣這個人物來完成的，那麼，構成撈渣「仁義」的是什麼樣的感人故事呢？王安憶寫的都是日常生活瑣事，撈渣從小就知道給孤寡老人鮑五爺送飯，陪鮑五爺說話，和二小子玩「鬥老將」，把自己的「老將」全還給了二小子，自己卻輸了，把自己讀書的機會讓給了二哥，「撈渣不念書了，成天下湖割豬菜，和著一班小孩子。小孩子都圍他，歡喜和他在一起。誰走得慢，撈渣一定等他。誰割少了，不敢回家，撈渣一定把自己的勻給他。誰們打架了，撈渣一定不讓打起來。跟著撈渣，大人都放心。這孩子仁義呢，大家都說。」在日常生活的瑣事中，鄉土中國「仁義」的文化積澱源遠流長，通過對鄉土生活日常性的講述，王安憶實現了她的文化懷想和倫理訴求。並不是鄉土中國沒有苦難和血淚，但在《小鮑莊》中，鄉村的血淚苦難被日常的溫情所遮蔽，有疼痛也有溫情，鮑彥山家收小翠做童養媳，一天被使喚得團團轉，但「比起別莊的童養媳，小翠可說是享福了，不挨打，給吃飽。」鮑秉德的妻子因為生了幾個死孩子，被逼瘋了，可鮑秉德又不忍心拋棄她。王安憶用「仁義」一條線，串起了日常生活的散漫和無序，使日常生活生出意義，呈現出在日常生活緩慢流動下潛隱的文化惰性，在平淡無奇的世俗生活根底下的麻木、善良、愚鈍、純樸，但這種似乎平淡無奇地對日常生活的書寫，卻「免除了大悲大慟大喜大憂，它穿過了我們易於動情的感受表層，撼動了平日一貫沉睡著的靈魂。」「它平實、質樸，無意間體現了很高的悟性。它有感於農民的悲歡以及對悲歡的健忘，有感於農民的宿命感以及對宿命的認可，有感於農民的愚昧以及對愚昧的不自知，有感於農民的親善和睦以及對親善和睦的不自覺。」〔註44〕

〔註43〕王德威，《世俗的技藝——阿城論》，《當代小說二十家》，北京三聯書店，2006年版，第305頁。

〔註44〕吳亮，《小鮑莊的形式與涵義》，《文藝研究》，1985年，第6期。

其實，在「尋根」作家的日常敘述和世俗關注中，一方面隱含了他們的「文化」反省，另一方面也是文學書寫在突破原來的小說創作範式、尋找新的寫作資源的一種途徑，「『尋根』作家在對傳統藝術精神的追溯與認同中，使潛伏在民族心理深處，附著在傳統文化底蘊上的審美意識，在當代得以復活。……『尋根』作家在對民族藝術精神的認同和對傳統審美經驗的重現，復活了民族的審美意識以及民族所特有的美學氣韻和情致。」〔註45〕「日常生活」作為一種審美元素進入文學書寫，形成了一種不同於以往「政治化」寫作的美學風格。但是，文學史的弔詭在於，如果說在80年代中期的「尋根」小說中，「日常生活」作為一種反抗的力量進入了文學書寫並開啟了一種新的美學風格、顯示了小說寫作的多種可能性和文學自身的調整的話，那麼，在其後的「新寫實」小說中，「日常」和「世俗」在一定意義上就成為了小說寫作本身，或者說，對「日常生活」本原的展示，終結了作家們的「文化」啟蒙和更深的「意義」訴求，「煩惱人生」成為缺少未來指向性的生存展示。而從日常生活作為一種重要的審美範疇到「新寫實」日常生活的詩意消解，也顯示了80年代文學發展的內在軌跡和作家寫作立場的流變。當然，在90年代以後的小說中，文學寫作中的「日常生活」再次顯示了它本身的豐富涵義，如王安憶的《長恨歌》從王琦瑤一生的日常故事演繹了一個女人和一個城市千絲萬縷的關係，鐵凝的《笨花》對鄉土生活日常性的書寫還原了民間生活的韌性和自在性，賈平凹的《秦腔》通過日常生活書寫鄉土生活的破碎和鄉土中國的輓歌，畢飛宇的《平原》以日常敘事書寫鄉村政治、而新作《推拿》書寫一群盲人在「黑暗中的舞蹈」和日常的尊嚴和溫情等，「日常生活」再次獲得了文學敘事的「尊嚴」和「意義」。

三、「規範」之外的邊地族群書寫

在「尋根」文學中，許多「尋根」派作家為了在「民間」和「非主流」文化間追尋到「民族文化」之根，而走向了深山密林、邊地族群，試圖以「邊緣文化」來反抗和顛覆「正統文化」。韓少功在他的尋根宣言《文學的「根」》中就明確指出，「在一定的時候，規範的東西總是絕處逢生，依靠對不規範的東西進行批判地吸收，來獲得營養，獲得更新再生的契機。」〔註46〕李杭育

〔註45〕曠新年，《寫在當代文學邊上》，上海教育出版社，2005年版，第73頁。
〔註46〕韓少功，《文學的「根」》，《作家》，1985年，第4期。

也認爲「我們民族文化之精華，更多地保留在中原規範之外。規範的、傳統的『根』，大都枯死了。『五四』以來我們不斷地在清除著這些枯根，決不讓他復活。規範之外的，才是我們需要的『根』，因爲它們分布在廣闊的大地，深植於民間的沃土。」〔註47〕在尋找「傳統」和「規範」之外的文化之「根」時，許多作家又不自覺陷入了獵奇式展示，把古老的文化積澱和民間生存傳奇化和簡單化。但是，對邊地民風民俗的書寫、對族群歷史和現實生存的觀照，也使一部分「尋根」作家根植於最堅實、最本眞的邊地民族和少數族群的文化追溯和現實反省，對主流的「文化尋根」構成了有效的補充，並因此拓展了文學書寫的地域空間和美學空間。

　　張承志的《黑駿馬》回到了廣闊的蒙古草原，追尋自己童年和少年時代的足跡，追尋失去的青春和愛情，顯示了現代文明和草原倫理裂隙之間的心靈創痛。少年白音寶力格不堪自己青梅竹馬的草原少女索米婭的失身憤而離開草原，九年之後，當疲憊於都市生活的白音寶力格騎著當年的黑駿馬帶著歉疚、缺憾和內心的創痛再次回到草原時，古老的草原文明、草原倫理和現代文明、現代倫理，在他內心激蕩起的困惑、迷茫、掙扎，依然不能平息。白髮額吉和索米婭對生命的珍愛、對樸素的生存倫理的守護、對苦難平靜地接受和承擔，使草原文化呈現出一種不同於現代文明的倫理選擇，在她們如地母般的博大的愛和包容前面，現代文明和倫理遭遇了尷尬。受過現代文明教育的白因寶力格因索米婭的被侮辱憤怒地要去復仇，但白髮奶奶卻說：「怎麼，孩子，難道爲了這件事也值得去殺人麼？」「佛爺和牧人們都會反對你。希拉那狗東西……也沒什麼大的罪過。……有什麼呢？女人——世世代代還不就是這樣嗎？知道索米婭能生養，也是件讓人放心的事啊。」而索米婭對孩子的珍愛和拒絕向他訴說滿腹的委屈和痛苦，終於使白銀寶力格絕望地離開了草原。當他疲憊於都市生活的枯燥、麻木、冷漠，再次回到草原尋找少年時代的夢想和心愛的姑娘時，白髮奶奶早已魂歸九天，索米婭也宿命地跨過伯勒根河遠嫁他鄉。白音寶力格本身就是草原文化和現代文明的孿生兒，蒙古草原哺育了他，但他又是一個受過現代文明教育的人，他的懺悔、愧疚、痛苦、掙扎，其實也是在兩種文化和文明之間的掙扎。在張承志的「尋根」和「回歸」中，他沒有陷於非此即彼的文化選擇，也沒有80年代主流敘事中的「文明與愚昧的衝突」的價值判斷，「黑駿馬」古歌中「尋找」的憂傷和深

〔註47〕李杭育，《理一理我們的「根」》，《作家》，1985年，第9期。

情，使「尋找」本身成爲一次「文化」的憂傷之旅。在《黑駿馬》的結尾，「我悄悄地親吻著這苦澀的草地，親吻著這片留下了我和索米婭的斑斑足跡和熾熱愛情，這出現過我永誌不忘的美麗紅霞和伸展著我的親人門生活的大草原。我悄悄地哭了，青綠的草莖和嫩葉上，沾掛著我飽含豐富的、告別昔日的淚珠。我想把已成過去的一切傾灑於此，然後懷著一顆更豐富、更濕潤的心去迎接明天，就像古歌中那個騎著黑駿馬的牧人一樣。」白音寶力格終於匍匐在草原豐厚的大地上，但他也終於要再次走向都市、走向厭倦的都市生活。張承志的「文化尋根」的深刻性就在於，草原的美麗與殘酷、人性的博大和蒙昧、都市的文明與麻木、人性的覺醒與冷漠，在他的小說中是同構的，他的「尋找」其實是現代人生存的悖論，是永遠不能回家的「漂泊之旅」。他「尋找」的結果是永遠的「不在」，也是永遠的「在」，就像古歌《黑駿馬》中最後「尋找」到的那個「不是」，索米婭不再是少年時代那個美麗、純潔、熱情的姑娘，但中年後的索米婭似乎又是所有的草原母親的象徵，是草原「大地」和「母性」的力量。

扎西達娃的「尋根」代表作《西藏，隱秘歲月》，是一部關於西藏歷史的文化寓言，用編年史的方式講述了藏區一個偏遠、閉塞、貧瘠的小村子廓康的歷史變遷和這個村子最後的守望者的孤獨和信仰。在「諸神遠去」的時代，察香一生都在供奉一個從未謀面、但堅信存在著的修行大師，她的女兒次仁吉姆也皈依「三寶」，繼續供奉。而「次仁吉姆」神秘的身份轉移和輪迴出現，可以看作是對藏民族精神守護的一種隱喻性表達，最後一個女醫生在神的召喚下的皈依，其實是扎西達娃對藏民族古老的生存方式和神秘的宗教信仰永遠存在下去的期待。「這上面的每一顆就是一段歲月，每一顆就是次仁吉姆，次仁吉姆就是每一個女人。」「次仁吉姆」不會消亡，「廓康永遠不會荒涼，總有人在」，在外來的文明和現代衝擊下，藏民族依然保留著她的神秘信仰和種族血脈流傳。因此，對扎西達娃而言，「尋根」既不是對「主流」文化和「規範」文化的反抗和顛覆，也不是作爲「他者」對族群生存方式和信仰的批判或反省，他的「文化尋根」是根植於自我的生存體驗和民族信仰的一種表達，是對自我民族文化的認同、理解和關懷。「他同時還非常準確地使用了藏民族自己的時間概念和歷史認識方式，並且通過這種方式與所謂現代文明的衝突，來體現這個民族的命運，她頑強的生存意志與文化傳統。他不是一般地『反思』其民族的歷史和文化，也不是簡單得誇飾和推崇，他是懷了深深的

宿命感來理解他的民族的。」〔註48〕而《西藏，繫在皮繩扣上的魂》則表現了古老的藏文化在現代物質文明衝擊下的掙扎。兩個康巴地區的年輕人塔貝和婛要尋找「人間淨土」的理想國——香巴拉，作爲小說的帕布乃岡山區的故事和桑傑達普活佛的人間「啓示錄」所指示的通向蓮花生大師掌紋的朝聖之路，是一條藏民族蒼涼而寂寞但卻生生不息的荒野之路，也是藏民族神秘文化和信仰在現代文明衝擊下不斷潰敗之路。婛因不甘於生活的沉寂，跟隨塔貝走向了未知的路，但神啓之路卻是越來越喧囂、越來越被現代文明所浸染的村莊和城鎮，塔貝因爲開拖拉機而受傷，當瀕死的塔貝、婛和「我」聽到來自天上的聲音時，塔貝認爲是神的聲音，是神的啓示，而「我」卻不能告訴他，那是美國洛杉磯舉行的第二十三屆奧林匹克運動會的開幕式。婛用皮繩結扣計時的代表民族生存方式的「時間」也和「我」的手錶的時間出現了倒錯，繫住西藏之魂的皮繩結和現代的時間記錄的再一次輪迴，依然是一次不同文化和文明遭遇的糾結。當民族的歷史和神秘的文化在追尋自我的朝聖之路時，現代文明卻無孔不入，扎西達娃表達了他對民族文化的憂慮和對現代衝擊下民族生存的焦灼，以自我對本民族歷史的理解和切身體驗，豐富了「尋根」中的邊地民族書寫，並提供了不同於「尋根」派作家們對「主流」和「規範」文化的反省而具有的精英姿態，他是以自我的生命經驗書寫了獨特的民族文化和現代文明衝擊下的文化憂患。

烏熱爾圖的「尋根」回到的是鄂溫克民族的山林生活，作爲鄂溫克民族文化的傳承者和守護者，烏熱爾圖在他的小說中展示了人類與自然神秘的關係、鄂溫克人獨特的狩獵文化，他們對自然的敬畏、他們心靈的美和善、他們生活的荒寒與堅韌，呈現出這個狩獵民族獨特的民族習性、風俗、信仰。《七岔犄角的公鹿》和《棕色的熊》都是以一個孩子童眞的視角，展現了人與自然、人與動物之間神秘的關係，一個孤獨的孩子從七岔犄角的公鹿身上看到了男子漢的堅韌、果敢和勇氣，另一個飢餓的孩子終於戰勝了對熊的恐懼。孩子在大自然中的逐漸成長和成熟，是烏熱爾圖貢獻給當代文學的一個重要的視域。巴赫金認爲在成熟的「成長小說」中，人的成長與歷史的形成不可分割地聯繫在一起。人的成長是在眞實的歷史時間中實現的，與歷史的必然性、圓滿性、它的未來、它的深刻的時空體性質緊緊結合在一起。在這樣的

〔註48〕張清華，《從這個人開始——追論一九八五年的扎西達娃》，《南方文壇》，2004年，第2期。

小說中，「人的成長帶有另一種性質。這已不是他的私事。他與世界一同成長，他自身反映著世界本身的歷史成長。他已不在一個時代的內部，而出在兩個時代的交叉處，處在一個時代向另一個時代的轉折點上。這一轉折寓於他身上，通過他完成的。他不得不成為前所未有的新型的人。」〔註49〕但是，在烏熱爾圖的小說中，少年真正的長大成人往往和一次次的狩獵聯繫在一起，在對自然征服和敬畏的雙重視野裏，人與自然、萬物和諧相處，完成了叢林中的少年成長。另一方面，烏熱爾圖並沒有只限於對「異在」的具有「傳奇」色彩的從林生活的展示，「我如果陶醉在這種獨特的森林生活的表面，不花力氣地掠記生活的表象，獵奇式的胡摸亂畫，那我對自己的民族犯下的罪過是無法挽回的。我的民族沒有授予我獵奇的權力。獵奇是貪婪和懶惰的表現。」〔註50〕他在自己的小說中融入了對民族境遇、民族命運、民族未來的思考，也就是說，烏熱爾圖的「尋根」並不是靜止地回到一個邊遠的部族的「獵奇」式的「尋根」之旅，他試圖書寫的是一個民族最真摯的情感和他們在歷史行進中的堅韌和無奈。《琥珀色的篝火》中的獵人尼庫丟下自己重病的妻子去救助三個迷路的人，他擔心危在旦夕的妻子，但依然去尋找那三個迷路的人，鄂溫克人的善良、淳樸戰勝了他內心的掙扎，「他覺得沒什麼可說的。無論哪一個鄂溫克人在林子裏遇見這種事兒，都會像他這樣幹的。只不過有的幹得順當，有的幹得不順當。」但尼庫內心那種隱秘的感受卻是一個生活於叢林中少數族群共同的命運，那就是當他走在城鎮的大街上別人投來的鄙夷的像看野獸一樣的目光、他喝醉後孩子們投向他的石塊、招待所裏那個姑娘掩住了自己的鼻子，可是在叢林中，在三個迷路的城裏人依賴和信任的目光前，尼庫真正體會到了自己的尊嚴。這其實是烏熱爾圖「尋根」小說中一個頗具症候性的情節，那就是當一個人離開自己慣常的生活環境、離開自己的「文化」滋養，進入「異域」，可能都會是迷路者，這也是烏熱爾圖在追尋鄂溫克游牧文化時一種「平等」的文化訴求，他不試圖顛覆也不反抗，他從自己的「尋根」之旅中，展示了文化的多樣性，對主流「尋根」的儒道文化反省提供了另外的視角，也拓展了「文化尋根」的視野。在《老人和鹿》中，那個瞎眼的老獵人每年都要到山林中來聆聽野鹿的鳴叫，他對森林的感情，其實

〔註49〕巴赫金，《教育小說問題的提出》，《巴赫金全集·小說理論》，河北教育出版社，1998 年版，第 232 頁。
〔註50〕烏熱爾圖，《創作通信》，《人民文學》，1984 年，第 3 期。

是人和自然萬物的一種最原始、本眞的親和關係,「人永遠離不開森林,森林也離不開歌。」烏熱爾圖所尋覓的「自然」之根也許才是人類永遠的家園,是人的靈魂最後的棲息之地,但這似乎也只能是現代語境下「尋根」的烏托邦夢想。

鄭萬隆講述的是黑龍江流域大興安嶺的深山密林中的傳奇故事,在他成長的土地上尋找到了自己的文學之「根」,「黑龍江是我生命的根,也是我小說的根。我追求一種極濃的山林色彩、粗獷旋律和寒冷的感覺。那裡有母親感歎的青春和石冢,父親在那條踩白了的山路上寫了他冷峻的人生。我懷戀著那裡的蒼茫、荒涼與陰暗,也無法忘記在樺林裏面漂流出來的鮮血、狂放的笑聲和鐵一樣的臉孔,以及那對大自然原始崇拜的歌吟。那裡有獨特的生活方式、價值觀念和心理意識,蘊藏著豐富的文學資源。」〔註51〕黑龍江的深山密林之於鄭萬隆,是「生命之根」也是「文學之根」,他的「尋根」和張承志、扎西達娃、烏熱爾圖有相同的一面,那就是他們對「地域文化」的書寫,都不是作爲一個外來者的「他者」的獵奇目光,而是對自己生長的土地的文化追思、對融合了自我生命體驗的族群文化的體察。但鄭萬隆的不同之處在於他的「尋根」的「傳奇」性,就如《老棒子酒館》中的陳三腳,「他這一輩子呀有人說他是條硬漢子,是個英雄,也有說他是『魔鬼』,是個『鬍子』。可他走了以後,沒有一個人不想著他的,甚至許多年輕人都學他的樣子把鬍子染黃了,也穿起豹皮大衣,戴一頂三塊瓦的狐皮帽子。」但這種「傳奇」本身就是大興安嶺最眞實的生存的一部分,「傳奇」是對故事的誤讀,實際上這就是生活本身。這樣的「尋根」書寫,不向宏大的文化反思致敬,也不以「民間傳奇」自居,鄭萬隆回到的是「根植於我的那片赫赫的山林」的奇異的邊地風情和粗獷的人格魅力,是對處於宏大歷史敘述邊緣的民間生存方式的表達。

因此,張承志、扎西達娃、烏熱爾圖、鄭萬隆們的邊地族群敘事,在「尋根文學」中對主流的「文化反思」的表達視野和價值考量形成了有效的補充,他們立足於主流文化的邊緣,表達了民族文化的多元化和各邊地族群文化的獨特性。他們回到融入了自我獨特生命體驗的邊地民族,「尋找」到的不僅是文學寫作的資源,也是自我的「生命之根」。在這樣的意義上,張承志們的「尋根」之作,指示了那種遠離概念化寫作和爲文化而文化的文學寫作的新的可能性。而且,在意識形態的意義上,對少數族群文化的追溯、對文化多樣性

〔註51〕鄭萬隆,《我的根》,《上海文學》,1985 年,第 5 期。

的表達、對獨特的民族生存方式和生存境遇的體認,在全球化的今天,有重要的回歸本土性的意義。

總之,「尋根文學」所進行的文學實踐,在當代文學史上具有重要的意義,「只有到了『尋根文學』,『新時期』才真正開始衍生出反主流的態度和反思的精神,以文學特有的思維方式,以其強烈的審美意識和審美感覺與時代主流疏離。」〔註52〕「尋根」從文化反思激情到審美視野的拓展,在80年代的文壇上完成了一次潮流性的話語方式的改變,它對民間生存、民間倫理的關注,使「民間話語」浮出歷史地表,「民間的話語特點在其多元性,既沒有一神教的統治也沒有啟蒙哲學的神聖光環,宗教、自然、世俗均可成為它的人生價值取向。它也不排斥政治和知識分子的啟蒙精神,但是當它用民間獨特的語彙去表達它們的時候,實際上已經消解了它們的本來意義。」〔註53〕「民間」作為一個獨立的審美範疇呈現出越來越重要的意義。而「尋根」對日常生活的關注,不僅完成了對宏大的政治敘事的反抗和解構,而且作為一個重要的寫作起點,拓展了文學書寫的視野,日常生活也日漸呈現出更為豐富的意義含蘊。自「尋根文學」始,「邊地族群」書寫也溢出純粹的「地域文學」和「地域文化」的邊界,顯示了族群生存獨特的生命經驗和歷史處境,為文化的多元化和本土化提示了未來的指向。而「民間」、「日常」、「邊地」、「族群」、「本土」這樣一些重要的美學範疇在90年代以後的文學寫作中也越來越顯示出重要的價值和意義,「民間」作為一個與「官方」、「精英」相對的概念在文學中顯示出巨大的能量,李銳、莫言、賈平凹、劉震雲、余華等在他們的長篇新作中都有新的表達。「日常生活」敘事也有更深入的拓展,如王安憶、畢飛宇、劉恒、鐵凝等在還原民間和鄉土日常生活的同時,也從日常生活的根底裏挖掘了歷史的某種走向。而對邊地族群的獨特的生命經驗的寫作,在現代性、本土化、全球化的視野中具有了更為複雜的表現,阿來、姜戎、遲子建等的新作探索了地域文化和族群生存在當下語境的變遷和掙扎。因此,「尋根」文學作為一個重要的文學潮流,它的文學實踐對今天的文學寫作依然提供了有效的借鑒意義,它所伸展的文學話語空間也對以後的文學發展產生了顯在或潛在的影響。

〔註52〕曠新年,《寫在當代文學邊上》,上海教育出版社,2005年版,第67頁。
〔註53〕陳思和,《民間的還原——文革後文學某種走向的解釋》,《文藝爭鳴》,1994年,第1期。

第三節 形式創新與小說史

　　「尋根文學」對小說形式的多種嘗試，在新時期文學史上有重要意義。當傳統的現實主義小說一統天下、政治性話語充斥了小說的敘事空間，「尋根」派的文學實踐呈現出小說形式變革的多種可能性。小說的形式創新不僅具有文學史的價值，更爲重要的是，小說的形式變革背後潛隱的作家的精神史和時代的意識形態變遷。也就是說，形式變革一方面是作家主體意識的產物，是作家對世界的表達，但在它的背後，隱含了作家對世界的理解和心靈體察，對文學方式的選擇和認同，其實也是對自我生存方式的確認。另一方面，選擇這樣的小說體式而摒棄其他的表達，不僅顯示了一代作家的精神變遷，而且，形式本身的流變，和時代的精神變遷和價值選擇息息相關，它本身就預示了對意識形態的歸屬、抗拒或逃離。

一、形式史：歷史轉折點

　　馬爾庫塞曾經說過，「讓藝術作品借助審美的形式變換，以個體的命運爲例，表現出一種普遍的不自由和反抗的力量，去掙脫神化了（或僵化了）的社會現實，去打開變革（解放）的廣闊視野，那麼，這樣的藝術作品也可被認爲具有革命性。」「在這個意義上看，每一眞正的藝術作品，遂都是革命的，即它傾覆著知覺和知性方式，控訴著既存的社會現實，展現著自由解放的圖景。」〔註54〕實際上，在 80 年代的中國文壇上也曾發生了這種審美的形式變換，那就是意識流、現代派、尋根派等所開啓的小說形式變革。尤其是作爲一次有理論先導、有創作實踐的「尋根」文學思潮所具有的承前啓後的意義，一方面它是對此前引起巨大爭論的「現代派」的一種反駁，試圖回到中國傳統和中國經驗；另一方面，「尋根派」的形式變革對此後的「先鋒派」小說的形式試驗產生了先導性作用。但是，在文學史的敘述中，小說的「形式革命」往往指稱的是具有典型性和代表性的「先鋒」（或稱爲「新潮」）小說，而忽略了「尋根派」在小說形式創新上的「革命性」意義。而與此前的「現代派」和此後的「先鋒派」不同的是，在小說的形式革新上，「尋根」不同於「現代派」和「先鋒派」比較單純的向「西方」現代小說體式的借鑒，而是同時從「西方」小說和中國傳統小說、傳統文化中吸取小說形式創新的資源。

〔註54〕馬爾庫塞，《審美之維》，北京三聯書店，1989 年版，第 205 頁。

「尋根派」的寫作實踐回應了批評家李陀早在 1982 年就已經頗有遠見地指出的中國小說發展的方向,「我覺得中國現代小說的發展,就藝術借鑒而言,有兩方面的營養都是必不可少的:一是我們自己的民族的文學傳統,另一就是世界當代文學。」〔註 55〕

80 年代初,高行健的小冊子《現代小說技巧初探》出版,王蒙、劉心武、馮驥才、李陀等人曾以通信的形式就此書展開了一場熱烈的討論。馮驥才在給李陀的信開頭就興奮地說:「我急急渴渴地要告訴你,我像喝了一大杯味醇的通化葡萄酒那樣,剛剛讀過高行健的小冊子《現代小說技巧初探》。如果你還沒看過,就請你趕緊去找行健要一本看。我聽說這是一本暢銷書。在目前『現代小說』這塊園地還很少有人涉足的情況下,好像在空曠寂寞的天空,忽然放上去一隻漂漂亮亮的風箏,多麼叫人高興。」〔註 56〕在這次通信中,馮驥才和李陀都強調了形式創新的重要性,但劉心武則更早意識到了形式和內容的結合。今天看來,當時的通信就很多問題的探討還失之表面化,但在當時現實主義一統天下的語境中,他們的討論所體現出的對文學創作新的可能性的探尋和追求,還是爲後來的小說形式革命起到了很好的輿論準備。在實際的創作中,此後,王蒙、宗璞等人的「意識流」試驗告一段落,早先傾心於西方現代小說的馮驥才也開始轉向民風、民俗的津味小說創作,可見,「西方現代主義給中國作家開拓了藝術眼界,卻並沒有給他們帶來眞實的自我感覺,更無法解決解決中國人的靈魂問題。也就是說,藝術思維的自由並不等於存在的意義。正如有人認爲的那樣,離開了本位文化,人無法獲得精神自救。」〔註57〕因此,對新的創作風格的尋找、對新的小說形式的嘗試就和尋找本民族的文化精神、尋找自我並行不悖地聯繫在了一起。

而早在「尋根」之前,汪曾祺、王蒙、張潔等人的小說已表現出不同於現實主義的敘事成規的散文化、詩化特徵。張承志的《綠夜》(《十月》,1982 年第 1 期)、《黑駿馬》(《十月》,1982 年第 2 期)、《北方的河》(《十月》,1984 年第 1 期)、史鐵生的《我的遙遠的清平灣》(《青年文學》,1983 年第 1 期)、李杭育的《最後一個漁佬兒》(《當代》,1983 年第 2 期)、《葛川江上人

〔註 55〕 李陀,《「現代小說」不等於「現代派」——李陀給劉心武的信》,《上海文學》,1982 年,第 8 期。

〔註 56〕 馮驥才,《中國文學需要「現代派」——馮驥才給李陀的信》,《上海文學》,1982 年,第 8 期。

〔註 57〕 李慶西,《尋根:回到事物本身》,《文學評論》,1988 年,第 4 期。

家》（《十月》，1983 年第 2 期）、《沙灶遺風》（《北京文學》，1983 年第 5 期）、
鄧剛的《迷人的海》（《上海文學》，1983 年第 5 期）、烏熱爾圖的《七岔犄
角的公鹿》（《民族文學》，1982 年第 5 期）、《琥珀色的篝火》（《民族文學》。
1983 年第 10 期）等，都不再延續現實主義小說戲劇化的矛盾衝突，而是關注
人的內心衝突、精神掙扎，文學已經「向內轉」。李潔非就認為，「『尋根文學』
催發了 80 年代中期的小說文體革命，不管以後這場革命的方向有了哪些變化，
但小說的語言、技巧的變革意識卻是由它提到文壇的議事日程上的，而以往談
題材、談主題、談生活、談作家的觀察力……的意識則退居次要。由此，小說
藝術結束了 70 年代末以來的『復甦階段』，開始走向它的第二個階段——『更
新階段』〔註58〕。」而作家們對傳統「現實主義」的拒絕，其實是對自十七年
文學延伸至今的「政治性」話語的拒絕，因此，對新的小說形式的選擇和新的
話語空間的開掘是緊密聯繫在一起的。文學的形式創新其實也是一種政治，也
就是說，從廣義的文學和生活的關係而言，「文學本身其實就包含權力和政治
的維度，或者說文學本身就是一個內涵政治性的概念。但是無論是權力還是政
治都是內化在審美形式中的，沒有脫離文學性的政治和權力，否則它就不是文
學，我們也不需要在文學的架構中來談政治問題，而是直接在政治學領域去談
政治好了。」（吳曉東語）〔註59〕多年以後，當 80 年代的形式創新和「純文學」
訴求成為一個新的問題時，作為歷史參與者和評論者的當事人之一李陀反觀歷
史，提出了這樣的問題：「現在想來八十年代的文學雖然強調形式變革，但那
時對形式的追求本身就蘊含著對現實的評價和批判，是有思想的激情在支撐
的，那是一種文化政治。但是九十年代的純文學幾乎沒有政治激情了，也許有
人會問：你怎麼又提『政治』？我的意思是，你可以拒絕國家政治，但你不能
沒有自己的政治，僅僅就是『為寫作而寫作』。這樣，你形式上的探索很容易
就失去意義，或者成了花樣表演，淪為沒有思想的語言雜耍，或者成了瑣碎的
個人經驗的記錄，……。」〔註60〕

　　一個文學史的事實是，文學在 80 年代曾經經歷了一段與國家意識形態話
語的「蜜月」時期。從「傷痕文學」、「反思文學」到「改革文學」，作家通過

〔註58〕李潔非，《尋根文學：更新的開始（1984～1985）》，《當代作家評論》，1995
　　　　年，第 4 期。
〔註59〕洪子城等，《新歷史語境下的「文學自主性」》，《上海文學》，2005 年，第 4
　　　　期。
〔註60〕李陀，《漫說「純文學」——李陀訪談錄》，《上海文學》，2001 年，第 3 期。

文學寫作對「文革」歷史的反省和對「現實」的期許，和國家意識形態達成了「共謀」，也就是知識分子以文學的方式參與了整個社會的「政治反省」和「現實變革」。盧卡奇在論及小說誕生的歷史境遇時，認為「小說是這樣一個時代的史詩，在這個時代裏，生活的外延總體性不再直接地既存，生活的內在性已經變成了一個問題，但這個時代依舊擁有總體性信念。」〔註61〕而對80年代的中國文學而言，「現實主義」表現歷史「真實」的回歸所完成的是政治「新時期」的合法化敘述，是對歷史「總體性」新的確認。換言之，在80年代初的文學實踐中，世界的「意義」和「價值」因為建構在政治合法化和民族國家話語的同一性上，因此文學書寫的指向性是相對確切的。即使在王蒙的《春之聲》、《蝴蝶》等被稱為「意識流」的小說中，形式革新也不過是一種外在的表現，內在的依然是對「政治」、「民眾」、「歷史」、「自我」等命題的反省。宗璞的現代「變形記」《我是誰》中的荒誕和變形指向也是對「文革」政治扭曲和人性異化的控訴。到「尋根文學」，小說的形式創新和意義內涵雖然是「文化啟蒙」的另一種表達，「形式」依然沒有獲得本體性的意義，但小說的形式變革和「尋根」話語的內涵已相輔相成地結合在一起，就是說，小說的形式創新也成為「意義」世界的一部分，就如同韓少功的《爸爸爸》中，小說的怪誕、魔幻的形式革命已成為小說寓意不可分割的組成部分。

　　在「尋根」小說中，對傳統的文學表達經驗的顛覆，在小說本身的形式邏輯中呈現出一個被壓抑和扭曲了的世界，但在其內在的意義世界中，其實存在著另一種理性，在可闡釋的形式革新的潛層隱藏著一個多元的、充滿歧義的話語世界，在小說自律的審美形式中，暗含了一代作家的文學期待和文化夢想。小說作為對「世界」的觀照和對「自我」的表達的深刻意義也正在於此，就如同馬爾庫塞所指出的，「與正統的馬克思主義美學相反，我認為藝術的政治潛能在於藝術本身，即在審美形式本身。此外，我還認為，藝術通過其審美的形式，在顯存的社會關係中，主要是自律的。在藝術自律的王國中，藝術既抗拒著這些顯存的關係，同時又超越它們。因此，藝術就要破除那些佔支配地位的意識形式和日常經驗。」〔註62〕「尋根」就是在這樣的意義上，通過形式創新和話語革命，抗拒著此前的「政治啟蒙」的一元話語，超越了文學和「文革」後的現實政治的黏著關係，破除了80年代曾占統治地

〔註61〕盧卡奇，《盧卡奇早期文選》，南京大學出版社，2004年版，第32頁。
〔註62〕馬爾庫塞，《審美之維》，北京三聯書店，1989年版，第204頁。

位的主流意識形態的「現代化」、「西化」的話語邏輯，成為 80 年代文學史和思想史上一個重要的話語轉折點。在文學史上，從形式創新到話語革命，結束了一個與傳統「現實主義」和「政治話語」聯繫在一起的文學時期，在思想史上，提供了不同於 80 年代的「現代化」的「西化」經驗、轉向對中國傳統文化的重新發現和現代重塑。

二、語言：突圍與陷落

　　語言是小說形式變革的重要表現領域，不論是關於語言的「工具論」還是「本體論」，語言都體現出文學書寫的某種特質。孔子的「詞達而已」、「修辭立其誠」，莊子的「得意忘言」，都是中國比較早的語言工具論思想。到「五四」時期，胡適也認為「語言文字是達意表情的工具」，語言變革依然服務於現代知識分子的現代性思想啓蒙訴求。毛澤東在《延安文藝座談會上的講話》中，把語言問題上升到「為什麼人服務」的問題，提出文學語言的「大眾化」，目的也是為了實現「文學為政治服務」的國家策略。但海德格爾認為，「語言是存在的家」，語言成為文學、文化和思想領域的本體性存在，語言成為一種烏托邦，成為人類靈魂棲居的家園。在中國 80 年代的文壇上，「語言」就經歷了從「工具」到「本體」的潛在的變遷，從「傷痕」、「反思」文學延續的「政治話語」的啓蒙訴求到「先鋒」文學中對語言實驗的極致（如孫甘露的小說），其背後的話語邏輯顯示了一個歷史時期內中國文學、文化、思想的變遷。「尋根文學」在這一歷史階段，扮演了重要角色，從「尋根」小說的語言變革，可以看到 80 年代中期的中國文學對此前的「文革語言」、「毛文體」的拒絕、對當時主流的「西方話語」的疏離、對中國古典的話語方式和民間語言的借鑒。

　　對小說體式的選擇和語言訴求是聯繫在一起的，如同汪曾祺、阿城的類筆記體、詩化、散文化小說，其中的語言多是古雅、簡潔的文字，在藝術思維上重悟性、直覺的藝術方式，小說中流動的是特有的氣韻、情景和意境。汪曾祺的《受戒》、《大淖記事》，阿城的「三王」、《遍地風流》，賈平凹的《商州三錄》等，都顯示了對古典簡省、淺白但意蘊生動的白話語言的借鑒，顯示出中國古典白話語言的魅力。尤其是汪曾祺在他的《受戒》中那種意象化、具有文人趣味的、人情味的語言，在 80 年代初的文壇上可謂獨樹一幟。

　　語言和小說體式的選擇，背後其實隱藏了作家的精神訴求，那麼，可以追問的是，在自魯迅開創的現代小說體式已走過幾十年的歷程後，為什麼這

些作家卻選擇了類筆記體這種小說體式？中國的小說傳統由來已久，自魏晉六朝以來，筆記體小說已比較成熟，如古代筆記小說的代表作《世說新語》，直錄人生事態，不做臧否的價值判斷，但在小說中，卻充斥著人物的主體精神，也就是「表面的散漫、隨意、信手拈來，實際上隱括著飽經滄桑而又平易恬淡的心境。世事洞明，更在不言之中。」而且，『筆記體』作品對人情世態的記錄，實則包含著文人的修養與自我確認，那般悠然、淡薄的體貌，在遞相延續之中凝聚著深刻的人生體驗。」〔註63〕從這個意義上說，「尋根」派作家選擇類筆記體小說體式、回到傳統文人小說的語言方式，當然也是一種文化人格、民族心理的體現，「他們的確感悟到筆記體文體的美學意味，並且從這種古老、質樸的藝術形式中發現了具有主體特徵的民族的情理結構與思維方式。」〔註64〕「文化尋根」也成為「文體意識」的尋根，不管是汪曾祺、賈平凹、還是阿城，其實對筆記體小說體式的選擇，都是一種自我文化人格的體現。

　　阿城、賈平凹的小說實踐不僅是對汪曾祺筆記體、散文化文學體式的一種呼應，而且，他們對古語詞和古語句式的運用，同樣呈現出一種古雅之風。在阿城的《棋王》中，簡潔的古語短句構成了小說整體意境的疏朗、清雅，和清虛自首的道家文化相輔相成。「車站是亂得不能再亂，成千上萬的人都在說話」，寥寥兩句話，卻深得古典小說的神韻。「不做俗人，哪兒會知道這股樂趣？家破人亡，平了頭每日荷鋤，卻自有真人生在裏面，識到了，即是幸，即是福。衣食是本，自有人類，就是每日在忙這個。可圍在其中，終於還不太像人」，更是點睛之筆，包含了小說全部的深意。賈平凹在《商州三錄》中，說商州地理風貌、講商州人情故事，無不是古雅的文字語言，透著佛道的通達和明悟。談及商州的山水地理，他寫到：「山是青石，水是湍急，屋檐溝傍河而築，地分掛山坡，耕犁牛不能打轉。……土里長樹，石上也長樹，山有多高，水就有多高。有山窪，就有人家，白雲在村頭停駐，山雞和家雞同群。屋後是扶疏的青竹，門前是夭夭的山桃，再是木椿籬笆，再是青石碾盤，拾級而下，便有溪有流，遇石翻雪浪，無石抖綠綢。……」〔註65〕談及商州的人

〔註63〕李慶西，《新筆記體小說，尋根派，也是先鋒派》，《上海文學》，1987年，第1期。

〔註64〕李慶西，《新筆記體小說，尋根派，也是先鋒派》，《上海文學》，1987年，第1期。

〔註65〕賈平凹，《商周初錄》，《製造聲音》，人民文學出版社，2008年版，第249頁。

情世故，他說：「大凡逢年過節，或走親串門，趕集過會，就從頭到腳，花花綠綠，煥然一新。有了，七碟子八碗地吃，色是色，形是形，味是味，富而不奢；沒了，一樣的紅薯麵，蒸饃也好，壓餄餎也好，做漏魚也好，油鹽醬醋，調料要重，窮而不酸，」〔註66〕在《商州三錄》中，賈平凹幾乎把不同的故事化作一系列彼此間沒有什麼聯繫的優美的散文，或者叫做「反小說」的小說。表面看來，這些在散文、筆記、民間故事和規範的小說之間流動游移的作品，似乎都不過是一篇篇文筆很美的「小東西」，但從他山水遊記似的商州風情錄中，可以看到古代的山水遊記和志怪筆記體小說的遺跡。而重白描、重意蘊的古典文化傳承，對經歷了「革命」話語和「政治」話語的當代文學而言，無疑具有重要的症候性意義。在80年代初的文壇上，當西方「現代派」文學形式給新時期文學帶來了巨大的衝擊、當知識分子的啓蒙熱忱趨向於西方的「現代文明」和人文話語時，汪曾祺、賈平凹等對中國古典文學傳統的當代復活就具有了雙重的意義。一方面，他們的文學書寫恢復了古典文學的詩性、抒情性傳統，抗拒與現實緊密黏合的「政治話語」；另一方面，也與80年代佔據主流的知識界的「西化」話語構成了有趣的對話關係。

在中國當代文壇上，李銳是一個具有「語言自覺」、并一直把反思「漢語書寫」、重建「漢語主體性」作爲自己寫作追求的作家。他致力於挖掘語言表達的本土資源，在對文學現代性的語言傳統的反省和規避的同時，回到民間、回到本土、回到了自己創造的不同於規範書面語也不同於呂梁山地方語言的口頭語言。《厚土》系列小說是李銳80年代的代表作，小說對民間口語的回歸、對烏托邦政治神話的拆解、對最眞實、最厚重的鄉村生存苦難的書寫、對根植於民間的生命的堅韌的歌哭，都是基於作家李銳「漢語書寫」、用方塊字表達中國經驗的文學夢想。《厚土》講述的是一個個與「啓蒙」和「革命」無關的民間故事，本土語言在其中就如同生活在那片土地上的農民一樣純樸自然。《厚土》是「本土化中國」的一部分，其中非主流的「他者話語」指向的是本土中國的生存困境。而「本土經驗」和小說中的「本土語言」是相輔相成的，小說語言這一形式元素完成的是對政治生活的拆解和對民間生活的體認。「李銳在突出口語的敘述和相關的敘述方式時，他是把整個創作納入到建立當代漢語寫作的主體性之中的，爲了建立他所期待的語言主體性，他必須反抗書面語對口語的重壓，必須反抗政治對語言的重壓，必須發現和張揚

〔註66〕賈平凹，《商周初錄》，《製造聲音》，人民文學出版社，2008年版，第252頁。

被文字遮蔽了的聲音以及發聲者的生命世界。所有這些，又是和他質疑『歷史進程』發現『歷史』之外的真實人生這一歷史觀相一致的。在特定的意義上，語言就是歷史本身。不同的歷史有著不同的敘述方式，而敘述方式的不同又呈現出歷史的差異。」〔註67〕也就是說，在新時期文學現代化的語境中，由於「十七年」和「文革」文學中僵化的、八股式的「毛文體」、「樣板語言」造成人們對政治語言和革命語言普遍的厭棄後，在文學「新時期」向「西方文學」的借鑒成為一種普遍的選擇時，李銳對民間語言傳統的回歸、對漢語書寫的堅守就具有了重要意義，文學語言也是當代歷史的鏡像。到90年代的《無風之樹》，李銳的「漢語書寫」呈現出更為豐富和駁雜的面貌，語言的混雜實驗，極大地加大了民間語、俗語、俚語的比重。他坦言：「我試著想把所有的文言文，詩詞，書面語，口語，酒後的狂言，孩子的奇想，政治暴力的術語，農夫農婦的口頭禪，和那些所有的古典的，現代的，已經流行過而成為絕響的，正在流行著而氾濫成災的，甚至包括我曾經使用過的原來的小說，等等等等，全都納入這股敘述就是一切的濁流」。〔註68〕在《無風之樹》中，各種人物和動物一起發聲，不同語言間的立體拼連、組合，形成了巴赫金意義上的多元對話和眾聲喧嘩，「這其實是一種非常深刻的藝術拆解或解構行為，即借不同語言荒誕組合的可笑性，暴露那種準宗教意義的烏托邦追求的荒唐、無意義，要戳穿它的『西洋景』，使它解構、顯形（還原），以展現自身的虛假、無意義。這正是使原權力語言『解轄域化』的絕好策略，當然反過來也是建構「新主體」的一種『革命之舉』」。〔註69〕而在90年代以後日益全球化的語境中，李銳的「語言焦慮」和對「本土中國」的書寫，就具有了對抗全球化和「後殖民化」的當下意義，他的寫作實踐，應該是貢獻給世界文壇的一份獨特的中國經驗書寫，因此也具有從「邊緣」、「地方」、「民間」、「鄉土」對西方文化中心主義進行拆解的意義。

　　「狂歡」在巴赫金那裡是一個和「民間」緊密相關的概念，在中世紀的民間狂歡節中，「民間詞語」成為一種聯繫著生長與死亡、高貴與卑賤、聰明與愚昧、美麗與醜陋、偉大與渺小、國王與平民等相對意義的話語模式。在

〔註67〕王堯，《李銳論》，《文學評論》，2004年，第1期。

〔註68〕李銳，《我們的可能》，《不是因為自信》，湖南文藝出版社，1998年版，第46頁。

〔註69〕楊矗，《李銳焦慮的「去魅化」分析》，《文學評論》，2005年，第2期。

這樣的語言和精神狂歡中，烏托邦式的個人體驗和世界感受以「粗鄙化」的方式登場，一切事物在狂歡的體驗中獲得了肯定和否定的雙重性質，「狂歡使所有的形象都合二爲一的，它們身上結合了嬗變和危機兩個極端：誕生與死亡，祝福與詛咒，青年與老年，上與下，當面與背後，愚昧與聰明。」〔註70〕狂歡傳統也形成了一種不同於官方文化的民間文化傳統，在官方文化的彼岸建立「第二世界」，在美學上通向一個開放的、未完成的領域。「烏托邦理想的東西與現實的東西，在這種絕無僅有的狂歡節世界感受中暫時融爲一體。」〔註71〕莫言在他的《紅高粱家族》系列小說中，就借助語言的狂歡完成了對傳統的倫理觀念和道德觀念的顛覆，「高密東北鄉無疑是地球上最美麗最醜陋、最超脫最世俗、最聖潔最齷齪、最英雄好漢最王八蛋、最能喝酒最能愛的地方。」而生活在這塊土地上的父老鄉親們，「他們殺人越貨，他們精忠報國，他們演出過一幕幕英勇悲壯的舞劇」，〔註72〕絢爛的語言在莫言的「家族尋根」中獲得了狂歡化表達，民間倫理和民間傳奇也改寫了正統的歷史敘事，來自民間的、狂放的、熱烈的、華麗的、血腥的語言穿越了主流歷史和家族敘事，呈現出一種狂歡的民間詩學。自《紅高粱》始，莫言通由民間敘事、家族傳奇和反啓蒙的語言實踐構成了對「文革」語言和「新啓蒙」語言的有效拆解。而他新世紀以來的長篇開創之作《檀香刑》中的語言狂歡、聲音對生命經驗的直接表達，更是達到了極致。那種由殺戮者、受刑者、觀看者發出的聲音，對理性主義的啓蒙語言產生了巨大的衝擊，「它包含了許多非理性的成分，包含了把生活看成表演的儀式主義的成分，死的快樂、施虐的快感、受虐的痛楚、表演的雄心等等摻雜形式感的成分，即使無價值也要把生命延續下去的成分，這些東西可能鬱悶卻是任性的、狂歡的、堅韌的，它在民間戲劇中藏身，但也正是這種聲音使忍受了內憂外患、壓抑的慘痛、飢饉的折磨、專制的苦難的民族得以延續下來。」〔註73〕正是以這樣的語言方式，莫言完成了對「五四」啓蒙話語的拆解和對民間生存倫理的狂歡化表達。

　　當然，不管是汪曾祺、賈平凹、阿城等對古典白描語言的回歸、還是李

〔註70〕巴赫金，《陀思妥耶夫斯基詩學問題》，《巴赫金全集（第5卷）》，河北教育出版社，1998年版，第165頁。

〔註71〕巴赫金，《拉伯雷的創作與中世紀和文藝復興時期的民間文化》，《巴赫金全集（第6卷）》，河北教育出版社，1998年版，第12頁。

〔註72〕莫言，《紅高粱家族》，人民文學出版社，2007年版，第2頁。

〔註73〕郜元寶、葛紅兵，《語言、聲音、方塊字與小說》，《大家》，2002年，第4期。

銳、莫言等對民間話語方式的借鑒，語言在呈現「中國經驗」的同時也可能構成對中國人生存經驗的另一種遮蔽。而在全球化的文化語境中，漢語文學對世界文學的貢獻，其實在於為世界文學提供了什麼樣的中國文學經驗。郜元寶在談及 20 世紀中國文學語言時，頗為推崇魯迅那種善於驅遣文字的作家，「他們的文字有一種雕刻的力量，一種不可動搖的穩定性，可能開始是無聲的，可是當我看完他們的作品以後，有一種聲音從無聲的文字中彌散了開來。」〔註74〕而對莫言、李銳式的狂歡的、多聲部的語言方式提出了自己的憂慮，「他們的這種聲音是以犧牲文字為代價的，就好像把生活中的聲音以錄音的方式搬到文本中去，使文本成為一種裝載的工具，並最終使文本淹沒於這種我們在日常生活中其實已經相當熟悉的聲音。」〔註75〕在這樣的話語邏輯上，葛紅兵提出的語言「超越性」概念就具有了啟示性的意義，「漢語言中缺少超越者的聲音，缺少更大的更神聖的啟示者的聲音」，在作品中，「只能聽到『人』的聲音（人的對話、詛咒、誓言、夢囈等等），『物』的聲音，而沒有超越『人』和『物』的超越者的聲音。」〔註76〕引入異質性的元素、進入更為豐富駁雜的語言傳統，在小說中聆聽到更為豐盈和有彈性的「啟示」之聲，在這方面，「尋根派」作家們既做出了有意的嘗試，但也提供了可資反省的經驗。

三、寓言：中國境遇

　　詹姆遜說過，「第三世界的文本，甚至那些好像是關於個人和力比多趨力的文本，總是以民族寓言的形式來投射一種政治：關於個人命運的故事包含著第三世界的大眾文化和社會受到衝擊的寓言。」〔註77〕如果暫時擱置詹姆遜論述中潛在的西方中心主義立場，其中關於第三世界文學的「寓言」意義還是頗有啟示性的。中國現代文學自開創以來，就和民族國家敘事緊密聯繫在一起，知識分子的文學訴求和他們的啟蒙熱忱、民族夢想、國家期待息息相關，從這樣的角度進入 20 世紀中國文學，那麼，文學史其實也是政治史、文化史和思想史。而在上個世紀 80 年代的「尋根文學」中，「寓言」寫作也

〔註74〕郜元寶、葛紅兵，《語言、聲音、方塊字與小說》，《大家》，2002 年，第 4 期。
〔註75〕郜元寶、葛紅兵，《語言、聲音、方塊字與小說》，《大家》，2002 年，第 4 期。
〔註76〕郜元寶、葛紅兵，《語言、聲音、方塊字與小說》，《大家》，2002 年，第 4 期。
〔註77〕弗雷德里克‧詹姆遜，《處於跨國資本主義時代中的第三世界文學》，張京媛編，《新歷史主義與文學批評》，北京大學出版社，1993 年版，第 235 頁。

就成為一種必然的選擇。「尋根派」作家是帶著文學和文化的意識形態訴求，來進行「文化啓蒙」和建構新的「民族國家」想像的。而且，就文學本身而言，常常也是通過創造一個「非現實」的藝術世界，表達更為「眞實」的文學經驗，「藝術向顯存現實的壟斷性宣戰，以便去確定什麼東西是『眞實的』，藝術是通過創造一個虛構的世界，即一個『比現實本身更眞實』的世界，去達到這個目的的。」〔註78〕

在「尋根文學」中，韓少功的《爸爸爸》被公認為是關於民族文化「劣根性」的寓言。在小說中，那個座落在大山裏、白雲上的雞頭寨在村人的唱古中，是刑天的後代從東海邊上遷過來的，但在史官的敘述中，這個地方的人是皇帝與炎帝大戰失敗後的難民逃亡而來。英雄的祖先和美麗的遷移神話，不過是對部族歷史和種族起源的象徵性表達，在「唱古」這種「文學」虛構中獲得的族群身份證明不過是一種想像。閉塞的雞頭寨如同百年憂患的中國，悠久的歷史文明無法抵禦西方強勢文化的侵入，在80年代的中國，經歷了新一輪的「閉關鎖國」和「自力更生」後，不得不打開國門驚異地面對一個新世界。小說裏的主要人物丙崽，是一個「無父」的「失語症」患者，他相貌醜陋、年齡不大額上卻隱隱有了皺紋、永遠也長不高。不知道丙崽的父親是誰，而且「他是否存在，說不清楚，成了個不太重要的謎。」雖然，父親「是否存在」「不太重要」，但無父的恐慌和焦慮，實際上成了一種「現代性」視域下的中國境遇。在80年代，當中國再一次遭遇西方的「現代文明」，「傳統」已成為不能依靠的「象徵之父」，但在隨後的文化「弒父」之後，新一代的知識者在尋找到的「西方文明」面前，卻陷入了新的「失語」的陷阱。丙崽似乎是李銳意義上「那個成熟的太久的秋天」隱喻下中國「劣根」文化的「鏡像」，他年幼而蒼老，雖愚鈍卻被村民奉為神靈，他「神諭」的雞頭寨和雞尾寨的械斗大敗而歸，「丙大仙」最後指向的是種族的滅絕和不得已的又一次遷移，而丙崽卻成為一個「毒不死」的「怪物」依然存活下來。把蒼老、愚頑、卻永遠不死的歷史「依存」奉為神靈，期待他指引村莊歷史的方向，中國老舊文化的蒼涼和痛楚在韓少功那裡成為一個巨型的象徵和寓言，它隱喻的中國境遇和文化記憶獲得了歷史和現實的雙重警示。丙崽終生學會的兩個詞就是「爸爸」和「×媽媽」，這個也許毫無意義、也許是一個巨大的「象徵符號」，在人類學的意義上，這是種族繁衍的象徵行為，但在這一「象徵行

〔註78〕馬爾庫賽，《審美之緯》，北京三聯書店，1989年版，第222頁。

為」的背後,卻是文化蒙昧的慣性延續。韓少功的「尋根」尋到的是民族文化的「劣根」,在他的隱喻世界和批判視野中,充滿期待的對「傳統文化」的「現代重塑」,不期然陷入了「悖論」,但這種「悖論」從另外的意義上也提供了反省民族文化和歷史的另一向度。

王安憶在《小鮑莊》的「引子」中講述了一個類似「諾亞方舟」的故事,「七天七夜的雨,天都下黑了」,「天沒了,地沒了。鴉雀無聲。」「不曉得過了多久,像是一眨眼那麼短,又像是一世紀那麼長,一根樹浮出來,劃出了天和地。樹橫飄在水面上,盤著一條長蟲。」在人類的洪荒中,小鮑莊的祖先帶著「贖罪」之心在鮑山下繁衍生息。這似乎是一個《聖經》裏洪水中再生的故事,小鮑莊的人們生來就是來「贖罪」的,他們善良、仁義、貧困、甚至愚昧,在他們的身上呈現著人類的悲劇性處境和命運。鮑五爺死了唯一的親人社會子,有著文學夢想的鮑仁文被人稱作「文瘋子」,鮑秉德的妻子因為生了死孩子被輿論逼瘋了,建設子因為窮結不了婚,有感情的文化子和小翠也結不了婚。「撈渣」這個「仁義之子」,這個儒家「仁義」文化的傳承者,似乎也是為了祖先和村人的「贖罪」而來,然而,儒家文化的「仁義」卻拯救不了「仁義」的小鮑莊人,最後,是代表儒家文化的「仁義」之死,給所有人帶來了新的生活。撈渣死了,村人都「得救」了,這是中國文化的幸抑或不幸?王安憶在寓言與真實之間,戳穿了「仁義」的文化鏡像,還原了傳統中國的生存境遇,「仁義」顯示出它的重重悖論:「仁義」對生命的尊重與壓抑、民族文化的「優根」在苦難面前的虛弱、「仁義」之死和因此而來的現代神話之間的裂隙。

如果說《爸爸爸》和《小鮑莊》是從對文化的「劣根」和「優根」的反思中重新審視中國境遇和民族文化,那麼,扎西達娃的《西藏,隱秘歲月》、《西藏、繫在皮繩扣上的魂》的寓言意義則在於它直接呈現了在傳統與現代之間、在宗教信仰和現實生存之間民族的悖論性處境。在扎西達娃那裡,「寓言」的意義其實是藏民族生存事實的一部分,「他是這個年代裏最能夠把技術和思想、形式和內容完整地統一在一起的作家。他不但提供和實踐了這個年代最『先鋒』的藝術形式,而且還最貼切地表達了和這形式生長在一起的民族文化的觀念和思想。」〔註79〕在 80 年代中期的文壇上,與扎西達娃同時的

〔註79〕 張清華,《從這個人開始——追論一九八五年的扎西達娃》,《南方文壇》,2004年,第 2 期。

馬原也是一個西藏書寫者，但「西藏」之於馬原，不過是一種敘述的資源和策略，他借「西藏」的神異故事完成的是自己的「敘述圈套」，也就是說，馬原是作爲一個「他者」借西藏書寫完成了自己的形式試驗，「西藏」文化之於他依然是外在的。而扎西達娃卻從「西藏」的寓言之中，試圖窺破民族生存的眞相和在現代文明衝擊下民族生存境遇的尷尬。在《西藏、繫在皮繩扣上的魂》中，作爲現代敘事而產生的正在寫作的「小說文本」中，婖因爲貪戀現代文明的「熱鬧」而拒絕繼續行走，放棄了尋找神的聖地「香巴拉」的朝聖之旅，但在構成互文本的故事中，婖跟隨塔貝雖然來到了「香巴拉」，在蓮花生大師的「手掌紋」中聽到了「神祗」的聲音，可作爲敘述者和故事參與者的「我」卻知道那不過是「現代世界」的聲音——洛杉磯奧運會開幕的電波。扎西達娃以「寓言」的形式，傳達的實際是藏民族在外來衝擊和現代文明衝擊下民族生存的某種眞實，從這個意義上，藏民族的命運也是 80 年代整體的中國境遇，扎西達娃對民族的「寓言」和「眞實」之間的書寫成爲了對整個中國境遇的隱喻表達。

如同詹姆遜對第三世界寓言文本的揭示，在「尋根」小說中，「寓言」成爲對整體的中國境遇和文化悖論的探尋和表達，而且，在今天的現實語境下，「重讀」「尋根」小說，則會發現「尋根」派要表達的文化反省和現實境遇在今天依然具有症候性的意義和價值。雖然「重讀」與「我們的實際生存方式不可分割地交織在一起。它發生於、定位於具體的歷史時空，而且始終被實踐者的目的、需求、欲望、無意識、價值體系所滲透。」〔註80〕而「一旦藝術作品脫離了它自己的那個不能再重複和不能再挽回的歷史時刻，它『原初』的眞實就被歪曲了，或（被精心地）修正了：它獲得了另一種意義，這種意義（以肯定的或否定的方式）對應於另一種歷史性情境。借助於新的工具和技法，借助於新的感受和思維形式，原初的作品現在也許就會被闡釋、編排和『翻譯』，從而變得更豐富、更複雜、更精巧、更有意味。然而，事實依舊是：對於藝術家和他的觀眾及公眾來說，作品已不是它曾是的東西了。」〔註81〕因此，對「尋根」小說的寓言分析，對中國文化處境和現實境遇的文學書寫作爲 80 年代的問題，在今天依然是不能迴避的中國境遇，許多話題在今天也依然具有「問題」意識。

〔註80〕黃子平，《「灰闌」中的敘述》，上海文藝出版社，2001 年版，第 177 頁。

〔註81〕馬爾庫塞，《審美之緯》，北京三聯書店，1989 年版，第 192 頁。

　　總之，「尋根」小說的形式變革，是一個有關「形式與內容」的雙重探索，在 80 年代的文壇上，形式變革其實是背負了現實期許和理想期待的。就如同作為 80 年代文學的親歷者的李陀，在多年以後，所指出的 80 年代「形式和內容」的不可分割，「當時我們有一個武器，就是『形式即內容』，反覆強調形式變了內容就變了，以這種方式避開政治對文藝的直接干預，使文學觀念的更新變成了一種在文學『內部』討論的『專業問題』。在八十年代，對『怎麼寫』比『寫什麼』更重要的強調之所以那麼得人心，還因為那時候，『延安文藝座談會上的講話』也好、『樣板戲』也好，其他的教條也好，強調的都是『寫什麼』，至於『怎麼寫』是規定好了的，那不單純是文學觀念和文學技巧問題，那裡有意識形態，有文化專制主義因此大家就用強調「怎麼寫」來沖決「寫什麼」，來打破對文學的專制。」〔註82〕小說形式變革的背後是一代知識者的意識形態訴求，隱含了作家對自我命運、對現實世界的探索和追問。雖然「尋根」對中國文化的溯源陷入了重重悖論，它的文學實踐為此後的文學史、思想史提供了許多可「爭論」的話題，但「尋根」對 80 年代小說形式變革的意義卻是不能忽視的。正如陳曉明所指出的，「實際上，被稱之為『尋根派』的文化群體，其『尋根』的動機各異，效果也各不相同，相當多的人呢，則是去尋找一種美學風格。那些『文化之根』其實轉化為敘事風格和審美效果，一個文學講述的歷史神話結果變成文學本身的神話。一個關於文學創新的美學動機，被改造為重建歷史的衝動之後，結果回到了文學本身。儘管這有點繁瑣，也不無諷刺性，但是，它的文學意義總算沒有完全迷失於虛幻的歷史空間，因為文化的意義最終呈現為審美效果，它實際完成了一次文學觀念和審美風格的變異。」〔註83〕

〔註82〕李陀，《漫說「純文學」——李陀訪談錄》，《上海文學》，2001 年，第 3 期。
〔註83〕陳曉明，《表意的焦慮》，中央編譯出版社，2002 年版，第 68 頁。

第二章 「尋根話語」與民族國家想像

　　文學是建構現代民族國家認同的方式之一，安德森在《想像的共同體》中，指出了寫作和閱讀對創造民族國家認同的重要意義，「小說無聲地、不斷地滲入到真實當中，默默地創造著一種非凡的共同體信念，這正是現代國家的特徵。」〔註 1〕當然，在安德森那裡，「民族共同體」和「政治共同體」的「想像」性建構並不是「虛假」的、「不存在」的語言產物，而是一種社會心理學上的「社會事實」，也就是通過語言、文字、歷史敘述等多種方式建構起來的一種廣泛的民族和政治認同。文學寫作也是在這樣的意義上，成為「民族國家」建構的重要途徑，反過來可以說，在文學寫作中往往隱含了對「民族國家」的想像性建構。因此，在 20 世紀 80 年代的「文化尋根」思潮中，所潛隱的對「民族國家」的文化反省和建構，就不僅具有了知識學的意義，而且表現了當時的知識界對未來中國的文化走向和「現代的」的「中國形象」的真實期待和構想。

　　但在「文化尋根」建構「現代民族國家」的知識話語中，始終包含了「個人」與「現代民族國家」、傳統與現代、東方與西方之間的話語糾葛。「尋根派」的理論宣言和創作實績所顯示出的與「民族國家」建構之間的共謀與裂隙，不僅顯示了「尋根派」在對待傳統文化時的曖昧姿態，而且，還暗含了另外一種遮蔽，那就是在西方與東方、現代與傳統、啓蒙與被啓蒙、先進與落後等話語背後「現代性」的地緣政治和權力話語邏輯。雖然在文學書寫中，「尋根派」通過人文地理版圖的文學想像，由山川河流、地域文化、風土人

〔註 1〕本尼迪克特‧安德森，《想像的共同體——民族主義的起源與散佈》，上海世紀出版集團，2005 年版。

情等建構了一個遠離政治話語的「中國形象」，但這種地圖式的、板塊式的山河想像和族別、文化認同，所呈現的前現代的民間和鄉土中國卻正面臨著現代轉換的陣痛和撕裂。因此，這樣的「中國」形象在指示民族生存的部分真實的同時，也對現實中國的生存境遇構成了某種遮蔽。而且，「尋根話語」中所包含的「現代化」、「國民性」、「族群認同」、「文化認同」等問題，也構成了對處於中心與邊緣之間、強勢群體與弱勢群體之間的真實的本土境遇的一定程度的盲視。因此，「文化尋根」在表現出一代知識者的文化啓蒙、國家認同的激情和熱忱的同時，也顯示了它本身的悖論性處境和以「傳統文化」爲生長點走向「文化認同」和建構新的「現代民族國家」的重重困境。

第一節　「尋根」中的「民族國家話語」

　　劉禾曾經指出，「『五四』以來被稱之爲『現代文學』的東西其實是一種民族國家文學。」〔註2〕「民族國家」是西方中世紀以後出現的一種現代國家形式，是西方從中世紀走向「現代」的產物。而中國的「民族國家」理念，則是在晚清以降西方帝國主義侵略下「被迫現代性」過程中出現的，建立「現代民族國家」成爲抵禦外侮、實現民族自強的必要選擇。自「五四」以來，現代知識者的「啓蒙」觀念、對「國民性」的批判、以及「革命」話語的高揚，其實都服從於「現代民族國家」建構的宏大敘事。而 20 世紀 80 年代的「文化尋根」話語，作爲以文化爲切入點的「國家敘事」，同樣隱含了當時的知識者對「民族國家」未來走向的文化期待和文學想像，其中的「民族國家」話語，在 80 年代中/西、傳統/現代、保守/開放、落後/先進等二元對立的歷史語境下，呈現出複雜的多重面向。

一、在「民族國家」與「個人」之間

　　自「五四」新文學以來，「民族國家」話語和「個人」話語就是「啓蒙」共時性的兩個方面，「現代文學構造了現代民族國家和現代個人雙重主體：有關個人的敘事和民族國家的敘事，也就是關於個人的創造和民族國家的創造。文學是現代民族認同的重要方式和資源。文學一方面創造民族國家的想

〔註 2〕劉禾，《文本、批評與民族國家文學》，唐小兵編，《再解讀，大眾文藝與意識形態》，北京大學出版社，2007 年版，第 1 頁。

像與認同，另一方面創造個人自我的想像和認同，也就是民族國家主體性和個人主體性的雙重創造。」〔註3〕而在這種「雙重創造」的深層，內憂外患的現代中國尋求民族的獨立、發展實際上成了首要的訴求，因此，對現代「民族國家」的期待和想像從一開始就對有關「個人」的話語形成了某種壓抑。「五四」時期的「個體」反叛出封建家庭、尋求個體解放和精神自由，是投入「民族國家」的一個前奏。「個體」從「家」中逃離，或者說「五四」啓蒙運動把「個體」從封建家庭中解放出來，是爲了走向「民族國家」的集體敘事。這一點在巴金的《家》中有最具症候性的體現，在「五四」風潮下追求個性解放的覺慧衝出「牢籠」似的封建家庭，走向了革命洪流，走向了新的「民族國家」建構的血雨腥風之路。到新中國成立後，「集體主義」的「國家敘事」更是成爲壓倒一切的話語方式，這種宏大敘事使「個體」無處逃遁，「個體」的聲音從50～70年代的文學中逐漸消失。尤其是到「文革」文學，革命的「群體」的聲音成爲具有唯一「合法性」的聲音，即使是「家」這個中國傳統社會最基本的歸屬地也成爲無血緣關係的革命群體的新組合，如《紅燈記》就建立在革命情誼高於一切血緣親情的敘事倫理上。「個體」完全服務於現代民族國家的宏大敘事，被穩定在現代社會的結構體系上。「民族國家」、「個體」、「群體」、「革命」等話語纏繞在一起，共同依附於「現代民族國家」的建構。

80年代「新啓蒙」文學的歷史起點之一，就是對「個人」的重新發現，對「個人」價值的肯定也使80年代的「新啓蒙」和「五四」啓蒙話語對接，完成了一次重大的歷史「斷裂」之後的話語縫合。但歷史的複雜性在於，在「五四」時期，以「個人話語」爲起點的「自由、平等、獨立」仍然沒有逃離中國傳統知識分子「以天下爲己任」的民族救亡傳統，使「這種本來建立在個體主義基礎上的西方文化介紹輸入，以抨擊傳統打到孔子時，卻不自覺的遇上了自己本來就有的上述集體主義的意識和無意識，遇上了這種仍然異常關懷國事民瘼的社會政治的意識和無意識傳統。」〔註4〕隨之而來的軍閥混戰、救亡圖存使個性啓蒙不得不讓位於民族國家的現實訴求，「救亡的局勢、國家的利益、人民的飢餓痛苦，壓倒了一切，壓倒了知識者或知識群體對自

〔註3〕曠新年，《中國20世紀文藝學學術史》（第二部，下卷），上海文藝出版社，2001年版，第14～15頁。
〔註4〕李澤厚，《啓蒙與救亡的雙重變奏》，《中國現代思想史論》，天津社會科學出版社，2003年版，第6頁。

由、平等、民主、民權和各種美妙思想的追求和需要，壓倒了對個體尊嚴、個人權利的注視和尊重。」〔註5〕如果說，「五四」時期的「個性啟蒙」應對的是封建道德、封建禮教、封建倫理對個體的壓抑，那麼，80年代「文革」後的中國面對的則是50～70年代國家話語和「革命」話語對個體生命的壓抑。「革命」和「集體」對「個體」極端「純潔性」的要求，使人性、人情、人道主義成為被擱置的話語。但與「五四」的個性啟蒙殊途同歸的是，80年代文學對「個體」的重新發現，對人性、人道主義的張揚，和當時國家話語中的「政治啟蒙」連結在一起。從「傷痕」到「反思」，個人情感和個體命運的書寫，實際上對抗的是毛澤東時代尤其是「文革」時代國家話語對個體的壓抑，但是，這種表面看來對「個體」命運的書寫背後卻依然是「群體」的訴求，是「第三世界文本」的「寓言」指向。如「傷痕」文學的代表作《班主任》和《傷痕》中「個體」和「親情」的回歸，指向的是國家話語中對「四人幫」的「政治控訴」，「謝慧敏」和「王曉華」們的個體創傷代表的實際上是「群體」的歷史創痛。「個體」不過是為了完成「宏大敘事」的符號，作家關注的也並非是「個體」的生命經驗和命運悲歡，在他們的背後是一代知識分子的集體發言，是一代知識者的和國家意識形態相契合的政治啟蒙訴求。正如戴錦華所指出的，「在八十年代初，『自我』、『個人』，一如『人道主義』，都是某種集體性的話語，某種名之為『啟蒙』的話語烏托邦，一代知識分子試圖進入併入主歷史的序幕。它仍暗合著陷落、癡迷、猛醒、奮進的主流話語。」〔註6〕也就是說，在80年代關於「個人」、「民族」、「歷史」的敘述中，都暗含了對民族國家歷史創痛的揭示和對未來的思考，「民族國家」話語潛在地收編了關於「個人」的話語。

被認為是「文化啟蒙」的「尋根」當然也無法逃離上述的話語邏輯。在「尋根派」作家們的宣言和寫作實踐中，「個體」書寫往往成為「民族國家」的寓言文本，作家主體和小說中的人物主體也經常是作為「民族國家」敘事的某種符碼出現的。而且，當一代人對「民族國家」的政治認同遭遇挫敗之後，「文化認同」就成了「尋根派」作家的選擇，他們對「民族文化」的尋找

〔註5〕李澤厚，《啟蒙與救亡的雙重變奏》，《中國現代思想史論》，天津社會科學出版社，2003年版，第27頁。

〔註6〕戴錦華，《涉渡之舟——新時期中國女性寫作與女性文化》，北京大學出版社，2007年版，第81頁。

和挖掘，同樣是一次群體性的事件。韓少功在《文學的根》中，從曾經插隊的汨羅江邊出發，尋找楚文化的源流，他以個體的經歷和經驗爲起點，目的卻是追尋「深植於民族傳統文化土壤」中的「文學之根」，「個體」訴求的背後其實是對尋找新的「民族文化認同」的宏大敘事，目的是「去揭示一些決定民族發展和人類生存的謎。」〔註7〕鄭萬隆的《我的根》，本來是對「我」的生命記憶之根的追尋，回到的是「我」出生的地方——「黑龍江邊上，大山的皺褶裏，一個漢族淘金者和鄂倫春人雜居的山村」，那個「對我來說是溫暖的，充滿欲望和人情，也充滿了生機和憧憬」的故鄉。但是，「我」的「有生命的感覺」的小說講述的並不是「我」的故事，而是「他們」——代表「我」的族群的「他們」，關心的是「他們的痛苦和希望、犧牲和追求」，而對「他們」的講述，是因爲「我」「還執著地以爲他們的這些痛苦和希望、犧牲和追求，就是社會和歷史的一部分。」〔註8〕從「我」的生命記憶到「他們」的生活、到代表「社會和歷史一部分」的「族群」文化，完成的是從「自我」到「群體」、到「族群認同」、到「東方文化」的大敘事，「個體」經驗成爲進入「族群」和「文化」認同的一個象徵性通道。阿城在《文化制約著人類》中，雖然開篇即說「立論於我是極難的事」，談的是自己文學創作的事，差不多是一篇「創作談」，可是，他很快筆鋒一轉，從「做文章」的限制談到了「文化」這個大敘事，結論在「中國文學尙沒有建立在一個廣泛深厚的文化開掘之中，沒有一個強大的、獨特的文化限制，大約是不好達到文學先進水平這種自由的，同樣也是與世界文化對不起話的。」〔註9〕對「個體」的「創作自由」的追求，其實依然是期待通過「民族文化」認同，建立與「世界文化」對話的通道。鄭義在《跨越文化斷裂帶》中，對「自我」寫作經驗的總結和反省，指向的是在傳統文化中尋找到自我的安身立命之根，把「自我」的寫作皈依到「民族文化」的大樹下。李杭育在《理一理我們的「根」》中，對「規範」的「中原文化」的「痛恨」也不過是爲了在「非規範」的「民間文化」中尋找到張揚的生命力，目的在於把「西方文化的茁壯新芽，嫁接在我們的古老、健康、深植於沃土的活根上」，期待能「開出奇異的花，結出肥碩的果。」〔註10〕。總之，「尋根派」的宣言往往

〔註 7〕韓少功，《文學的根》，《作家》，1985 年，第 4 期。
〔註 8〕鄭萬隆，《我的根》，《上海文學》，1985 年，第 5 期。
〔註 9〕阿城，《文化制約著人類》，《文藝報》，1985 年 7 月 6 日。
〔註10〕李杭育，《理一理我們的「根」》，《作家》，1985 年，第 9 期。

從「自我」經驗出發，實際上尋找的是「群體」、「族群」和「民族」的文化經驗，是對「民族國家」的「文化認同」的渴求和探索。

那麼，再來看他們的寫作實踐，他們小說中的人物個體是不是都具有自我完成性呢？韓少功關於「中國寓言」的文本《爸爸爸》中有個白癡丙崽，他呆頭呆腦、愚頑不化、永遠長不大也永遠死不了，這是個被韓少功尋到的民族文化之「劣根」。倘若沒有這層對民族文化反省的寓言意義，這個人物就沒有自我生長和自我完成的任何可能性，他的「愚昧」和「頑劣」指向的是對「民族文化」否定層面的反抗。或者說，丙崽只是一個符號，他的存在就是為了說明「他者」，作為「民族國家」敘事的一部分，他被用以證明「文化認同」和「文化歸屬」的不可能和對文化劣根性的批判。王安憶的《小鮑莊》寫了一個「仁義」的孩子撈渣，「撈渣」在日常生活中是一個沒有正式名字的孩子，他是「仁義」的小鮑莊的一分子，或者說，撈渣就是「仁義」的化身。撈渣的存在似乎就是為了證明儒家傳統文化的「仁義」，完成對儒家「仁義」文化的認同。撈渣死了，「永垂不朽」的紀念碑豎起來了，從「出生」到「死亡」，撈渣是個沒有「內心生活」的人物，他的「仁義」是被敘述的，是被「他者」的目光所塑造的。敘事者通過「小鮑莊」的人說「這孩子仁義著呢」，當然，他的「英雄」般的死亡也是因了「三月文明月」被構建的，自始至終，「撈渣」完成的不是自我的個體成長和心靈成長，而是為了敘事者對儒家「仁義」文化的憂慮而呈現的。更典型的是張承志的《北方的河》，那個要考取人文地理學的研究生的「我」，用剛毅的「男子漢」的形象塑造完成的是對「民族國家」的山河想像，個體的遊歷和對「北方的河」不同的生命體驗，隱喻的是「個體」通向「民族國家」認同的心路歷程。洶湧咆哮但又保護「我」、溫暖「我」的父親河「黃河」、流淌著祖先的燦爛文化的「祖先」河「湟水」、「母親」一樣寬闊、溫情、撫慰「我」的狂躁的「永定河」、未能到達的「我」的青春夢想的「黑龍江」，在小說中都是「我」歸屬的對象，而遍布於北方大地的山河從更深的意義上無不是「國家」的象徵和「民族」的血脈。所以，在「尋根派」的小說中，雖然有人物的聲音，但這種「聲音」卻往往是關於「民族國家」和「傳統文化」宏大敘事的一部分，他們的存在是為了完成對「他者」的說明。

在這樣的敘事邏輯上，「尋根話語」雖然延續了新時期「文學是人學」的新的意義話語，並借對「個人」的回歸拆解了國家敘事中的政治話語，但和

「五四」新文學之初的「現代性」啓蒙訴求殊途同歸的是，「現代性的理論並不旨在解放個人，而在於把個人組合成民族國家的公民，現代社會的成員。」〔註11〕這在「五四」時期表現為新人們從「封建家庭」出走，把「自我」投入到「民族國家」的現代敘事中，而在「尋根文學」中則表現為個體成為演繹「傳統文化」的符號，失去了自我生長性，成為平面化的人物。劉禾在論及「五四」新文化運動時曾經指出，「從新文化運動在現代中國歷史上所扮演的角色講，我們可以說，這場運動成功地把中國傳統及其經典構造成了個人主義和人道主義的對立面，而個人主義的另一個對立面民族國家反倒在很大程度上被接受，成為個人主義話語的一個合法部分。」〔註12〕對於「文化尋根」思潮，則可以說，「文化尋根」運動把傳統文化構造成了「民族國家」新的生長點，但作為傳統文化承載者的個體卻被「民族國家」的宏大敘事放逐，「個人」往往被「民族國家」收編，「個人」和「自我」經驗淹沒在「文化認同」和「文化反省」的敘事策略中。

當然，從相反的意義上，同樣值得反省的是：究竟在何種意義上才能構成文學中真正的「個人」敘事，或者說如何才能通過個體最真實的生命經驗、心靈遭際和命運書寫達到對民族、國家、社會歷史的透視和表達，也就是如何通過「個人」最真實的體驗走向對「性別」、「種族」、「階級」、「國家」的敘事，或者從「民族國家」的宏大敘事走向最真實的個體生命疼痛。借用劉小楓的話就是，「文學是人學」，「但這個『人』是需要界定的，即是每一個孤獨的受苦的肉身存在。文學是對這一個或那一個渴望在場的肉身在者的憂心和關懷。它在屬於個體的肉身存在的言說中救護無辜不幸者和犯罪的不幸者成為人。『尋根』文學並不會甚至不想要使中國人成為個人，而是成為中國人。」〔註13〕而90年代以後在文壇出現的「個人化」寫作的問題則在於，他們沉溺於個體的瑣碎的生命經驗，而缺失了對「人」的意義訴求和對生存大地的「人文關懷」。當然，在以下的意義上，「個人化」寫作可能會呈現它全部的複雜性和豐富性，那就是，「『個人』恰恰並不意味著個體的一種封閉性，而是意味著在一般的方式之外，要重建一種特殊的、風格化的關聯。『個人化』拒絕

〔註11〕劉禾，《跨語際實踐──文學，民族文化與被譯介的現代性》，北京三聯書店，2002年版，第133頁。
〔註12〕劉禾，《跨語際實踐──文學，民族文化與被譯介的現代性》，北京三聯書店，2002年版，第131頁。
〔註13〕劉小楓，《這一代人的怕和愛》，華夏出版社，2007年版，第254頁。

的不是歷史，而是對歷史的一種公共呈現的拒絕，它要在公共歷史的裂隙中探索一種清新經驗的可能。在這一點上，個人寫作有一種對意識形態的抵制作用，雖然它本身也有被意識形態化的危險。當一種對社會、文化整體的把握能力喪失之後這種方式倒是值得重視的。（姜濤語）〔註14〕」

二、在「傳統」與「現代」之間

何謂「尋根」？爲什麼要「尋根」？「尋根」的意圖可在？在這一系列問題的背後，始終存在著一個關於「傳統」和「現代」的神話，也就是在「尋根話語」這種二元對立的思維中對「民族國家」未來圖景和文學走向「世界」的一種期待和想像。「尋根」對傳統文化的尋找，是爲了進行「創造性轉換」和「現代重塑」，張揚民族文化的「優根」、批判傳統文化中的「劣根」，成爲走向「現代」文明和走向「世界」的途徑之一。而這種從「傳統」文化走向「現代」文化、從「傳統」中國走向「現代」中國的文化啓蒙，是 80 年代知識者建構新的「民族國家」想像的精英話語，是在當時普遍的「西化」語境下探索「民族國家」未來文化走向的另一種可能的知識實踐。

「文化尋根」中關於「傳統」和「現代」的話語方式，其實是現代性啓蒙歷史觀的產物，「啓蒙歷史把民族國家看作是一個存在於傳統與現代、等級與平等、帝國與民族國家的對立之間獨特形式的共同體。」〔註15〕在黑格爾的線性歷史觀和啓蒙歷史觀中，「時間超過空間，造成寄身於地理空間的『他者』，有朝一日變成我們昔日的自己。」〔註16〕也就是說，在這樣的歷史觀下，世界各地的民族、國家就有了時間上的先進和落後、現代與傳統之分。在黑格爾的論述中，東方的中國和印度等國正是因爲「這兩個民族最顯著的特徵是他們對於精神的一切——心靈、宗教、道德、科學與藝術——均格格不入，他們天生一副奴性和野蠻性，缺乏一種內在人性的自我肯定。」〔註17〕因此，「他們」需要被「啓蒙」，從「傳統」走向「現代」，從而爲殖民霸權提供了合法性。這種普遍主義的大歷史觀，也在社會達爾文主義進化論的邏輯上爲早期歐洲對東方的殖民提供了歷史依據，那就是「民族國家有權摧毀非民族

〔註14〕洪子城等，《新歷史語境下的「文學自主性」》，《上海文學》，2005 年，第 4 期。
〔註15〕杜贊奇，《從民族國家拯救歷史》，社會科學文獻出版社，2003 年版，第 2 頁。
〔註16〕杜贊奇，《從民族國家拯救歷史》，社會科學文獻出版社，2003 年版，第 3 頁。
〔註17〕黑格爾，《歷史哲學》，北京三聯書店，1956 年版，第 138～139 頁。

國家，並爲她們送來啓蒙之光。」〔註18〕這也顯示了啓蒙理性陰暗的一面，那就是在「啓蒙」的名義下，把世界上的民族劃爲「文明」與「愚昧」、「先進」與「落後」，爲強勢的西方文明的入侵提供合法化依據。福柯在《什麼是啓蒙》中，認爲啓蒙是一個系統性的工程，這個系統包含了一系列的問題，「我們怎樣被建構爲我們自己的知識的主體？我們怎樣被建構爲操作或服從權力關係的主體？我們怎樣被建構爲我們自己的行爲的道德主體？」〔註19〕從福柯的意義上可以說，是「啓蒙」所包含的知識、權力、倫理等共同構建了關於「傳統與現代」、「先進與落後」的知識話語，而且，對於晚清以來尋求「民族國家」道路的中國知識者而言，也是在這樣的話語機制上認同了自我的「落後」、「傳統」的中國形象，並在內憂外患的歷史處境中探索「民族國家」的「現代」道路。

但是，對於「文化積澱」深厚的中國知識者而言，建構現代「民族國家」的系統工程反映在文化選擇上則呈現出了多重面向。以梁啓超等晚清知識者爲肇始、到「五四」時代的胡適、陳獨秀等啓蒙思想家們，更多注重的是對西方文化的借鑒，對中國傳統文化多持批判態度。而自晚清洋務派的「中學爲體，西學爲用」、「五四」時期的「學衡派」、到後來的「新儒家」、以至 80 年代中期的「文化尋根」，對中國傳統文化的維護則成爲一個源源不斷的歷史脈絡。當然，「西學」派和「傳統」派對待西方文化和中國傳統文化的態度實際上要複雜的多，如「西學」派對傳統文化同樣有很深的情結，而「傳統」派對傳統文化的張揚背後其實往往有一個潛在的西方文化視野。

80 年代文學、文化和思想領域中的「文化熱」、「文化尋根」同樣顯示了在當時的歷史語境中中國知識者對「民族國家」現狀的憂患和對未來走向不同的文化選擇。80 年代「西學」的代表人物甘陽，認爲中國的現代化首先是「文化的現代化」，「中國的現代化只有最終落腳在一種新的現代中國文化形態上，才算有了眞正的根基和鞏固的基礎，否則其他方面的現代化或者將難以達成，或者甚至得而復失。」〔註20〕對於甘陽來說，文化現代化的問題並不是西方文化和中國文化的衝突，而是中國文化的古今變換，「中國文化與西

〔註18〕杜贊奇，《從民族國家拯救歷史》，社會科學文獻出版社，2003 年版，第 6 頁。
〔註19〕福柯，《什麼是啓蒙》，汪暉，陳燕谷編，《文化與公共性》，北京三聯書店，
　　　　1998 年版，第 440 頁。
〔註20〕甘陽，《古今中西之爭》，北京三聯書店，2006 年版，第 34 頁。

方文化之間的地域文化差異常常被無限突出，從而掩蓋了中國文化本身必須從傳統文化形態走向現代文化形態這一更為實質、更為根本的古今文化差異的問題。」〔註21〕但「傳統文化」在甘陽那裡是一個流動性的概念，即「傳統乃是『尚未被規定的東西』，它永遠處在制作之中，創造之中，永遠向『未來』敞開著無窮的可能性或說『可能世界』，正因為如此，『傳統』絕不可能只等於『過去已經存在的東西，恰恰相反，傳統首先就意味著』未來可能出現的東西。」〔註22〕在這樣的話語邏輯上，傳統和現代實際是一個問題的兩面，那就是「傳統」包含了「現在」和「未來」，而「現代」也會構成新的「傳統」，新的現代文化形態的建立，則包含了與西方文化的平等交流。甘陽通過對中國和日本在近代化過程中的比較，實際上批判了中國傳統文化的固步自封和對日本引進西學建構強大的「民族國家」的肯定。因此，「西學」派歸根結底強調的依然是對世界現代形態文化的借鑒並完成中國傳統文化的現代化。而李澤厚當時強調的則是對傳統文化的「轉換性的創造」，「傳統」在李澤厚那裡是一個指向過去的相對穩定性的概念，也就是中國的前現代文化，他對建構新的「民族國家」的文化改造，主張「不是像五四那樣，扔棄傳統，而是要使傳統作某種轉換性的創造。」「只有從傳統中去發現自己、認識自己從而改換自己。」「只有將集優劣於一身、合強弱為一體的傳統本身加以多方面的解剖和瞭解，取得一種『清醒的自我意識』，以圖進行某種轉換性的創造，才真是當務之急。」〔註23〕

　　「文化尋根」最重要的理論來源即是李澤厚的民族文化「積澱說」，即「積澱在人們的行為模式、思想方法、情感態度中的文化心理結構」。「尋根派」對新的「民族國家」文化建構的途徑是對中國傳統文化的「現代重塑」。在當時「文化熱」的「西學」語境中，在80年代中國整體的「文明與愚昧的衝突」潛在的中/西、傳統/現代、文明/愚昧的視野中，「尋根派」的文化構想就具有了重要的意義。在作為「尋根文學」發端的「杭州會議」中提出的問題，其實「表現出的是中國作家和評論家當時非常複雜的思想狀態，一方面接受了西方現代主義的影響，同時又試圖對抗『西方中心』，一方面強調文化乃至民

〔註21〕甘陽，《古今中西之爭》，北京三聯書店，2006年版，第35頁。
〔註22〕甘陽，《古今中西之爭》，北京三聯書店，2006年版，第53頁。
〔註23〕李澤厚，《啟蒙與救亡的雙重變奏》，《中國現代思想史論》，天津社會科學出版社，2003年版，第37頁。

族、地域文化的重要性，同時又拒絕任何的復古主義和保守主義，作爲文學史上的一個重要事件，具有非常重要的研究意義。」〔註 24〕「尋根派」理論在當時引起的最大爭論是，它到底是一種現代的、先鋒的文學思潮還是一種保守的文學思潮，如李慶西認爲「一些具有先鋒精神的小說的思維形態發生了很大變化。而另一些批評家則認爲，「尋根」向傳統文化的尋找是一種歷史的倒退，在 80 年代「現代化」成爲社會主流話語的語境下，無疑有「復古」的嫌疑。如劉曉波就認爲尋根派向傳統文化的回歸，是歷史的倒退，是阻礙歷史和文化進步的保守主義思潮。其實在此類的論爭中，「尋根」已遠離了文學問題，而成爲一個大的文化問題，甚至是事關民族文化未來走向的問題，是走「西化」的道路還是走「傳統」的道路的民族生存問題。使「本來僅僅作爲一個文學話題的『尋根文學』，在討論中就演變成了似乎關係到民族、國家文化價值走向的『權力意志』之爭。不光反『尋根派』的人士，頗有不能容忍『倒退』、『復古』的義憤。不可否認的是，『尋根派』自己又何嘗不是隱隱約約把這看成反抗西方文化『霸權』的一種姿態？」〔註 25〕

　　但從另一個方面看，「尋根派」知識者對傳統文化的回歸和尋找，在對西方文化霸權的反抗之外，其實還存在著一個更大的「全球視野」，那就是在「世界主義」導向下重構「民族國家形象」。從「民族自我」的建構出發，從傳統文化中尋找民族精神和文化特質，途徑卻是「理一理我們的『根』，也選一選人家的『枝』，將西方現代文明的茁壯的新芽，嫁接在我們的古老、健康、深植於沃土的活根上」〔註 26〕，「釋放現代觀念的熱能，來重鑄和鍍亮這種自我」〔註 27〕，目的卻在於「達到文學先進水平這種自由」、「與世界文化對話」〔註 28〕。所以，籠統地說「尋根」派是傳統和保守是只看到了問題的一面，「回到傳統」並不是單純地對傳統文化的全盤接受，而是對「傳統文化」的創造性轉換，目的還在「現代」。而且，在走向「世界文學」的導向下，這不妨被理解爲一種策略性選擇，或者說，是在 80 年代的歷史語境下，構造新的「中國形象」的另一種可能性的嘗試。在這樣的意義上，「傳統」與「現代」的問題實際上殊途

〔註 24〕蔡翔，《有關「杭州會議」的前後》，《當代作家評論》，2000 年，第 6 期。

〔註 25〕李潔非，《尋根文學：更新的開始（1984～1985）》，《當代作家評論》，1995年，第 4 期。

〔註 26〕李杭育《理一理我們的「根」》，《作家》，1985 年，第 9 期。

〔註 27〕韓少功，《文學的根》，《作家》，1985 年，第 4 期。

〔註 28〕阿城，《文化制約著人類》，《文藝報》，1985 年 7 月 6 日。

同歸，回到「傳統」是爲了塑造出一個新的「現代」，而從普遍性的「現代」意識出發打撈「傳統」，是爲了重構一個帶著「民族傳統」特質的「現代中國」，以區別於「現代化」的同一性構想。

馬克思在《路易・波拿巴的霧月十八日》中曾經說過，「一切已死的先輩們的傳統，像夢魘一樣糾纏著活人的頭腦。當人們好像只是在忙於改造自己和周圍的事物並創造前所未聞的事物時，恰好在這種革命危機時代，他們戰戰兢兢地請出亡靈崇敬的服裝，用這種借來的語言演出世界歷史的新場面。」〔註29〕在這個意義上，「尋根派」對「傳統」文化的借鑒和回歸，歸根結底都是爲了當下的現實服務，是爲了在80年代知識界對「民族國家」想像和建構的多種路徑中，提供另外的可能性，並應對「世界化」、「全球化」的文學圖景，從而「演出」「世界文學」的新局面。

三、在「東方」與「西方」之間

在80年代中期的知識話語中，傳統/現代相對立的話語邏輯背後實際上是關於東方/西方的寓言，在「現代化」的整體語境下，傳統基本上等同於東方，而現代等同於西方，因此，新的「民族國家」建構的知識資源指向的是「西方」的「現代文明」。這種文化認同和對中國未來的構想，雖然出自於打開國門後的「震驚」體驗和實現「四個現代化」的現實選擇，有著歷史的必然性。但是，在「西方」話語方式下建構「中國形象」的方式，同時遮蔽了「東方」與「西方」之間複雜的權力關係，也使當時中國知識者的「中國想像」呈現出內在的悖論。「文化尋根」作爲對「西方霸權」的反抗、對「東方文明」的重新發現，就顯示了這種「東方」與「西方」之間話語邏輯的複雜性。

「東方」和「西方」是互爲指稱的一組詞語，也就是沒有「東方」何來「西方」、或者說沒有「西方」何來「東方」的問題。「從一開始，東方就是西方的影子。假如西方不存在，東方也就不會存在。據竹內好所說，這就是現代性的主要定義。對非西方來說，現代性最終意味著非西方主體性的被剝奪。」〔註30〕因此，「西方」的主體性是通過對「東方」的定義來獲得的，而「東方」卻是在失去主體性的過程中意識到自己的「非西方性」，「西方與東

〔註29〕馬克思、恩格斯，《馬克思恩格斯選集》（第一卷），人民文學出版社，1995年版，第585頁。

〔註30〕酒井直樹，《現代性及其批判：普遍主義與特殊主義問題》，張京媛編，《後殖民理論與文化批評》，北京大學出版社，1999年版，第407頁。

方之間，存在著一種權力關係、支配關係、霸權關係。」〔註31〕可以說，關於東方的「形象」是出於「西方」的需要被表述的，因為，「他們無法表述自己；他們必須被別人表述」〔註32〕，而他們一旦被「表述」，就已然不再是「自己」。薩義德在論及西方對東方的表達時就曾經指出，歐洲是強大的，有自我表述能力，而東方則是遙遠的，對於創造了「東方」的西方而言，「行使這一表述特權的不是一個傀儡的主人，而是一個大權在握的創作者，這一創造者所具有的生死予奪的權力表述、激活並建構了自己的熟悉的邊界之外的另一個地域，如果沒有這種表述、激活和建構，這一地域便會永遠處於靜寂和危險的狀態。」〔註33〕所以，對於「東方」的知識分子而言，他們對「民族國家」和「民族文化」的建構和體認從一開始就不期然落入這樣一個先在的權力場域，把「東方」和「西方」這種空間範疇的區別納入了「封建性」與「現代性」、「落後」與「先進」的時間性的價值判斷。

「東方」現代性的歷史就是對「西方」反抗的歷史，「通過反抗，東方實現了自我現代化。……沒有這種反抗東方就不會走上現代化的道路。」〔註34〕而反抗的失敗就使「東方」的知識分子在建構自己的「民族國家」形象時，以內化的方式自覺地借鑒了「西方」勝利者的話語邏輯。對1840年鴉片戰爭以後中國先進的知識界而言，他們的救國夢想就體現了這種由不斷的失敗感帶來的對未來中國的構想和實踐。當西方國家的船堅利炮打開了封閉的國門，天朝大國的夢想頃刻破滅，中國的「天下」觀念失敗，中國傳統社會中的夷夏之辯轉換為「東方」與「西方」空間上的對立，隨之而來的是在「現代性」的線性時間觀念上先進與落後、現代與傳統的差異。中國現代文學的發生也正是在這個意義上和社會政治結下了不解之緣，文學從一開始就參與了對「民族國家」的想像性建構，並對整個20世紀的中國知識分子和中國文學產生了深遠的影響。

從洋務運動的技術引進、維新運動的政治改良到孫中山領導的辛亥革命，都未能挽救危亡的中國，「五四」的知識分子意識到必須進行「文化革命」，

〔註31〕愛德華・W・薩義德，《東方學》，北京三聯書店，1999年版，第8頁。
〔註32〕馬克思，《路易・波拿巴的霧月十八日》，《馬克思恩格斯選自》（第一卷），人民文學出版社，1995年版。
〔註33〕愛德華・W・薩義德，《東方學》，北京三聯書店，1999年版，第71頁。
〔註34〕竹內好，《何謂現代——就日本和中國而言》，張京媛編，《後殖民理論與文化批評》，北京大學出版社，1999年版，第448頁。

轉變人們的觀念，才能從啓迪民智走向國家新生。因此，對於「五四」知識分子而言，對西方文化和文學觀念的引進和對中國傳統文化的批判都是基於強烈的現實關懷，「五四思想家從未將西方的觀念當作游離現實之外的知識來把玩，而是將其當作一項解決嚴峻課題的現實方案：借助何種資源，中國才能奮然崛起，打破傳統的枷鎖，重建嶄新的文化圖景？這首先是一個起點和意願的問題，爲了創建一種文學以回應挑戰，五四作家將目光投向了西方文學」〔註35〕因此，在「五四」新文化運動中，傳統文化的成規和價值受到了徹底的否定，而這種知識範型的轉變是以對西方文化的引進爲肇始的，也是相對於「五四」的「自由、平等、民主，科學」等觀念，對「吃人」的中國文化和中國禮教的批判。「西方」和「東方」在「五四」知識者那裡，包含了文明／愚昧、開放／保守、現代／傳統、民主／專制、自由／壓抑等價值判斷的二元對立，「西方」的現代文明進程成爲「東方」追隨的「先行者」。而「文革」結束後的「新時期」面臨和「五四」相似的歷史境遇，當封閉的國門再一次打開時，與世界文化和世界文學隔絕了幾十年的中國知識分子再一次經歷了挫敗性體驗，表現在文學上，就是「『五四』一代的文學與『四五』一代的文學有諸多外觀上的一致性：它們都處於兩種文化形態（中西）的衝突之中，都受到亡命追尋的驅迫。表達個人在歷史困境中的自我掙扎以及個人命運與社會、民族命運的關聯，始終是文學的主題。」〔註36〕「西方」也再次成爲一個時代的標誌性話語，在文化和文學領域掀起了「西學熱」，如何在「西方」的鏡像面前重構中國形象和中國文學想像成爲80年代知識分子的共同訴求。

作爲80年代知識分子重要一脈的「尋根派」，致力於從「東方文化」和「東方文學」中尋找新的「民族國家」構想和文學寫作資源的方式，在表層看來，是對當時知識界的「西學」熱和走「西方」道路的一種反駁，是對「西方」對「東方」的權力關係的一種反抗。但是，「尋根派」同樣落入了一個「現代性」權力關係的怪圈，那就是他們通過對中國傳統文化的現代重構，希望得到的依然是「西方」的體認，而這種內在的「自我殖民」的體認依然無法逃離西方／東方的話語邏輯。他們試圖通過自己的民族書寫進入「世界文學」，但「世界」在地緣政治上實際上等同於「西方」，「西方必須代表普遍性的契機，在這個契機之下，所有特殊性被揚棄。誠然，西方本身就是一個特殊性，

〔註35〕安敏成，《現實主義的限制》，江蘇人民出版社，2001年版，第39頁。
〔註36〕劉小楓，《這一代人的怕和愛》，華夏出版社，2007年版，第248頁。

但是它卻作爲一個普遍的參照系數，按照此參照系數所有他體能夠識別出自己是個特殊性。〔註37〕可以說，「尋根派」以「東方」傳統文化爲資源反抗「西方」的策略，實際上隱含的是對「西方」的普遍主義話語邏輯的體認，是對進入「西方」普遍主義的文學標準的渴求。在這種「越是民族的就越是世界的」的話語方式中，「世界」這個看似公允的標準不過是現代歷史以來「西方」的另一個代名詞，「尋根派」的反抗在這樣的意義上成爲再一次的陷落。

韓少功在《文學的根》中，指出「文學之『根』應深植於民族傳統文化的土壤裏，根不深，則葉難茂。」但他得以立論的一個重要依據卻是「西方」人對「東方」文明的肯定，「西方的歷史學家湯因此曾經對東方文明寄予厚望。他認爲西方基督教文明已經衰落，而古老沉睡著的東方文明，可能在外來文明的『挑戰』之下，隱退後而得『復出』，光照整個地球。我們暫時不必追究湯氏的話是眞知還是臆測，有意味的是，西方很多學者都抱有類似的觀念。科學界的笛卡爾、萊布尼茨、愛因斯坦、海森堡等，文學界的托爾斯泰、薩特、博爾赫斯等，都極有興趣於東方文化。傳說張大千去找畢加索學畫，畢加索說：你到巴黎來做什麼？巴黎有什麼藝術？在你們東方，在非洲，才會有藝術……這一切都是偶然的巧合嗎？在這些人注視著的長江、黃河兩岸，到底會發生什麼事呢？」〔註38〕韓少功在這樣立論的同時，忽略的恰恰是「西方」對「東方」的權力關係、以及那個「他者」目光背後的獵奇心理，「西方」人眼裏的「東方」並不是眞實的東方經驗，而是根據西方的需要構想出來的「東方」圖景。「歐洲文化的核心正是拿著那種使這一文化在歐洲內和歐洲外都獲得霸權地位的東西——認爲歐洲民族和文化優越於所有非歐洲的民族和文化。」〔註39〕這種「他者」的目光是俯視而不是平視的，他們「觀看」的是「神秘的」「東方奇觀」。鄭萬隆在《我的根》中，也提到了美洲作家「魔幻現實主義」創作方法的成功實踐，而「這些『實驗』，有些在西方成功了。那時因爲它是西方。而我的根在東方。東方有東方的文化。」〔註40〕拉丁美洲的「魔幻現實主義」因爲「在西方成功了」，因此才進入了「東方」的作家的視野，而「東方」作家對「東方文化」的表達，依然是在被「西方」認同

〔註37〕 酒井直樹，《現代性及其批判：普遍主義與特殊主義問題》，張京媛編，《後殖民理論與文化批評》，北京大學出版社，1999 年版，第 385 頁。
〔註38〕 韓少功，《文學的根》，《作家》，1985 年，第 4 期。
〔註39〕 愛德華‧W‧薩義德，《東方學》，北京三聯書店，1999 年版，第 10 頁。
〔註40〕 李杭育，《我的根》，《上海文學》，1985 年，第 5 期。

的邏輯上展開的。所以，「尋根派」對傳統文化的回歸，和 80 年代知識界僅僅在傳統／現代的向度上理解「現代化」、理解「西方」的不同在於，他們將「西方」內化在了自己的理論表述和文學書寫中，自覺地建構關於「東方」、關於「中國」的「民族寓言」，但「在以『封閉的空間』和『停滯的時間』作為主要敘事特徵的尋根小說中，虛位以待的正是一個『西方他者』的目光。正因為這種『民族寓言』的書寫內在地接受了『前現代——現代』這一紀年順序所給定的地緣政治位置，『中國』的『非西方』的、因而是『非現代』的位置，使得『尋根文學』不可能給出一個關於中國未來的敘述。」〔註41〕

也許，對於傳統與現代，對於「東方」與「西方」，或者說對於前現代文化和現代文化而言，「『文化衝突』的深刻性和複雜性就在於，它並不是『文明與愚昧的衝突』，而恰恰是『文明與文明的衝突』，因而更多地是黑格爾所說那種悲劇性的不可解決的歷史二律背反衝突。建立現代文化系統的全部困難正在於此。」〔註42〕既然，「『東方』和『西方』這樣的地方和地理區域都是人為建構起來的。」既然，「像『西方』一樣，『東方』這一觀念有著自身的歷史以及思維、意象和詞匯傳統，正是這一歷史與傳統使其能夠與『西方』相對峙而存在，並且為『西方』而存在。因此，這兩個地理實體是相互支持並且在一定程度上相互反映對方的。」〔註43〕那麼，中國知識者在構建「民族國家」的未來形象時，就應該對關於「東方」和「西方」的話語邏輯有所警惕，如何在拆解「西方」對「東方」的權力關係的同時、能夠表達根植於民族生存現實的「中國經驗」，依然是今天的知識者面臨的問題。

總之，「文化尋根」雖然在表層上深入民族文化的歷史祭奠、文化遺存，從主流的國家意識形態中逃離，但在深層上，依然屬於 80 年代的「宏大敘事」和「精英敘事」，試圖構建的是以「傳統文化」為生長點的「民族國家」文學，一個經過「現代意識」重塑的「民族國家」形象。而且，「尋根」在表層上退回儒道等傳統文化的方式和內在的「現代民族國家」訴求之間又充滿了巨大的張力。在傳統與現代、東方與西方、文明與保守等問題上不期然落入了「現代性」的權力話語邏輯，使「尋根派」對中國「民族國家」的文學想像和未

〔註41〕 賀桂梅，《人文學的想像力》，河南大學出版社，2005 年版，第 47 頁。
〔註42〕 甘陽，《八十年代中國文化討論五題》，《古今中西之爭》，北京三聯書店，2006 年版，第 25 頁。
〔註43〕 愛德華・W・薩義德，《東方學》，北京三聯書店，1999 年版，第 7 頁。

來指向，陷入了一系列的悖論語境，也使以「傳統文化」爲「生長點」的現代「民族國家」構建陷入了困境。

第二節　人文地理版圖中的中國想像

　　現代地理學是一門標準的西方學科，通過對領土的地理空間和邊界的確定，以確立民族國家的邊界，使意識形態的民族國家具有實體的象徵物。而人文地理學則通過賦予「自然地理」文化內涵，以完成現代民族國家的「地理想像」，構建整個民族的地理文化圖景和國民的國土想像。因此，在人文地理學中，「地理」是和「政治認同」、「文化認同」聯繫在一起的。而 20 世紀 80 年代中國的「尋根派」作家們在他們的理論宣言和文學實踐中，對中國地域文化的追尋和挖掘，對中國人情風物的描述，在客觀上也體現了這種通過「地理」描述以達到「文化認同」和「文化反省」的目的。「文化尋根」通過人文地理版圖中的山河想像、地域風情建構的「中國形象」，指向了對「鄉土中國」現實文化境遇的思考和進行「現代轉換」的努力。但這種人文地理學意義上的「中國形象」卻往往擱置了人文地理學這門學科的西學背景，使這種「想像中國的方法」遭遇了現代性的尷尬。

一、山河想像：國家認同

　　在上個世紀 80 年代的中國文壇上，「文革」使國家的政治認同遭遇困境，人們也厭倦了長久以來文學的政治化敘述，「文學」和「政治」的亦步亦趨也使文學日趨失去了創新的活力。因此，當「文化尋根」對中國傳統文化的尋找走入了山川、河流、大地、民間時，通過山河想像重建「民族國家」認同，大約成了一代知識者隱秘的激情。山川河流被賦予了文化的內涵和意義，自然的人化成爲構建新的國家認同和文化認同的有效途徑之一，「文學」實踐在這樣的意義上再一次爲新意識形態的構建開拓了新的領域。「民族國家的功能和形象從階級鬥爭的工具的政治認同，**轉變**爲以經典的民族文化符號作爲主要標誌的文化認同，自然景色如長江、黃河、廬山等，純樸的民風和民俗等被作爲『民族』想像的主要內容。」〔註44〕

　　山川、河流、民俗、風情往往在文學想像中承擔了不同的角色，在建構

〔註44〕賀桂梅，《人文學的想像力》，河南大學出版社，2005 年版，第 86 頁。

「民族國家」的文學實踐中，河流常常被想像為「祖國」的血脈，而山川就如同「國家」的脊樑，民俗風情則構成了不同地域、不同族別的「鄉土中國」的影像。人文地理學繪製出的這種文化地形圖，就是通過這一系列的物象，「從不可見的，有邊界的領土空間的角度想像國土」〔註 45〕，從而建構起被普遍認可的「民族共同體」和「政治共同體」。張承志的小說《北方的河》是比較典型的通過「河流想像」來建構一代人的文化認同和國家認同的小說文本，在小說中，一個準備報考人文地理學研究生的青年通過對中國北方河流的漫遊，對「地理中國」賦予了人文內涵，顯示了從「文革」中走過來的一代人重建自我身份和國家身份的努力。當年，作為「紅衛兵」的他串聯的嚮導是一本薄薄的《革命串聯地圖》，而多年以後當這個青年人重新漫遊當年走過的路線時，「革命」已然遠去，但「地圖」這個「民族國家」的版圖則依然在腳下伸展。告別「革命」政治認同的一代人在小說中正是通過對「國家的血脈」——河流的漫遊，重建了對自我和「民族國家」新的認同。「地圖」上作為符號存在的「河流」在實地考察中慢慢演變為民族的博大、壯闊、洶湧不息，而撲向黃河的「我」也是在「黃河父親」的懷抱中重新找到了青春的力量。「走向河流，沿著河流，連我自己也像一條河流」，「我」融合在「河流」中，也是「我」再一次重建了「自我」和「民族國家」的象徵關係。小說中有個極具症候性的圖景，「她看見了一副動人的畫面：一條落滿紅霞的喧囂大河正洶湧著棱角鮮明的大浪。在構圖的中央，一個半裸著的寬肩膀男人正張開雙臂朝著莽莽的巨川奔去。」朝著莽莽的黃河奔去，也是向著象徵意義上的「父親」奔去，在小說中，一再出現這樣的句子：「我覺得——這黃河像是我的父親」；「黃河是你的父親，他在暗暗保護著他的小兒子。」；「黃河像北方大地燃燒的烈火」；「我的父親，他迷醉地望著黃河站立著，你正在向我流露真情。」；「這是我的黃河父親在呼喚我」；「你是仗著黃河父親的庇護和寬容才橫渡成功」。在這樣的敘述中，黃河——父親——國家成為邏輯上的意義鏈條，尋找新的「自我」、緩解「無父的焦慮」、建構「民族國家」的認同，成為同一主題的三個面向，而「黃河的兒子」、「祖國的兒子」、「中國人」則構成了「族群認同」的三個階梯。同時，在《北方的河》中，遍布中國北方的大河也構建了不同的「中國形象」，無定河的「曲流寬谷」的闊大胸懷，黃河

〔註45〕 本尼迪克特·安德森，《想像的共同體——民族主義的起源與散佈》，上海人民出版社，2003 年版，第 197 頁。

的洶湧不息和父親一樣的呵護，額爾齊斯河的自由、寬闊、光明磊落，而在湟水流域，古老的彩陶流成了河，古老的民族歷史源遠流長，永定河谷的沙礫銘刻著滄桑歲月，而遙遠的黑龍江在夢中解凍歡唱，「這些河流勾畫出半個中國，勾畫出一個神秘的遼闊北方。」所以，小說中漫遊的河流從人文學的意義上，不是河流地貌，不是地理學，而「是一支歌，一曲交響樂，是一首詩」，這支曲子是自我青春的禮讚，同時也是民族國家新的希望的圖景。

　　但在《北方的河》中，卻有個巨大的遮蔽和盲視，那就是引導張承志的「河流想像」和新的「民族國家」建構的卻是德國人李希霍芬的《中國》。「他譯得出了神，思想愈來愈沉地陷入那德國地理學大師深邃的思路中去了。他譯著，覺得自己正愈來愈清晰地理解著黃土，理解著地理科學，理解著中國北方的條條大河。」「他」在《中國》的指引下完成了對「地理中國」的「人文想像」，但李希霍芬是何許人？他的《中國》又是一部什麼樣的著作呢？李希霍芬是德國著名地質兼地理學家，他於 1868 年來到中國，對中國地質、地理和經濟資源進行了親身考察。1872 年回國後，霍芬得到德國政府足夠的資助，整理發表其在華所做的地質、地理考察研究成果：《中國：親身旅行和據此所作研究的成果》（此書共 5 卷，李希霍芬只完成了前 2 卷，餘 3 卷由別人根據他考察所得的資料整理而成）。李希霍芬是代表德國在華資本利益的人，他通過自己親自考察所得的資料，研究中國的地質、地理情況，並把中國的經濟特別是礦產資源分布情況介紹給西方，為西方的殖民侵略提供情報和具體建議。但在張承志《北方的河》中，則完全屏蔽了李希霍芬的殖民面孔，《中國》以「科學」的「地理學」的面孔出現。這其實是一個「東方主義」的問題，那就是主人公通過「人文地理」完成的「國家想像」卻是在一個「西方」的「他者」的引導下完成的，鍾文曾一針見血地指出，「《北方的河》中的男主人公『我』引領我們通過這樣西方的『人文地理學』著作來理解中國，來編織我們的民族認同感和國家理念。這個『我』對文化傳統的追尋，對『祖國山川』的迷戀，甚至對民族的指認，實質是在一個『非我』的眼光指引之下完成的，也就是說，這個『中國人』對『中國』的認識由一種外來的『科學』也即是『現代』的知識所引導，對傳統文化的認識前提也同時來自外界的指認，由『西方』作為參照物來樹立自我的『民族』的認同。」〔註46〕這實際上是 20 世紀 80 年代中國的「民族國家」建構的悖論性處境，也是在東方／西方、傳統／現代、科學／蒙昧、

〔註46〕鍾文，《「尋根文學」的政治無意識》，《天涯》，2009 年，第 1 期。

自我／他者等二元對立的框架中討論中國問題的困境，同時顯示了「尋根派」知識分子建構自我認同和國家認同時常常不自覺落入的陷阱。

張煒的《古船》和賈平凹的《浮躁》中也都有一條河，但「河流」在他們的小說中，不僅是民間大地上地理性的物象，更重要的是「河流」成了民族命運的象徵。在《古船》中，那條曾經波瀾壯闊的蘆青河可以通向廣闊的大海，而如今又淺又窄，那個廢棄的碼頭，隱約證明的是桅檣如林的昔日風光，只有河邊的老磨房多年來沉默地注視著窪狸鎮的興衰變遷。「蘆青河」不僅記載了窪狸鎮的血淚歲月，同時也是現代中國變遷的歷史，是「民族國家」在整個 20 世紀所走過的血雨腥風的道路。從民族資本的興盛、「革命」來臨時的暴力摧毀、告別「革命」之後的鄉土中國隱秘的權力延續、商業時代的人性災難，張煒構建了一個從沉重的歷史中走來的「中國」。洶湧的蘆青河水變成了隱秘流動的地下河，可閱讀著《共產黨宣言》的隋抱樸能否指引一個商業時代「民族國家」的未來走向？張煒的「道德理想主義」大約並不能構建一個他期待的「新的窪狸鎮」和新的「民族國家」，這也是「道德理想主義」和「現代民族國家」的悖論性處境，即使「蘆青河」上再一次飄滿了通往大海的白帆點點，那麼，隋抱樸在蘆青河邊老磨房裏的贖罪和懺悔對根深蒂固的鄉村權力除了道德上的譴責，依然不會有一絲一毫的撼動。而賈平凹的《浮躁》裏的那條「浮躁」的「州河」，也不僅是金狗們躁動的青春、80 年代浮躁有生氣的中國鄉村，更是那個年代的中國現實。「州河」上的傳奇故事和「州河」邊的世事變遷，演繹的是鄉土中國走向現代的跌跌撞撞和生機勃勃。帶有舊時代文人氣息的韓文舉的詩酒人生對「浮躁」的新時代只能是以「語言狂歡」進行虛弱的反抗，而漂流在「州河」上的金狗則是這個民族的新生力量，雖然屢遭挫折，但依然意氣風發。在小說的結尾，「州河」再一次漲水了，韓文舉的舊時代的渡船隨風浪飄走了，金狗的機動船要開回來了，在「州河」上站起的將是一個不斷走向現代的「中國形象」。

實際上，不管是張煒還是賈平凹，地理意義上的「河流」不過是他們演繹「中國故事」的舞臺，他們借河流完成的是對新的「民族國家」未來走向的探索和思考。換言之，他們對「河流」的地理屬性的描述實際旨在它的人文內涵，縱橫於國家版圖上的「河流」猶如「民族」的血脈，而「民族是一個歷史的主體，隨時準備在現代的未來完成自己的使命。」〔註 47〕「河流」

〔註47〕杜贊奇，《從民族國家拯救歷史》，社會科學文獻出版社，2003 年版，第 2 頁。

的歷史是「民族」歌哭的歷史，「流動的河」也是「民族」流動的命運。但是，《古船》中代表「民族國家」輝煌歷史的「古船」一經挖掘即被送進了「城市」的博物館，輝煌的歷史成爲被「展覽」和「觀看」的物象。郭運的《天問》、隋抱樸的《共產黨宣言》和隋不召的「航海經書」在小說中構成了指引「民族國家」未來走向的三個重要文本。可是，《天問》這個典型的「東方」文本對天道的追問、《共產黨宣言》這個來自「西方」的文本對公平、正義的呼喚、「航海經書」所指向的從封閉走向開放的航向，那一個會是蘆青河邊的窪狸鎮走向未來的航標，張煒並沒有回答，他只是讓隋抱樸走出了沉默的石磨房，用實踐而不是用枯坐、思考、沉默、贖罪，從古老的道德反省走向複雜的現實生活，也唯有此，才有可能回答「民族國家」向哪裏去的問題。在賈平凹的《浮躁》中，同樣存在這樣幾個對鄉土中國未來走向的指認，對世事嬉笑怒罵的韓文舉，虛靜、超脫世俗的山上和尚，聰明、豪爽、膽大、敢於冒險的雷大空，都是這個「浮躁」時代的失敗者，唯有金狗這個「看山狗」託生的沉著、智慧、勇於創新的理想化的「新人」給新的「民族國家」建構以建設性的力量。在「浮躁」的時代裏，賈平凹賦予了「浮躁」的「州河人」不同的品性，試圖回答鄉土中國向現代轉向的所有困惑和掙扎。

如果說「河流」是「民族國家」的血脈，通過「河流想像」，文學書寫構建了「民族國家」源遠流長的歷史並試圖回答它的未來走向，那麼，「群山」則更像「民族」的脊樑，忍辱負重，承擔著一個民族所有的苦難。李銳《厚土》系列中的呂梁山，幾乎就是鄉土中國命運的寫照，是站立在民間大地上的「中國形象」。李銳把目光投向了呂梁山沉默的群山和沉默的人們，「中國」在他的視野裏，是「一個成熟的太久了的秋天」，他的山河想像都是圍繞著這樣的主題展開，在他的視野裏，「這個成熟得太久了的秋天，冰冷、蒼老、疲憊、塵垢滿面」。〔註48〕他以「呂梁山」爲視點構建的「民族國家」，與「革命」的規訓無關，與「現代化」的轉換無關，這個沉重的令人壓抑的「中國形象」甚至與「國民性」無關，「中國」在李銳那裡就是「呂梁山蒼老疲憊的面孔」，「在這個成熟的太久的秋天裏，每一個人都毫無例外地注定了是這片秋色中的一部分，也是這蒼老、疲憊的一部分，即便有滿腔熱血塗灑在地，染出來的也還是一片觸目的秋紅……」〔註49〕「中國」在李銳那裡更像是無法逃脫

〔註48〕李銳，《自敘》，《厚土》，人民文學出版社，2008年版，第1頁。
〔註49〕李銳，《自序》，《厚土》，人民文學出版社，2008年版，第2頁。

的宿命，是一種近乎「絕望」的呈現，而「中國」的子民們「就像黃土高原
上默默的黃土山脈，在歲月中默默地剝蝕，默默地流失……或許有一天，會
突然間在非人所料的去處，用他們的死沉積出一片廣闊的沃野。」〔註50〕從
這個意義上說，在李銳的「厚土」系列小說中，「民族國家」的形象是一種「呈
現」而不是一種「建構」，「黃土」、「群山」、「沉默的人群」亘古不變，與歷
史的流變無關。李銳小說中的「中國形象」也和「現代性」的時間序列無關，
或者說，他拒絕對時間變遷中「鄉土中國」的書寫，而是在空間的意義上呈
現一個最沉重的「民族國家」生存的一部分。所有「他者」的「書寫」都會
陷入虛妄，然而，用文字「呈現」的「生存」、被「他者」講述的「本真」，
是不是本原意義上的鄉土民間本身，這可能是一個永遠的悖論性命題。

　　因此，不管是張承志的《北方的河》通過「山河想像」來構建「民族國
家」認同，還是賈平凹的《浮躁》和張煒的《古船》以「河流」隱喻傳統「中
國」向現代轉型中的掙扎和歌哭，或者像李銳那樣借「沉默的群山」「呈現」
民族生存的一部分，「尋根派」的知識者，都以自己不同的方式試圖探索「民
族國家」的現實困境和未來走向，借「山川地理」表達自我對構建「中國形
象」的隱秘激情。

二、地域風情：家國同構

　　「尋根派」作家們的「文化尋根」基本是立足於自己熟悉的地域文化，
從不同地域的民俗風情的書寫，探索中國傳統文化的現實處境和未來走向。
因此，在「尋根文學」發起的短暫的時間裏，中國的地理版圖就被他們「瓜
分殆盡」，如賈平凹的陝西商州地區、李杭育的葛川江流域、阿城的雲南密林
中、鄭萬隆的太行山區、李銳的呂梁山區、扎西達娃的西藏、鄭萬隆的大興
安嶺深處、烏熱爾圖的鄂溫克山林等。「尋根」作家們從地理分布、地緣文化
的意義上關注族群生存，目的卻在對整體的「中國境遇」和「中國文化」的
思考。換言之，他們是從空間維度上建構「中國認同」，對每一個地域的民俗
風情的書寫都不只是對局部的地域文化的表達，同時也是從地域、民族認同
走向國家認同，從邊緣書寫以期待構建「中國形象」，通過對不同地域的本土
經驗的書寫以達到對整體的「中國經驗」的呈現，在地域文化和民族風俗的
背後都有一個總體的「中國」文化視野。

〔註50〕李銳，《生命的報償》，《厚土》，人民文學出版社，2008年版，第216頁。

　　安德森在他的《想像的共同體》中認為，共同的語言、習俗、倫理規範、歷史記憶等往往是構成「民族共同體」想像的一些基本元素，通過這些潛移默化的民族習性的積澱，「共同體」的「想像」才成為可能，並為「民族國家」的構建提供「合法性」依據。而在「尋根」小說中，作家們對家園、土地、語言、文化、族群、民族圖騰的書寫，構建的不只是地域的「共同體」，同時也是民族國家的「共同體」。賈平凹在「商州系列」小說中，寫陝南商州的古樸民風，商州地方山河險峻、風景秀美、物產豐富，人們坦誠熱忱、知恩圖報、古道熱腸、敢愛敢恨。賈平凹通過「商州」書寫在文壇揚名，「商州」也成了當代文學地域文學和地域文化的一個標籤，但賈平凹的寫作意圖卻並不只是為「商州」立傳，而是通過「商州」走向對「鄉土中國」的描述，他的寫作訴求旨在「寫關於人本身的事，寫當代中國人的一種精神狀態，力求傳遞本民族以及東方的味道。」〔註51〕對於賈平凹來說，「沒有商州就沒有中國」〔註52〕，因此，他對商州地域文化的再現絕非為地方文化傳世揚名，相反，「文學還鄉正是他的文化民族主義意識的表現，是為了講述國族故事。陝西幫助他不斷地發現並證實他所構想的『真實的中國』，使他能夠寓國於『家』。他的主要人物不是農民就是文人，或者是農民加文人的混合體，就他而言兩者都是中國文化的基本元素。他的主題、母體乃其中國情懷的載體。」〔註53〕鄭義寫晉地風土人情，那裡或窮山惡水、或常年乾旱無雨，人們辛苦蒙昧、卑微、壓抑，在「太行牧歌」中其實沒有牧歌情調，不管是《遠山》中楊萬牛痛苦的「拉邊套」生活，還是《老井》中孫旺泉「沉默成了一座山」，太行山深處的故事也不只是晉地的獨有生活慣性，他指向的是傳統中國文化的沉滯、壓抑和韌性，是典型的「中國敘事」的一部分。太行山對於鄭義來說，是「家」也是「國」，他通過對家鄉故土的書寫、對故地人們精神掙扎的展示，刻畫的是一群「中國人」，是太行山深處的「中國面孔」。同樣，李銳對沉默的呂梁山和沉默的呂梁山人的書寫，也並不旨在對呂梁山地域風情的展現，《鋤禾》中的政治話語和民間生存的戲謔性存在、《選賊》中的民間智慧和苦澀、《合墳》中的迷信和溫情、《同行》中青年人內心的波動、《青石澗》窮困中的卑微和尊嚴、《眼石》中「換

〔註51〕賈平凹、穆濤，《平凹之路——賈平凹精神自傳》，青海人民出版社，1994年版，第65頁。

〔註52〕賈平凹，《商周：說不盡的故事·序言》，華夏出版社，1995年版，第1頁。

〔註53〕王一燕，《說家園鄉情　談國族身份》，《當代作家評論》，2003年，第2期。

妻」換來的內心的平衡等等，故事中間雖然都有呂梁山的地域特色，但李銳著意於刻畫的卻是中國這個「成熟得太久了的秋天」的「冰冷、蒼老、疲憊、塵垢滿面」。他的寫作有強烈的現實和歷史關懷，「我不願讓自己的故事爲歷史作注腳，我對淹沒了無數生命的『歷史』有著難以言說的厭惡和懷疑。我敘述是因爲我懷疑。我敘述是因爲我厭惡。我把被歷史無情淹沒的生命打撈出來，我把被歷史無情淹沒的聲音打撈出來，我在心底裏盼望著自己能夠聽懂呂梁悠悠萬古的歌哭。」〔註54〕而「呂梁山悠悠萬古的歌哭」也是這個「成熟的太久的秋天」的中國的歌哭，是對中國歷史和中國文化的種種悖謬之處的歌哭。

當然，「尋根」派的地域書寫必然會呈現出文化的地域性特徵，但在上個世紀80年代的文壇上，在「文化啓蒙」的精英視野中，對「地域文化」的書寫其實是一種從「邊緣」到「中心」的策略，也就是通過文化地域性的書寫探討「中國性」的問題。如韓少功作爲「尋根派」的代表作家和理論倡導者，走入湘西，試圖尋找「楚文化」的蹤跡，尋找浪漫傳奇的中國民間文化精神，尋找「楚辭中那種神秘、奇麗、狂放、孤憤的境界。」那麼，在「鳥的傳人」的楚地，有怎樣的奇異風俗呢？韓少功在他的「尋根」代表作《爸爸爸》中描述了楚地的奇風異俗，那裡「不知有漢，無論魏晉」、閉塞偏僻、巫蠱成風、人鬼通靈，丙崽的娘生個白癡被傳爲是因爲弄死了蜘蛛精；她發過一次瘋病，被人灌了一嘴大糞，病好了；人走在山裏迷路了，趕緊撒尿、趕緊罵娘、據說是對付「岔路鬼」的辦法；蛇好淫，裝在籠子裏，遇見婦女，會在籠子裏上下頓跌以至氣絕等等。原始的「人類學」意義上的楚文化在韓少功筆下是孽障叢生、陰森恐怖，這難道就是他一直尋找的「絢爛、神奇、美麗」的「楚文化」？而《爸爸爸》廣爲學界所談論的，卻常常是丙崽這個怪物身上隱含的「民族劣根性」。不管韓少功是想曲徑通幽還是不期然爲之，他的「文化尋根」通向的依然是對「中國」的「民族根性」的反省和批判，是對「中國文化」深刻的憂患。李杭育在「文化尋根」中，試圖尋找「吳越的幽默、風騷、遊戲鬼神和性意識的開放」，尋找「原始、古樸的風韻」、尋找「民族文化庫藏中的珍奇瑰寶，光彩奪目」。在他的「葛川江」系列小說中，他傾心描述了「葛川江上人家」與風浪搏擊的勇敢豪邁，「最後一個漁佬兒」的自由、瀟灑、不拘世俗，「珊瑚沙的弄潮兒」的生命激情、蔑視生死，但是，「葛川江上人家」的女兒秋子雖然喜歡水上的自由浪漫卻還是願意嫁到鎮上去了，「最後一

〔註54〕李銳，《自敘》，《小說評論》，2003年，第2期。

個漁佬兒」福奎再也不能從江裏撈到魚而且貧困潦倒，「沙灶遺風」中的畫匠耀鑫也眼睜睜看著兒子蓋起了樓房，自己一輩子的夢想破滅了。「葛川江」邊的「吳越文化」的絢爛、美麗、幽默、神奇終於不能抵制「現代性」的衝擊，終於在「現代文明」前顯示了古老的傳統的虛弱。李杭育歌唱「葛川江」、尋找「吳越文化」的悠長，卻不得不看著自己筆下「葛川江」上的人們在傳統與現代之間的掙扎和尷尬。從這個意義上說，「葛川江」上的故事也是整個中國「現代性」進程中的故事，「吳越文化」的命運也是整個中國傳統文化的命運，李杭育從「吳越文化」出發，最終達到的依然是「中國敘事」。

對中國文化和中國文學而言，歷史上邊地少數族群的文化和生活實踐都對中華文化和中國文學做出了重要貢獻，而且這些「不規範」的少數民族文化常常充滿奇異的想像和熱情奔放的浪漫傳奇色彩，「這一切，像巨大無比、曖昧不明、熾熱翻騰的大地深層，潛伏在地殼之下，承托著地殼——我們的規範文化。在一定的時候，規範的東西總是絕處逢生，依靠對不規範的東西進行批判的吸收，來獲得營養，或獲得更新再生的契機。」〔註55〕而對於80年代「尋根文學」中的邊地書寫來說，「尋根派」作家不僅把少數族群的生存經驗從長久以來革命歷史敘述的重壓之下解放出來，而且呈現了被「革命」敘事和「政治」話語壓抑的屬於民間大地的邊地生存經驗。烏熱爾圖的大興安嶺深處的積雪叢林、清清的河水、神奇的祭熊儀式、美麗勇敢的七岔犄角的公鹿、尖頂的木房子構成了鄂溫克狩獵民族的棲息之地。在烏熱爾圖的眼裏，「呼倫貝爾是很美的，大興安嶺是它的脊骨，充滿了北方森林的味道；還有一望無際的草原橫臥在它的腳下，那是世界上現存最有氣派的四大草原之一，色彩迷人。」〔註56〕鄂溫克族群的純樸、正直、善良、勇敢、與自然的親和，也指示著「現代文明」之外的自然生存方式，《琥珀色篝火》中的獵人尼庫、《棕色的熊》中的少年額波、《一個獵人的懇求》中的古傑耶等都閃耀著烏熱爾圖「狩獵文化」的人格魅力。對鄭萬隆而言，黑龍江邊的大山皺褶裏的山村，是「溫暖的，充滿欲望和人情，也充滿了生機和憧憬。」「黑龍江是我生命的根，也是我小說的根。我追求一種極濃的山林色彩、粗獷旋律和寒冷的感覺。」〔註57〕在鄭萬隆的黑龍江流域，幽深莫測的山谷、寂寥無邊

〔註55〕韓少功，《文學的「根」》，《作家》，1985年，第4期。
〔註56〕烏熱爾圖，《創作通信》，《人民文學》，1984年，第3期。
〔註57〕鄭萬隆，《我的根》，《上海文學》，1985年，第5期。

的荒原、黝黑的河水、靜寂的森林和那裡豪爽、冷峻的陳三腳（《老棒子酒館》）、勇敢、執著的少年（《黃煙》）、寂寞的情竇初開的少女烏日娜（《空山》）、憂傷慘烈的愛情（《野店》）等，都帶有北方邊地民族的淳樸、荒寒、孤獨甚至慘烈。而扎西達娃在對自己的故土「西藏」那塊神奇的土地的「尋根」中，找到了藏民族的宗教信仰和輪迴的生命觀念，《西藏，隱秘歲月》中孤獨的廓康的命運就像孤獨的藏民族的命運，但他們執著的信仰和對族群歷史的堅守則顯示了「藏文化」的綿延不絕，而《西藏、繫在皮繩扣上的魂》中，藏民族的時間觀念和現代時間的倒錯，也顯示了「尋找」本身的意義。扎西達娃通過「西藏」地域文化和藏民族生存真實的展示，使「西藏」擺脫了被「他者」「獵奇」的命運，顯示了藏文化的本原面目。總之，這種邊地族群地域風情和地域文化的書寫，都對主流的漢文化構成了某種補充和對話。同時，這些主流漢文化之外的「他者」形象的出現，在 80 年代的文壇上，不僅豐富了當代文學的表達視野，而且具有從「文化」視野上重構中國多元文化圖景的意義。換言之，邊地族群的生存經驗和文化地域性，都是「中國版圖」上的一部分真實，對他們的書寫其實依然是為了從「邊地族群」的生存經驗尋找到「中國」的「不規範」文化的活力，為「規範文化」的「更新」提供新的資源。

因此，在「地理中國」版圖上的這些地域風情、族群文化、邊地經驗的書寫，其實背後都有一個整體的「中國經驗」和「中國文化」視野，他們通過「地域性」的寫作試圖達到的是對「中國一部分」的再現，或者為「傳統中國」提供另外的文化經驗。就如同韓少功這個「尋根派」的代表作家，在談及賈平凹小說中濃鬱的秦漢文化色彩、李杭育小說中的吳越文化氣韻、烏熱爾圖的鄂溫克族群文化源流時，指出「他們都在尋『根』，都開始找到了『根』。這大概不是出於一種廉價的戀舊情緒和地方觀念，不是對方言歇後語之類淺薄的愛好；而是一種對民族的重新認識，一種審美意識中潛在歷史因素的蘇醒，一種追求和把握人世無限感和永恆感的對象化表現。」〔註58〕「尋根」並不是對地方性文化的獵奇和戀舊，而是對「中國」的重新認識，期待從中進入對「歷史」、「人世」等普世性問題的思考，並為「民族國家」建構提供新的經驗。

〔註58〕韓少功，《文學的「根」》，《作家》，1985 年，第 4 期。

三、鄉土中國：文化記憶

在 20 世紀 80 年代，國家已啓動了城市化進程，城市成爲邁向「現代化」的重要根據地和標誌，但是，「文化尋根」在中國地理版圖上卻落足於山川河流、地域風情、鄉野民間，期待從「鄉土中國」的現實生存中尋找到古老中國的文化記憶，並期待民間、鄉土、地域文化的「現代重構」。「中國社會是鄉土性的」〔註59〕，整個 20 世紀的中國都在經歷著從「傳統」走向現代，從「鄉村」向城市發展的歷程。因此，對於 20 世紀中國知識者構建的「中國形象」而言，「鄉土民間」更能代表傳統中國的「文化積澱」和歷史影像，「鄉土中國」的文化特性和文化歸屬也使「尋根派」作家們把目光投向了僻遠、閉塞的鄉村。當然，「窮鄉僻壤」的「鄉土大地」是否可以重塑中國的「現代文化」，實現「尋根」作家們的文化懷想，今天看來那不過依然是一個烏托邦的想像。

爲什麼「尋根」要走向鄉野大地？韓少功坦稱，「鄉村是城市的過去，是民族歷史的博物館。」「更爲重要的是，鄉土中所凝結的傳統文化，更多地屬於不規範之列。俚語、野史、傳說、笑料、民歌、神聖故事、習慣故事、性愛方式等等，其中大部分鮮見於經典，不入正宗，更多地顯示出生命的自然面貌……。」〔註60〕但古老鄉土世界中的「俚語、野史、傳說、笑料、民歌、神聖故事、習慣故事、性愛方式」能夠承載「不規範」文化的精華，給「規範文化」輸入新鮮的血液嗎？人文地理版圖上板塊式、地圖式的鄉土民間眞的可以重塑「現代中國」嗎？賈平凹在他的「商州系列」小說中，滿懷深情地書寫了陝南商州的民間故事，《莽嶺一條溝》中名醫給狼看病羞愧跳崖的故事，《劉家兄弟》中加列和加力兄弟不同的人生起伏和善惡有報，《小白菜》中因美麗而獲罪、命運凄慘的小白菜，《金洞》中有關狼孩的傳奇，《清風寨》中武家和周家的家族仇恨和最後的和解等。賈平凹「商州系列」中的這些「野史」和「傳說」，雖然爲中國傳統「怪力亂神」的神話和民間故事添加了「人性」的豐富性和「民間」的歷史內涵，但這顯然並不能完全代表秦漢文化的全部精髓，也不能窮盡對「民間中國」的象徵性表達。鄭義在他的代表作《老井》中，描寫了「人狐共處」的太行山奇事，美麗的巧英被暗示爲神狐轉世，而孫旺泉則是小龍再生，但青梅竹馬的趙巧英和孫旺泉終於不得

〔註59〕費孝通，《鄉土中國，生育制度》，北京大學出版社，1998 年版，第 6 頁。
〔註60〕韓少功，《文學的根》，《作家》，1985 年，第 4 期。

已分道揚鑣，「城市想像」和「故土難離」成為一個自 20 世紀以來一直糾結著人們的痛苦經驗，小說中的「神話」元素，依然不能抗拒歷史和現實的冷酷無情，也依然不能改寫大地情深的鄉土中國傳統。因此，「尋根」小說雖然呈現了許多民間大地的「傳奇」，對這種非正統的「不規範」文化的追尋，使地域、民間的「中國想像」擺脫了傳統正史敘述，但講述「野史」的神話故事，顯然不能完成「現代民族國家」敘述，「傳奇」就成了一個關於「鄉土中國」的故事中的「故事」。

在「人文地理」的鄉土中國敘事中，關於「中國」的想像也常常被指認為「父親」、「母親」這樣的意象，「鄉土」意義上的草原、河流、土地、山脈等物象常常具有了「父親」、「母親」這樣的渴求歸屬和呵護的象徵意義。換言之，人文地理版圖中的「大地呼喚」和「鄉土皈依」成為「尋根派」作家進行「文化尋根」和「文化再造」的指向，而這種指認的方式又是通過自我所建構起來的帶有個體體溫和情感的「父親」和「母親」的意象得以完成的。張承志在《北方的河》和《黑駿馬》中，就是通過對「父親」和「母親」的指認，完成了對河流、草原的「中國想像」。《北方的河》中的「我」是個「無父」的孩子，「我」憎惡血緣意義上的「父親」，但在橫渡黃河時，卻感到了來自「黃河父親」的呵護和溫暖，他是「仗著黃河父親的保護和寬容才橫渡成功」，甚至他想像即將寫在「人文地理學」考卷上關於黃河的知識，也變成了「那將不是一張考卷，而是一支歌，一首詩，一曲永恆的關於父與子的音樂。」從自然地理上的「黃河」到人文地理上的「黃河父親」到「文化尋根」意義上的「民族國家」，張承志完成了對人文地理學中的「中國形象」的構造。在《黑駿馬》中，白銀寶力格是個從小失去了「母親」的孩子，「父親」也因為工作太忙把他丟給了草原上的「白髮額吉」，是蒙古草原上的白髮奶奶給了他「母親」和「奶奶」一樣的愛和溫暖，把他撫育成人。正是在草原古歌《黑駿馬》周而復始、悲愴蒼涼的節拍上，少年白銀寶力格真正的長大成人，反省自己青春的罪過與痛苦，醒悟到「能做個內心豐富的人，明曉愛憎因由的人，畢竟還是人生之幸。」在《黑駿馬》中，草原上溫愛、寬厚、有著地母一樣情懷的白髮額吉，從美麗的、飽受摧殘的少女索米婭成長為另一個草原母親的索米婭，在「草原」、「大地」、「母親」、「族群」這個序列上成為一個意義鏈條，指引著白銀寶力格的「自我認同」、「草原認同」、「家園認同」和「國家認同」。「我悄悄地親吻著這苦澀的草地，親吻著這片留下了我和索米

姬的斑斑足跡和熾熱愛情，這出現過我永誌不忘的美麗紅霞和伸展著我的親人們生路的大草原」。這個圖景其實也意味著白銀寶力格投向了「族群」的懷抱，完成了自己的「成人禮」。對「草原母親」的尋找和指認，使中國地理版圖上的「蒙古草原」在「血緣親情」的意義上成爲整個「民族國家」敘述的一部分。但是，正如「民間傳奇」不能完成新的「中國形象」的構造，「草原」和「河流」指稱的鄉土中國也面臨了現代轉換的陣痛和撕裂。白銀寶力格終於離開了草原，離開了心愛的姑娘，因爲接受過「現代文明」滋養的他不能忍受「草原」的蒙昧和傷害，雖然他在多年以後再一次的回返中重新審視了自己的「狹隘」和「冷酷」，但他最終還是要再一次的離開。這種「離開——歸來——再離開」的模式，不僅是現代以來的知識分子在對「鄉土中國」的書寫中一直面臨的精神苦痛，也是張承志這樣的知識者不能逃離的悖論，從這個意義上說，「鄉土中國」的文化記憶依然是一個不曾醒來的痛苦的文化夢魘。

　　當然，「文化尋根」所尋找和建構的人文地理版圖意義上的「鄉土中國」，必然攜帶著 20 世紀 80 年代的歷史記憶和文化期待，那就是從「鄉土」中挖掘中國「不規範」文化的活力，爲新的「民族國家」的構建提供資源和動力。但弔詭的是，最本眞、最淳樸、最地道的「鄉土中國」卻往往成爲「世界主義」和「西方文學」導向下的「東方奇觀」，這大約是「尋根派」不曾預想到的一個尷尬處境。如李銳和莫言都是瑞典漢學家馬悅然比較讚賞的有希望獲得「諾貝爾文學獎」的中國作家，拋開「諾貝爾文學獎」所具有的「西方」視野和「西方」的篩選標準，「西方」對「東方」文學的認同，可能並不是因爲「東方文學」可以提供給「西方」現代性的都市經驗和現代文明的撕裂體驗，他們欣賞的是「鄉土中國」的文化鏡像，是類似「尋根派」作家尋找到的隱藏在鄉土大地中的「東方」「文化之根」。李銳再現了山西呂梁山地區的「厚土」生存，還原了大地的貧瘠、窮困，民間倫理的質樸、扭曲，他的《厚土》和《無風之樹》對呂梁山的書寫從客觀意義上提供的正是「西方」所缺少的「東方經驗」，是「矮人坪」人「共妻」的震驚體驗。莫言從《紅高粱家族》、《豐乳肥臀》、《檀香刑》到《生死疲勞》，展示了古老的鄉土中國的種種奇觀，高密東北鄉遍地燃燒的紅高粱，固守著民間道德和民間倫理、承受著深淵般苦難的「地母」上官魯氏，「東方民族」的「刑法藝術」的殘忍、腐朽的末世狂歡，都爲「西方」提供了不同的「中國形象」和「國族敘述」。這種

「人文地理」其實是通過不同地域的「地理中國」呈現出了種種「人文奇觀」，從呂梁山到高密東北鄉、從湘西的怪誕的雞頭寨到黑龍江邊的大興安嶺、從遙遠的「西藏」到東北的鄂溫克族群，對中國地理版圖的「文化尋根」，卻不期然常常落入一個先在的「世界」目光之下。如同張旭東在批評90年代以來西方大眾媒體和主流「中國研究」在塑造的「中國形象」時所指出的，他們「仍在情不自禁地彈奏『東方主義』的古典旋律：神秘叵測的東方，在夢想中佔據著世界的中心，沒有時間，沒有歷史，一切周而復始，一成不變。」〔註61〕對於「世界」而言，他們關注的往往並不是從「時間」序列上對一個國族文化和民族命運的思考，而更多的是「沒有時間、沒有歷史、一切周而復始、一成不變」的「中國境遇」。

因此，「尋根文學」所建構的「鄉土中國」的「文化記憶」，雖然試圖從中國地理版圖的「鄉村」中尋找民族歷史的過去，建構「民族國家」的「鄉土想像」，並指引未來中國的文化走向，消解20世紀80年代中國知識界的「文化焦慮」和「現實焦慮」。但是，「尋根小說」中的民間大地詩情、鄉土傳奇、家國認同，雖然在客觀上呈現了中國現實境遇的部分真實，表達了中國作家對「鄉土中國」的文學想像和文化期待，卻也不期然暗合了「後殖民時代」的文化邏輯，使顯示著「中國」生存的「鄉土世界」同時成了「東方奇觀」，滿足了「世界」和「西方」獵奇的目光。

總之，「尋根話語」中的文學表達通過人文地理版圖的文學想像，構建起一個由不同的地域文化、風土人情為指向的「民族國家」，從以階級鬥爭為工具的政治認同中逃離。這種地圖式的、板塊式的山河想像和族別、文化認同，構建了一個前現代的民間和鄉土中國，但「田園牧歌」式的鄉土中國必然也面臨了現代轉換的陣痛和撕裂。這樣的「中國」形象在指示民族生存的部分真實、民族文化積澱的地域性的同時，也對現實中國的生存境遇構成了某種遮蔽。而且，這種「中國想像」和「民族國家」建構在某種程度上又是「世界文化」和「世界文學」內在邏輯上的展開，是在「世界主義」導向下重構「中國」想像，以文學對中國版圖的人文地理學想像作為訴求「世界文學」的構想鏡像。對於20世紀80年代的中國文化和中國文學而言，這是一次有意義的「顯影」，同時也是一次不期然的「遮蔽」。

〔註61〕張旭東，《民族主義與當代中國》，《批評的蹤跡》，北京三聯書店，2003年版，第177頁。

第三節　構建新的「民族國家」的困境

　　「文化尋根」在 80 年代積極地參與了對民族國家和傳統文化的重構，通過文學書寫的方式參與了新時期的知識重構和價值重估。但文學領域的實踐在當時知識分子的話語系統中，其實內含了強烈的意識形態訴求，那就是在傳統與現代、東方與西方之間進行「本土中國」的文化構造和文化啓蒙，爲建立新的「現代民族國家」提供知識資源和思想策略。但是，「文化尋根」對中國傳統文化的追尋、對「國民性」的批判、對「現代化」中國的期待、對新的國家和文化「共同體」的構建，往往面臨了在東方與西方之間的地緣政治和權力話語的壓抑、在少數族群和主流文化之間建立「文化認同」和「民族國家認同」時的焦慮與盲視等問題，使「文化尋根」在建構新的「民族國家」時遭遇了重重的悖論與困境。

一、本土境遇與「現代化」方案

　　在 20 世紀 80 年代的中國，「現代化」成爲國家意識形態的核心概念，文學的現代性追求也是在此邏輯上獲得了「合法性」。雖然當時文學實踐的先行者依然遭遇到「正統」意識的壓制，但在「現代化」的宏大敘事之下，文學創新往往能夠在話語的縫隙中生長。經歷了多年的閉關鎖國、隔絕了與「世界」交流的「中國」迫切期待能重新融入「世界」，因此，對一個「現代」「民族國家」在「世界」的崛起、並在世界體系中獲得自己的位置，國家意識形態和精英知識分子達成了「共識」。在「新時期共識」面前，「文化尋根」雖然和 80 年代激烈的「反傳統」、向「西方」學習的主流話語背道而馳，重新回到了中國「傳統文化」，但它通過「向後看」期待達到的對傳統的「現代重塑」、對「民族國家」的未來期許的敘事策略，達成了與「現代化」話語邏輯的和解，進入了精英知識分子「新啓蒙」的共同話語空間。

　　但 80 年代與「五四」時期的「現代」想像卻有內在的錯位，如果說「五四」時期的「現代」相對應的是中國的「傳統」，是一種新的價值理念代替舊的價值理念的話，那麼，80 年代國家意識形態中的「現代化」則更多強調經濟的「現代化」，它是一種全球性的政治、經濟的重組。而在 80 年代的中國，「現代化」理論究竟從何而來？它是一種知識話語還是一種意識形態？他是否具有普泛性的價值和意義？

　　80 年代的中國「現代化」所借用的重要的理論資源，和美國在 60 年代提

出的「現代化」理論有錯綜複雜的關係。美國 60 年代的「現代化」理論，是冷戰格局中美國對外政策的重要組成部分，是在全球變遷中用以確定、推行、引導全球變遷的戰略之一。雷迅馬認為「現代化」理論的核心部分集中在結果相互重疊和關聯的幾個假設之上，「一、『傳統』社會與『現代』社會互不相關，截然對立；二、經濟、政治和社會諸方面的變化是相互結合、相互依存的；三、發展的趨勢是沿著共同的、直線式的道路向建立現代國家的方向演進；四、發展中社會的進步能夠通過與發達社會的交往而顯著地加速。」〔註62〕二戰後，美國認為他們面臨的最嚴峻的問題是如何推行自由美國的價值理念，以推翻冷戰另一方的共產主義意識形態。在這樣的歷史邏輯上，「現代化」並不只是一種知識學說，而是一種「武器」，就是說，「現代化理論不僅僅是一種社會科學上的學說。……現代化也是一種意識形態，一個概念框架，這個框架中融匯了美國人對美國社會的性質以及對美國改變世界的特定部分——即那些在物質和文化上都被認為有缺陷的地區——的能力的一組共同的假設。」〔註63〕它是美國國家理想和歷史使命的一部分，「現代化」理論其實承續了西方啟蒙運動對西方的認知系統，那就是「先進」的「西方」對「愚昧」、「落後」的「東方」民族提供物質幫助和道義監護的帝國主義論調，「他們從一種從前的世界觀中吸收了一些成分，來表達一種適應於自己的時代的世界觀。儘管不是單純的挪用，但現代化的意識形態無論就其知識形式還是制度形式而言，都吸收了修改了更老舊的認知系統。面對變化了的歷史條件，在不同於以往那種對種族、宗教和國家任務的文化理解之下，現代化論者必須編織他們自己的意識形態和語言。」〔註64〕

因此，知識也是一種權力，一種認知框架的確立背後，往往遮蔽了意識形態的訴求和各種利益關係的博弈。對於 20 世界 80 年代的中國而言，「現代化」國家意識形態的確立，往往屏蔽了這一「冷戰時代」的知識話語的複雜性，而把「現代化」單一的理解為「民族國家」的富強之路。甚至於在文學創作領域，也出現了文學創新和「現代化」的直接關聯，文學中的「現代派」與國家的「現代化」成為共時性的問題。典型的是徐遲的《現代化與現代派》一文，他從馬

〔註62〕雷迅馬，《作為意識形態的現代化》，中央編譯出版社，2003 年版，第 6 頁。
〔註63〕雷迅馬，《作為意識形態的現代化》，中央編譯出版社，2003 年版，第 24～25 頁。
〔註64〕雷迅馬，《作為意識形態的現代化》，中央編譯出版社，2003 年版，第 6 頁。

克思主義經濟基礎決定上層建築的邏輯上指出，「我們將實現社會主義的四個現代化，並且到時候將出現我們現代派思想感情的文學藝術」。「但不久將來我國必然要出現社會主義的現代化建設，最終仍將給我們帶來在革命的現實主義和革命的浪漫主義的兩結合基礎上的現代派文藝。」「可以肯定的是在我國沒有實現現代化建設之時，我們不可能有現代派的文藝……。」〔註65〕這種觀點今天看來過於簡單和幼稚，但在「現代化」意識形態成爲全社會普遍共識的80年代，「現代化」確實召喚了全體民眾對「富強的中國」的想像和期待。80年代的中國文化和思想也被概括爲「文明與愚昧的衝突」，指稱著「現代化」的「文明」的未來敘事。而「『現代化』與『社會主義目標』之間的矛盾性糾結在80年代基本上不再被人們關注，『現代化』成了唯一的時代和歷史主題，並被賦予高度的意識形態烏托邦色彩。」〔註66〕這種意識形態的烏托邦發展到90年代，則是市場經濟在中國的全面獲勝，但經濟的發展並沒有帶來人們所期許的「理想」的中國，那就是精英知識分子們所期待的與經濟現代化同時的「中國社會」的「現代化」。「現代化」雖然帶來了整個「民族國家」實力的增加，但「現代化」所攜帶的「自由價值理念」依然被規約在「社會主義」的國家意識形態之下。也就是說，對於80年代的人文知識分子而言，缺少對「現代化」意識形態的批判的認識，而是相信「現代化」不僅可以建立功效理性，而且也可以建立價值理性。它既是「民族國家」走向富強的保證，也是新的自由、民主價值觀的絕對標準。「現代化」作爲「新啓蒙運動」具體的推論實踐，對於「民族國家」的前途，保持了高度的樂觀，認爲隨著「現代化」的實現，人類可以建立一個完美的社會，這就是「現代化」意識形態的烏托邦精神。因此，「現代化」也是一個神話，它以令人神往的形式展示未來，並通過一些具體的社會實踐預示著這個未來的實現。

　　對於80年代中期登上文壇的「尋根派」來說，他們背後的「現代化」視野依然面臨著這種雙重的複雜性，那就是地緣政治上的「西方」「現代化」價值理念和中國「現代化」歷史本身的複雜性。他們試圖通過「尋根」建立的「現代民族國家」也面臨了「西方」和「中國」雙重視野下的艱難和悖論。「尋根派」在「反傳統」的潮流中對「傳統」的回歸、在「西化」的語境中對「東方」的重新發現，因其指向在「現代」和「未來」，因此並沒有離開「現代化」

〔註65〕徐遲，《現代化與現代派》，《外國文學研究》，1982年，第1期。
〔註66〕賀桂梅，《人文學的想像力》，河南人民出版社，2005年版，第23頁。

的「新時期共識」。但「東方的傳統」如何進行「現代」轉換，或者說從「不規範」文化中如何生長出文化和文學新的生長點，「文化尋根」卻未能提供有效的文學和文化實踐。

如果說「五四」時期知識者的「反傳統」直接指向的是封建文化和封建倫理道德，對「現代」的訴求具有個體／民族國家、政治／文化的雙重意義，那麼，20 世紀 80 年代的中國面臨的情況要複雜的多，那就是 80 年代「反傳統」的「現代」理念一方面面對的是對 50～70 年代社會主義實踐失敗的「封建性」指認，另一方面還需面對二戰以後冷戰格局中的地緣政治的問題，也就是「依附理論」所揭示的西方在「現代化」過程中的中心地位、以及邊緣國家在被迫現代化過程中依附於中心而被剝奪的現實。所以，如果深入考察「尋根」在 80 年代中期通過對「傳統」的重新尋找而試圖走向「現代」、走向「世界」的文化和文學訴求，就不能忽略 80 年代中國複雜的本土境遇。「尋根派」試圖繞過整個 20 世紀中國的「現代化」實踐，而直接從「傳統」中吸收「現代化」轉換的資源的路徑，實際上只能是一種烏托邦的夢想。因為，對於 80 年代的中國來講，「傳統」不僅是中國的傳統文化，而且也是整個當代以來的「現代化」實踐的失敗經驗，那就是毛澤東時代中國的社會主義現代化意識形態：一方面是為了建立強大的民族國家，另一方面是力圖克服現代資本主義產生的種種弊端，因此，汪暉把毛澤東時代的「現代化」意識形態定義為「一種反資本主義現代性的現代性理論。」〔註67〕

但這樣說並不意味著「傳統文化」不具有重新創新的可能，而是說在「現代化」成為一種全球意識形態的時代，依靠中國傳統文化重新建構的「中國主體性」很難成為一個真正的具有自我創新能力和自我規定能力的主體。在這個意義上，哈貝馬斯的「交往對話」只是一種擱置了地緣政治的神話，因為「在他者的時代，哈貝馬斯所預想的那種真正的『主體性』的交流，似乎只是一個烏托邦而已。相反，無權無力的他者的歷史如今離其直接的自我認識是加倍的遙遠了：它是複製的複製，形象的形象，一個穿過關於他者的神話般話語的投影，其功能就如同凝視的眼睛、認知的主體，以及將晦暗的生存帶入一個被照亮的世界的光。」〔註68〕那麼，「尋根派」通過對「傳統文化」的重新回溯而

〔註67〕汪暉，《當代中國的思想狀況與現代性問題》，《天涯》，1997 年，第 5 期。

〔註68〕張旭東，《東方主義和表徵的政治》，《批評的蹤跡》，北京三聯書店，2003 年版，第 134 頁。

建立起來的「民族國家」的「新形象」，也只能是在「他者」「凝視的眼睛」下「神話般話語的投影」。於是，史鐵生「田園牧歌」般的鄉村敘事、王安憶「仁義」的「鄉土中國」、阿城的「道家」情懷和凡俗人生、韓少功怪誕的原始古歌、張煒「道德理想主義」的大地民間，都在「現代化」的視野下充滿了重重悖論。「傳統」或者成為被「觀賞」的對象，或者成為「迷戀」的古舊時光、或者成為虛妄的精神幻象，卻不能提供真實的進行現實轉換的資源。

　　因此，「尋根派」以回到「傳統」的方式期待進行「現代」轉換，在 80 年代的本土語境中，擱置了「現代化方案」的複雜的意識形態內涵，也割斷了整個 20 世紀中國「現代化」的歷史經驗，注定是一次烏托邦的文化實踐和思想實踐。「文化尋根」作為 80 年代中期一次重要的思潮也因為缺少現實的生長點而迅速地塵埃落定，但它所引發的問題卻對以後的思想實踐產生了深遠影響。隨著 90 年代以後「傳統文化」的重新興起、「儒教資本主義」成為另一種意識形態神話，「文化尋根」中的「傳統」和「現代」的話題也獲得了重新討論的起點。

二、「國民性」理論：洞見與盲視

　　據劉禾的考證，「國民性」最早來自於日本明治維新時期的現代民族國家理論，是英語 nationalcharacter 或 nationalcharacteristic 的日譯，在 19 世紀歐洲的種族主義國家理論中，「國民性」理論把種族和民族構架的範疇作為理解人類差異的首要準則，為西方征服東方提供了進化論的依據，剝奪了那些被征服者的發言權，使與西方不同的世界觀喪失存在的合法性。〔註69〕梁啓超在《新民論》和《論中國國民之品格》等文中，把中國貧弱的原因也歸結為「國民」缺少獨立精神、民族主義、公共精神等。梁啓超和孫中山作為上個世紀初探索中國道路的先行者，同時也是抨擊帝國主義的先驅者，「然而，他們的話語卻不得不屈從於歐洲人本用來維繫自己種族優勢的話語——國民性理論。這是他們當時的困境，也是後來許多思考民族國家問題的中國知識分子所共有的困境。」〔註70〕到「五四」新文化運動中，「國民性」上升到「本質論」的地位，對「國民性」的批判和對傳統文化的批判捆綁在一起，成為「五

〔註69〕劉禾，《跨語際實踐——文學、民族文化與被譯介的現代性》，北京三聯書店，2002 年版，第 76 頁。

〔註70〕劉禾，《跨語際實踐——文學、民族文化與被譯介的現代性》，北京三聯書店，2002 年版，第 77 頁。

四」啓蒙知識分子的重要任務。「改造國民性」成爲中國走向「現代」民族國家的一個必要步驟，首先要啓蒙蒙昧的民眾，國家才有希望和未來。典型的如魯迅對自己棄醫從文的解釋，「醫學並非一件緊要事，凡是愚弱的國民，即使體格如何健全，如何茁壯，也只能做毫無意義的示眾的材料和看客，病死多少是不必以爲不幸的，所以我們的第一要著，是在改變他們的精神，而善於改變精神的是，我那時以爲當然要推文藝，於是想提倡文藝運動了。」〔註71〕文學成爲「改造國民性」和建構新的「民族國家」的必要選擇。因此，在「五四」時期，「批判國民性」所攜帶的東方與西方、精英與民眾、現代與傳統等二元價值判斷和話語邏輯已非常明確。

對於內憂外患的中國而言，對「國民性」的批判和對「國民」的「啓蒙」成爲建立現代民族國家的重要思想實踐，而中國的現代知識分子在接受「國民性」理論時也擱置了它所攜帶的地緣政治和權力話語，把問題本質化了，使國民性成爲「現代性」理論的一個神話，「說它是神話，……指的是知識的健忘機制。理由是，國民性的話語一方面生產關於自己的知識，一方面又悄悄抹去全部生產過程的歷史痕跡，使知識失去自己的臨時性和目的性，變成某種具有穩固性、超然性或真理性的東西。」〔註72〕如茅盾在《小說月報》的「改革宣言」中就說，「一國之文藝爲一國國民性之反映。」「國民性」問題在「五四」時期迅速成爲「新文學」啓蒙主義的主要關注點，「國民性」攜帶的是一個老舊中國所有的痛苦記憶和「劣根性」標誌，也成爲走向新的「民族國家」的重要障礙。「『五四』文學『改造國民性』的主題把文學創作推向國家建設的前沿，正是體現了國家民族主義對文學領域的佔領。」〔註73〕「五四」新文化運動的複雜性也在於，雖然它以「文化」啓蒙爲最重要的訴求，旨在改造「國民性」，摧毀舊的封建文化和封建倫理道德，但「文化啓蒙」從一開始就包含著明確的政治目標，那就是「國民性」批判中所期待的「新民」、「新人」、「新思潮」直接指向對一個新的「現代民族國家」的期許，「這個通過『最後覺悟之覺悟』（陳獨秀語）所要達到的目標，仍然是指向國家、社會

〔註71〕魯迅，《<吶喊>自敘》，《魯迅全集》（第 1 卷），人民文學出版社，1981 年版，第 417 頁。

〔註72〕劉禾，《跨語際實踐──文學、民族文化與被譯介的現代性》，北京三聯書店，2002 年版，第 103 頁。

〔註73〕劉禾，《文本、批評與民族國家文學》，唐小兵編，《再解讀，大眾文藝與意識形態》，北京大學出版社，2007 年版，第 2 頁。

和群體的改造和進步。既是說，啟蒙的目標，文化的改造，傳統的扔棄，仍是為了國家、民族，仍是為了改變中國的政局和社會的面貌。」〔註74〕

　　和「五四」殊途同歸的是，20世紀80年代的「文化尋根」雖然以「文化啟蒙」為肇始，表面看起來是就文化談文化、就文學談文學，但背後依然是一代知識分子對「中國文學」、「中國文化」和「現代民族國家」「走向世界」的啟蒙夢想。他們對中國的傳統文化寄予了「現代轉換」的期待，在80年代的「西化」語境中提供了另外的建構「民族國家」的文化路向，但是，在對中國「傳統文化」的追溯和反省中，在對「優根」的張揚和對「劣根」的批判中，「國民性」重新成為「民族國家」向現代轉換中的重要問題。如「尋根」的代表作品《爸爸爸》和《女女女》對中國「國民性」問題的重提，大有回到魯迅的《阿Q正傳》的啟蒙延續。韓少功本在追尋楚文化的絢爛和優美，但他在湘西的密林中找到的卻是閉塞沉滯的雞頭寨和麻木、愚鈍的丙崽。那個白雲中的村莊生活在唱古歌、打冤家、服毒、遷移的輪迴中，他們對自己的族群想像是「猛志固常在」的「刑天」的後代，是在「鳳凰」的指引下坐著楓木船和楠木船從東海邊上遷移到的一個富足的稻米江，但「田園牧歌」的雞頭寨卻面臨著顆粒無收的災年，「打冤家」又大敗而歸，不得已只能毒死老弱病殘，為了種族延續再一次的遷徙。而古歌中的「神話祖先」在史官的敘述中，卻是皇帝與炎帝大戰時，向西南方向逃難而來的難民。「自我指認」面臨解體，「雞頭寨」在某種意義上成為「老舊中國」的隱喻：閉塞、保守、沉滯、壓抑。而這個「老舊中國」的子民呢，丙崽這個永遠長不大、永遠也死不了的白癡居然被奉為「丙大仙」，他的愚頑、麻木正暗合了「五四」時期對「國民性」的指認。《女女女》中的麼姑在生病前善良、寬厚、勤儉，但在生命的最後時光卻想盡辦法折磨所有的人，而「我」、珍姑、珍姑的孩子們對麼姑的厭倦也暗示了被「道義」和「良心」所遮蓋的內心的虛弱與醜陋，麼姑最後退化成一個「魚人」，這種人類返祖的現象也許隱喻了人性深處被潛藏的「惡」和種種不堪。韓少功對民族「劣根性」的挖掘，直指「國民性」中沉滯、壓抑、扭曲的一部分。麼姑是個聾子，據說是因為難產被剖開肚子疼痛叫喊所致，祖父也是個聾子，是在槍斃五叔時被一聲槍響嚇聾的，暴力造成了對人性的扭曲和戕害，同時人也以拒絕世界的方式表達對世界的抗議，

〔註74〕李澤厚，《啟蒙與救亡的雙重變奏》，《中國現代思想史論》，天津社會科學出版社，2003年版，第5～6頁。

「聽不見，才喊叫，還是因為喊叫才聽不見呢？」韓少功對「國民性」的追問一方面深入人內心的冷漠和虛弱，另一方面也指向了「老舊中國」的暴力、血腥、蒙昧、冷漠對人的傷害。因此，在韓少功那裏，對「國民性」問題的思考和對「民族國家」的建構依然是聯繫在一起的，他對「國民性」的追問和「五四」時期魯迅那代知識分子的人性啟蒙、文化啟蒙和民族國家的期待是有延續性的。這同時也顯示了經過近一個世紀的歷史變遷，「五四」所提出的問題依然沒有完成，而且在 80 年代面臨了更複雜的境遇。

那麼，「文化尋根」在傳統文化中找到的「民族優根性」是否可以為「現代民族國家」的建構提供動力和資源呢？在「尋根文學」中，阿城的《棋王》和王安憶的《小鮑莊》一直被指認為是關於道家的「清虛自首」和儒家的「仁義」文化的表達。阿城的《棋王》講述了在那個物質貧困的年代裏，「我」從執著於「吃」和「棋」的王一生的行為中領悟到的人生的真諦：「衣食是本，自有人類，就是每日在忙這個。可囿在其中，終於還不太像人」，那就是在物質之外的精神追求，而這種精神追求在《棋王》中是對王一生的「圍棋人生」的生命真義的張揚，是對道家的清虛自首、以柔克剛、無為而為的肯定。但小說對這種民族文化「優根」性的張揚，自始至終都伴隨對「飢餓」的物質貧乏的詳盡描述。在李陀的回憶中，阿城最初講述的「棋王」故事，結尾和現在看到是一個完全不同的意義含蘊，「『我從』陝西回到雲南，剛進雲南棋院的時候，看王一生一嘴的油，從棋院走出來。『我』就和王一生說，你最近過得怎麼樣啊？還下棋不下棋？王一生說，下什麼棋啊，這幾天吃肉，走，我帶你吃飯去，吃肉。」〔註75〕這其實是個更為豐富的結尾，王一生對棋的癡迷所達到的「精神超越」，從一定意義上說，也是「精神」對「物質」極度貧乏的不得已的補償。這就回到了民族文化中的「優根」和現代民族國家建構之間的悖論，那就是通過高蹈的精神對「日常生活」的懸置，其實並不能完成現代轉換，或者說，黑格爾意義上的歷史的目的所達到的「自由」是精神自由和世俗生活的完美結合，而「現代民族國家」存在的合理性也包含了對世俗生活的肯定。這樣的問題和建國後社會主義實踐的失敗經驗是可以聯繫在一起的，《棋王》的故事在這個意義上可以成為整個社會主義革命的一個精神鏡像。同樣，王安憶的《小鮑莊》寫盡了儒家的「仁義」文化，這種民

〔註75〕王堯，《1985 年「小說革命」前後的時空》，《當代作家評論》，2004 年，第 1 期。

族文化的「優根」使小鮑莊的孤寡老人鮑五爺在失去唯一的親人後慢慢感到了生活的溫暖，「小鮑莊誰家鍋裏有，就少不了你老碗裏的。」「現在是社會主義，新社會了。就算倒退一百年來說，咱莊上，你老見過哪個老的，沒人養餓死凍死的！」但「仁義」的小鮑莊始終生活在苦難之中，最後是撈渣這個「仁義」之子的死亡，給小鮑莊的每個人帶來了新生活。但「仁義」之死卻是一個參與了「現代重塑」的神話，不是「仁義」完成了「現代轉換」，而是「現代」借用「仁義」完成了一個「民族國家」的政治訴求和文化訴求。「國民性」中的「優根」和「現代民族國家」的精神構建遭遇時，成為被「徵用」的對象，這是「傳統文化」和「現代訴求」的弔詭之處。

因此，「國民性」從來就不是一個「中性」的概念，「國民性」問題中的「現代性」神話，不僅遮蔽了地緣政治中的權力關係，而且，對於中國傳統文化和真實的本土境遇也構成了某種盲視。「民族性和民族主義都是具體歷史場下的觀念構造，是特定群體關於自身境遇的記述或虛構，是複雜的經濟、社會、政治矛盾在一個『命運共同體』意象中的想像性解決。」〔註76〕「國民性」作為「關於自身境遇的記敘和虛構」同樣是一個包含了複雜因素的觀念，它指稱著「中國」在整個 20 世紀所遭遇到的在西方與東方之間、在傳統與現代之間的重重困境。李銳曾經說過，「我們再不應把『國民性』『劣根性』或任何一種文化形態的描述當作立意、主旨或是目的，而應當把它們變成素材，把它們變為血液裏的有機成分，去追求一種更高的文學體現。在這個體現中，不應以任何文化模式的描述或批判的完成當作目的。文學不應當被關在一個如此明確而又僵硬的框架內，文學應當撥開這些外在於人而又高於人的看似神聖的遮蔽，而還給人民一個真實的人的處境。」〔註77〕這大約是「文化尋根」在遭遇「世界」和面向「本土」時所必須思考的問題，也是中國文學和中國文化在獲得「主體性」的艱難歷程中所應該警惕的問題。

三、「族群認同」：悖論與困境

通過對古老悠久的中國傳統文化的尋找和「現代重塑」以建立整個「中國」的文化認同和國家認同，是「文化尋根」的面相之一，但是，在具體的

〔註76〕 張旭東，《民族主義與當代中國》，《批評的蹤跡》，北京三聯書店，2003 年版，第 175 頁。

〔註77〕 李銳，《一種自覺》，《厚土》，人民文學出版社，2008 年版，第 222～223 頁。

「尋根文學」的書寫中，不同族群基於自我生命經驗和本土境遇的文化認同，在建構整體的「民族國家」想像的同時，也構成了某種拆解。也就是說，在「現代民族國家」的建構和文化認同中，往往有許多異質性的因素，構成對統一的國家認同和文化認同的潛在的拆解。雖然，「民族歷史把民族說成是一個同一的、在時間中不斷演化的民族主體，為本是有爭議的、偶然的民族建構一種虛假的統一性。這種物化的歷史是從線性的、目的論式的啓蒙歷史的模式中派生出來的。」〔註78〕但是，在整體的中華版圖中，不同地域、不同族群、甚至同一地域和同一族群的不同作家，在「中國想像」中，依然存在內在的差異，而這種差異在構成「現代民族國家」「共同體」的多樣性統一時，也面臨著建構的悖論與困境。

在少數族群的「文化尋根」中，就經常會面臨如何「講述自我」的問題，也就是他們在對本民族的「文化尋根」中所尋找的「民族之根」是不是對本土經驗的真實表達，是不是存在對「他者」「講述自我」時有意或無意的「呈現」與「遮蔽」。少數族群的文學書寫面臨的「自我」和「他者」的問題，或者說，他們作爲「邊緣」的弱勢文化和整體的「中國文化」遭遇時，其實和「中國」在「東方」與「西方」之間的文化境遇一樣，面臨如何在強勢文化面前書寫自我、表達自我的困境。藏族作家扎西達娃就曾經表達了這種困惑，「文化傳統的積澱、民族意識和心理素質、觀念的更新、境界的超越、意識的覺醒、審美視角、縱向的繼承與橫向的參照……這些詞句像一朵朵鮮花怒放，於是你心花怒放，懷著民族的責任感和奮進心，莊重地步入了中國當代少數民族作家的行列中，這其間摻雜著極爲複雜的心情，如同喝了一罐可口可樂，酸甜苦辣各種滋味都有。」但在這種「少數民族文學」通過「文化尋根」被主流文學認同的激動中，扎西達娃也顯示了自己的憂慮和警惕：「我只好沒有把握地小聲對你說：喂，你看看這裡面有沒有圈套，你不會掉進去吧？我總以爲這裡面很有可能是一個奇妙的圈套，你在掘寶的同時也給自己掘出了個陷井。〔註79〕就是說，作爲一個少數族群的作家，當在「文化尋根」中通過對自我民族的文化表述得到主流文學的「認同」時，這種「文化尋根」的結果一方面有利於建構「文化的共同體」和「民族的共同體」，但另一方面也可能構成了新的遮蔽。如對於扎西達娃來說，他對「西藏文化」的「尋根」在「本土」的意義上展示了藏民族的

〔註78〕杜贊奇，《從民族國家拯救歷史》，社會科學文獻出版社，2003年版，第2頁。
〔註79〕扎西達娃，《你的世界》，《文學自由談》，1987年，第3期。

文化傳統和他們在走向現代過程中的「信仰」危機，但是，對藏民族從傳統走向現代的命運書寫，可能同時成了主流「文化尋根」的「他者」，而這種「他者」的身份正是被主流文學接納的原因。換言之，爲了文化上和政治上的「現代民族國家」「共同體」的建構，族群文化的「差異」成爲一種必要的「表徵」。

　　安德森在《想像的共同體》中，曾經指出了現代印刷術的興起對「民族共同體」形成的重要意義，也就是文字的傳播功能在塑造統一的文化心理時所起到潛移默化的作用，因此，「文字」和「故事」的表達和傳遞爲「現代民族國家」建構提供了基本的手段和資源。但是，對於「文化尋根」中的少數族群寫作者來說，這個問題就複雜的多，尤其是當一個民族沒有自己的文字或失去了本民族文字時，少數族裔作家借用「漢語書寫」可能會造成雙重的遮蔽，一方面是「族群故事」被整個主流文學收編時的遮蔽，另一方面是「語言」本身在講述故事時的遮蔽。如在 80 年代，《小說月報》在介紹烏熱爾圖時，把他的族別寫成了「蒙古族」，這是一個非常有趣的具有症候性的事件，在「講述」和「展示」的意義上，「蒙古族」作爲一個金戈鐵馬、馳騁草原的民族相對於「鄂溫克」這個過著安寧的游牧生活的「少數民族」中的「少數民族」，可能是一個更容易獲得主流認同或讓主流文化「驚異」的民族。烏熱爾圖無奈地說：「我用握慣獵槍的手，攥著至今仍感生疏的筆，寫上一句話：我是一個鄂溫克人，免得下次再把我毫無代價地贈送給另一個我不熟悉的民族。」〔註80〕而對於自己對鄂溫克民族文化的書寫，烏熱爾圖同時表達了「語言」對自我寫作的壓抑，「這用漢字堆砌起來的文字，到底有多少眞正屬於鄂溫克民族，我不得不使用一種古老而笨拙的方法，用自己的鼻子來嗅一嗅那書頁中的氣味，我終於認定了，這堆經我手中成形的東西，只有一半是我熟悉和認可的，而另一半卻變得陌生和疏遠。」而「一個人口不及二萬；一個面對現代文明衝擊的古老民族；一個沒有來得及用文字記錄下自己全部文化特性的民族，它面臨的到底意味著什麼？」〔註81〕烏熱爾圖的焦慮其實是所有用漢語寫作的少數族群作家的焦慮，當「文字」和「語言」作爲一種攜帶本民族生活習俗和價值關懷的創造物必須被「他者」代替時，「民族共同體」的認同就顯示了它本身的語言和文化暴力。因爲，「即使在現代，民族國家尙不能竭盡個人認同，更未能把民族的意義限制在自己的表述中。現代民族國家必須面對其他（包括歷史的）共同體的表述，甚至與之交

〔註80〕烏熱爾圖，《我屬於森林》，《文學自由談》，1986 年，第 5 期。
〔註81〕烏熱爾圖，《我屬於森林》，《文學自由談》，1986 年，第 5 期。

鋒。當我們考慮到民族認同的含混性、變換性與可替代性與其他認同的互動時，便不難認識到它能在多大程度上支持民族國家，就能在多大程度上顛覆民族國家。」〔註82〕所以，用「漢語」書寫的少數族群文化和民族經驗，或者是受「漢文化」滋養長大的少數民族作家對少數族群的「文化尋根」，在表達「自我」民族的文化特性、并建構統一的文化認同和「民族國家」認同時，也可能形成對整體的「文化認同」和「民族共同體」的拆解。

　　這樣說並不意味著只有少數族群的「文化尋根」存在這樣的困境，漢族作家通過「家族尋根」建立起來的「族群形象」和「現代民族國家」之間也存在諸多裂隙。「啓蒙歷史不僅是向現代性的積極邁進，而且是對原生主體的挖掘及以本質論的策略來使現在與過去重新接軌。」〔註83〕因此，「家族尋根」在「民族國家建構」和「文化共同體」的意義上，應該是由「祖先」提供給後代子孫精良的血脈傳統和優秀的精神傳遞。如莫言在他的「尋根」之作《紅高粱家族》中，展示了「我爺爺」和「我奶奶」的英雄情懷，他們不拘禮俗、敢愛敢恨，「使我們這些活著的不肖子孫相形見絀，在進步的同時，我真切地感到種的退化」。問題是，「民族共同體」的建構要求對「歷史」的挖掘正是爲了「使現在與過去接軌」，但「家族歷史」在莫言那裡是凝固的，它不能通向現在，它只是作爲「家族歷史」美麗和悲壯的一道風景被後人凝望，並反襯出「後代」的懦弱和生命的萎縮。「歷史」並不能拯救「現在」，因爲一個新的「民族國家形象」的出現畢竟要依靠「現在」的文化創造，在這個意義上，莫言被視爲「文化尋根」的終結者。此後，先鋒派的小說家也進行「家族尋根」，但他們的「尋根」更多是爲了小說的形式變革而進行的對「家族故事」的改裝。典型的是蘇童的「家族尋根」，他回到實際上並不存在的「想像中」的「楓楊樹故鄉」，不過是爲了自我的「精神還鄉」，「在這些作品，我虛構了一個叫楓楊樹的鄉村，許多朋友認爲這是一種『懷鄉』和『還鄉』情緒的流露。楓楊樹也許有我祖輩居住的影子，但對於我那是飄忽不定的難以再現的影子。我用我的方法拾起已成碎片的歷史，縫補綴合，這是一種很好的小說創作的過程，在這個過程中我觸摸了

〔註82〕杜贊奇，《從民族國家拯救歷史》，社會科學文獻出版社，2003 年版，第 7～8 頁。

〔註83〕杜贊奇，《從民族國家拯救歷史》，社會科學文獻出版社，2003 年版，第 12 頁。

祖先和故鄉的脈搏，我看見自己的來處，也將看見自己的歸宿。正如一些評論所說，創作這些小說是我的一次精神的『還鄉』。」〔註84〕於是，蘇童「飛越楓楊樹故鄉」回到「罌粟之家」，發現的是敗落、頹廢的家族，是「逃亡」的歷史，是歷史暮靄中詭秘、陰鬱的氣息。不僅回歸的路途永遠消失，而且在楓楊樹的故鄉，鬼魅流竄、人心浮靡，蘇童在想像中的「還鄉」尋覓到的是祖輩們行將敗落的蹤跡，是楓楊樹家族走出歷史的淒涼的背影。蘇童剝離了家族和現代史的黏合，也剝離了祖輩和自我精神匱乏的聯繫，他最後追溯到的是在歷史邊緣的喟歎和感傷。

因此，不管是少數民族作家通過「文化尋根」的「族群認同」，還是漢族作家通過「家族尋根」的「祖先認同」，都顯示了「文化尋根」建構「民族國家」和進行「文化認同」的艱難與困境。雖然，「藝術，在其內在發展中，在其與自身幻象的抗爭中，逐步加入到與現存權力（無論是心靈還是肉體）的鬥爭中，加入到反控制和反壓抑的鬥爭中，換言之，藝術借助其內在的功能，要成為一股政治力量。它拒絕為博物館或陵墓而存在，拒絕為不再存在的貴人展出，拒絕作為靈魂的節日或大眾的超脫——它想成為現實。」〔註85〕「族群書寫」和「家族敘事」在此種意義上也是一種文學為反抗「自身幻象」而進行的實踐，它們試圖通過「自我」與「本土」經驗表達真實的文化境遇，但不期然在「想成為現實」的同時也遮蔽了「現實」，在成為「民族國家」的建構性力量的同時也構成了內在的拆解性力量。

總之，「文化尋根」所遭遇到的建構現代「民族國家」的文化焦慮和現實困境，不僅有世界歷史中「西方」對「東方」的壓抑性因素，也有中國歷史本身的複雜性因素。在本土境遇與「現代化」理論的多種面向、「國民性」理論所攜帶的強勢民族對弱勢民族的指認和霸權話語、「族群認同」在邊緣與中心之間遭遇的悖論等問題上，「文化尋根」顯示了與現代「民族國家」之間錯綜複雜的關係。而在當前全球化與本土化的雙重語境中，「文化尋根」在建構新的「民族國家」時所顯示的艱難和困惑依然具有現實意義，那就是如何在當下「全球化」的世界圖景中，建構基於「本土」但又超越「本土」的文化認同和文學書寫。

〔註84〕 蘇童，《自序》，《蘇童文集·世界兩側》，江蘇文藝出版社，1993 年版，第 1 頁。

〔註85〕 馬爾庫塞，《審美之維》，北京三聯書店，1989 年版，第 198 頁。

第三章 「尋根話語」與「現代性的焦慮」

　　「現代性」是一個意義含混、內涵豐富的概念，「然而，有一點是清楚的：只有在一種特定時間意識，即線性不可逆的、無法阻止地流逝的歷史性時間意識的框架中，現代性這個概念才能被構想出來。」〔註1〕「現代性」概念的內涵在時間上也經歷了從貶義到褒義的意義轉換，在西方文藝復興早期，對西方歷史的古代、中世紀和現代的劃分，就表現出這種對線性歷史的劃分所攜帶的價值判斷，古代和燦爛的光明聯繫在一起，中世紀成爲長夜般的「黑暗時代」，現代則被想像爲從黑暗中脫身而出的時代，一個預示著光明未來的時代。〔註2〕在這樣的邏輯上，現代人不過是站在古代人肩膀上的侏儒。到18世紀的啓蒙歷史中，「現代性」才逐漸成爲一個與進步、理性、未來相聯繫的時間意識，相信人類可以憑藉理性、科學、民主來獲得社會進步和主體自由，啓蒙現代性的歷史敘述就是建立在這種不可逆轉的時間意識上的歷史目的論的承諾。而劉小楓則把「現代性」分爲兩種，即作爲時間的現代概念和作爲問題的「現代性」概念，雖然對「現代性」的理解有很多差異，但他認爲「現代現象」的涵義是基本可以界定的，「一種普世性的轉換，每一個體、每一民族、每種傳統社會制度和理念形態之外處身位置的現實性（社會化和知識化的）力量，導致個體和社會的生活形態及品質發生持續性的不穩定的轉變。」〔註3〕

〔註1〕馬泰・卡林內斯庫，《現代性的五副面孔》，商務印書館，2002年版，第12頁。

〔註2〕馬泰・卡林內斯庫，《現代性的五副面孔》，商務印書館，2002年版，第25～26頁。

〔註3〕劉小楓，《現代性社會理論緒論》，上海三聯書店，1998年版，第2頁。

「現代現象是人類有『史』以來在社會政治——經濟制度、知識理念體系和個體——群體心性結構及其相應的文化制度方面發生的全方位秩序轉型。」這三個相互關聯又有所區別的結構性位置爲「現代性題域——政治經濟制度的轉型；現代主義題域——知識和感受之理念體系的變調和重構；現代性題域——個體——群體心性結構及其文化制度之質態和形態變化。」〔註4〕因此，「現代性」大致可以從這兩方面來理解，那就是在時間的序列上，它是通過對歷史的線性的、進化論意義上的把握承諾時間意識上「現代」優於「傳統」的意義；而從「現代性」所帶來的轉換的視域上來考量，它對社會政治、群體心理、文化選擇、個體經驗都產生了「革命性」的影響，而且，對「現代性」的不同反應，往往構成「反思現代性」的起點。

中國自 19 世紀開始了「被迫現代性」的進程，「現代性焦慮」成爲纏繞中國知識分子的百年夢魘，在一個多世紀的中國「現代性」實踐中，激進主義、保守主義、自由主義等都爲建立一個「現代民族國家」進行了不同的「現代性」構想。在「現代性」的進程中，對傳統中國向現代中國轉換的知識資源和未來路向的探索，也一直纏繞在西化與中國化、西方與東方、現代與傳統、文明與愚昧、開放與保守等二元結構的話語中。在中國「現代性」的時間序列中，中國境遇、群體心態、個體命運等也經歷了「斷裂」與重新「縫合」的傷痛體驗，歷史的「現代性」進程和文學藝術的「反思現代性」的審美訴求如影隨形。其中，80 年代中期浮出歷史地表的「文化尋根」對「現代性」的態度和應對「現代性焦慮」的方式，在文學史、思想史、文化史上就頗具症候性。作爲一個歷史的「關節點」，它顯示了中國知識分子在「現代性」選擇上的困惑、游移和掙扎，並成爲對此前歷史的一個象徵性終結和對此後「現代性」走向的隱喻性的先聲。「文化尋根」那種既內在於「現代性」又「反現代性」的文學書寫，表現的正是「現代性」在中國的複雜多義性。它所包含的對「現代性」的反省和批判，可以看作是「現代性」的中國境遇對「西方」普遍的「現代性」經驗的補充與反抗。對「文化尋根」與「現代性話語」的考察，不僅可以呈現中國知識者建構「現代中國」艱難的思想實踐，而且，也可能提供中國「現代性」實踐的新的思想生長點。

〔註4〕劉小楓，《現代性社會理論緒論》，上海三聯書店，1998 年版，第 3 頁。

第一節 「現代性」——百年苦夢

自晚清以降，在一百多年的時間裏，在古老中國向現代中國轉型的「現代性」的艱難歷程中，中國知識分子前赴後繼、在不同的歷史階段爲這一「百年苦夢」提供了不同的注解。不管是傳統知識分子還是激進的知識分子，他們在中國如何走向「現代」的路向上可能存在很大的不同，但是，他們對擺脫外侮、建立一個自主、富強的「中國」的期待卻殊途同歸。從政治、法制到文化、思想，百年中國的「現代性」轉型是如此的漫長和艱難，知識分子的「中國想像」也是如此的不同。今天的中國依然走在「現代性」的路途之中，回溯一個多世紀以來中國在向「現代」轉型過程中篳路藍縷的歷程，尤其是和當下中國的「現代性」實踐密切相關的上個世紀 80 年代「新啓蒙」的知識資源，可以看到中國「現代性」實踐在政治「新時期」的歷史走向和現實選擇。同時，考查在 80 年代普遍的「西化」語境下的「文化尋根」對「傳統」、「本土」文化的回歸，同樣會還原中國「現代性」進程的複雜性和對另外的可能性的嘗試。

一、「現代性」在中國

在中國遭遇西方之前，對於中國文化而言，只有印度的佛教文化對中國古代思想產生了比較深遠的影響，但對政治和經濟制度的影響卻是很小的，除此之外，沒有那一種文化對中國的傳統文化有全面的挑戰。但在鴉片戰爭以後，西方用槍炮打開了中國的國門，使中國的知識分子認識到應該學習西方的技術富國強兵，但這時的知識分子仍然對中國傳統文化有足夠的自信心，認爲中國的思想和制度優於西方而無須改革。直到甲午中日戰爭中國的再次失敗，傳統知識分子才把目光投向日本這個東方國家在明治維新中所取得的政治制度和技術改革的新成就，意識到中國應該在法律和政治制度方面向西方學習，「但他們仍然堅持認爲，那些在他們看來比法律和制度更根本更實質的中國的哲學、倫理和社會基本準則，不應改變。」〔註5〕晚清時期張之洞提出的「中學爲體，西學爲用」正是當時知識分子對中國未來發展途徑的構想。但「戊戌變法」以失敗而告終，辛亥革命後建立的民國政府，也沒有在政治和經濟制度上實行全面的變革，而且很快出現了袁世凱稱帝和張勳復

〔註5〕周策縱，《五四運動：現代中國的思想革命》，江蘇人民出版社，1999 年版，
第 13 頁。

辟的封建主義思潮，表明單純的政治體制的改革依然不能挽救中國。而且，在辛亥革命以後的很多年裏，中國的政治生活和社會生活依然是傳統的延續，「大多數民眾依然是專制和極端保守的官僚們的犧牲品，像過去一樣屈從於權威、武力、傳統倫理和政治教條。這種政治上的混亂和落後，使新知識分子們確信，必須進行大規模的根本性的改革才能使古老的中國恢復青春。」〔註6〕因此，到「五四」時期，中國的知識分子就意識到不僅要改變中國的政治體制、引進西方先進的科學技術，而且重要的是進行思想和文化啓蒙，全面地推翻舊傳統、舊文化、舊道德、舊倫理，以西方文化為參照，「重估一切價值」，以「狂飆突進」的精神打破封建的舊枷鎖，建立一個「科學、民主」的現代中國成為「五四」知識分子的社會理想。

張灝曾經指出中國自甲午戰爭以後知識界的思想特點是，「這些思潮都帶有濃厚的群體意識，期望把中國自此一危機中解放出來，他們嚮往著一個未來的中國，並追尋通向那目標的途徑。」〔註7〕對於晚清以來的知識分子而言，中國屢戰屢敗的經驗使中國的傳統文化、知識和思想已無法維持它的自足性，尤其是甲午戰爭中對日本這個不被中國放在眼裏的「東洋」小國家的割地賠款，證明了洋務運動的技術革命的徹底失敗，也使晚清知識分子遭遇了前所未有的失敗和屈辱感，開始追尋「西方」普遍主義的「現代性」思想和觀念。雖然晚清知識分子對中國走向「現代性」的途徑有不同的思考，但其背後強烈的憂患意識和危機意識、以及對國族認同、民族振興的目的則是一致的。此後，戊戌變法的政治改良和辛亥革命的革命暴力依然未能挽救生死存亡的中國，「二十一條」的簽訂更使中國人對「西方」和中國政府陷入絕望。因此，當晚清以來的社會、政治和思想實踐在「堅船利炮」下已失去了存在的合理性、當中國的傳統文化已經不能「收拾人心」、中國的道德倫理在技術競爭的時代已不能支持國家自信的時候，「反傳統」就成了「五四」知識分子的自然選擇。一個比較典型的實例是，羅素在訪問中國時曾經提議：「中國應當保存文明和禮貌、坦誠和謙和的脾性，這是中華民族的特質，此外還需加上西方的科學知識，並把這些知識應用於中國的實際問題。」但後來在回顧他的中國之行時卻不得不承認：「我熱愛中國人，但是很顯然，為抗擊兇惡的

〔註6〕周策縱，《五四運動：現代中國的思想革命》，江蘇人民出版社，1999年版，第10頁。

〔註7〕張灝，《再論中國共產主義思想的起源》，余英時等著，《中國歷史轉型時期的知識分子》，聯經出版事業公司，1992年版，第55頁。

軍國主義，他們的大部分文明就必須被摧毀，他們看來只有被征服或採用他們敵人的各種劣習，別無選擇。」〔註8〕

但中國在走向「現代」的過程中，不同的知識分子基於救國理念的不同對未來中國的民族國家建構和文化走向也往往有不同的策略。「五四」時期，以陳獨秀、胡適等爲代表的「新文化派」、以杜亞泉、梁漱溟等爲代表的「東方文化派」和以梅光迪、胡先驌等爲代表的「學衡派」，對中國傳統文化與「西化」的態度就有很大的分歧，而且彼此之間發生過激烈的爭論。在三十年代，以王新命、何炳松等十教授爲代表的「本位文化派」和以陳序經等爲代表的「全盤西化」派的論爭，也體現了知識分子在中國走向「現代性」過程中不同的文化選擇。而在整個 20 世紀的中國思想史中，保守主義、自由主義、激進主義的分流也顯示了中國知識者對未來中國走向的不同選擇和實踐。但不管他們在政治實踐和思想路向上有多大的分歧，背後都有一個共同的「民族主義」的情結，那就是如何建立一個富強、獨立的「現代」中國，在「世界」中重新找到中國的位置。

新中國成立後的 50～70 年代，隨著馬克思主義的左翼革命的成功，社會主義的「現代」實踐終結了自晚清到民國以來的知識分子對中國「現代」走向的多重路徑，開啓了「一體化」的現代中國歷程，極端政治化的階級文化成爲這個時代顯著的文化特徵。對於毛澤東時代來說，中國的「現代化」進程不僅是資本主義邏輯上技術的現代化，同時也包含了社會主義意識形態實踐意義上的「現代」中國的實現，那就是消滅城鄉差別、工農差別、腦力勞動與體力勞動差別的社會主義目標。汪暉就頗具創見性的指出：「毛澤東的社會主義一方面是一種現代化的意識形態，另一方面是對歐洲和美國的資本主義現代化的批判；但是，這個批判不是對現代化本身的批判，恰恰相反，它是基於革命的意識形態實踐和民族主義的立場而產生的對於現代化的資本主義形式或階段的批判。因此，從價值觀和歷史觀的層面說，毛澤東的社會主義思想是一種反資本主義現代性的現代性理論。」而「中國的現代思想包含了對現代性的批判性反思。」〔註9〕但問題的複雜性在於，毛澤東社會主義「現代性」的失敗經驗，恰恰表明了這種中國式的「現代性」實踐的悖論和困境：

〔註 8〕轉引自周策縱，《五四運動：現代中國的思想革命》，江蘇人民出版社，1999年版，第 241 頁。
〔註 9〕汪暉，《當代中國的思想狀況與現代性問題》，《天涯》，1997 年，第 3 期。

他構建的現代民族國家的官僚體制對社會主義的阻礙；他試圖避免資本主義嚴重的社會不平等和對中國絕對平等的訴求對生產力的破壞；他一方面通過廣泛的群眾運動來保證「人民主權」、但另一方面「文革」的實踐實際上卻造成了對個體生存權利和個體自由權利的巨大的剝奪。這種試圖避免「資本主義現代性」弊端的「現代」實踐，雖然在50～70年代完成了社會主義發展所需要的原始資本積累，但也給中國的社會政治、經濟、文化、思想造成了巨大的創傷性經驗。

　　而80年代「現代性」的開端正是通過對毛澤東時代「現代性」的批判而開啟的，「『80年代』是以社會主義自我改革的形式展開的革命世紀的尾聲，它的靈感源泉主要來自它所批判的時代。」〔註10〕也就是說，80年代「現代性」展開的邏輯往往是被50～70年代所否定的社會實踐和思想實踐，如對政治和階級鬥爭的疏離、對社會主義人道主義與異化的討論、對市場時代和商品經濟的歡呼等。但80年代的「現代性」實踐實際上放棄了毛澤東時代對理想的、公平的社會主義的追求，經濟發展的效率成為「現代化」的最終目標。對於1978年以來的中國關於「現代化」實踐的爭論，汪暉概括為「一方反現代性的現代化的馬克思主義意識形態，另一方現代化的馬克思主義意識形態。」〔註11〕就是問題不是要不要現代化，而是如何現代化的問題。雖然，在80年代始終存在著傳統文化派、西化派、尋根派等對中國「現代性」的思想和文化資源的不同表述，但這種知識分子的思想路向的不同被統一在民族國家「現代化」的宏大敘事中，知識分子對於「未來中國」的想像依然具有內在的同一性。對一個能夠融入「世界」並在「世界」佔有自己位置的「現代」中國的追尋，依然是20世紀以來知識分子的救國夢想的延續。

　　進入90年代，「冷戰」的結束和「革命」的終結使中國的「現代性」追求呈現出相對單一的面向，那就是隨著市場時代的來臨，對世俗生活的追求、受商業化支配的大眾文化的興起，雖然在表層上看是80年代「現代性」訴求的邏輯展開，但80年代知識分子所期待的「現代性」的個人自由和「主體性」的實現卻漸行漸遠，而80年代最具生長性的「現代性」的「啟蒙」思想資源也失去了面對新的現實的闡釋的有效性。中國被迅速捲入「全球化」浪潮的

〔註10〕汪暉，《去政治化的政治——短20世紀的終結與90年代》，北京三聯書店，2008年版，第1頁。
〔註11〕汪暉，《當代中國的思想狀況與現代性問題》，《天涯》，1997年，第3期。

「震驚體驗」之中，在思想領域中，新左派、新自由主義崛起，保守主義、民族主義重新作爲一種潮流浮現，「知識界自身的同一性也不復存在」〔註12〕。

總之，自19世紀以來中國在西方的施暴體驗中接受「現代性」，「現代性焦慮」就成爲纏繞著中國知識分子的世紀之夢。隨著一個多世紀以來世界格局的變化和中國歷史的曲折演進，雖然先進的知識分子在不同的歷史階段對實現「現代性」的路徑選擇有許多差異，但對於一個「現代中國」的政治、思想、文化的想像性構建和現實實踐，卻是幾代知識分子共同的訴求。在實現「現代性」民族國家的歷史中，中國「現代性」的成功或失敗的經驗也爲「現代性」理論本身提供了反思的資源，那就是，中國自身的「現代性」實踐在構成對西方普遍主義的「現代性」理論的反抗的同時，也成爲了新的批判性反思的起點之一。

二、「新啓蒙」的「現代性」訴求

「文革」後知識界的啓蒙思潮在李澤厚「啓蒙與救亡」的雙重變奏的思想資源下，被指認爲繼五四之後的第二次「啓蒙」，也就是「新啓蒙」。「新啓蒙」思潮引領了整個80年代知識分子的思想和文化實踐，知識分子的「啓蒙」熱誠一度和國家意識形態縫合在一起，爲「現代化」的新意識形態提供合法化敘述，形成了20世紀中國歷史上不多見的知識分子和國家意識形態的「蜜月期」。但是隨著國家意識形態的「清除精神污染」活動，知識分子和國家意識形態對於中國「現代性」的態度發生了結構性的裂隙，雖然他們都期許一個繁榮富強的「現代中國」的出現，但對於「現代中國」的內涵卻呈現出內在的分裂。當精英知識分子對「現代中國」的想像不僅指向經濟的現代化而且指向了政治、法律、文化的現代化、溢出了國家意識形態所允許的話語空間時，意識形態上的分裂就已經以暗流的形式存在。到80年代末，這種內在的裂隙以政治事件的方式集中爆發，「新啓蒙」意義上的80年代走向終結，知識分子在90年代的「告別革命」的語境中，重新開啓了另外意義上對中國「現代性」的反思。

「新啓蒙」首先是通過對50～70年代歷史的反思，尤其是通過把「文革」指認爲「封建主義」的復辟，完成了一個巨大的歷史斷裂後的話語縫合，建構了「現代性」意義上歷史的連續性。它對50～70年代社會主義實踐的失敗經驗的反思，是在封建/現代、革命/啓蒙等二元對立的邏輯上展開的，毛澤東

〔註12〕汪暉，《當代中國的思想狀況與現代性問題》，《天涯》，1997年，第3期。

時代的社會主義被指認為「封建」，實際上這種思想邏輯的結果恰恰是對中國歷史上另一種現代性實踐的拒絕，就是「對社會主義的反思是在『反封建』的口號下進行的，從而迴避了中國社會主義的困境也是整個『現代性危機』的一部分。」〔註13〕而當「文革」被宣布為「是一場由領導者錯誤發動，被反革命集團利用，給黨、國家和各族人民帶來嚴重災難的內亂」〔註14〕時，「這一歷史無疑以充分的異質性，將『文革』時代定位為一個中國社會『正常機體』上似可徹底剔除的『癌變』，從而維護了政權、體制在話語層面的完整與延續，避免了反思質疑『文革』所可能引發的政治危機。」〔註15〕但這一以歷史斷裂的方式完成的「現代性」的歷史縫合，卻拋棄了「現代性」自我反省、自我批判的知識傳統，對複雜的、充滿了異質性的中國現代歷史構成了某種遮蔽。因此，在「新啟蒙」從政治啟蒙到文學啟蒙、文化啟蒙的話語場中，關於當代中國的歷史敘述更像是一場國家意識形態掌控中的詞語遊戲，目的是為了完成對中國現代歷史進化論意義上的連續性、完整性的敘述，而實際上卻拒絕觸摸更為深層的歷史「斷裂」和重新「縫合」處的中國境遇。就中國的現實而言，那就是「文革」期間極端的政治化實踐實際上和前「十七年」的政治實踐有緊密的聯繫，而且這種「階級鬥爭話語」更早可以追溯到中國現代歷史中的延安整風、30年代的左聯、20年代的「革命文學」甚至「五四」時期激進的「革命話語」。從這個意義上說，「新啟蒙」的「現代性」歷史敘述和現實指向，是80年代一次成功的意識形態的話語實踐，當然，在歷史言說的背面，往往是對特定歷史的某種刻意的盲視。

在「新啟蒙」的歷史語境中，「現代化」成為整個主流意識形態的一個「圖騰」，知識分子和國家一起呼喚「現代化」的到來，現代化在80年代初期成為一個普遍主義的概念，包含了從工業、農業的現代化到「人的現代化」、「文化的現代化」、「社會的現代化」等多重面向。就工業、農業等行業的現代化而言，就是發展社會生產力，拋開「姓資姓社」的爭論，實現「現代化」承諾的整個民族國家的富強和個體世俗化生活的改善和提高，也就是資本主義「現代性」本身就包含的技術的現代化和對世俗生活的期許，而屏蔽了「技

〔註13〕汪暉，《當代中國的思想狀況與現代性問題》，《天涯》，1997年，第3期。

〔註14〕《關於建國以來黨的若干歷史問題的決議》，《三中全會以來重要文獻彙編》，人民出版社，1982年版，第811頁。

〔註15〕戴錦華，《隱形書寫——90年代中國文化研究》，江蘇人民出版社，1999年版，第42頁。

術革命」和「大工業生產」所攜帶的「人」的被平面化和其中潛在的剝削和不平等。而「人的現代化」則是脫離 50～70 年代「政治化的人」，強調「人的主體性」、「人道主義」，但這種「人的現代化」依然是被規約在「馬克思主義人道主義」和「人的社會性」等話語框架內的。而「文藝的現代化」的努力則是借鑒西方「現代派」的藝術經驗，在文學內容和表現形式上向西方學習，在理論界一度還出現了「現代派」和「偽現代派」之爭，而忽略了西方的「現代派」卻是對「現代」的反省和批判，是對現代工業文明的一種文學抵抗，現代主義文藝即是對「現代化」的理性過程和後果的知識思考。

「新啓蒙」背後的中國／西方、傳統／現代、落後／文明等話語邏輯，依然是在「現代性」線性歷史觀上的滑行，它通過把中國指認爲「傳統、落後」的國度，需要經過「現代化」進入世界的「現代性」體系，但卻擱置了「現代性」這種話語本身所暗含的西方對東方的壓抑。而且，80 年代「新啓蒙」語境中的「現代性」訴求是在對毛澤東時代「階級鬥爭」和「封建性」的否定過程中呈現的，因而，它更大程度上指稱的是「現代性」的技術理性，但在價值理性的選擇上則頗多游移，而且，「當 80 年代的新啓蒙話語將『古今』等同於『中外』時，他們拋棄了毛澤東話語中的『反帝』層面，並且在將『鐵屋子開裂』時分『西方』的介入理解爲『現代性』發生的時刻的同時，內在地接受了『中國』作爲『非現代』的特點。」〔註16〕在 80 年代，「現代化」話語最響亮的聲音是「走向世界」、「中國與世界接軌」，「走向世界」在這裡就是「走向西方」、「走向現代」、「走向未來」，但在「中國」這一再度被構造的過程中，「世界」和「西方」作爲一個遙遠的鏡像式的「他者」，映照出的是中國的「貧窮」和「落後」。因此，在「現代性」的「科學與民主」的話語邏輯中，「科學」在中國成爲解決「貧窮、落後」的中國的重要途徑，經由「科學」就可以實現一個「富強、民主」的中國，而「民主」依然是「現代性」邏輯中的隱性話語，被規約在「社會主義意識形態」之中。也就是說，中國「走向世界」的「現代性」進程，是在保證政治意識形態延續性和合法性的前提下向「世界」的靠攏。

而「新啓蒙」包含的「人的解放」作爲「現代性」的話語方式之一，所承諾的「人的自由」，本來是黑格爾意義上「現代性」歷史終點的精神自由和個人主體自由，是從黑暗到光明的主體和精神的自我展現。人的解放和自由

〔註16〕賀桂梅，《人文學的想像力》，河南大學出版社，2005 年版，第 46 頁。

首先是要尊重人、愛護人，但「新啓蒙」中的「人道主義話語」和「主體性」話語雖然從不同的角度闡釋了人情、人性、人的主體能動性、人的創造性等問題，可「人道主義」和「主體性」依然是在國家意識形態所允許的話語空間內運行的。對於中國的意識形態話語特徵來說，在 80 年代就是把「人道主義」問題納入「馬克思主義」的話語規範內，知識界正是通過對馬克思、恩格斯《1844 年哲學──經濟學手稿》的發現，論證了早期馬克思主義對人道主義的關注。尤其是「異化」問題，雖然馬克思意義上的「異化」指的是資本主義生產關係中勞動的異化，而中國人道主義的馬克思主義對馬克思、恩格斯《1844 年哲學──經濟學手稿》的發現，則把「這種異化概念抽離開批判資本主義現代性的歷史語境，轉而用於傳統社會主義的批判。就主要的方面說，這一思潮是把『文革』社會專制當作傳統和封建主義的歷史遺存在批判的，也涉及社會主義社會本身的異化問題，但對社會主義的反思並沒有引向對現代性問題的反思。」〔註 17〕即使是這種話語的挪移和借用，依然很快受到了國家意識形態的規約，在 1983～1984 年間開展的抵制和清除「精神污染」運動中，「人道主義和異化問題」是首先受到衝擊和批判的。可見，在「新啓蒙」的「現代性」訴求中，「現代」的意義始終是被規定了話語邊界的，它的內涵和外延的伸展也取決於國家意識形態的話語空間，並始終處於國家意識形態和啓蒙知識分子「新時期共識」的框架之中。

「新啓蒙」歷史的終結，同時是作為「現代化」的社會主義意識形態的勝利，雖然在 80 年代它曾整合了整個社會的知識資源和話語熱情，但是，在當下「全球化」的新意識形態之下，「新啓蒙」作為一種重要的政治和文化實踐，它只面對中國內部問題的解釋方式和以西方的知識資源面對中國問題的批判方式，也隱含了在「世界」視野下重新思考中國問題的必要性。

三、「文化尋根」中的「現代性」困境

出現於 80 年代中期的「文化尋根」實際上是「新啓蒙」的「現代性」訴求的邏輯展開，那就是當「政治反思」對社會主義歷史敘述的合法性產生衝擊時，對當代中國歷史的思考就轉向了對傳統文化的思考。從「政治」向「文化」、從現實生活向歷史深處的轉向，一方面是內在於「新啓蒙」的策略性選擇，同時也是知識分子在「西化」語境下尋求中國未來走向的一種嘗試。也

〔註 17〕汪暉，《當代中國的思想狀況與現代性問題》，《天涯》，1997 年，第 3 期。

就是說，「文化尋根」是以「向後看」的方式完成新的民族文化認同和建構新的未來中國形象。而且，「文化尋根」同時也意味著在「清除精神污染」活動之後，知識分子對和國家意識形態之間緊張關係的一種逃避，並以從傳統中國走向現代中國的「現代性」訴求和新時期的社會主義意識形態和解。「如果說，以歷史文化反思取代政治反思而將中國社會成功地帶離『過早』的意識形態與體制轉型的衝突，那麼，作為一次更為成功的意識形態實踐，它將新時期的到來，書寫為結束蒙昧，邁向文明；結束封閉，走向開放；結束歷史循環，進入歷史進步；七八十年代的社會轉型，由是不再是所謂『姓社姓資』的決戰，而成為進入『現代化』進程的偉大歷史契機。」〔註18〕換言之，「尋根」的終點並不是對傳統文化的挖掘和反省，而是借傳統文化之「根」完成「現代性」意義上文明與愚昧、開放與封閉、現代與傳統的二元價值判斷，並通過對蒙昧、閉塞、醜陋的「劣根」性的批判達到對文明、開放的新的「現代性」中國和中國文化的想像性建構。

　　「文化尋根」在80年代的「西化」語境中，帶有強烈的民族主義傾向，這種民族主義一方面體現為對中國傳統文化的重新尋找，另一方面體現為期待通過傳統文化的「現代轉換」實現一個與「世界」同步的「現代民族國家」。「民族主義」和中國自19世紀以來的「現代性」歷程可以說是如影隨形，當從「西方」舶來的「現代性」和「西方」的侵略一起來到中國時，就使中國人從一開始就面臨了非常尷尬的處境，他們對「西方」有仇恨也有羨慕，他們想走「西方」「現代化」的富國強兵的道路，但又不願意放棄老舊中國的政治體制和倫理、道德、文化價值歸屬。因此，在內憂外患的危機中，中國知識分子在向「西方」和「現代」的普遍轉向中，隱藏了相當深的民族主義取向。那就是「如何在所謂的『現代』中保存傳統」，但這裡的「傳統」「不僅僅是一些歷史的遺跡、一些民間的習俗、一些民族的觀念，而且意味著這個歷史悠久的民族存在的基石，它雖然是一些象徵、一些記憶、一些語言符號，但是正是在這裡存儲著大量的『記憶』，當這些記憶被呼喚出來的時候，擁有共同記憶的人就會互相認同。因此，保存還是遺棄這些傳統，對於民族來說至關重要。」〔註19〕而對於傳統是否能夠延續，葛兆光認為依賴於四個因素：

〔註18〕戴錦華，《隱形書寫──90年代中國文化研究》，江蘇人民出版社，1999年版，第44頁。

〔註19〕葛兆光，《中國思想史》（第二卷），復旦大學出版社，2005年版，第544頁。

共同的地域、共同的信仰、共同的語言、共同的歷史記憶，而「歷史記憶儲存在每一個人的心靈深處，不同的歷史記憶確定了不同的根，當人們在心靈深處發掘它的時候就叫『尋根』，人們發現自己是一棵樹的枝葉，儘管四面八方伸向天空，但歸根結底是一個根，『本是同根生』的象徵意義可能就在這裡，所以尋根是極重要的重新認同。」〔註20〕在這個意義上，80 年代的「文化尋根」帶有同樣的複雜性，那就是當主流話語都在向「西方」文化靠攏時，「文化尋根」尋找的正是中國人古老的文化記憶、是對中國多元文化的集體認同。這也是中國在上個世紀 80 年代「現代化」的「新時期共識」面前一種尋求共同記憶和民族國家認同的策略性選擇，因為不管「文化尋根」尋到了荒山野林、大漠草原、雪山高原還是大河湖海，它背後的目光依然是「中國」的、並為了建構一個現代化的「中國」。

　　「文化尋根」呼應了 80 年代「現代性」的熱情呼喚，但它對這種「熱情呼喚」的回應則複雜的多，在表層的和諧中其實蘊藏了多聲部的雜音。「『尋根文學』是在 80 年代熱情呼喚和正在當下展開的現代化進程的一個不自覺的反應，表現了對現代化浪潮的複雜態度。現代化話語是一種普遍主義，而『尋根文學』儘管在當時並不是公開的、理直氣壯的，但卻暗含著提出了文化的特殊性和傳統的問題，與這種外來的現代化和普遍主義潛在的對抗。」〔註21〕說它是一種不自覺的反應，對最初的「尋根文學」的創作是一種事實，因為「尋根文學」從一開始就是一次先有創作、後有理論跟進的文學思潮。但是，在我看來，群體性爆發的「尋根派宣言」雖然不是有預謀在先，但卻是非常自覺的，並帶有強烈的 80 年代的精英姿態和權力話語方式，那就是為民族文化立言，並以對「文化」的思考進入「現代性」的「新時期共識」。而且，在廣義的「文化熱」中，尤其是「走向未來」叢書派，當時已大量介紹了西方「現代性」和「反思現代性」的許多哲學家和著作，弗洛以德、薩特、舍斯托夫基等早被人熟知，而在 90 年代「文化批評」中逐漸成為「理論明星」的韋伯、貝爾、本雅明、奧多爾諾、馬爾庫塞、福柯等在甘陽、劉小楓、張旭東、趙越勝等人那裡不僅僅是譯介，而且已有比較深入的研究和對話。中國的「文化尋根」者蘇曉康的《河殤》對「黃河文明」的「醜陋」的展示，更是表現了他「西化」的視野。當然，相對於這些「西學派」而言，「尋根文學」

〔註20〕葛兆光，《中國思想史》（第二卷），復旦大學出版社，2005 年版，第 544 頁。
〔註21〕曠新年，《寫在當代文學邊上》，上海教育出版社，2005 年版，第 45 頁。

確實對西方「現代性」的普遍主義話語構成了潛在的對抗，那就是希望能找到走向「現代性」的中國道路和本土文化「現代化」轉換的巨大潛力。這在「尋根派」的宣言中已成潮流，從韓少功到李杭育、從阿城到鄭萬隆都顯示出對中國傳統文化的傾心和進行「現代性」轉換的雄心壯志，可惜，這種理論上的反抗很快在創作實踐中陷入了尷尬，「尋根文學」的創作在文化「優根」和「劣根」的展示中卻潛藏了重重的裂隙，對他們的「反抗」構成了消解，並常常作爲「奇觀」被「西方」獵奇的目光所捕獲。這是「文化尋根」的中國困境，也是在「西方」和「現代性」視野下的現代中國裂變中的尷尬命運，是「現代性」的普遍主義和中國「本土化」的「現代性」遭遇時難以規避的悖論處境。

「文化尋根」是期望在西方普遍主義的話語方式下表達「中國文化」的自足性和主體性，目的不僅在反抗「西化」發出另外的聲音，同時也期待重新樹立中國文化的自信心。在晚清以前的中國歷史中，在遭遇西方之前，中國的古代文化完全承擔了教化民心、群體認同的作用。但問題是，當中國在一再失敗的境遇中遭遇西方、並已自覺地開始「文化啓蒙」和「國民性批判」時，這種文化的自足性顯然已面臨解體。80 年代的「文化尋根」存在同樣的問題，當「文革」被定義爲「封建性的復辟」，當城市和鄉村被指認爲「文明與愚昧的衝突」時，「鄉土中國」的傳統文化已無法爲「現代性」意義上的文化主體性提供動力和支持。因此，「文化尋根」所尋求的中國文化的現代「主體性」就陷入了表述的困境。「文化尋根」雖然試圖突破 80 年代前期普遍主義的西方「現代化」語境和「世界主義」導向，尋求具有「民族性」和「本土性」的中國傳統文化，但「尋根派」指認和確立中國傳統文化「民族性」和「本土性」的方式卻不期然再一次陷入了「世界」和「西方」所構造的觀看方式和文化圖景中。韓少功的理論宣言《文學的根》雖然旨在尋找絢爛、優美的楚文化，在「世界」面前重建中國文化的魅力，但是，他在論述過程中，卻頻頻提及西方很多學者「對東方文明寄予厚望」，實際上在這種論述的背後暗含了一種被承認的期待，那就是民族文化自我主體性的確立，恰恰是被「他者」的目光所建構的。「而這種置身『他者』的觀看方式本身，包含著中國、傳統／西方、現代的潛在框架，致使『尋根文學』難以擺脫『尋根』與『掘根』間的悖論。因爲如果『根』是『中國』的，那麼它將是『非』『現代的』，如果『根』是『現代』的，那麼它將是『非』『中國的』。這種悖論導

源於西方中心的普遍主義／特殊主義話語，某種程度上也正是後冷戰情境中中國文化變革的主體表述的困境。正是這種困境本身，顯露出現代主義文化的政治性所在。」〔註22〕因此，文化「主體性」和「自足性」的建立，本來是「現代性」題中應有之義，但當「現代性」本身在80年代的世界圖景和中國境遇中並不可能作爲一個普泛性的概念存在時，「現代性」所攜帶的西方對東方的文化政治就決定了「文化尋根」在確立中國文化主體性過程時的兩難處境，也使他們的理論宣言和創作實踐處於一種分裂的狀態，這也是後發「現代化」國家在走向現代化過程中無法逃脫的命運。

　　雖然，「現代性」話語是內在於「尋根話語」的一個邏輯展開，即不管是對傳統文化「優根性」的挖掘還是「劣根性」的批判，期待的都是傳統中國的「現代轉型」，是對中國文化的「現代重塑」，最終指向的是國家意識形態所期許的「現代化」的夢想。但是，當「文化尋根」的「現代性」訴求不期然進入「全球化」圖景中的「後殖民」語境時，對中國傳統文化的尋找和挖掘，就不再是一個具有自我說明性的行爲。它在面對中國文化、解決中國問題的同時，背後始終有一個西方「他者」的存在，這個「他者」又往往構成了反觀自我和建構自我的「鏡像」。雖然，「後殖民主義可以被視爲西方（主要是美國）文化制度內部的自我批判，它從邊緣文化立場對西方中心主義文化所作的批判，揭示了殖民主義在文化和知識領域的表現形式，其中包含西方民族國家理論被殖民地人民用以抵抗殖民者的複雜過程。」〔註23〕但是，在客觀的意義上，它也提供了反省後發「現代性」國家在被迫「現代化」過程中種種不自由的契機。說到底，不管中國的「文化尋根」派是主觀上爲了反抗「西方」而「尋根」，還是只是爲了張揚中國傳統文化而選擇「尋根」，他們的行爲都無法逃離後冷戰和後殖民時代的文化政治。這樣說，並不意味著「尋根派」的這種「現代性」訴求沒有意義和價值，而是試圖在顯示問題複雜性的同時，指出應該予以警覺的文化政治境遇。

　　總之，「現代性」並不是一種普泛的、中立的知識話語，而是攜帶了傳統與現代、文明與落後、東方與西方等二元價值框架的意識形態話語，在「現代性」的背後隱藏了「世界」圖景中的文化政治因素。因此，自晚清以降

〔註22〕 賀桂梅，《後／冷戰情境中的現代主義文化政治——西方「現代派」和80年代中國文學》，《上海文學》，2007年，第4期。

〔註23〕 汪暉，《當代中國的思想狀況與現代性問題》，《天涯》，1997年，第3期。

的中國「現代性」訴求就面臨了非常複雜的歷史境遇，對一個「現代中國」的想像性建構和現實的政治文化實踐，也往往遭遇悖論性的處境。中國的「現代性」之路，某種意義上不僅可以啟示後發「現代性」國家在走向「現代性」過程中的有意義和有價值的實踐，同時也顯示了應該警惕的問題，為今天「全球化」和「後冷戰」語境下的「現代性」實踐提供新的知識資源和現實資源。

第二節　艱難的選擇：從「五四」到「文化尋根」

從「晚清」到「五四」到 80 年代的「新啟蒙」，中國的「現代性」實踐走過了艱難的歷程，每一個時代的文化選擇和思想實踐，都昭示了一個世紀以來中國知識分子對中國「現代性」轉換的夢想和期待。「沒有『晚清』、何來『五四』」在學界已形成共識，而 80 年代的「新啟蒙」也被認為是「五四」啟蒙傳統的回歸，因此，整個 20 世紀的中國歷史充滿了思想的複雜性和歷史轉換的話語紛爭，而在這個從傳統中國走向現代中國的歷史進程中，在不斷的話語轉換的背後是中國歷史的多面性和複雜性。如「五四」的思想啟蒙和文化上的全面反傳統和「晚清」以來政治、文化、思想的失敗性經驗的聯繫、80 年代的「新啟蒙」在話語邏輯上對「五四」的挪用和重構、以及「尋根話語」與「新啟蒙」的複雜關係等。而處於歷史兩級的 80 年代的「尋根」和「五四」在應對「現代性焦慮」的不同路向背後的文化選擇，也顯示了文化啟蒙者和中國傳統文化本身的糾結，如「五四」思想啟蒙與「文化尋根」都是在歷史——文化的維度上展開，雖然在觀念內涵和價值判斷上大異其趣，但卻存在內在的統一性。「五四」知識者的焦慮是基於晚清以來在遭遇西方現代性時的切身體驗，他們的應對是一種群體性的反應，而「文化尋根」在 80 年代的「個體」、「主體性」等「新啟蒙」主流話語中也再次以「群體」的姿態發言，以「回到傳統」的方式應對在「西化」語境下的現代性焦慮。「尋根」不管如何跨越「文化斷裂帶」，如何挖掘傳統文化之根，面對的依然是 80 年代的現代性焦慮，並且在很多問題上回到了原來的意識形態，如「國民性」問題依然是「五四」傳統的邏輯展開等。理清這些思潮背後的話語實踐，不僅可以豐富對中國文化、思想史的理解，而且還可以發現被簡單化約的歷史敘述所遮蔽的文化和思想實踐的複雜性。

一、「新啓蒙」對「五四」的挪用

李澤厚曾用充滿激情的語言描述他眼中的 80 年代,「一切都令人想起五四時代。人的啓蒙,人的覺醒,人道主義。人性復歸……,都圍繞著感性血肉的個體,從作爲理性異化的神的踐踏蹂躪下要求解放出來的主題旋轉,『人啊,人』的吶喊遍及了各個領域、各個方面。這是什麼意思呢?相當朦朧,但有一點又異常清楚明白:一個造神造英雄來統治自己的時代過去了,回到了五四時期的感傷、憧憬、迷茫、歎惜和歡樂。但這已是經歷了六十年慘痛之後的復歸。歷史儘管繞圓圈,但也不完全重複。幾代人應該沒有白活,幾代人所付出的沉重代價使它比五四要深刻、沉重、絢麗、豐滿。」〔註 24〕李澤厚的這段話基本可以代表 80 年代前期知識界對「新時期」的歷史判斷,即「新時期」是「五四」的復歸,但歷史並不是停留在原地,而是比「五四」更爲豐富和深刻,「新啓蒙」也成爲繼「五四」之後的「第二次啓蒙」,是一次更爲深刻的「解放」,「新時期」的文學實踐也被指稱爲繼「五四」新文學運動之後的又一次「文藝復興」。那麼,「新時期」是如何挪用「五四」的知識資源爲「新啓蒙」尋求歷史合法性的?在「新啓蒙」的敘述中「五四」又有怎樣的話語變異?這兩次思想啓蒙運動有怎樣的緊密聯繫和內在的分裂?對這些問題的回答,將能透過歷史敘述的迷霧部分地還原 20 世紀這兩次重要的「歷史斷裂」後思想、文化選擇的複雜性,並重新審視中國「現代性」訴求所啓用的知識資源和進行的話語實踐。

在不同的歷史階段、不同的政黨、知識分子那裡,對「五四」運動有不同的解釋和評價。在自由主義者那裡,它是一場文藝復興、宗教改革或啓蒙運動;在保守的民族主義者那裡,它是中國的一場災難,造成了中國傳統文化的中斷,尤其是在對待民族遺產方面破除偶像的態度;在中國共產黨那裡,它是在列寧的號召下開展的一場反帝反封建運動的愛國運動。〔註 25〕在 80 年代的「新啓蒙」運動中,「五四」沿著共產黨的左翼革命的邏輯被解釋爲「反封建」的「思想解放運動」,而 80 年代初的國家意識形態正是通過把「文革」指認爲「封建主義的復辟」而完成了歷史斷裂之後的話語縫合。也就是說,

---

〔註 24〕 李澤厚,《二十世紀中國文藝之一瞥》,《中國現代思想史論》,天津社會科學出版社,2003 年版,第 251 頁。

〔註 25〕 相關論述見周策縱,《五四運動:現代中國的思想革命》,江蘇人民出版社,1999 年版。

在 80 年代「新啓蒙」的話語邏輯中，「五四」所開啓的「反封建」的任務依然沒有完成，「新時期」和「五四」面臨了同樣的問題，那就是繼續「反封建」、「反傳統」的「思想解放運動」。在被重新評價的「五四」傳統中，強調了「五四運動」思想革命和思想啓蒙的意義，而「新啓蒙」需要完成的就是對「文革」時期造成的「封建主義」、「現代迷信」、「個人蒙昧」的啓蒙。李澤厚的《啓蒙與救亡的雙重變奏》也是在這個意義上成爲「新啓蒙」最重要的思想資源，他把「五四」運動分爲兩個部分，「一個是新文化運動，一個學生愛國反帝運動」，並以「啓蒙與救亡的雙重變奏」重構了中國現代歷史。「這就是現代中國的歷史諷刺劇。封建主義加上危亡局勢不可能給自由主義以平和漸進的穩步發展，解決社會問題，需要『根本解決』的革命戰爭。革命戰爭卻又擠壓了啓蒙運動和自由理想，而使封建主義乘機復活，這使許多根本問題並未解決，卻籠蓋在『根本解決』了的帷幕下被視而不見。啓蒙與救亡（革命）的雙重主題的關係在五四以後並沒有得到合理的解決，甚至在理論上也沒有予以眞正的探討和足夠的重視。特別是近三十年的不應該有的忽略，終於帶了了巨大的苦果。」〔註26〕因此，「新時期」的一個重要任務就是，完成中國現代歷史上被「救亡」所中斷的「啓蒙」，進行「新啓蒙」運動。但這種歷史敘述的隱喻方式對毛澤東時代「封建主義復辟」的指認，卻始終屏蔽了毛澤東時代作爲「反現代的現代性」〔註27〕的複雜的歷史境遇，「更重要的是，當『啓蒙／救亡』論調用『民主與科學、人權與眞理』等源自西方的現代性規範『啓蒙』中國時，始終忽略了現代中國是在反抗西方帝國殖民擴張的過程中開始現代化，因此必然存在著『反現代』這一抵抗西方的面向。」〔註28〕

在「新時期」對「五四」挪用和重構的過程中，「五四」新文化運動中被強調的民主、科學、人性、人道主義等重新成爲「新啓蒙」的重要訴求，而且在「五四」話語邏輯上的傳統與現代、愚昧與文明、東方與西方、中國想像與世界想像等也成爲「新啓蒙」展開問題的話語方式。雖然，「五四」和「新時期」問題的內核都是對一個「現代性」中國的想像性建構，但是因面對的歷史遺產和具體的歷史境遇的不同，「新時期」對「五四」的寓言化講述和「新

〔註26〕李澤厚，《啓蒙與救亡的雙重變奏》，《中國現代思想史論》，天津社會科學出版社，2003 年版，第 36 頁。

〔註27〕汪暉，《當代中國的思想狀況和現代性問題》，《天涯》，1997 年，第 5 期。

〔註28〕賀桂梅，《人文學的想像力》，河南人民出版社，2005 年版，第 42 頁。

啓蒙」的具體對象必然有內在的裂隙和差異。「五四」面對的是一個半封建半殖民地的中國，是統治了中國兩千多年的儒道文化，是在西方的堅船利炮下「被迫現代性」的壓力。而「新時期」面對的卻是社會主義實踐遭遇挫折後的現代民族國家，是50～70年代被整合成全民意識形態的「階級鬥爭」和「革命」文化，是在毛澤東的社會主義「現代性」實踐失敗後重新開啓的「現代性」進程。因此，「新時期」通過對「五四」的重構和對「五四」資源的挪用完成歷史敘述的連續性和合法性的同時，在具體的思想文化實踐中始終存在著對「五四」的改寫和重構。

　　「新啓蒙」首先確認的是自己的「現代」品格，而「現代」的確認必然有一個被指認爲「傳統」的對象的存在。在80年代傳統／現代、中國／世界、東方／西方等二元對立的歷史語境中，「新啓蒙」正是藉重從傳統走向現代、從中國走向世界的「五四」傳統，構建了「新時期」之初知識話語的框架和規範。季紅眞把80年代概括爲「文明與愚昧的衝突」〔註29〕，以「文明與愚昧的衝突」作爲歷史敘述的起點，這種論述方式在80年代是非常有代表性的，歷史、過去（尤其是「文革」的十年動亂）是愚昧的，現實、現代和未來是文明的，東方是神秘、古老而蒙昧的，西方則是開放、現代和文明的。但與「五四」時期不同的是，「五四」面對的古老、傳統的中國和中國文化是前現代的、封建的傳統中國，而「新啓蒙」面對的中國則是經歷了近一個世紀「現代性」實踐後的中國。「五四」時期追求的「現代」是「科學與民主」、「人性啓蒙」、「個體自由」等價值理念，而「新時期」追求的「現代」卻包含了美國在60年代提出的帶有文化政治色彩的「現代化」理論，它是美國在冷戰時代全球戰略的一個重要部分。「國民性」話語也是「新啓蒙」對「五四」傳統的一個邏輯展開，可是，當「五四」時期的「國民性」批判指向「民族劣根性」、目的是「啓蒙民眾」和「塑造新人」時，「新啓蒙」中的「國民性」話語則顯示了它和50～70年代文學敘述錯綜複雜的關係，當馮麼爸（《鄉場上》）、陳煥生（《陳煥生上城》等系列小說）、李順大（《李順大造屋》）們不再是「工農革命」的主體，不再是知識分子要學習的對象時，歷史就顯示出了它詭譎的一面，那就是他們由歷史的主體轉換爲被歷史改造的對象，這種文學敘述的轉移其實映照的恰恰是「新啓蒙」面對的「傳統」和「五四」的不同，以及他們在「現代性」訴求上的內在差異。

〔註29〕季紅眞，《文明與愚昧的衝突》，浙江文藝出版社，1986年版。

　　「新啓蒙」對「五四」話語資源挪用的另一個重要問題是關於「人」和「人道主義」，對「人」和「人道主義」的內在話語邏輯延伸和內涵的不同，也顯示了「新啓蒙」和「五四」對「新人」塑造和對「現代」的「人道主義」理解的不同。「五四」時期所倡導的「個性解放」和「個體自由」首先是把「人」從封建家庭中解放出來，「家」是傳統的、封建的、腐朽的、沒落的「前現代」中國所有罪惡的淵藪，而「愛情」常常是最重要的動力，《傷逝》中子君那句「我是我自己的，你們誰也沒有干涉我的權利！」典型代表了「五四」時期覺醒的青年一代的「吶喊」，雖然他們很快陷入了覺醒後無路可走的「孤獨」和「彷徨」，指引著青年一代奔向「現代」的光明處的是後來的「革命」話語，經過苦悶、彷徨和掙扎，他們最終走向「新生」（茅盾的《蝕》三部曲：《幻滅》、《動搖》、《追求》），「新生」中的「新人」又在「革命」中、在現代民族國家的建構中長大成人（楊沫的《青春之歌》）。而「新啓蒙」中「人」的故事卻走了相反的路向，那就是在「革命」（「文革」）中叛出家門投入「革命」的青年是通過「回家」這一象徵行為完成了對歷史的否定性敘述。「革命」讓親情流失、人性麻木，而「回家」卻是醫治心靈傷痛的開始（盧新華的《傷痕》、古華的《芙蓉鎮》、劉心武的《如意》等）。「五四小說是將『家』視為壓抑『個人』的社會力量，而『新時期』小說則將『家』視為一種從專制政權中拯救『個人』的力量；而隱含在這種世俗生活關係中的性別、階級關係，則成為80年代人道主義話語的盲點。」﹝註30﹞因此，在關於「人」的話語中，「新啓蒙」和「五四」面對的依然是不同的歷史傳統，因為對「五四」之前的「前現代」中國和「新時期」之前的「革命」中國的不同的歷史定位和價值判斷，使「人性」話語呈現出不同的面向。「人道主義」話語在「五四」時期主要是指向封建倫理、封建禮教的「吃人」本質，打破孔教的偶像崇拜，建立「自由、平等、博愛」的人道主義。而在「新啓蒙」中，人道主義從對封建、蒙昧、黑暗的「文革」對人的戕害的控訴，最後走向了「主體論」哲學和「國魂反省」、「人的現代化」的結合，並在此後的「詩化哲學」思潮中強調人的自由創造的意義和審美的精神自由等。所以，雖然對於「自由的個體」和「現代」的「國民」的想像性建構是「五四」和「新時期」思想啓蒙的共同訴求，但是他們確乎都帶有自己時代的特點並在背後有不同的表述視野和對話對象。

﹝註30﹞賀桂梅，《人文學的想像力》，河南人民出版社，2005年版，第51頁。

　　總之，「五四」在爲「新啓蒙」提供知識資源和思想傳統的同時，也被「新啓蒙」重新加以解釋和構造，也就是「新啓蒙」挪用了「五四」的話語資源，但在新的歷史語境下也改寫了對「五四」的歷史敘述和價值判斷。「新啓蒙」雖然在許多問題上和「五四」啓蒙運動共享了同樣的話語資源和話語空間，但是，「新啓蒙」不再是簡單的「回到五四」，而是通過「五四」這一不斷被召喚的「幽靈」，以完成自己歷史敘述的合法性和思想啓蒙的延續性。一切似乎都回到了「五四」，但一切又漸行漸遠，80 年代作爲歷史的又一「中間物」，在 90 年代以後，也面臨了和「五四」一樣被敘述和被改寫的命運，而那樣的「反省」和「重構」又在新的歷史序列上提供了新的資源和動力。

二、「新啓蒙」中的「文化尋根」

　　「文化尋根」思潮在 80 年代普遍的「西化」語境中，從對「傳統文化」的反省和發現尋求「現代中國」的思想資源並探索未來中國的文化走向，從表層看，「文化尋根」走向歷史和文化的深處，似乎是離「現代文明」越來越遠，有「復古」的傾向，但從深層看，「文化尋根」實際上是內在於「新啓蒙」的一次文學和文化實踐，說它「內在」，是因爲「文化尋根」雖然和當時許多知識者對中國的「現代性」想像的路徑和策略不同，但它延續的依然是百年中國知識分子的啓蒙熱忱，是希望經過「傳統文化」的「現代重塑」爲一個新的「現代中國」提供動力和支持。因此，「文化尋根」在 80 年代的文學史、思想史、文化史上的地位就頗具症候性，作爲一個歷史的「關節點」，他顯示了中國知識分子在文化選擇上的困惑、游移和掙扎，並成爲對此前歷史的一個象徵性終結和對此後文化走向的隱喻性的先聲。

　　在論及 19 世紀末和 20 世紀初的中國兩代知識分子時，林毓生認爲他們雖然存在許多差異，但都有一個共同的訴求，「就是要振興腐敗沒落的中國，只能從徹底改變中國人的世界觀和完全重建中國人的思想意識入手。」〔註31〕因此，在「五四」時期，思想啓蒙成爲當時知識分子的首要選擇，即使像魯迅那樣的感到彷徨、無路可走的知識者也願意「打開鐵屋子」，發出自己的「吶喊」，聊以慰藉那些在寂寞裏奔突的勇士，甚至於在對未來的「絕望」中，依然願意做「歷史的中間物」，「放他們到光明中去」。「啓蒙」源於對老舊中國獲得「新生」的期望，源於對老舊中國的國民成爲「新人」的期望，都旨在

〔註31〕林毓生，《中國意識的危機》，貴州人民出版社，1988 年版，第 45 頁。

一個「現代中國」的想像性建構。而對於 80 年代的知識分子而言，這種「啓蒙」的熱忱依然是百年中國「強國之夢」的延續，是對中國「走向世界」的期待。因此，在 80 年代，不管是「西化派」還是「尋根派」，他們共同的訴求依然是一個「現代中國」的崛起。在當時的「文化熱」中，有三個團體扮演了重要的角色，也大致可以代表 80 年代對中國未來文化走向的想像和建構，但不管是「中國文化書院」、「走向未來」學術編委會還是「文化：中國與世界」叢書編委會，實際上代表的都是 80 年代知識界對中國現代性方案的不同選擇，也是知識界在文化選擇的資源上的分歧，傳統文化的創造性轉換、西方的科學主義、西方的人文主義成爲他們尋求現代性的不同的出發點。而此後的「尋根派」退回「傳統文化」，期待經過「傳統文化」的「現代轉換」構建「現代中國」的文化自信心，依然是「新啓蒙」的啓蒙姿態的延續，或者更早可以說和「五四」以來激進的「現代性」夢想有不絕如縷的聯繫，「從精神向度上，『尋根文學』仍然是世紀之夢的延續，它的關切視點沒有超越宏大的敘事目標和國家話語的範疇，他的啓蒙角色的意識依然強烈地存在，它的文化使命感仍然隱含著鮮明的百年傳統的內容。」〔註32〕

　　對於從「文革」中走出來的中國而言，如何盡快的「療救傷痛」、使國家的政治和經濟走向正軌，是當時面臨的重要問題。而在「文革」後的思想文化界，則需要一種主流的思想和文化來整合民眾遭受「傷痕」之後的精神，「現代化」此時就成爲了整合混亂的思想界的全民意識形態。在「五四」時期，「現代」作爲和「傳統」相對的概念是當時知識分子最重要的訴求，「現代化對於中國知識分子來說一方面是尋求富強以建立現代民族國家的方式，另一方面則是以西方現代社會及文化和價值爲規範批判自己的社會和傳統的過程。」〔註33〕同樣，在「文革」後的「新啓蒙」運動中，如何面對中國的歷史、如何勾畫中國的未來，「西方」就成爲一個重要的參照「鏡像」。但對於「新啓蒙」運動來說，對西方文化和思潮的大量引進，並不意味著把「中國」綁縛在西方「現代性」的意識形態中，其背後依然有強烈的民族主義情結，就是不管如何的「西方化」，目的依然是爲了構建一個和西方一樣強大的「現代中國」，當然在「現代中國」的具體內涵和外延中，知識分子和國家意識形態有重合也有分裂。但「中國社會的興盛與滅亡實際上正是幾代啓蒙思想家的最基本

〔註32〕孟繁華，《啓蒙角色再定位》，《天津社會科學》，1996 年，第 1 期。
〔註33〕汪暉，《當代中國的思想狀況與現代性問題》，《天涯》，1997 年，第 5 期。

的思想動力和歸宿，無論他們提出什麼樣的思想命題，無論這個命題在邏輯上與這個原動力如何衝突，民族思想都是一個不言而喻的存在，一種絕對的意識形態力量。」〔註34〕而在「新啓蒙」中，最爲典型的「民族思想」的體現就是「尋根派」了，他們以「民族主義」的立場，痛感中國文化的失落。韓少功呼籲「文學之『根』應深植於傳統文化的土壤裏」，「尋根」是「一種對民族的重新認識」，是「揭示一些決定民族發展和人類生存的謎。」〔註35〕即使是對「不規範文化」的挖掘，也是基於對民族文化進行「現代轉換」的期待。「尋根派」這種站在民族主義立場上的「文化尋根」，旨在張揚民族傳統、尋找民族自信力，雖然在他們具體的寫作實踐中不斷顯示了民族文化和民族生存的艱難和悖論，但是，在80年代普遍地從「西方」尋求知識資源的語境中，「尋根派」的民族立場顯示了知識分子從另外的路向尋求中國「現代性」道路的可貴的嘗試。

對於傳統中國而言，文化民族主義和政治上的完整統一是一體的，儒家思想作爲普遍的治國之道和國家政權的政治訴求是緊密相關的，而在近代中國，經過洋務運動的技術革新、戊戌變法的行政制度革命、辛亥革命的政治制度革命，中國始終無法擺脫內憂外患的民族危機之時，文化和思想啓蒙才浮出歷史地表。在「五四」時期，對傳統文化的批判背後實際上都有一個政治民族主義的立場，那就是期待「人的解放」和「思想啓蒙」結束羸弱的政治體制、建立一個富強、民主的現代民族國家。對於80年代的「文化尋根」而言，他們的文化民族主義立場雖然在表面上看來和「五四」時期的「反傳統」取了相反的路向，可在本質上，依然是期待一個現代中國的崛起。但「文化尋根」是在「新啓蒙」部分終結了「政治啓蒙」之後的「文化啓蒙」，就是當「新時期」的國家意識形態通過反思「文革」、「眞理標準問題的討論」等方式完成了巨大的歷史創痛之後的話語縫合之後，「文化尋根」才從「文化」的向度上反思「中國」、「中國文化」和「中國文學」。因此，「文化啓蒙」和「五四」時期相比已不具有明顯的政治民族主義的訴求，它試圖通過對傳統文化的張揚、反思和批判，解決的是當時國內普遍「西化」話語所擱置的「本土性」、「民族性」問題。換言之，「文化尋根」的文化民族主義立場不以反抗

〔註34〕 汪暉，《中國現代歷史中的「五四」啓蒙運動》，《文學評論》，1989年，第4期。

〔註35〕 韓少功，《文學的「根」》，《作家》，1985年，第4期。

政治的合法性爲政治民族主義的訴求，而是在保證政治合法性的前提下爲「新啓蒙」推波助瀾，爲一個被「政治啓蒙」證明了歷史的延續性和合法性的「現代中國」提供另外的、可能的文化路向。

　　如果說所有的文學實踐都是一種文化政治，那麼，「文化尋根」思潮的文學實踐同樣攜帶了這一群體的思想文化訴求和對「現代中國」文化走向的探尋和思考。如同「五四」時期反抗「傳統文化」、張揚「個性」的啓蒙文學，他們向西方學習，並不是要在中國建立「西方文學」的中國摹本，而是通過「西方文學」走出中國傳統、進行個性啓蒙，「對於中國知識分子來說，西方文學起到的只是槓杆的作用，幫助他們從傳統中解放出來。對於獨特的形式特徵，他們並不十分關心，更讓他們豔羨的是，西方的個性作品，尤其是小說，彷彿湧現於鮮活的、創造性的、直接反映了當代社會的紛紜萬象的個人觀察。五四作家所希望的，是從傳統文學的範疇之外，爲他們的作品注入同樣的力量和品質。」〔註36〕同樣，對於80年代向「西方文學」學習的文學創新來說，當然也是期待通過借鑒「西方文學」對人的生存處境、人的心理、資本主義社會的壓抑、異化等問題的表達，使中國文學遠離政治化敘述而回到「人的文學」、「人道主義」。而處於這一思潮中的「尋根文學」對中國傳統文化的抽象演繹、對民族文化「優根」和「劣根」的挖掘，也是通過「退回傳統」的方式，一反面是反抗普遍的西方主義話語，另一方面是重新樹立民族文化的自信心。「尋根」文學不同於此前的文學創作的是，他們小說中的「個體」不再是「個性啓蒙」意義上的「個體」，而是某種文化的象徵，在「個體」的背後是某種「群體」的生存狀態，關注的是文化中的「中國人」的群體形象。因此，自「尋根派」崛起，「從大方面講，中國文學的格局發生了變化。至少小說不再純粹作爲訴諸知識分子個體憂患意識的精神載體了，而是開闢了一條表現民族民間的群體生存意識的新路。」〔註37〕「尋根」文學的「文化啓蒙」也正是希望通過「傳統文化」這樣的一個「中介」，達到對民族文化的重新審視、對民族生存方式的探尋、對民族文化心理的剖析，爲群體性的「中國人」和文化民族主義意義上的「中國文化」提供新的生長點。

　　因此，作爲內在於「新啓蒙」的「文化尋根」思潮，在文學史上它終結了「新時期」之初知識分子的自我經驗的表達，從「個體」的命運悲歡走向

〔註36〕安敏成，《現實主義的限制》，江蘇人民出版社，2001年版，第40頁。
〔註37〕李慶西，《尋根：回到事物本身》，《文學評論》，1988年，第4期。

對「群體」的民族文化心理和生存方式的探尋；在文化史上，它遠離了當時的普遍主義的「西化」思潮，退回中國傳統，嘗試從「傳統文化」中挖掘民族新生和「走向世界」的資源；在思想史上，它走出了「新啓蒙」的「政治啓蒙」的歷史合法化敘述，以「文化啓蒙」的方式追尋「現代中國」可能的發展路向。「文化尋根」作為「新啓蒙」中的一次的重要的文學、文化和思想實踐，為「新啓蒙」思潮開啓了更為廣闊的思想視域，同時，不可否認的是，也產生了新的問題，如在對「優根」和「劣根」的文化「尋根」中產生的困境與悖論、「傳統文化」和「現代中國」的耦合與裂隙、文化人格和世俗生存的契合與游離、文化民族主義和政治民族主義的重合與背反，都是今天在走出「新啓蒙」後依然需要深入思考的問題。

三、文化選擇的艱難

從「五四」啓蒙運動對傳統文化的否定、「重估一切價值」、「打到孔家店」、對「學衡派」「桐城謬種」、「選學妖孽」的批判到 80 年代「文化尋根」派對中國傳統文化的挖掘與反省，歷史像一個怪圈，對傳統文化和對西方文化的態度，構成了 20 世紀中國知識分子的一個關於現代與傳統、西方與東方的文化夢魘。如何對待傳統、如何進行文化選擇，不再是自我完善和尋求精神歸宿的個體事件，而是關於「中國」未來走向的群體性事件。文化選擇上的悖論與艱難，展現了從傳統中國走向現代中國的「現代性」歷程的詭譎，而對於不同時代的知識者而言，文化選擇更是滲透了他們對建構「現代中國」的不同路徑的探索和艱難的思想實踐。

早在 19 世紀末 20 世紀初，就曾有一些知識分子對儒學提出懷疑和批判，梁啓超甚至說，「吾愛孔子，但我更愛真理」，嚴復也對中國傳統思想提出懷疑，吳虞已開始寫作批判孔教的文章。辛亥革命的失敗更是顯示了中國傳統的政治合法性的喪失，而「傳統中國的政治秩序與文化、道德秩序，基本上（雖然並不完全），是一元的。換句話說，政治秩序與文化、道德秩序高度地整合著的。」〔註38〕因此，傳統政治秩序的崩潰也導致了當時的知識分子對中國傳統文化的自信心的喪失，整體性的中國傳統文化和倫理體系面臨解體。那麼，對於「五四」知識分子而言，他們「反傳統」的姿態和「西方化」

〔註38〕林毓生，《二十世紀中國的反傳統思潮與中式烏托邦主義》，許紀霖編，《二十世紀中國思想史論》，東方出版中心，2000 年版，第 463 頁。

的訴求，實際上是晚清以來中國一再的失敗經歷使他們對與政治體制緊密結合的傳統文化產生了強烈的疏離感，「顯然，五四全盤化反傳統主義是一種思想決定論的化約主義。它的全盤系統論式，乃是『借思想、文化以解決問題的途徑』所提供的。易言之，五四全盤化反傳統主義的意識形態的強勢系統性『動力』，乃是從中國佔主流地位的一項思想模式衍發而來。」〔註39〕所以，「五四」知識分子的「反傳統」實際上依然是一種政治和文化的烏托邦，那就是試圖通過文化上的「反傳統」終結傳統政治秩序，開啓建構「現代中國」的序幕。

　　「反傳統」、「打到孔家店」到「五四新文化運動」時期就成爲了一種主流的意識形態，「五四」知識分子借助「民主」與「科學」對中國傳統文化和傳統倫理展開了全面攻擊。而在「反傳統」中最激烈、最有力的戰鬥者之一魯迅更是借《狂人日記》中的「狂人」之口說出：「我翻開歷史一查，這歷史沒有年代，歪歪斜斜地每頁都寫著『仁義道德』幾個字。我橫豎睡不著，仔細看了半夜，才從字縫裏看出字來，滿本書都寫著『吃人』兩個字！」「有著四千年吃人履歷的我，當初雖然不知道，現在明白，難見眞的人！」最後狂人發出了「救救孩子……」的呼喊。魯迅以「表現的深切、憂憤的深廣」表達了對「吃人」的中國傳統文化和封建禮教的憤怒。但是，對於「五四」時期的知識分子而言，「反傳統」之後的中國走向哪裏，用什麼來代替「傳統」分崩離析之後的恐懼和焦慮，「西方」的現代文化和思想觀念就是在這樣的意義上進入了中國知識者的視野，用以塡補文化眞空的正是「西方」的現代意識形態，「民主」和「科學」成爲重要的價值訴求。當然，在「西化」的背後，依然是強烈的民族主義情結，從「傳統」走來又舉起「反傳統」大旗的「五四」知識分子，雖然在當時已擁有了世界眼光，並以「世界」爲參照對象反觀傳統中國的種種弊端，但在這一切激進行爲的背後，卻是強烈的民族獨立和民族富強的訴求，因此，「中國思想史上最『世界主義』的一代知識分子同時也是最自覺的民族主義者。兩者不但不互相矛盾，反而相輔相成，共同造就了五四知識分子的知識人格。」〔註40〕

〔註39〕林毓生，《二十世紀中國的反傳統思潮與中式烏托邦主義》，許紀霖編，《二十世紀中國思想史論》，東方出版中心，2000年版，第464頁。

〔註40〕張旭東，《民族主義與當代中國》，《批評的蹤跡》，北京三聯書店，2003年版，第175頁。

　　歷史的弔詭在於，在「五四」時期，民主自由的西方文化傳統被認為是西方文化的精萃，成為中國知識分子「反封建」、「反傳統」的重要知識資源，具有無可置疑的價值和意義。但是，這樣的文化傳統在建國後卻被認為是資產階級的文化，在更為激進的「革命」話語下，迅速成為落後的文化傳統。經過「五四」啓蒙運動的洗禮，中國人首先在「西方」的「德先生」和「賽先生」的歐美傳統下，否定自己的文化傳統，希望通過「西方化」改變內憂外患的現狀，從思想文化到政治體制上向西方學習，建立一個現代民族國家。但是，在「五四」落潮之後只有兩、三年的時間裏，更為激進的左翼「革命」傳統對現代中國的期待就不再是一個資產階級的民主國家，而是從社會主義到共產主義的政治期待成為一個新的社會「烏托邦」。「五四」構成了「左翼」革命繼承與反抗的雙重傳統，雖然在 30 年代到 40 年代，關於中國向何處走的政治、思想、文化實踐提供了不同的走向，但在建國後，這種不同的「現代中國」的想像性建構就統一為整體的社會主義的意識形態，「五四」時期被張揚的資產階級的自由、民主、個性解放的觀念成為被批判的對象，對社會主義「新人」和「工農兵」新思想的塑造成為新的國家意識形態。這種激進的思想文化實踐發展到「文革」時期，就是對中國傳統文化和對西方現代文化的雙重拒絕，革命的「樣板」文化成為新的圖騰。因此，「文革」後知識分子再一次借助西方文化的「反傳統」，在表面上看來似乎是回到了 60 年前的「五四」傳統，余英時就認為「如果我們以五四為起點，我們不妨說，經過七十年的激進化，中國思想史走完了第一個循環圈冒險帶又回到了『五四』的起點。西方文化主流中的民主、自由、人權個性解放等觀念再度成為中國知識分子的中心價值。」〔註 41〕但是，這種「傳統」和「西方」的內涵和外延其實已有了很大的不同和內在的分裂。

　　「五四」一代知識分子和 80 年代前期的知識分子雖然都持「反傳統」的文化立場，但他們自身的知識資源和「反傳統」的歷史起點則有很大不同。對於「五四」知識分子而言，他們本身就受到傳統文化的滋養、有很深的傳統文化素養，並且對傳統文化的優長有切身的體驗，傳統文化經常成為他們立身處世的某種規約，對於他們來說，「反傳統」常常處於一種對「現代民族國家」的理性建構和自身的切身生命經驗的內在分裂狀態。這種處於感性與理性之間的游

〔註41〕余英時，《中國近代思想史上的激進與保守》，許紀霖編《二十世紀中國思想史論》，東方出版中心，2000 年版，第 430 頁。

移和掙扎,雖然在「五四」激進思潮的裏挾下表現為「重估一切價值」的狂飆突進的啓蒙精神,但結果卻是「『五四』思想與個人經驗的深切聯繫體現了一種激情的力量,而激情的『激烈性』又總是與它的短暫性與非理性相聯繫的。『五四』啓蒙思想在批判中國傳統的過程中,提出了『民主』與『科學』以及有關『自由』的現代命題,完成了它的偉大的歷史使命,但由於缺乏那種分析和重建的方法論基礎,從而未能建立一種由社會傳播的、有意識加以發展和利用的理論和實踐的體系。」〔註42〕而對於「文革」後的知識分子而言,他們本身已與中國傳統文化相隔絕,傳統文化也不再是他們的知識資源和安身立命的倫理規約,他們成長的時代是「紅色革命」的激情歲月。他們的「反傳統」針對的「傳統」其實是中國左翼革命的極權傳統,是通過把極左政治的現代激進的社會實踐指認為「封建主義的復辟」而和「五四」的「反傳統」對接。因此,同樣是反傳統文化,引進西方文化,以個性、自由、民主等為價值訴求,但「五四」和「文革」後的知識分子的反抗對象則有了本質的不同。如果說「五四」時期的個性解放面對的是封建家庭對個體自由的壓制的話,那麼,「文革」後的個性、人道主義針對的則是左翼的極權政治對個體自由的剝奪;如果說「五四」時期的民主訴求是以反抗封建的皇權政治為旨歸,那麼,「文革」後的民主訴求則是對現代高度嚴密的官僚國家體制的反抗。

而歷史的複雜性和異質性在於,當「文革」後的知識分子和國家意識形態一起以「西方」為鏡像進行「反傳統」的時候,80年代中期浮出歷史地表的「文化尋根」派重新把目光投向了中國傳統文化,並反抗「五四」激進的「反傳統」造成的「文化斷裂」。鄭義認為,「『五四運動』曾給我們民族帶來生機,這是事實。但同時否定得多,肯定地少,有割斷民族文化之嫌,恐怕也是事實?『打到孔家店』,作為民族文化之最豐厚積澱之一的孔孟之道被踏翻在地,不是批判,是摧毀;不是揚棄,是拋棄。痛快自是痛快,文化卻從此切斷。」〔註43〕阿城雖然也承認「五四運動在社會變革中有著不容否定的進步意義」,但他進而指出,「五四」「較全面地對民族文化的虛無主義態度,加上中國社會一直動盪不安,使民族文化的斷裂,延續至今。」〔註44〕「五

〔註42〕汪暉,《中國現代歷史中的「五四」啓蒙運動》,《文學評論》,1989年,第3期。

〔註43〕鄭義,《跨越文化斷裂帶》,《文藝報》,1985年7月13日。

〔註44〕阿城,《文化制約著人類》,《文藝報》,1985年7月6日。

四」是否造成了中國的「文化斷裂」，在保守主義者和激進主義者那裡有不同的判斷，保守主義者希望中國漸變，對「五四」的激進傳統持否定態度，而激進主義卻認為，對於積弊深重的中國、對於積澱深厚的中國傳統文化，不採取激進的變革手段則不會對老大中國有任何的觸動。而對於「五四」來說，對傳統文化激烈的否定態度確實和晚清以來的中國現代性實踐的失敗經驗有關，那就是希望通過文化批判達到社會政治變革的目的。甚至在余英時看來，中國從來就沒有絕對的保守主義傳統，只有程度不同的激進主義傳統，因為近百年的中國就是以「變動」和「革命」為基本價值的，不像西方有個基本穩定的系統，是保守主義和激進主義要保守多少、改變多少的問題，而在「中國在現實上找不到一個體制、系統，可以使大家安定下來。中國有一種特殊的現狀，就是保守與激進之間沒有一個共同的座標，因此雙方就永遠不會有真正的對話。」〔註 45〕這種缺失內在的同一性和穩定性的民族歷史，就使中國知識分子在對傳統文化的選擇中陷入了非此即彼的話語爭奪中，也使「文化尋根」的知識分子對「五四」「反傳統」的判斷陷入了非此即彼的價值判斷，而沒有充分的歷史理解和寬容。

當然，「尋根派」對待「五四」反傳統的態度並不是一致的。韓少功和李杭育就部分地肯定了「五四」「反傳統」的意義和價值。韓少功雖然認為，「『五四』以後，中國文學向外國文學學習，學西洋的、東洋的、俄國的和蘇聯的；也曾向外國關門，夜郎自大地把一切『洋貨』都封禁焚燒。結果帶來民族文化的毀滅，還有民族自信心的低落——且看現在從外匯券到外國的香水，都在某些人那裡成了時髦。」但他同時也在這種對民族文化的全面清算中，看到了傳統文化再生的希望，「在這種徹底的清算和批判之中，萎縮和毀滅之中，中國文化也就可能涅槃再生了。」〔註 46〕李杭育則從他對中國傳統文化的「規範」和「不規範」的區分中，肯定了「五四」的「反傳統」對「規範文化」的清除對文化的現代轉換的意義。他認為「規範的、傳統的『根』，大都枯死了。『五四』以來我們不斷在清除著這些枯根，決不讓它復活。規範之外的，才是我們需要的『根』，因為它們分布在廣闊的大地，深植於民間的沃土。」「尋根派」對「五四」「反傳統」的肯定，實際上和他們的現實文化訴

〔註 45〕余英時，《中國近代思想史上的激進與保守》，許紀霖編，《二十世紀中國思想史論》，東方出版中心，2000 年版，第 419 頁。
〔註 46〕韓少功，《文學的「根」》，《作家》，1985 年，第 4 期。

求是聯繫在一起的，那就是他們在對傳統文化的重新考量中，選擇了「不規範」的「民間文化」作為文化再生的資源，而「五四」對正統的儒道傳統文化的批判正好為他們的論述掃清了道路。「尋根」本來就是新時期知識分子在當時普遍的「西化」語境下對中國現代性方案的另一種可能性的思考，他們要超越當時普遍的「西化」視野，提供中國傳統文化進行「現代轉換」的知識資源，而「規範」的傳統文化已經在「新啓蒙」初期就被指認為是造成毛澤東時代「現代迷信」的「封建性」因素之一，那麼，「尋根派」所追尋的「規範」之外的「民間文化」和「邊地文化」就自然提供了鮮活、生動的文化資源。在這樣的意義上，「文化尋根」對正統的傳統文化「劣根性」的批判又和「五四」知識分子有了共同的文化訴求。

因此，對「五四」和「文化尋根」對待傳統文化的態度，不能僅以激進和保守的價值立場予以判斷，也不能認為他們對傳統文化採取了完全相反的路向，因為，在實際的文化選擇和思想實踐中，他們有內在的分裂但也有內在的重合之處。而且，不管是「五四」對傳統文化的否定，還是「文化尋根」派對「五四」的「反傳統」的再反省和他們自身對「傳統文化」的重新思考，實際上都體現了一個世紀以來中國知識分子在對待中國傳統文化時選擇和評價的艱難。在不同的歷史語境中，「傳統」的具體內涵的不同和「反傳統」的現實訴求的不同，都使中國知識分子對待「傳統文化」時陷入不同的困境。但唯一相同的是，他們對一個「現代中國」的世紀夢想，雖然通往「現代中國」的路徑不同，但卻殊途同歸，都期待傳統中國向現代中國轉換的「現代性」實踐的成功。

總之，從「五四」到 80 年代的「新啓蒙」，在一個世紀的從傳統中國走向現代中國的進程中，幾代知識分子的思想和文化實踐都旨在建立一個民主、富強的「現代民族國家」。從「五四」的反封建、反傳統到「新啓蒙」的反「現代迷信」、反個人蒙昧，從「五四」對民主、科學的追求到「新啓蒙」的人性、人道主義訴求，從「思想啓蒙」、「文化革命」到「新啓蒙」、「告別革命」，20 世紀中國知識分子對近一個世紀的政治、文化、思想實踐在不同的歷史語境中有不同的闡釋。思想的紛爭、話語的轉換、歷史的選擇，顯示了中國問題的複雜性和面臨政治、文化、思想選擇時的困境與悖論，然而，正是有了這種多面性，中國文化和思想實踐也可能出現新的生長點和新的轉換的可能性。

第三節　反思的現代性

　　「現代性」的歷史一直伴隨著對自身的反省和批判,「現代性」實踐對社會和個體的衝擊,在美學上往往以「反思現代性」的方式呈現。因爲現代性的「不確定性」、「斷裂性」、「轉瞬即逝性」,使人類對自身現代性境遇的體察,不僅表現爲一種重要的生存經驗,而且構成了思想反省的起點。「現代性,就是發現我們自己身處一種環境之中,這種環境允許我們去歷險,去獲得權力、歡樂和成長,去改變我們自己和世界,但與此同時它又威脅要摧毀我們擁有的一切,摧毀我們所知的一切,摧毀我們表現出來的一切。」〔註47〕在「現代性」的「建構」和「摧毀」之間,正是審美的現代性記錄了社會現代性實踐的複雜和艱難、人類固有的生存經驗被撕裂的傷痛和恐慌。審美現代性一方面反抗現代性的暴力,同時也對現代性的傷痛經驗進行彌合和修復。而在普遍的「西方」現代性話語中,中國又提供了現代性實踐和反思現代性的另類文本,從「五四」對「現代性」的全面引進到 80 年代的「現代化」成爲全民意識形態,中國自身的現代轉換和中國知識者對現代的反省,貫穿了 20 世紀的中國歷史。其中,80 年代中期浮出歷史地表的「文化尋根」那種既內在於「現代性」又「反現代性」的文學書寫,再次顯示了「現代性」在中國的複雜多義性、顯示了中國知識者對「現代」的激情和可能的反省。

一、「現代性」及「反思的現代性」

　　「現代性」常常在線形時間序列上承諾了歷史的目的是理性對社會的掌控和個體的自由,但「現代性」的實踐本身卻證明了它對未來的理性社會和主體自由的許諾不僅無法兌現,反而帶來了社會的諸多弊端和人們精神的平面化,就像哈貝馬斯所說的「現代曾經從中獲得自我意識和烏托邦期待的那些增強影響力的力量,事實上卻使自主性變成了依附性,使解放變成了壓迫,使合理性變成了非理性。」〔註48〕那就是現代理性觀念和對個體自由的張揚,最終導致了技術理性對人的異化,追求人的主體自由的「現代性」最終成爲對人的精神自由的壓抑。鮑曼在看到現代性無法克服的矛盾後,指出了「現代性」這種烏托邦想像的不可能,「現代性通過將自己置於一個不可能完成的

〔註47〕馬歇爾·伯曼,《一切堅固的東西都煙消雲散了──現代性體驗》,商務印書館,2003 年版,第 15 頁。

〔註48〕Jugen Habermas, *New Obscurity*, Polity Press, 1992, 51.

任務之中來使自身得以實現。……追求著絕對的眞理，純粹的藝術和人性，如秩序、確定性、和諧、歷史的終結等等。像所有的地平線一樣，他們是永遠不可能觸及的，像所有的地平線一樣，他們使有目的的行走成爲可能。」〔註49〕因此，「現代性」的歷史始終伴隨了對「現代性」的反思和批判，啓蒙現代性的困境也成爲「西方」和「東方」共同的難題。

　　作爲自由「現代性」的重要社會實踐的「現代化」理論自 20 世紀 50、60 年代以後成爲現代民族國家的追求，冷戰後的「自由美國」的價值理念隨著「現代化」理論在全球撒播，承諾現代民族國家和國民的「自由、民主、富強」等，這也成爲中國 80 年代「現代化」的全民意識形態的重要訴求。但「現代性」的另一個重要的面相是，自由「現代化」理念在 20 世紀中期也遭遇了依附——世界體系論的挑戰，依附理論認爲「現代化」的過程是西方民族國家演變爲資本主義強國的過程，世界按照西方現代國家的利益進行重組，在這個過程中，後發現代化國家成爲西方強國經濟上的依附者，繼續維持世界政治——經濟體系中的不平等。也就是說，普遍的「現代化」理念就像是西方給東方的一份禮物，但不管是接受還是拒絕，都無法逃離被宰制的命運，「普遍主義是強者給弱者的一種禮物，它以雙重的約束出現在後者前面：拒絕這種禮物是失敗；接受這種禮物也是失敗。弱者唯一可行的反應，是既不拒絕也不接受，或者既拒絕也接受——簡言之，弱者這種看似不合理的（既是文化上的，又是政治上的）東奔西突，成了十九世紀特別是二十世紀歷史的大多數時期的體徵。」〔註 50〕因此，依附世界體系對普遍的「現代性」提出的挑戰是：「以自由主義爲基礎的古典社會理論本身就是一種不平等的表達；現代化論要把自由的民主制度強加給非西方國家，其目的是維護西方國家的政治——經濟的強勢位置；自由理念遮蓋了實際的不平等。」〔註 51〕

　　這裡，「現代性」就遭遇了「誰的現代性」、「如何現代性」的問題，而自由「現代化」的問題來源和思想起點都是來自於西歐和北美等強權國家的經歷，前提是西方發達資本主義國家在世界政治——經濟體系中的霸權地位，非西方國家的問題和經驗是被排斥在外的。東方和西方的問題，在此就不僅是傳統與現代的問題，同時也是本土化和全球化的問題、是殖民擴張和反殖

〔註 49〕 Zygmunt Bauman, *Modernity and Ambivalence*, Polity Press, 1991, 10.
〔註 50〕 I..Wallestein，《作爲一種文明的近現代體系》，《國外社會學》，1991 年，第 5 期。
〔註 51〕 劉小楓，《現代性社會理論緒論》，上海三聯書店，1998 年版，第 39 頁。

民擴張的問題。在這個邏輯上,「反思現代性」就從地緣政治的意義上重新考察了「現代性」的知識譜系,並提供了從社會學層面上反思現代性的知識資源。普遍「現代性」的時間進化論、從落後到先進的上升的價值預設和以「西方」為中心的向外擴張的同心圓的世界格局,其實體現的是自由主義和社會主義兩種社會理論對「現代化」的不同解釋。對於從地緣政治的角度來反思「現代性」的歷史序列而言,「前現代──現代──後現代這一系列似乎給人一個紀年性順序的印象。然而,必須記住這個順序從來都不是與世界的地緣政治的格局截然分開。時至今日,人們都已十分熟知,這個基本上 19 世紀的歷史圖式提供了一種視角,通過它來系統地理解各個國家、文化、傳統與種族的位置。」〔註52〕對於自由「現代性」理論而言,它指引的是從時間序列上向「西方」的靠攏,是在直線時間上「趕超歐美」的社會主義烏托邦。但是,「非現代」的「東方」和「現代」的「西方」的價值預設實際上屏蔽了地緣意義上深刻的不平等,「從歷史的角度看,『現代性』基本是與他的歷史先行者對立而言的:從地緣政治的角度看,它與非現代,或者更具體地說,與非西方相對照。因此,前現代與現代這一配對是作為一種話語式的圖示,依據此配對對一個歷史的謂語可以被翻譯成一個地緣政治的謂語,反之亦然。這些謂語的歸屬設置了一個主語。由於這一話語裝置的功能,現代的西方與前現代的非西方這兩個不同的範疇被區分開來。當然,這不是說西方從來沒有經歷過前現代的階段,也不是說非西方永遠不會現代化;只不過是說,它排除了前現代與現代的非西方的同時共存之可能性。」〔註53〕這種對「同時共存之可能性」的排除,使作為普遍主義的「現代性」理論遭遇了話語危機。竹內好就認為,「現代性」是強加給東方國家的,而在這個時間性、紀年性的範疇中必須考慮空間性的範疇,否則就不能把握「現代性」對非西方的意義,「歐洲和東方是兩個對立的概念,就如同現代性與封建性兩個對立概念一樣。但是,在這兩組概念之間存在著時間和空間範疇上的區別。……過去的東方既沒有理解歐洲的能力,也沒有理解其自身的能力。理解東方並改變它的是處於歐洲的歐洲性。東方之所以成為東方就是因為它被包含到了歐洲之

〔註52〕 酒井直樹,《現代性及其批判:普遍主義與特殊主義問題》,張京媛編,《後殖民理論與文化批評》,北京大學出版社,1999 年版,第 383 頁。

〔註53〕 酒井直樹,《現代性及其批判:普遍主義與特殊主義問題》,張京媛編,《後殖民理論與文化批評》,北京大學出版社,1999 年版,第 384 頁。

中。不僅歐洲只有處於歐洲中才能被實現，就連東方也只有處於歐洲中才能被實現。如果用理性的概念來代表歐洲，不僅理性是歐洲性的東西，反理性（自然）也是歐洲性的東西，這一切皆屬於歐洲。〔註54〕在這樣的意義上，「西方」對「東方」的壓抑就是「現代性」本身包含的一個重要面相，就是強勢的「西方」永遠和弱勢的「非西方」聯繫在一起，「西方是在話語中自己形成的主體的一個名稱，但它又是一個在話語中構成的一個對象。看起來，這個名稱總是將自己與那些在政治上或者經濟上比其他地區、社群、國民顯得更爲優越的地區、社群、國民聯繫在一起。」〔註55〕

　　而對於中國的「現代性」歷程來說，這個「東方」國家的「被迫現代性」的過程是頗具典型性的。中國自晚清以來被西方的堅船利炮打開國門後，隨著西方的擴張而來的是西方的「現代性」，「非西方」的中國被納入了西方「現代性」的軌跡，也就是中國在反抗西方的過程中被結合進了西方的霸權。但是，這裡有一個悖論，那就是如果中國不進行「現代性」的轉換，必然會淪入亡國滅種的境地，如果追尋「現代性」富國強兵、建立一個現代民族國家，仍然會進入西方的政治──經濟的霸權體系，這樣推論的結果就是中國和西方永遠無法在一個平等的空間裏共處。如同酒井直樹在對「現代性」的普遍主義與特殊主義的分析中所指出的那樣，「東方對西方的擴張作出了反應，也對它進行了抵抗。然而，正是在抵抗的過程中它被結合進西方霸權，而作爲一個契機，它促進完成了以歐洲爲中心的一元世界歷史。……東方被要求提供無窮無盡的一系列奇怪異常的東西。通過這些東西，我們的東西的熟悉性被含蓄地確認了。關於東方事物的知識，是依照西方與他體──客體之間存在的權力關係而形成的。……這種對西方的認識，並不是就東方而言的，而是出於西方的需要被表述出來的。〔註56〕那麼，作爲出於西方的表述需要被建構出來的「東方」難道就永遠無法擺脫被「他者」規定的命運？實際上，關於「現代性」的普遍主義與特殊性的問題在推論的前提上已確定了「西方」的一元論的「現代性」體系，它在洞見東方「被迫現代性」的西方霸權時，

〔註54〕竹內好，《何謂現代──就日本和中國而言》，張京媛編，《後殖民理論與文化批評》，北京大學出版社，1999年版，第450頁。

〔註55〕酒井直樹，《現代性及其批判：普遍主義與特殊主義問題》，張京媛編，《後殖民理論與文化批評》，北京大學出版社，1999年版，第385頁。

〔註56〕酒井直樹，《現代性及其批判：普遍主義與特殊主義問題》，張京媛編，《後殖民理論與文化批評》，北京大學出版社，1999年版，第406頁。

也對「東方」特殊的「現代性」構成了某種盲視。那就是如果不按照啓蒙理性的自由「現代性」的價值理念進行傳統中國的「現代性」轉換，那麼，「被表述」的「中國」永遠就會處於按照西方的需要被表述的命運，它不僅是一個局部的、被想像、被構建的虛幻的「中國形象」，而且，永遠沒有發出自己聲音的可能。但是，中國自「五四」以來的現代知識分子，畢竟已經用「西方」火種開啓了沉滯的中國「現代性」歷程，而且，在一個世紀的歷史中，中國的「現代性」實踐雖然屢遭挫敗，但一個「現代民族國家」已然建立。雖然，中國並沒有在普遍主義的自由「現代性」理念下建構一個「西方」式的現代民族國家，雖然，「中國」也依然處於地緣政治上的政治——經濟的世界不平等中，但是一個「現代中國」畢竟已經代替「傳統中國」在許多方面取得了歷史性的進步。

因此，不管是「現代性」的問題還是「反思現代性」的問題在遭遇中國時，都必須考慮中國的歷史境遇和現實境遇，一個多世紀以來的中國政治、思想、文化、文學實踐也在「現代性」問題上提供了獨特的「東方」經驗。劉小楓曾頗有洞見的指出：「什麼是中國現代化問題的癥結所在？社會——國際間的經濟、政治不平等的解決與自由的民主制度的建構，是否是現代中國社會的制度選擇和重新安排可以並行妥當解決的問題？當今中國學界中的制度創新論對自由主義的攻擊，延續了五四以來基於民族國家利益而採納的馬克思——列寧主義的『平等』的社會理論的訴求，在思想立場並沒有逾越其許諾要逾越的左派與右派的對立範式。如果自由民主的理念確是帝國主義的陰謀，那麼人們民主是否肯定不曾是社會主義的惡夢？也許值得換一個問法：在所謂現代性危機的處境中，是當繼續推進左、右派的道義化論爭，還是有可能逾越自由主義與社會主義之爭，走向另一種觀點？」〔註57〕劉小楓沒有回答「另一種觀點」是什麼，但他指出的超越道義化的論爭、正視中國境遇的問題，卻提供了進入中國現代性歷史的一個視點。在不斷遭遇「現代性」危機的歷史處境中，中國畢竟已經開始了「現代性」實踐，幾代知識分子前赴後繼的「現代性」的夢想和追求，已經開闢了一條「東方」中國的篳路藍縷的「現代性」之路。對於「誰的現代性」、「如何現代性」的問題史，「中國經驗」也提供了不同的知識資源和現實實踐。「五四」時期的資產階級的「現代性」實踐和建國後試圖克服資本主義矛盾的社會主義「現代性」

〔註57〕劉小楓，《現代性社會理論緒論》，上海三聯書店，1998 年版，第 40～41 頁。

實踐，都未能建立一個自由、民主、富強的「現代中國」。因此，對於當下中國「現代性」實踐的歷史和現實語境而言，「傳統形式的社會主義無法解決現代性的內在危機，而今天，種種現代化的意識形態也幾乎無力對當代世界的發展做出恰當的解釋和回應。正是在這裡，隱藏著『重新思考中國問題』的必要性。」〔註58〕

二、審美現代性的中國境遇

卡林內斯庫把「現代性」分為了兩種截然不同而又劇烈衝突的現代性，即社會現代性和審美現代性的對立。在19世紀前半期，作為西方文明史的一個歷史階段的「現代性」同作為美學概念的現代性之間發生了無法彌合的分裂。因為，對於文明史的「現代性」而言，它強調從過去到現在的時間的關切、相信理性對建立中產階級社會的力量和活力，也就是作為物質文明階段的科學技術進步、工業革命等帶來的經濟社會的變革。但另一種現代性，是導致先鋒派產生的現代性，傾向於激進的反資產階級態度，是文化現代性對物質文明現代性的拒斥和反抗，在美學的意義上對資本主義現代性持強烈的否定激情。換言之，在「現代性」的歷史進程中，始終存在著審美現代性對社會現代性的反抗，而現代性本身的自我反省和自我批判的知識傳統，也使現代性本身不斷進行自我修復和自我更新。

在審美現代性與現代性的社會歷史構成的緊張和複雜的關係中，審美現代性正是通過文學、藝術反抗理性的「現代性」，重建新的審美認知方式。審美現代性對「現代性」的批判性反思，在雙重意義上對「現代性」的歷史產生影響，一方面是表達「現代性」的不確定性和挫敗經驗，與「現代性」的暴力對抗；另一方面是對「現代性」的失敗經驗進行彌合和修復，以文學想像的方式進行情感撫慰。因此，「處在現代性歷史語境中的文學藝術，是如何反抗現代性而又在實質上建構了現代性，它在加深現代性的鴻溝的同時，又建立了各種重新聯繫的、感覺的和情感的紐帶，而且恰恰是那些嚴厲的批判和超越中建構了現代性最有力的根基。正如羅朗·巴特所說的那樣：『革命在它想要摧毀的東西內獲得它想具有的東西的形象。……文學的寫作既具有歷史異化又具有歷史夢想。』」〔註59〕在這個意義上，處於現代性語境中的文學

〔註58〕汪暉，《當代中國的思想狀況與現代性問題》，《天涯》，1997年，第5期。
〔註59〕陳曉明，《現代性的幻象》，福建教育出版社，2008年版，第18頁。

藝術在「現代性」的歷史中扮演了重要的角色。如在盧卡奇那裡，現代性的最大問題就是世界和心靈「總體性」的喪失，現代人必須面對一個諸神遠去之後無意義的世界，只有「小說」才能重建個體與世界的關係，通過賦予虛無的世界以意義，解決現代人的精神焦慮和心靈的無家可歸。而對於本雅明而言，「現代人的經驗已經變得支離破碎，而小說的出現無疑加劇了這個危機；因而現代小說不可能完成救贖的任務。在現代社會，只有通過卡夫卡式的寓言寫作，去捕捉曾經蘊含過原初整體性的經驗碎片，並在原初整體性依稀可見的閃光中守護『由於絕望而生的希望』，才是現代人獲得救贖的惟一可能。」〔註60〕

中國「現代性」的歷史同樣伴隨了審美現代性的反抗，對於有著兩千多年鄉土文明的中國而言，「現代性」的進程首先是與傳統社會和傳統生活方式、情感表達方式的「斷裂」，在對過去的厭棄和留戀、對未來的惶惑和期盼中，中國「現代性」歷史的「不確定性」也加劇了審美現代性的對這一歷程的反應。「現代性面對的是既不明確又難以預料的未來：沒有任何的傳統參照對象可以為某些未來道路的選擇做保證，因為現代性不斷地製造斷裂，任何建立在科學基礎上的知識都不能辨識它們。因為它的行動本身就提高了不確定性的程度。」〔註61〕一個世紀以來的中國知識分子就在這種「現代性」的「不確定」中，以文學想像的方式表達了他們內心的憂慮和嚮往。上個世紀 20 年代的「鄉土派」作家，典型了代表了這種「現代性」經驗中的無家可歸感，作為漂泊在現代都市的鄉土知識分子，他們厭倦現代都市文明的傾軋和虛偽，嚮往田園牧歌的鄉土世界，然而，在「現代性」的衝擊下，鄉土世界已破敗、蕭索、荒涼，甚至沉滯、麻木、愚昧，於是，離開——歸來——再離去就成為現代知識者的宿命。魯迅在他的《故鄉》、《在酒樓上》等小說中就表達了現代知識者的這種蒼涼和無奈，站在啟蒙現代性的立場上，他們看到了「現代性」燭照下的鄉土的蒙昧和衰敗，但對真實的「現代性」都市經驗的厭倦，又使他們懷念「想像」中的鄉土，於是產生了置身於世界中的強烈的孤獨感，「覺得北方固不是我們的舊鄉，但南來又只能算一個客子，無論那邊的乾雪怎樣紛飛，這裡的柔雪又怎樣的依戀，於我都沒有什麼關係了。」〔註62〕所以，他只能選擇「獨自遠行，不但沒有你，並且沒有別的影

〔註60〕李茂增，《現代性與小說形式》，東方出版中心，2008 年版，第 13 頁。
〔註61〕伊夫‧瓦岱，《文學與現代性》，北京大學出版社，2001 年版，第 119 頁。
〔註62〕魯迅，《在酒樓上》，《小說月報》，1924 年，第 15 卷第 5 號。

在黑暗裏。只有我被黑暗沉沒，那世界全屬於我自己。」〔註63〕魯迅的這種「現代性」體驗在「五四」時期是頗具代表性的，對於這一代受傳統文化滋養長大的知識分子而言，中國「現代性」的經驗是一種理性上的主動追尋和情感上被撕裂的彷徨、掙扎又憧憬、希望的經驗。20年代的鄉土作家們在「現代性」體驗中這種心靈漂泊和矛盾心態，到30年代的沈從文就表現爲以審美的鄉土書寫反抗和拒絕「現代性」的都市經驗。沈從文始終以居住在城裏的「鄉下人」自居，他構建的美麗的「湘西」世界，成爲「現代性」之外的田園牧歌和世外桃源，他的夢想是「我只想造希臘小廟」，「這神廟供奉的是『人性』」。〔註64〕「湘西」代表的是一種「優美、健康、自然，而又不悖乎人性的人生形式。」〔註65〕他以鄉土中國的自足、平和、恬淡自守反抗「現代性」歷程中的「民族道德的消失」、「人性的墮落」、「人類不可知的命運」的「深憂隱痛」。

建國以後的中國「現代性」是在社會主義意識形態下的運行，鄉土書寫和對都市生活的批判都被整合在「階級鬥爭」話語和「革命」話語的一體化敘述中，自由「現代性」價值理念被指認爲「資本主義」而被社會主義實踐屏蔽，對資本主義「現代性」的反撥和批判，在文學書寫中被簡化爲「兩條路線」的鬥爭。直到「文革」後的「新時期」，中國重新啓動了被「階級鬥爭」中斷的現代性實踐，「現代化」成爲80年代前期的全民意識形態。在「現代性」的文學敘述中，80年代的中國成爲「文明與愚昧」的衝突，都市成爲文明的象徵，而鄉村成爲愚昧的代名詞，鄉村與都市呈現的是「非現代」與「現代」的對立，如在《爬滿青藤的小屋》中，鄉村所指涉的是「閉塞」、「封建」、「愚昧」、「野蠻」等，而外來者則帶來了文明、開放的生活觀念和價值理想。而在80年代「現代化」的主流書寫中，「尋根文學」卻重新以「向後看」的方式，以回到鄉土中國的審美現代性訴求反抗當時主流的西方「現代性」話語，拆解「文明與愚昧」的主題所構建的鄉村與都市的「現代性」對立。「尋根」回到鄉土，回到了廣闊的民間大地，尋找被西方「現代性」擱置的中國經驗。雖然，對於「尋根派」來說，重回鄉土民間、重回傳統文化，是他們

〔註63〕 魯迅，《影的告別》，《雨絲》，1924年，第4期。
〔註64〕 沈從文，《習作選集代序》，《沈從文選集》（第5卷），四川人民出版社，1983年版，第228頁。
〔註65〕 沈從文，《習作選集代序》，《沈從文選集》（第5卷），四川人民出版社，1983年版，第231頁。

另類「現代性」訴求的策略,「尋根者的目光好像是向後看的——回頭尋找來路,但是由於他是在前瞻的前景黯淡情況下不得已才回頭望的,所以他的向後看也就充當著和包含著替代性的向前看。社會文化的生命延續在面臨莫名的不可測的風險威脅之下,爲保存自身而採取的以退爲進的生存策略。」〔註66〕但是,他們在客觀上依然展現了文學的審美現代性書寫對普遍的「現代性」經驗的反抗,並以文學想像的方式彌合人類「現代性」進程中的情感裂痕。

80 年代中國的「現代性」實踐和「五四」時期殊途同歸的是,以「現代性」反抗「封建性」的話語實踐,重啓了中國被「革命」中斷的現代性進程。但是,歷史不再是圓圈式的回返,因爲他們面對的是不同的歷史經驗和思想資源。如果說,在中國「現代性」的開啓時期產生了沈從文這樣的以「鄉土」對抗「都市」現代性的鄉村牧歌情調,那麼,在 80 年代的「文化尋根」中,卻不再可能產生沈從文那樣的具有自足性和完滿性的鄉土書寫。對於 80 年代的「尋根派」來說,他們處身於告別「文革」革命話語後的「現代化」的話語空間中,雖然在表層上他們退回「前現代」的鄉土民間,但是,「退回」的目的依然是尋找「向前」的資源、尋找「現代性」另外的路向,因此,「現代性」仍然是內在於「尋根派」的訴求。當沈從文帶著隱憂的目光回視他的「湘西世界」時,他是希望以鄉土的純淨、優美、健康、「不悖乎人性的人生形式」來重建民族道德,「鄉土」的恬然自守不僅是他的審美理想而且是他期待的新的「中國」形象。但對於「尋根派」作家來說,鄉土不再是和現代都市文明對立的審美圖景和理想家園,「尋根派」作家是他們筆下的「鄉土中國」的外來者,審美的鄉土中國已不再是他們安放漂泊的靈魂的歸宿,他們是以「他者」的目光在鄉土中國尋求「現代轉換」的資源。也就是經過半個多世紀的「現代性」實踐,中國知識分子已有原來的反抗、憂慮、掙扎發展爲對「現代性」所攜帶的「理性」和「自由」的價值理念的群體性的認同。

但「尋根派」作家對「現代性」的認同,並不意味著「尋根文學」的寫作實踐是不加選擇的對「現代性」的擁抱,文學藝術存在的意義正是以審美的方式銘記這個時代的傷痛和撫慰人類的情感荒蕪,「尋根文學」在面對中國「現代性」實踐造成的「斷裂」和「震驚」體驗時,同樣以「反思現代性」的審美訴求對抗「現代性」的暴力、表達人們在「現代性」轉換中的情感傷

〔註66〕葉舒憲,《文化尋根的學術意義與思想意義》,《文藝理論與批評》,2003 年,第 6 期。

痛。當所有人都被捲入「現代性」的洪流時，如何選擇生活已不再是個體的事件，「現代性本身已經成爲實驗性的了——是所有人的生活被捲入進來的宏大實驗。但是在任何意義上這都不是一種在可控制的條件下進行的實驗。」〔註67〕「現代性」的這種「不確定性」，對於從傳統向現代轉型的中國人來說，更多了一份在現代物質文明和傳統精神生活之間的憂慮和掙扎。80 年代的中國和中國文學是在和現代「西方」、「西方」文學隔絕了多年之後的再一次遭遇，是在經歷了長期的「革命」洗禮和「階級鬥爭」風雨之後與「現代性」的再一次遭遇，這種「創痛」的自我歷史經驗和對「西方」的「震驚」體驗，就使 80 年代的「尋根文學」的審美的「反現代」性書寫呈現出複雜的面相。

　　吉登斯認爲，現代性的斷裂經驗在於，「現代性以前所未有的方式，把我們拋離了所有類型的社會秩序的軌道，從而形成了其生活形態。在外延和內涵兩方面，現代性捲入的變革比過往時代的絕大多數變遷特性都更加意義深遠。在外延方面，它們確立了跨越全球的社會聯繫方式；在內涵方面，它們正在改變我們日常生活中最熟悉和最帶個人色彩的領域。」〔註68〕吉登斯以現代性的「斷裂」經驗取代了進化論的敘事，而文學中的「現代性」體驗或者強化這種革命性的斷裂、或者彌合這種斷裂，以反抗被拋離了既有的社會秩序後的惶恐和遠離了曾經熟悉的、「最帶個人色彩」的日常生活後的焦慮。在「尋根文學」思潮中，李杭育的「葛川江系列」小說就典型地表達了這種對「現代性」的焦慮，《最後一個漁佬兒》中的福奎和《沙灶遺風》中的耀鑫都成爲了被「現代」生活拋棄的人，一生以江爲生、瀟灑自在的打漁佬兒福奎不僅面臨著無魚可捕，而且跟了自己多年的寡婦阿七也要嫁給別人去了，這個曾經的葛川江上的漢子在江水污染的「現代」生活中捉襟見肘，可他依然不願意上岸，迷戀著自由自在的水上生活。而耀鑫這個技藝精湛的老畫匠，在家家都在選擇蓋樓房後，也慢慢失去他畫屋的職業，爲自己畫一座屋的夢想也在兒子、兒媳的反對下破滅了。這些「最後一個」的命運正是被「現代」生活拋離了既有軌道的飄零者和孤獨者，他們懷戀舊日的生活，卻被裹挾進現代生活的潮流，再也找不到自己的位置。「尋根文學」正是以表達這種「斷裂」的「現代性」經驗記錄了社會轉型時期人的尷尬處境和悲劇性命運，以

<hr>

〔註67〕安東尼・吉登斯，《超越左與右》，社會科學文獻出版社，2000 年版，第 227頁。

〔註68〕安東尼・吉登斯，《現代性的後果》，譯林出版社，2000 年版，第 4 頁。

文學的方式見證了「現代性」變遷中個體的心靈創痛和被拋離的孤獨感。

「現代性」的歷程像一架走上既定軌道後就無法停止的戰車，無法預知未來，但也無法停止前進，更無法回到過去。而文學藝術對「現代性」的態度往往構成了「反現代性」的力量，以抗拒普遍的「現代性」對社會和個體的規約。福柯就把現代性看做一種態度，在他那裡，現代性的態度始終和反現代性的態度聯繫在一起，「對於現代性的態度而言，現時的崇高價值是與這樣的一種渴望無法分開的：想像它，把它想成與它本身不同的東西，不用摧毀它的方法來改變它，而是通過把握它自身的狀態來改變它。」〔註69〕在這個意義上，福柯肯定了波德萊爾對現代意識的敏銳捕捉，對於波德萊爾來說，現代性是一種轉瞬即逝的經驗，文學藝術正是把現代時代飛逝的感覺化爲永恆，也就是說正是文學藝術的審美特性在現代性飛逝的時間體驗中奪回了美學的永恆。正是文學藝術審美的現代性體驗把自我從飛逝的現代性變遷中解放出來，實現處於自我內心的對「現代性」的自由體驗，並以一種超越現實的態度體察變動不居的現實，不僅以一種藝術的態度表達現代性，而且本身也創造出對現代性的批判和反思的態度。「文化尋根」也在這樣的邏輯上，與80年代的「現代化」歷史語境構成了矛盾和對抗的關係，並從對「傳統文化」的烏托邦式的尋找中重建從傳統中國走向現代中國的可能性。「尋根派」作家的文學書寫正是通過把握「現代性」進程中的群體和個體經驗不斷創造了反思現代性的主體，抗拒被普遍歷史化的群體言說。他們試圖從鄉土民間尋找傳統文化向現代轉換的資源，可不期然找到的卻是傳統文化消失的悠遠和蒼涼，但他們以文學想像的方式使這種「消失」成爲對歷史瞬間的永恆記錄。阿城在《棋王》中試圖以道家文化拯救現代人的精神荒蕪，可最後卻發現在某種意義上精神的超越是對極端的物質匱乏的不得已的補償，王一生對「飢餓」的刻骨銘心的體察正是「現代性」匱乏的經驗。王安憶在《小鮑莊》中也試圖以儒家的「仁義」文化爲世世代代宿命地生活在「原罪」中的小鮑莊人尋求救贖，但最後恰恰是頗具「現代性」的對撈渣事蹟的想像性構建，結束了小鮑莊人的苦難生活。審美的現代性書寫構建了反思現代性的主體，同時也解構了這一主體，「尋根文學」對這種「現代性」中的尷尬和困境的書寫，把行將被歷史淹沒的群體和個體生存經驗打撈出來，還原了美學上的永恆。

〔註69〕福柯，《論現代性》，汪暉、陳燕谷，《文化與公共性》，北京三聯書店，1998年版，432頁。

　　卡琳內斯庫曾經高度肯定了波德萊爾的意義，認爲波德萊爾是最早的爲審美現代性辯護的詩人，對於波德萊爾來說，審美現代性經驗和歷史的現代性經驗是融合在一起的，在「現代」生活中如何確立自我變得越來越重要，對他來說，「現代性就是短暫的、易逝的、偶然的，它是藝術的一半，藝術的另一半是永恆和不變的。……總之，如果有一種特定的現代值得成爲古代，就必須從中抽取人類生活不經意地賦予它的那種神秘的美……那些到古代去尋求純藝術、邏輯和一般方法之外的東西的人是可悲的。他深深地一頭扎進去，而無視現在；他棄絕情勢所給予的各種價值與權力：因爲我們所有的創造性都來自時代加於我們情感的記憶。」〔註70〕在這樣的意義上，「尋根派」作家「無視現在」、「回到過去」的寫作方式無法提供眞正的審美現代性的經驗。但是，不能否認的是，在 80 年代的「西化」語境中，「尋根文學」畢竟以「向後看」的方式表達了對「現在」的不滿。這種向傳統文化的回歸，正是對當時普遍的「西化」思潮的反抗，並對這種激進思潮的一種修正。面對飛速變化的「現代化」的現實，「尋根派」試圖以文學的審美方式緩解「現代性」的焦慮，尋求中國「現代性」的另外可能性，並記錄「現代性」的「斷裂」造成的傷痛體驗。

三、鄉土中國：反思現代性的困境

　　在 80 年代「新啓蒙」的歷史敘述中，鄉村成爲「前現代」的愚昧、落後的「封建鄉村」，和「現代性」進程構成了緊張的衝突，完成了「文明與愚昧的衝突」的主流敘述。而在日益現代化和全球化的世界裏，鄉村的位置再度發生了位移，由沉滯、閉塞的「封建鄉村」轉向恬靜、安寧的「田園牧歌」。但對於 80 年代中期的「文化尋根」來說，文學中的「鄉村」已超越了傳統與現代的二元結構，隱含了多重的含義。一方面，「文化尋根」把文化之「根」指向鄉土，在對鄉土中國的文化想像中希望尋找到可資「現代性轉換」的傳統文化資源；另一方面，鄉土中國的文化之「根」又構成了對「現代性」的反抗和疏離。「尋根派」作家拒絕都市回歸鄉土，正是不願意對「西方」現代的文化和文學亦步亦趨，以返回鄉土中國的方式抗拒普遍的現代性經驗。這種既渴望「現代轉換」又抗拒普遍「現代性」的文化和文學實踐，在「尋根

〔註70〕馬泰・卡林內斯庫，《現代性的五副面孔》，商務印書館，2002 年版，第 55 頁。

文學」中始終糾結在一起，使他們以鄉土中國的文化想像進行「現代性」轉換的期待和「反思現代性」的審美訴求相互纏繞在一起。

「『新時期』開始之後，中國農村與城市的關係被顛倒過來，城市與鄉村的對立被表述爲現代與傳統的關係。而在『知青——尋根』文學中，這一模式被再度顛倒。」〔註71〕在建國後 50～70 年代的文學中，農村寫作成爲毛澤東時代「現代性」的重要動力，鄉村、農民擔負了在「現代性」進程中「道德優先」的價值訴求，而城市成爲腐蝕心靈和精神墮落的淵藪，《我們夫妻之間》、《霓虹燈下的哨兵》演繹的正是「城市」對「革命」和「純潔」的心靈的腐蝕。但在「新時期」「現代化」的全民意識形態中，「城市」和「鄉村」的位置發生了翻轉，「城市」是進步、文明和理性，而「鄉村」卻以落後、愚昧、封閉而浮現，從《藍藍的木蘭溪》、《爬滿青藤的小屋》到《被愛情遺忘的角落》，鄉村從道德倫理上全面陷落。可是，在「尋根文學」中，這一敘事倫理被再度顛倒，「尋根派」作家遠離城市、回到鄉土，在對鄉土中國的書寫中尋找失落的「文化之根」時，「鄉村」再次獲得了敘事上的優先權。他們抗拒「現代性」的城市經驗，以審美的目光觀照鄉土大地，鄉村和自然在他們的視野中獲得了「反現代性」的美學價值。在張承志的《北方的河》、《黑駿馬》、《黃泥小屋》等小說中，「城市」成爲虛僞、欺詐、麻木的發源地，而山川河流、草原大地則成爲「父親」或「母親」般的歸屬之地。張煒更是以《融入野地》表達了他的大地情深，「城市是一片被肆意修飾過的野地，我最終將告別它。我想尋找一個原來，一個眞實。」「我的希求簡明而又模糊：尋找野地。我首先踏上故地，並在那裡邁出了一步。我試圖撫摸它的邊緣，望穿霧幔；我捨棄所有奔向它，爲了融入其間。跋涉、追趕、尋問——野地到底是什麼？它在何方？野地是否也包括了我渾然蒼茫的感覺世界？」〔註72〕從《九月寓言》、《柏慧》到《外省書》、《能不憶蜀葵》，他執著地尋找根植於「大地」和「民間」的「美」與「善」，抗拒這個世界的污濁、欺騙和傷害。但是，當張煒和張承志們在精神上告別都市、走向鄉土時，美學上想像的「鄉村」是否最終可以成爲精神的歸宿之地、安放他們疲憊的靈魂？張承志在美麗的蒙古大草原上找到了母親般的女性博愛，然而，黃毛希拉這個草原魔鬼對索米婭的傷害使她失去了自己純潔的愛情（《黑駿馬》），張煒在他的魯東平原上的

〔註71〕鍾文，《「尋根文學」的政治無意識》，《天涯》，2009 年，第 1 期。
〔註72〕張煒，《融入野地》，《上海文學》，1993 年，第 1 期。

蘆青河邊也遭遇了趙多多這個偽善的鄉村權力者對鄉村純樸和善良的肆意踐踏（《古船》）。在文學的鄉村中，依然是善與惡共存、美麗與醜陋並肩、純樸與麻木結緣，文學中的「鄉村」在美學的意義上完成「反現代」訴求的同時，也陷入了對「現代性」的矛盾和游移。因此，「尋根」者的返回鄉村、民間和大地，在某種意義上依然是一種精神的姿態，是以文學書寫的方式完成的一次精神的流放。

「尋根文學」以反抗普遍的「現代性」的方式回到鄉村，對蘊藏在鄉土中國中的仁義、淳樸、浪漫、自由等或寄予文化再生的期待，或以鄉土中國自在自為的生存方式寄予「反現代性」的審美訴求。鄭萬隆在他的「異鄉異聞」中，書寫了東北大興安嶺深處的淘金人的守信輕利、俠肝義膽。烏熱爾圖傾心地讚美了鄂倫春游牧文化的善良、淳樸、人與自然的和諧共生。史鐵生一反早期知青文學對鄉村的封閉、貧困、愚昧的書寫，回到他的遙遠的清平灣，苦難的鄉土生活在他筆下變得溫情而富有詩意。可是，當「尋根文學」通過指認鄉土中國審美上的自足和完滿以反抗普遍的「現代性」時，生活於鄉土中的人們卻如此渴望走出鄉土，他們對「城市」的渴望，又反過來拆解了文學書寫對「鄉土」寄予的烏托邦想像。在《我的遙遠的清平灣》中，能看一眼「天安門」成了留小兒攢錢的最大動力，在《浮躁》中，金狗對於能進州城日報當記者充滿了期待，在《小鮑莊》中，文瘋子鮑仁文是如此期盼能到縣文聯見一次從城裏來的作家。在這個意義上，「尋根派」作家們對「鄉村」美麗、淳樸的指認不過是他們一廂情願的審美想像，而對於身處偏遠、閉塞的「鄉村」的人們來說，「城市」卻是他們夢想和期待的地方。「尋根」中的鄉村經驗依然是在現實中遠離「鄉村」、寄居「城市」的知識分子以「他者」目光的倫理和道德訴求，而真正的「鄉村」卻是沉默的、無法表述自我的。當然，很多時候，甚至是「尋根」作家自己，也對鄉土中國的文化境遇和個體命運的選擇充滿了矛盾，這種矛盾也是鄉村的「現代性」訴求和文學的「反現代」的審美訴求之間的矛盾。鄭義在《老井》中，對代表著城市文明的趙巧英和對代表著古老的鄉土文明的孫旺泉，常常陷入理性選擇和倫理道德訴求的兩難境地，他本意在「啓蒙」，最後卻被鄉土中國的苦難和反抗苦難的精神所折服，「提筆之前，我自然是偏愛趙巧英的。不料寫來寫去，對孫旺泉竟生出許多連自己亦感到意外的敬意。誠然他有許多局限，但現實大廈畢竟靠孫旺泉支撐。若無一代又一代找水的英雄，歷史之河便遺失了平

緩的河道，無從流動，更無從繼續起落差，在時代的斷裂處令人驚異地飛躍直下。」〔註73〕

　　審美現代性對「現代性」的反抗，同時也表現為對「現代性」暴力的揭示，當「現代」侵入古老而安寧的傳統生活，作為「異在」的「他者」的「現代性」常常對「非現代」的古老生活造成傷害。扎西達娃在他的「西藏」系列小說中，就以隱喻的方式表達了「現代性」對傳統的宗教信仰和自足的本土生活的撕裂。在《西藏，隱秘歲月》中，似乎是神靈轉世的次仁吉姆，在被一個遠道而來的英國軍官親吻後，所有的天資消失了，而且後來她得了一種奇怪的癢病，必須每天在清涼、潔淨的雪水中沐浴才能止癢，最後卻在穿上了那個英國軍官遺留下來的一條軍褲後，奇癢又神秘地消失了。這其實是一個寓言，那就是古老、純樸的藏民族在「現代文明」面前的無力和無奈，是古老的信仰和生存方式在遭遇「外來」文化後的傷痛。孤獨而封閉的廓康與「現代文明」的另一次相遇，是一架從印度起飛執行對日作戰任務的美軍運輸機因故障試圖降落，但達朗一家被天空中這隻巨大而神秘的「大鳥」驚呆了，達朗對著天空射擊，致使飛機在遠處迫降時失事。「現代」給廓康帶來的是驚懼和恐慌，但扎西達娃在小說中以宗教的力量對抗「現代性」的入侵，並以宗教對「現代」收編完成了他的寓言故事，「『輪迴』的理念使脆弱的廓康擁有了不可戰勝的力量，作為民族生存與文化的象徵，它最終將迎接現代文明對它的咄咄逼人的挑戰，因為它永遠沒有『現代性的焦慮』，也不相信『進化論』的歷史價值——雖然它在很多時期也不得不對現代歷史對它的侵犯，做出某種反映。」〔註74〕但是，《西藏、繫在皮繩扣上的魂》中的塔貝就沒這麼幸運了，他為追尋「反現代」的神性而踏上了漫長的路途，可是，卻在學開拖拉機時撞傷了內臟，他在臨死前聽到的「神」的啟示也被「我」證明不過是無線廣播的奧運會開幕的聲音。扎西達娃通過書寫「西藏」這片神秘而奇異的土地建構了他「反現代性」的文化視域，但是，在被裹挾的普遍的「現代性」進程中，卻沒有那一個地方可以逃離「現代性」的入侵，神性的「西藏」也只是在美學的意義上獲得了它的自足性。

〔註73〕韓少功，《太行牧歌——談談我的習作<老井>》，《中篇小說選刊》，1985年，第4期。

〔註74〕張清華，《從這個人開始——追論一九八五年的扎西達娃》，《南方文壇》，2004年，第2期。

　　啓蒙現代性的歷史許諾的是在「進化論」的線性歷史觀上人和社會的進步，是「現代」優於「傳統」和「過去」的價值判斷，是「人」的自由和精神的解放。但是，在「尋根派」的寫作中，反啓蒙現代性的敘事構成了對啓蒙現代性的拆解。在莫言的《紅高粱家族》中，他感歎著「種」的退化，在「我爺爺」、「我奶奶」敢愛敢恨的野性的生命力前，映照的正是現代人的懦弱和萎縮。「故鄉的黑土本來就是出奇的肥沃，所以物產富饒、人種優良。民心超撥高邁，本是我故鄉心態。」「我爺爺輩的好漢們，都有高密東北鄉人高粱般鮮明的性格，非我們這些屌弱的後輩能比……。」而在李銳的呂梁山區，他乾脆擱置了啓蒙現代性，他小說中的鄉土中國和「啓蒙」無關，也和「審美」無關，他的小說是對最本眞的鄉土生存的展示和裸露。呂梁山的人們愚鈍、麻木但也純樸、善良，外來的「現代性」話語在這裡掀不起任何波瀾。在《厚土》系列小說中，根植於貧瘠的大地的生存方式和道德倫理是完全自足自爲的。後來的《無風之樹》繼續了這種「反現代性」的敘事倫理，小說中不同的人從屬於自己的道德和倫理發言，眾聲喧嘩但又彼此隔膜。那是「現代性」在貧瘠的日常生活中極度變異的故事，苦根眞誠的「革命」語言和純潔的「現代」倫理和矮人坪無關，拐老五因爲要守護矮人坪「共妻」的秘密而自殺，苦根的「革命」烏托邦甚至和他要拯救的對象暖玉也無關，暖玉的生存倫理是矮人坪救了她一家人的命。就像王堯曾指出的，「苦根的階級意識和革命實踐，不純粹是個『啓蒙理性』的問題，它是現代性遭遇的一個部分。……苦根式的革命烏托邦究竟從來有沒有與民眾發生過關係，不能不成爲我們的疑問。這個疑問，使我們對現代性的實踐產生新的思考。」〔註75〕換言之，「現代性」實踐在遭遇民間倫理時常常顯示了它的虛弱和無力，「啓蒙現代性」對「民眾」的啓蒙也常常陷入了一個怪圈，那就是「啓蒙者」和「被啓蒙者」的彼此隔絕，這是魯迅在《藥》中早已表達過的主題，啓蒙者的鮮血成了被啓蒙者的人血饅頭。這也是自「五四」以來始終困擾現代知識分子的一個問題，是「現代性」實踐過程中遭遇的宿命和困境，「現代性」對鄉土中國造成了巨大的衝擊，但鄉土中國的生存倫理和道德訴求也常常以「反現代性」的方式拆解了「現代性」的理性和啓蒙訴求。

　　因此，對於80年代中國的「文化尋根」來說，他們內在於「現代性」

〔註75〕王堯，《李銳論》，《文學評論》，2004年，第1期。

中的「反現代性」訴求就顯示了問題的複雜性和曖昧性。雖然，在美學的意義上，「尋根派」返回鄉土民間，在對鄉土中國的文學想像中建構了不同於都市文明的大地倫理和民間詩學，而且「在相當程度上表現為抵抗工具理性霸權的一種復魅方式，在高揚思想性與批判性的同時，要求重建感性、詩性、神性的文化，對現代性的科學主義予以補充與校正。」〔註76〕但是，鄉土中國也在遭遇「現代性」時顯示了他們對「現代」的豔羨和對「現代」造成的傷痛的拒絕，使反思的現代性陷入兩難的境地，不管是擁抱還是拒絕，人類都無法逃離「現代性」拯救和毀滅的雙重命運，這也是「現代性」本身的悖論之一。

總之，一個世紀以來的中國的「現代性」實踐和「反思現代性」的審美訴求一起構成了中國「現代性」歷程的複雜性，從「五四」知識者對「現代」的期待到80年代「現代化」成為全民意識形態，從「五四」鄉土作家對「現代性」複雜的反思到80年代「文化尋根」對「現代性」的曖昧態度，「現代性」和「反思的現代性」始終如影隨形，或者說「現代性」本身所包含的自我反省和自我批判在中國的實踐中顯示了它對「西方」普遍的「現代性」經驗的補充或反抗。而對於80年代的「文化尋根」而言，問題的複雜性就在於，「尋根派」是以回到鄉土、回到傳統的方式試圖進行「現代性」的轉換，但是，回到鄉土和傳統後尋找到的「傳統文化」和「民間文化」又往往拆解了「現代性」的訴求；他們以審美現代性的方式構建了純樸、美麗的鄉土，可鄉土世界對「現代文明」的渴求又拆解了「尋根派」烏托邦的文學想像；他們以反抗普遍現代性的姿態在80年代顯影以抗拒「西化」的潮流，但「現代」訴求的價值選擇卻往往是「西方」的普遍現代性的評價機制。因此，對於中國社會的「現代性」實踐和中國文學的「審美現代性」的反現代訴求來說，當下的問題也許是：「超越中國知識分子早已習慣的那種中國／西方、傳統／現代的二分法，重新檢討中國尋求現代性的歷史條件和方式，將中國問題置於全球化的歷史視野中，卻是迫切的理論課題。」〔註77〕

〔註76〕葉舒憲，《文化尋根的學術意義與思想意義》，《文藝理論與研究》，2003年，第6期。

〔註77〕汪暉，《當代中國的思想狀況與現代性問題》，《天涯》，1997年，第3期。

第四章　「尋根話語」與「身份認同」

　　認同（Identity，也譯作「同一性」）理論是美國著名的精神分析學家埃里克·H·埃里克森在 20 世紀 50 年代提出的重要理論，所謂認同，實際上是人對自我身份的確證，如我是誰？我想成爲誰？人們將我指認爲誰？我的自我認同和他人、社會對我的認同是否統一？在埃里克森那裡，人的自我認同感和生存感聯繫在一起，「在人類生存的社會叢林中，沒有統一感也就沒有生存感。」〔註 1〕而且，人在不同階段的「同一性」的建立和社會歷史狀況、意識形態訴求都有重要關聯，「在討論同一性時，我們不能把個人的生長和社會的變化分割開來，因爲這兩方面是相互制約的，而且是眞正彼此聯繫著的。」〔註 2〕

　　對於在上個世紀 80 年代登上文壇的「尋根派」來說，「文化尋根」的歷史出場其實就隱含了一代知識者對自我身份、民族身份、文化身份的思考，「尋根」背後的實質就是文化身份認同問題。對有知青經歷的「尋根派」而言，「文化尋根」使他們重新獲得了講述歷史和對現實發言的權力，通過對自我「鄉村經驗」的記憶置換和文化重構，他們重建了自我「啓蒙者」的精英姿態。而且，「尋根派」通過對中國傳統文化的挖掘和反省，試圖重建民族文化身份認同，但在「全球化」的普遍現代性語境下，他們的文化認同也必然遭遇一系列的困境。「文化尋根」對自我身份、民族身份、文化身份建構的意義並不在於能提供怎樣的具體路徑，而是他們的探索本身呈現出身份

〔註 1〕埃里克·H·埃里克森，《同一性：青少年與危機》，浙江教育出版社，1998年版，第 115 頁。

〔註 2〕埃里克·H·埃里克森，《同一性：青少年與危機》，浙江教育出版社，1998年版，第 10 頁。

認同的「中國經驗」的複雜性和多重面相，為當下中國的身份認同問題打開了一個可能的通道。

第一節　「尋根」一代的個體身份

「文化尋根」思潮在 80 年代中期的文壇上取代「傷痕」和「反思」文學思潮，一方面有以「文化反思」的策略性選擇擱置對「文革」和「十七年」的「革命」和「社會主義」歷史的深入反省所可能帶來的政治合法性危機的意義；另一方面，也是 80 年代文壇上作為作家群體中重要一支的「知青」作家遠離主流話語，走向鄉村和民間，重獲對歷史和現實言說的權力，從而建構自我身份合法性的意義。「身份的建構與每一社會中的權力運作密切相關，因此絕不是一種純學術的隨想。」〔註3〕對於大多數具有「紅衛兵」經歷和「上山下鄉」的「知青」生活經驗的「尋根」作家來說，他們的寫作也不可能是一種純文學的訴求，其背後的文化政治邏輯和身份認同與建構都具有超越單純的文學寫作的意義。當「文革」成為被否定的歷史，原來的評價機制和倫理結構瓦解，「知青」的社會角色本身已不再能提供道德評價的基礎和理解自我的社會條件，尋找新的認同就成為這一寫作群體和知識群體的現實問題，通過「尋根」，他們重構了「自我」的身份記憶和「群體」的身份認同。

一、知青記憶：鄉土認同與游離

「我們是怎樣成為現代的自己的？作為行動者，我們並不能通過我們看待自己的方式來呈現自我，而只能通過我們對待各種事物的態度來表現我們自己。我們取捨事物的方式本身，決定了我們是誰。」〔註4〕對於「尋根派」作家而言，他們是以對鄉土中國的書寫在 80 年代的文壇上顯影的，他們對待鄉土世界的情感方式也表現出「尋根派」的群體記憶。如何確立「尋根」群體在 80 年代文壇上的身份，從他們的寫作資源、價值判斷、情感取向，可以看到這一具有「知青」背景的鄉土書寫群體的精神姿態和身份記憶。

「尋根」作家幾乎都有知青身份，曾經有過「上山下鄉」的經歷，對民間生活有一定的瞭解和自身的生命經驗，但他們從事寫作時，已經離開農村

〔註3〕愛德華・W・薩義德，《東方學》，北京三聯書店，1999 年版，第 427 頁。
〔註4〕汪暉，《汪暉自選集・自序》，廣西師範大學出版社，1997 年版。

回到城市，「尋根」其實是一種對過往生活的回望姿態，是一種源於「在地」的苦難、掙扎之後的文學表達。「尋根」作家大都生於都市、長於都市，只是在生命的歷程中被暫時拋出了既定的軌道，而在農村被流放的經歷卻成了他們以後從事文學寫作的重要資源。從這樣的視野看，韓少功、史鐵生、張承志、阿城等的文學書寫其實都是以「他者」的目光對鄉土的重新發現，這種「審視」、「發現」和「尋找」往往帶有知識者的精英姿態和遠離後的懷舊情懷。這和「五四」一代的鄉土作家有根本的不同，魯迅、許欽文、王魯彥、蹇先艾們是來自鄉土，作為鄉土中國的叛子逆臣，作為現代都市的漂泊者、懷鄉者、啟蒙者去回望鄉土，他們對都市文明的厭倦、對故土家園的深切懷想、對鄉土蒙昧的深憂隱痛，都帶有切身的、生於斯長於斯的個體生命經驗。他們對鄉土既懷念又痛恨的心態在「五四」時期是具有普遍性的，他們是同時受鄉土文明滋養和西方現代文明影響的一代人，因此，他們小說中的「鄉土」和「尋根」小說中「鄉土」也就承載了不同的意義和內涵。在「尋根」小說中，「鄉土」是傳統文化的積澱之地，是鄉土中國的文化精華和文化劣根的所在地，是指向過去的文化原鄉。但在「五四」作家那裡，「鄉土」是前現代沉滯、閉塞、愚昧的鄉土，是傳統中國的象徵，是丞待被「啟蒙」的鄉土世界，是傳統中國走向現代中國的羈絆。

但「鄉村」在有知青經歷的「尋根派」作家的視野中又往往呈現出完全不同的面貌。在史鐵生的《我的遙遠的清平灣》中，知青「上山下鄉」的生活不再是苦難和辛酸，而成為溫情脈脈的鄉村牧歌。清平灣流暢的河水、破老漢的信天遊、放牛的日子、餵牛的夜晚在回憶的視野裏，都彌漫著苦澀的溫情。實際上，當史鐵生告別貧瘠、荒涼的清平灣回到都市，對清平灣的記憶就成為一種想像中的「懷舊」，懷舊是一種記憶也是一種權力，「清平灣」的記憶成為史鐵生個人生活中的一座紀念碑，依此他建立了「上山下鄉」的人性記憶。面對鄉土，史鐵生沒有現代的「啟蒙」熱望，而「鄉土」反過來以它的淳樸和溫愛重建了史鐵生關於「知青生活」的個人記憶。「任何一種懷舊式的書寫，都並非『原畫浮現』」，它「與其說是書寫記憶，追溯昨日，不如說是再度以記憶的構造與填充來撫慰今天。」〔註5〕懷舊作為一種個人心靈的需求，它完成的不僅是在想像的空間中對自我靈魂的安放，同時，懷舊也

〔註 5〕戴錦華，《隱形書寫——90 年代中國文化研究》，江蘇人民出版社，1999 年版，第 108 頁。

是建構，那就是通過對過往生活的過濾掉苦難後的溫情回憶，而完成對自我的「知青」經歷的意義指認。「尋根」小說對舊有歲月的追憶始終和個人記憶、歷史的標識聯繫在一起，對於告別鄉村回到城市的知青們而言，對「鄉村」的溫情書寫，其實也是對自我的知青經歷和知青身份的合法性的一種確認。當歷史的反轉證明了「知青」運動的無意義時，史鐵生式的寫作以對「鄉村」的溫情懷舊置換了對自我身份的深入反省，並有效地懸置了對知青「在地」的鄉村經驗的真實表達。

史鐵生以「懷舊」的方式講述了自己的知青生活，同時在情感上完成了對以破老漢為代表的「人民」的認同。在知青作家群體中，張承志也是重要的一個，在他的小說中，對「大地」、「人民」的體認是重要的敘事立場。對「人民」的認同，一方面彰顯了「知青」來自「現代」都市的「他者」身份，另一方面對「鄉村」和「人民」的認同也建構了他們和「人民」站在一起的身份認同，其中暗含的民粹主義思想指示了自我身份建構的一個重要起點。自從 19 世紀中期出現的俄國民粹主義在 20 世紀初傳入中國後，民粹主義思想傳統就對中國的革命知識分子產生了深遠的影響。而在此後的毛澤東思想體系中，「人民」更是具有了獨特的國家意識形態內涵的特權話語，「人民」是民族解放、建立現代民族國家、進行社會主義革命的根本力量，當任何個人一旦和「人民」產生衝突和矛盾，那就會喪失其存在的合法性，成為被國家意識形態放逐的對象。因此，當「傷痕」、「反思」文學的寫作主體、也就是「右派」作家在被放逐後重新「歸來」和知青作家在「上山下鄉」後重新對歷史發言時，「人民認同」就成為他們書寫歷史的一個基本基點，「由於『人民話語』本身在現代中國所具有的無比神聖性和崇高而強烈的道義色彩，所以，無論是在他們『受挫』之中，還是在『受挫』之後，他們均都相當樂意地承認自己的人民認同。在『新時期』以後，突出強調自己的人民認同，本身就是國家意識形態所極力歡迎和表彰的。」〔註6〕「知青作家」的人民認同在這樣的邏輯上成為他們洗刷個人記憶、並把個人記憶和人民聯繫在一起的書寫方式，「人民」話語所暗含的歷史敘述的終極合法性，使知青身份在某種程度上剝離了時代的荒謬和對「知青運動」的負面價值判斷，從而獲得了歷史的體認。當史鐵生深情的呼喚「哦，我的白老漢，我的牛群，我的遙遠的

〔註 6〕許志英、丁帆，《中國新時期小說主潮》，人民文學出版社，2002 年版，第 90 頁。

清平灣……」時（《我的遙遠的清平灣》），張承志寫下了「故鄉，我的搖籃，我的愛情，我的母親」（《黑駿馬》），他們的「尋根」在「鄉村——人民」的話語邏輯中，以「回到過去」的方式建構了自我身份的合法性，並以「人民認同」重建了知青群體的身份歸依。

但在韓少功的「回望」視野中，「鄉村」不再溫暖美麗，「人民」也不再淳樸善良。韓少功筆下的「鄉村」是怪誕的鄉村，是遺落在歷史深處的東方奇觀。在《爸爸爸》中，關於人類誕生的敘述本身就是一個巨大的寓言，丙崽的娘是個接生婆，而「那把剪刀剪鞋樣，剪酸菜，剪指甲，也剪出山寨一代人，一個未來」，她生下了白癡丙崽，被傳說爲「有一次她在灶房裏碼柴，弄死了一隻蜘蛛。蜘蛛綠眼赤身，有瓦罐大，織的網如一匹布，拿到火塘裏一燒，臭滿一山，三日不絕。那當然是蜘蛛精了，冒犯神明，現世報應，有什麼奇怪的呢？」在雞頭寨，謾罵、械鬥、服毒、遷移成爲族群的生存狀態，原始的巫蠱橫行、人神不分，雞頭寨成爲一個鄉村夢魘，是關於原初人類的生存寓言。「鄉村」在韓少功的視野中延續的是自「五四」以來的啓蒙情懷，他在「尋根」中發現的是「鄉村」的沉滯、愚昧和「國民」的麻木、愚鈍。韓少功回到汨羅江邊，本來是要追尋「楚文化」的燦爛和悠長，但找到的卻是原始初民的蒙昧和野蠻。對「鄉村」和「原始初民」的文學想像，使韓少功這樣的有過知青經歷的「尋根」書寫，成爲對自我的「知識精英」的身份認同的追求。他帶著對「楚文化」的期待而來，卻發現了民族的「劣根性」，對「鄉村」的怪誕和「民眾」的頑劣的價值預設，使韓少功在「知青」和「精英」之間架起了一座「個體身份認同」的浮橋。他擱置了對曾經插隊的「汨羅江」邊眞實的鄉村書寫，而是在隱喻的意義上重構了一個在現實中不存在的「雞頭寨」，寄予他「啓蒙者」的文化熱望。相對於史鐵生、張承志對「土地」和「人民」的體認，韓少功以虛構意義上對「鄉村」和「民眾」的拒絕和批判，重建了他「啓蒙者」的身份認同。

陳思和在論及知青一代的「尋根」書寫時，指出「知青一代作家的廣場意識雖然難免，但與 50 年代末開始就在苦難裏考驗、如今又重返廣場的一代知識分子相比，畢竟薄弱得多，他們既沒有在 50 年代培養成的理想主義作爲精神支柱，現實生活中也沒有廣場上的優勢讓他們滋生出優越感，寫苦難他們寫不過上一代的作家，至少不會那樣自如地在苦難現實與虛幻理想之間遊戲。這一代作家必須找到一個屬於自己的世界來證明存在於文壇的意義，即

使在現實中找不到，也應該到想像中去尋找。於是，他們很好地利用起自己曾經下過鄉、接近過農民日常生活的經驗，並透過這生活經驗進一步尋找散失民間的傳統文化的價值。」〔註7〕因此，在「尋根」小說中，「鄉村」首先是作為一種重要的寫作資源出現的，但在實際的文學表達中，「尋根派」對於「鄉土」和「人民」的價值取向，也潛在地構建了他們自我的身份認同。他們對自我的「鄉村經驗」的文學想像的不同，顯示了「尋根派」自我認同的差異，「懷舊」、「認同」、「批判」、「啟蒙」的不同姿態，映照的正是有知青經歷的「尋根派」作家對曾經經歷的生活和對自我的定位的複雜性。

二、話語爭奪：重獲講述權力

在 80 年代文壇上，作家主體主要由兩部分組成，一部分是在 50 年代寫作和生活受挫，被剝奪了寫作權力的作家，在「新時期」他們成為「復出」和「歸來」的一代，「50 年代被『放逐』的作家，在相當的時間裏有一種『棄民』的身份意識。」〔註8〕另一部分是「知青作家」，他們在「文革」時期經歷了從「革命主體」到「上山下鄉」接受「貧下中農再教育」的身份變化，在「新時期」身份的曖昧性使重建身份認同成為這一代寫作者迫切的自我指認。這兩代作家重要的差別在於：「『復出』作家進入『新時期』就意味著回歸中心『軌道』，回到『目的地』，並獲得『文化英雄』的榮耀身份；而『知青』一群在『新時期』的身份、生活位置，卻含糊不明而需要尋求和證明。」〔註9〕

「新時期」的到來，使原來的歷史敘述發生倒置，「復出」作家重新獲得了對歷史的發言權。當王蒙和張賢亮們以「自省」或「懺悔」的姿態講述「歷史記憶」時，實際上作為「歷史」的「受難者」和「承擔者」的精英姿態，重新確立了歷史的「主體」，個人的生活遭際、命運變遷和整個民族、國家的劫難聯繫在一起。所以，當歷史重新發生翻轉，歷史的「受難者」身份反向證明了他們對歷史的責任和「講述歷史」的權力，「受難」成為一種「財富」，獲得了歷史道德和歷史倫理的體認，成為進入新的「歷史」和「現實」的一種資本，並以鮮明的社會政治視角在「傷痕文學」、「反思文學」中獲得了道德上的優越感和敘事上的合法性。但這種書寫帶來的一個結果卻是，「80 年代

〔註7〕陳思和，《民間的還原——文革後文學史某種走向的解釋》，《文藝爭鳴》，1994年，第1期。

〔註8〕洪子城，《中國當代文學史》，北京大學出版社，2007年版，第194頁。

〔註9〕洪子城，《中國當代文學史》，北京大學出版社，2007年版，第194頁。

的主流文化敘述與精英知識分子的話語，不僅事實上完成了對『文革』的歷史的放逐與遮蔽，而且進而成爲對百年中國（近代到現、當代中國）歷史的遮蔽。」因而，在「現代性」的線性歷史觀中，「巧妙地越過了當代中國政治生活中最大的結構性裂隙：政權的延續、意識形態的斷裂與社會體制的變遷。」〔註10〕換言之，當「復出」作家們以「歷史親歷者」和「歷史敘述人」的身份講述個人悲歡和歷史遭際時，他們把屬於自我的「個人記憶」轉換成了「民族記憶」和「人民記憶」，他們對「歷史」的揭露和批判是以「人民」和「民族」的名義置換了「自我」眞實的歷史承擔，也就是以「民族」和「人民」共同的災難敘事和道德優勢放逐了對「自我」的深刻省察，並直接迎合了國家話語對「文革」的敘述。這實際上是一種以「拒絕反省」的方式進行的反省，是一種以「集體」的命名方式拒絕「自我」對歷史的承擔的反省，是一種在重獲「英雄身份」後卻拒絕對「英雄歷史」進行自省的身份表述。「這種將『個人』加以懸置的歷史記憶雖然被書寫、被閱讀，但是作家沒有眞正獲得『記憶』的權力，或者說他們反思歷史的方式是有很大限度的，即沒有眞正嚴厲、眞誠地揭開政治災難中個人隱秘的人性惡，從每一個個體自身的反省和追問來切入歷史。」〔註11〕

　　和「復出」的「五七」族作家不同的是，「知青作家」對自我身份的重建和表述面臨的是另外的困境。知青曾經是「革命小將」，是「文化革命」的主力，他們共同參與了「文化革命」並成爲「革命」的主體，但當國家意識形態宣布了「文革」的「極端錯誤」時，「知青作家」如何面對自我的歷史就成爲他們重建身份認同的重要障礙。他們「上山下鄉」、接受「再教育」的鄉村生活經歷，也成爲他們面對新的現實時需要重新考量的歷史。「紅衛兵」在「新時期」成爲一個「污名化」的歷史名詞，對於大多數有「紅衛兵」的「革命」經歷的「知青作家」而言，當歷史證明「紅衛兵」的革命歷史的虛妄時，「知青身份」就充滿了曖昧。「紅衛兵」是一個在「文革」時期給億萬家庭和中國人造成終身傷痛的群體，「它不僅生命狼藉並且是『文革』暴力的同義詞。」〔註12〕

〔註10〕戴錦華，《隱形書寫──90年代中國文化研究》，江蘇人民出版社，1999年版，第44頁。

〔註11〕白亮，《「身份」轉換與「認同」建構──兼論〈人啊，人！〉進入歷史敘述的方式》，《當代作家評論》，2009年，第3期。

〔註12〕梁曉聲，《知青與紅衛兵》，者永平主編，《那個時代的我們》，遠方出版社，1998年版。

「『新時期』的開始，意味著具有『知青』／『前紅衛兵』雙重身份的一代人的雙重失落」〔註13〕從「紅衛兵小將」到接受「貧下中農」「再教育」的對象，「知青運動的終結，給這一代人最大的打擊，不僅僅是他們發現自己已經被時代拋棄，更重要的是他們發現自己失去了政治合法性。在主流意識形態的歷史敘述中，他們不僅成為了犧牲品，更可怕的是，他們成了在黑暗中長大的『狼孩』。」〔註14〕

那麼，知青作家將如何重獲對歷史的發言權？當「復出」作家以「歷史受難者」的姿態建構了他們的「文化英雄」身份時，「知青」作家顯然無法講述他們的「革命歷史」。早在「傷痕文學」中，知識分子和「革命小將」的身份就已發生了倒置，知識分子由「被改造」的對象重新成為歷史的「啟蒙者」，而「革命」的「紅衛兵」成為「被啟蒙」的對象，如劉心武的《班主任》中作為「知識分子」代表的班主任張俊石發出的「救救孩子」的呼聲，典型體現了「文革」敘事的政治倫理意義。因此，在「新時期」「知青」們如何重獲講述歷史的權力就成為新的「身份」定位必須逾越的一個巨大障礙，「由『少年中國』到『救救孩子』，由啟蒙主體到啟蒙對象，由『革命小將』到『狼孩』，知青一代的失敗感是如何誇張都不過分的。當現實和未來都與自己無關的時候，唯一能依靠的其實只有過去。……身處一個革命被『污名化』的年代──而且對於知青們而言，也必須面對信念被證偽之後的自我否定的痛苦和倉皇，並接受所必然要面臨的自我審判。在這樣的處境中，『傳統』──這個能夠把『過去』連接在一起的『傳統』也就自然──甚至是必然地成為了知青們的避難所。」〔註15〕於是，知青們走入曾經插隊的鄉村，走進被「放逐」的歷史中，重新賦予「知青」生活以意義和價值。而作為敘事起點的則是一代人的青春、夢想和追求，回到過去成為對自我青春的證明。當知青歷史被政治倫理證明為虛妄的時候，知青作家以在鄉村的生命經驗重建了「自我」的意義，因為「知青生活」對於每一個個體而言，都是不能泯滅的個體生命際遇，正是通過賦予自我經歷以意義，知青群體重新獲得了進入歷史的通道。

回到過去、回到鄉村、回到自我的青春苦夢，知青作家一方面在懷舊中緩解歷史壓力下的焦慮和痛苦，另一方面通過對自我青春的證明重建「身份」

〔註13〕鍾文，《「尋根文學」的政治無意識》，《天涯》，2009年，第1期。
〔註14〕鍾文，《「尋根文學」的政治無意識》，《天涯》，2009年，第1期。
〔註15〕鍾文，《「尋根文學」的政治無意識》，《天涯》，2009年，第1期。

的合法性。葉辛在回顧自己的知青生活時，滿含深情地說「我是從那條路上走過來的，我的青春、我的追求、我的事業，甚至我的愛情，都是從那個時代開始的。」〔註16〕孔捷生在談到《南方的岸》時也說：「怎能因為我們的些微奉獻遠抵不上十年浩劫的空前損失，便覺得毫無價值呢？」〔註17〕而張承志更是對「知青記憶」充滿了浪漫懷想，並對自我的「知青身份」充滿了理想主義的堅定認同，「無論我們有過怎樣觸目驚心的創傷，怎樣被打亂了生活的步伐和秩序，怎樣不得不時至今日還感歎青春；我仍然認為，我們是得天獨厚的一代，我們是幸福的人，在逆境裏，在勞動中，在歷史推移的啓示裏，我們也找到過真知灼見，找到過至今感動著、甚至溫暖著自己的東西。」〔註18〕但這種「辯護」與「重申」在為一代人重新尋求身份合法性的同時，其實遮蔽了更為複雜的思想和精神境遇的反省。那就是當每一個個體都以「自我」存在的意義而剝離荒謬的歷史時，其實也剝離了個體對歷史的承擔。如果所有過往的「歷史」都是被掏空了個體經驗的空洞的「能指」，那麼，「個體」、「群體」、「民族」、「國家」也將成為無意義的虛妄的名詞。因此，知青作家通過對自我經驗的彰顯而試圖重獲對歷史的講述權力時，實際上已失去了歷史敘述的豐富性，而這種沒有「歷史感」的自我也將是一個個懸浮在空中的凌空高蹈的「自我」。

張承志一直是一個為「知青」經歷辯護的寫作者和思想者，在《北方的河》的開頭他充滿深情地寫道：「我相信，會有一個公正而深刻的認識來為我們總結的：那時，我們這一代獨有的奮鬥、思索、烙印和選擇才會顯露意義。但那時我們也將為自己曾有的幼稚、錯誤和局限而後悔，更會感慨自己無法重新生活。這是一種深刻的悲觀的基礎。但是，對於一個幅員遼闊又歷史悠久的國度來說，前途最終是光明的。因為這個母體裏會有一種血統，一種水土，一種創造的力量使活潑健壯的新生嬰兒降生於世，病態軟弱的呻吟將在他們的歡聲叫喊中被淹沒。從這種觀點看來，一切又應當是樂觀的。」在小說中，他正是通過剝離「紅衛兵」身份的「暴力」指認試圖為自己的青春證明，敘述者通過那個黃河邊攝影的姑娘為自我進行了虛弱的「正名」，「我一眼就看得出來，你和那些人根本不一樣，」而敘事者也一再地強調，「我感激你，小姑娘，你使我

〔註16〕葉辛，《關於<蹉跎歲月>答讀者問》，《書林》，1981年，第5期。

〔註17〕孔捷生，《舊夢與新岸》，《十月》，1982年，第5期。

〔註18〕張承志，《我的橋》，《綠風土》，作家出版社，1992年版。

得到了寶貴的修正，而且你還給了我那樣的信任。你居然看得出來。是的，那時我是個地道的紅衛兵，但是，我沒有打過人，更沒有打過你那當工友的爸爸。不過，我願意也承擔我的一份責任，我要永遠記住你的故事。他覺得自己心情沉重，但他也覺得自己的心變得豐富了。」雖然，那時候的「我」「不懂得眼淚，不懂得代價，不知道歷史也有它的痛苦。」但是，「我」的「無辜」在於，「我」「參與」了「革命」的歷史，但我卻不是「歷史暴力」的實施者。小說中那個撲向黃河的青年人的形象，也一度成為 80 年代的「弄潮兒」，重新站立在了時代的潮頭。歷史的弔詭在於，被「新時期共識」所拋棄的「革命」的「紅衛兵」在經過「河流」的洗禮後，重新成為了時代的掌舵者。「撲向黃河」是 80 年代「弄潮兒」「力量」、「激情」和「夢想」的象徵，而這種力量的舞臺卻是中國大地上奔騰的河流和廣袤的大地。在《北方的河》中，張承志以人文地理學意義上的河流想像，建構了一代人的民族國家認同，即賦予山川河流這種物質性的存在以「父親」或「母親」式的「族群」和「國家」認同。張承志通過把「個體」融入「父親」、「母親」般的「河流」，完成了這個有過「紅衛兵」經歷的青年的個體認同和「國家」認同的統一，既然「國家」是永遠的、不曾背叛的終極認同，那麼，當「我」融入「國家」也就完成了對自我身份的重新建構。

「知青」群體在 80 年代的文壇上為了重獲講述歷史的權力，並有效地參與「新時期」國家話語的構建，對「自我」、「歷史」都進行了有效的剝離。但是作為親身經歷並參與了「文革」的一代人，他們如何講述「自我」和如何講述「歷史」都面臨新的困境。如果說對於「復出」的作家而言，「文革」是他們「受難」的歷史，那麼，對於「知青」而言，「文革」即構成了他們青春的證言同時也解構了青春的意義。「上山下鄉」的歲月是一段被「流放」的經歷同時也是「個體」悲愴和苦難的歷史，在歷史倫理和個體倫理之間，「知青」的身份認同遭遇了難以彌合的裂隙。有論者對「知青身份」和他們的寫作訴求提出了這樣的質疑：「一、『知青作家』在對『革命』身份和『革命』話語進行『剝離』和『反叛』的同時，如何正視自身的『革命歷史』，並且避免因為對此『歷史』的否認或迴避而導致的、在進行歷史反思時對於『革命』問題的『懸擱』，從而也避免造成其反思深度的欠缺甚至虛妄？二、『知青作家』如何『正視』和『珍視』自己不同於前、後代群知識分子的獨特的成長經歷，並且通過對此經歷的深入反思來重新思考歷史？三、『知青作家』如何

由其動人的理想主義的『精神品性』、通過艱苦深入的歷史反思，逐步生成新的、屬於知識分子的『意義話語』體系？」〔註19〕這樣的追問對於 80 年代以及此後的「知青」寫作和「知青」作家的「身份認同」都有驚醒的意義，他們如何正視自身的「革命歷史」？他們如何重獲歷史講述的權力？他們如何在更深入的「反思」的意義上重建知識分子的意義話語？這不僅是「知青」作家需要思考的問題，同樣是也是作為「歷史」的「受難者」的「復出」作家們需要思考的問題。

三、精英姿態：啓蒙或視點下移

　　80 年代被定位為一個「啓蒙」的時代，從政治啓蒙到文化啓蒙，知識分子和國家意識形態在「現代化」話語上達成了「新時期共識」。而當「知青」群體通過對「自我」的「被欺騙」、「被流放」的「苦難」經歷的書寫而有效剝離了與「文革」的「暴力」歷史的關係時，他們不僅重獲了對歷史和現實發言的權力，而且，在同是歷史的「受難者」和「犧牲者」的意義上，他們又和「復出」的「五七」族作家一樣建構了歷史「啓蒙者」的自我定位。「歷史，無論是描寫一個環境，分析一個歷史進程，還是講一個故事，它都是一種神話形式，都具有敘事性。作為敘事，歷史與文學和神話一樣都具有『虛構性』。」〔註20〕「知青」作家和「復出」的「五七」族作家在對歷史「虛構」和「想像」的邏輯上，都獲得了「歷史」的赦免，重構了自我、并成為與國家意識形態達成「共謀」的「新時期」的啓蒙主體。作為新的社會主體，「他們/我們是『文革』年代唯一的被迫害者與犧牲者——這無疑是一種事實，卻並非事實的全部；是蒙昧時代的智者，是『文革』年代的政治先覺者與抗議者；更重要的，是新時代的啓蒙者與推動者，是未來更為美好的社會中的中堅力量。」〔註21〕

　　但不管是「復出」作家還是「知青」作家，他們作為「新時代的啓蒙者與歷史推動者」的精英和啓蒙姿態和「五四」時期的作家都有很大的不同。

〔註19〕許志英、丁帆，《中國新時期小說主潮》，人民文學出版社，2002 年版，第 105頁。

〔註20〕海登・懷特，《後現代歷史敘事學》，中國社會科學出版社，2003 年版，第 10頁。

〔註21〕戴錦華，《隱形書寫——90 年代中國文化研究》，江蘇人民出版社，1999 年版，第 45 頁。

「五四」作家的啓蒙主義話語指向的是「封建主義」，是對舊時代的清算，而「復出」和「知青」作家們在 80 年代的啓蒙主義話語不僅指向「蒙昧的封建主義」，而且指向了「十七年」和「文革」時期以「極左」爲表徵的政治實踐。然而，「革命」的「極左」話語仍內在於政黨的革命歷史中，因此，「啓蒙」不再像「五四」時期那樣相對徹底和決絕，這種「啓蒙」話語必須內在於國家意識形態所預留的空間中，一旦「反思」和「批判」的話語超越這種潛在的規定性，對「革命」和「社會主義」的合法性敘述造成傷害，那麼對其的「規約」和「訓導」將不可避免。「五四」一代的知識者是浪漫的啓蒙者，「『五四』一代的追尋熱情看來高於『四五』一代，他們相信，儘管有苦悶、彷徨，總可以找到某種理想。與此相反，『四五』一代從誕生之日起，就被灌輸了某種理想，他們也真誠地信奉這種理想——據說，追尋理想不是他們的事，他們的使命就在於實現理想。」但在歷史以災難性的方式證明了這種「理想」的虛妄時，「『四五』一代從虔信走向了不信，這是對種種僞理想的拒斥——他們不再盲目地相信什麼。『四五』一代的文學恰是這種不信的表達。」〔註22〕在「拒斥」與「不信」中，「知青」作家發出了「我不相信」的呼聲，但他們對「歷史」的「反省」依然是通過對歷史中的「自我」的剝離而達到敘事目的的，換言之，他們是以拒絕對參與歷史的「自我」的深入反省而把批判的矛頭直接指向「錯誤」的歷史的。

如果說在「傷痕文學」中，「知青」的自我書寫和「復出」作家對「文革」歷史的講述，使「知青」這一身份仍然存在「自我定位」與被「他者定位」的結構性裂隙、呈現出不同的歷史姿態，那麼，到「尋根文學」中，當文學寫作以「文化反思」的方式取代了「傷痕」和「反思」文學對「文革」歷史的深究所可能帶來的對當代中國歷史的合法性的質疑時，「知青」作家就重新獲得了言說歷史和現實的權力與機緣。換言之，當文學書寫從對當代中國歷史的思考轉向對前現代的「傳統中國」的文化反思時，「知青」作家就順理成章地轉移了對「自我」的「文革」歷史的拷問而有效地進入了以「啓蒙」爲主導的「新時期共識」。「尋根是專屬知青作家們的一項文學活動，是知青作家們源於內心困惑和解放自我的文化嘗試。」〔註23〕而這種以「文化尋根」的方式進行的「民族寓言」書寫，在根本的意義上就把整個社會和知識階層

〔註22〕劉小楓，《這一代人的怕和愛》，華夏出版社，2007 年版，第 250 頁。
〔註23〕賀仲明，《「歸去來」的困惑與彷徨》，《文學評論》，1999 年，第 6 期。

組織到了「現代化」的國家意識形態中。在「現代化」的宏大敘事中，「知青」作家的「文化尋根」被納入了 80 年代「文明與愚昧的衝突」的「啓蒙」序列中，「新時期」成爲結束「文革」的苦難歷史、走向光明的「現代化」未來的歷史時期。

「文化尋根」作爲「知青」作家的寫作起點和重要訴求，彰顯的正是他們的精英意識和啓蒙姿態。韓少功在《文學的根》中，認爲文學「尋根」，「是一種對民族的重新認識，一種審美意識中潛在歷史因素的蘇醒，一種追求和把握人世無限感和永恆感的對象化表現。」把目光投向「文化」的更深層次，也是「希望在立足現實的同時又對現實有所超越，去揭示一些決定民族發展和人類生存的謎。」〔註24〕「尋根」雖然根植於自我「上山下鄉」的個人記憶，但「尋根」的目的卻不是回到自己的生命經驗、打撈屬於自我的生命印記，而是「對民族的重新認識」、是尋找「決定民族發展和人類生存的謎」。有誰可以代替民族立言？有誰可以代表人類發言？「尋根派」作家正是以他們的精英意識試圖爲民族和人類立言，以流放後歸來的「貴族」姿態對民眾發言。在 80 年代的歷史語境中，即使是「尋根派」群體這種貌似游離主流的話語實踐，也彌漫著權威的教訓話語方式，依然是一種潛在的權力的意識形態。韓少功的《爸爸爸》和王安憶的《小鮑莊》都是以兩個孩子的視角爲敘述的出發點，對應著「五四」時期魯迅所發出的「救救孩子」的啓蒙吶喊。魯迅式的啓蒙是一種深陷於自我的生存悖論和民族的災難歷史的艱難掙扎，因爲對於這個要「救救孩子」的啓蒙者來說，「我未必無意之中，不吃了我妹子的幾片肉，現在也輪到我自己……。」因此，魯迅式的「啓蒙」實際上帶有對自我的歷史際遇和生存困境的深刻體察，他在以「精英姿態」啓蒙「蒙昧的民眾」時，實際上也把自我推入了無以救贖的絕望的追問中。但「尋根派」作家的「啓蒙」卻是一種屏蔽了自我歷史的精英姿態，在沒有自我的「空洞」的歷史和現實中，他們講述他人的故事，在他人的故事中建構自我的知識者的批判立場。王安憶以「客觀主義的敘述態度」講述小鮑莊「仁義」的歷史，對於「小鮑莊」而言，王安憶是一個局外人，「這個局外人雖然不介入『小鮑莊』的生存狀態和生存方式，卻把那種生存狀態和生存方式原樣呈現出來。顯然，爲追求客觀就不應當捲入。這個局外人不淡漠、不驕矜。」〔註25〕

〔註24〕韓少功，《文學的「根」》，《作家》，1985 年，第 4 期。
〔註25〕吳亮，《小鮑莊的形式與涵義》，《文藝研究》，1985 年，第 6 期。

但是，這個「不淡漠、不矜持」的「局外人」的姿態卻恰恰構建了「仁義」的歷史敘述，並從小說中站起一個「智慧」的、超然事外的敘述者。阿城的《棋王》通過王一生的故事試圖表達他對道家文化的體認，「借男女講陰陽之氣。陰陽之氣相遊相交，初不可太盛，太盛則折。」「太盛則折，太弱則瀉」。「若對手盛，則以柔化之。可要在化的同時，造成克勢。柔不是弱，是容，是收，是合。合而化之，讓對手入你的勢。這勢要你出需無為而無不為。無為即是道……。」但對王一生和「我」而言，「棋道」實際上呈現了不同的意義，在王一生那裡「棋」和「吃」一樣是生存方式之一，是對自我的物質匱乏的精神補償，但在「我」這裡，「我」是以「知識者」的「高貴」姿態看到了處於芸芸眾生中的王一生所體現出的道家文化的精髓。因此，不管是韓少功、王安憶還是阿城，他們都是以超越民眾的「貴族」和「精英」姿態講述「文化之根」，並在對民族文化「優根」的挖掘和「劣根」的批判中，重建了 80 年代「啟蒙者」的身份認同。

但是「尋根派」在走入民間、講述民眾故事、尋找自我定位時，也表現出跨越精英、視點下移的另一種姿態。雖然，他們依然是作為「知識者」來講述民眾故事，但是「知識者」已不是高高在上的姿態或矜持、冷漠的目光，而是以擱置「啟蒙」的方式進入歷史，讓民眾自我發言，以「複調」和「對話」的方式講述他們自己的故事，作家「以完全平等的身份同其他的思想形象一起參加到小說的大型對話中。」〔註26〕巴赫金曾經從對話哲學出發，論述了陀思妥耶夫斯基小說的複調性，發現了他的小說形式背後的文化邏輯和意識形態內涵。在陀氏的小說中，「不是眾多的性格和命運構成一個統一的客觀世界，在作者統一的意識支配下層層展開；這裡恰是眾多的地位平等的意識連同它們各自的世界，結合在某個統一的事件中，而不互相發生融合。」〔註27〕這種對啟蒙哲學的反叛，在李銳的「呂梁山」系列小說中有比較典型的表達，從《厚土》到《無風之樹》，李銳讓生活在「厚土」中的人們自己說話，甚至動物和人都具有了同等的地位和發言的權利，在口語傾訴的方式中，生命的壓抑和生存的沉重漸次展開。他試圖「讓那些千千萬萬永遠被忽略、世世代代永遠不說話的人站起來說話。」〔註28〕

〔註26〕巴赫金，《陀思妥耶夫斯基詩學問題》，《巴赫金全集》（第 5 卷）），河北教育出版社，1998 年版，第 121 頁。

〔註27〕巴赫金，《陀思妥耶夫斯基詩學問題》，《巴赫金全集》（第 5 卷）），河北教育出版社，1998 年版，第 4～5 頁。

〔註28〕李銳，王堯，《李銳、王堯對話錄》，蘇州大學出版社，2003 年版，第 166 頁。

但李銳這種人道主義的讓人物自己發言的敘述方式，也使他的自我身份認同陷入了曖昧和虛無之中。在他的小說中，敘述者是隱匿的，而且這個隱匿的敘述者既不啓蒙也不批判，「李銳是誰」成爲一個被懸置的問題，「這就是李銳的問題所在——既懷疑『現代性』，又拒絕『烏托邦』；既不願『返魅』，又不願認同『後現代』，依然滯留在單純的『批判主義』的話語時代，結果使自己深陷無理想認同的身份危機、歷史危機、信仰危機的『無物之陣』中，無『新語』可救。一句話，李銳是被囚禁在自設的單純的『批判、否定』的牢籠之中，這是一種如他所說的孤獨的、封閉的『曠日持久的煎熬』，『拒絕合唱』正是這種『孤獨』的一個外在表徵；無奈，他只好一直滯留於歷史，始終走不出『厚土、舊址、故事』；而最終則必然走向虛無：『無風、無雲』，被無主體、無根性之刀所殺——『道渴而死』」。〔註29〕

因此，對於「知青」作家來說，不管是他們「啓蒙」的精英姿態還是視點下移的民間敘事，都構建了不同於普通民眾的知識分子主體。「『尋根』作家講述民眾的故事，這一視點下移有作家重歸文化母體，重尋精神依託並自我救贖的潛在動因，是渴望解決精神關懷，終結『他者』話語，重新自我定位的策略選擇。」〔註30〕但這種知青群體自我的「精英」身份定位，在走向民間、尋找「民族文化」、啓蒙民眾的同時，也常常使他們的自我認同陷入尷尬和虛妄，因爲「知青作家們的功利目的和尋根文學自身包含的文化意義無法長期結成親密無間的夥伴關係。民間是一個藏污納垢的概念，只有側身其間才能眞正體會到民間的複雜本相，但這對於被命運之風刮到農村山地的知青來說確是勉爲其難。」〔註31〕當「知青」作家們帶著自己的文化使命和精英情結走入民間時，他們本身就已經先在地設置了和眞實的民間之間的一道屏障，使他們「啓蒙」或「認同」民間的身份建構遭遇尷尬。

總之，「知青」作家們通過「文化尋根」，走入曾經插隊的鄉村，一方面在「懷舊」視野中構建了淳樸溫情、田園牧歌式的鄉村書寫，並在「大地」、「母親」、「黃河」、「父親」等話語序列中重建了自我的「人民認同」。另一方面，「尋根派」也以回到鄉村、剝離自我的「革命歷史」的敘述方式，重新找

〔註29〕楊矗，《李銳的「焦慮」的去魅化分析》，《文學評論》，2005 年，第 2 期。
〔註30〕孟繁華，《啓蒙角色再定位》，《天津社會科學》，1996 年，第 1 期。
〔註31〕陳思和，《民間的還原——文革後文學史某種走向的解釋》，《文藝爭鳴》，1994 年，第 1 期。

到了進入歷史的通道，並獲得了對歷史和現實發言的權力。「知青文學其實過於關注個人的情感記憶，當他們要以群體的姿態跨越現實進入歷史時，依然抹不去個人的經驗與情感變化。」〔註32〕但是，個人記憶在提供給「尋根派」寫作資源的同時，也使他們距離眞實的歷史愈來愈遠。當歷史成爲「空洞」的能指，當「個人記憶」獲得了合法的權力，「尋根派」的自我認同就呈現出虛妄的一面。不管他們是以精英姿態彰顯自我的「啓蒙」情懷，還是以平視的目光注視大地民間的所有苦難，這種剝離了「個體」的眞實的歷史境遇和拒絕歷史承擔的群體式的身份認同，也必然構成了對「自我」和「群體」眞實「身份」的遮蔽。

第二節　民族文化身份認同

　　「文化尋根」在 80 年代普遍的「現代性」語境中的一個重要訴求，是通過挖掘傳統文化之根重塑中國形象和尋找新的民族文化認同。身份認同的問題是一個「現代性」的問題，因爲有了「他者」、「差異」，「民族自我」在現代性的歷程中就需要回答「我是誰」、「我要向哪裏去」、「我在世界的位置何在」等問題。對於 80 年代的中國而言，在文化取向上是向「西方」學習、全盤引進西方文化？還是回到民族傳統、以傳統文化的現代轉換重塑中國文化認同？這些問題都成爲當時的知識分子在「現代性焦慮」中尋求民族身份認同和文化身份認同的不同的思想路向。「文化尋根」的意義就在於在普遍的「西化」語境中對「中國認同」的文化途徑的另外的尋找，雖然「尋根派」在 80 年代的文化思想史上成爲曇花一現的思潮，但它對民族身份認同、文化認同的思考卻對此後的中國文化、思想界產生了先導性的意義。

一、文化認同：中國痛苦

　　「尋根派」的文學寫作以「知青」的個人記憶爲起點，但目的卻是在民族／國家的意義上探索民族文化的未來走向、民族文化的身份認同。這幾乎是 80 年代文學敘述的普遍性追求，如「傷痕」、「反思」文學的人道主義話語，雖然講述的是個人在大時代中的生命遭際，但背後的視野卻是對民族災難、國家命運的思考。「人道主義話語所建構的關於個人／國家、個人／階級、

〔註32〕陳曉明，《表意的焦慮》，中央編譯出版社，2002 年版，第 64 頁。

個人／社會、個人／文化之間的對抗關係在 80 年代並非實存，而是一種針對社會主義歷史的意識形態話語。」〔註33〕也就是說，在80年代，文學書寫所建構的個人話語實際上都需要在民族歷史的宏大敘事中加以理解。「尋根派」的寫作在同樣的意義上是期待通過個人記憶和個人視野中的鄉村敘述以完成對民族文化的反思和對民族文化未來走向的探索。因此，「『尋根派』作為一次意識形態推論所急需的集體命名，把知青的個人記憶放大為集體的、時代的和民族的記憶，個人記憶被置放到歷史的中心，講述個人的記憶被改寫成講述民族的歷史。『尋根群體』因此成為站在傳統文化與現代化交界線上的思想著的歷史主體。」〔註34〕這一「歷史主體」以「個人記憶」為中心，但講述的是民族歷史和民族文化，而且思考的是宏大的歷史命題：中國的傳統文化如何完成現代轉換？傳統文化如何為現代中國提供動力支持和思想資源？

　　張承志的《北方的河》是以個人記憶書寫民族國家的典型文本，小說講述的是一個有「知青」經歷的大學生個人奮鬥的故事，但在他的背後卻是對民族國家的河流文化、尤其是「父親河」——「黃河文化」的體認。在他的個人記憶中，第一次面對黃河的震驚體驗銘刻了他的少年成長：「這個記憶他可沒有遺忘。這個記憶他珍存了幾十年。他一直牢牢記著，一個乳臭未乾的毛頭小夥子目瞪口呆、驚慌失措地站在山頂，面對著那偉大的、劈開了大陸、分開了黃土世界和岩石世界的浩莽大河的時刻。他現在明白了：就是這個記憶鬼使神差地使他來到這裡，使他一步步走向地理學的王國。」「黃河」在「他」的視野中是浩莽的中國大地、是偉岸的父親、是深厚的中國文化、是源遠流長的民族歷史。漫遊的經歷，不僅是個體的精神成長，更重要的是對民族文化的追尋與體認。「他看見，在他的筆下漸漸地站起來了一個人，一個在北方阿泰勒的草地上自由成長的少年，一個在沉重勞動中健壯起來、堅強起來的青年，一個在愛情和友誼、背叛與忠貞、錘鍊與思索中站了起來的戰士。他急速地寫著，一首按住震顫著的薄薄紙頁。理想、失敗、追求、幻滅、熱情、勞累、感動、鄙夷、快樂、痛苦，都伴和著那些北方大河的滔滔水響，清脆的浮冰的擊撞，肉體的創痛和感情的磨礪，一起奔流起來，化成一支持久的旋律，一首年輕熱情的歌。他寫著，覺得心裏充滿了神奇的感受。我感激你，他想，我永遠感激你，北方的河，你滋潤了我的生命。」「他」——「青年」

〔註33〕賀桂梅，《人文學的想像力》，河南大學出版社，2005 年版，第 79 頁。
〔註34〕陳曉明，《表意的焦慮》，中央編譯出版社，2002 年版，第 69 頁。

──「戰士」和「滋養了我的生命」的「北方的河」的融合，是「自我」和「民族歷史」的融合，是「青年」和「現代中國」的融合，是「戰士」和「未來世界」的融合。因此，對「河流」和「民族文化」的漫遊與尋找，解決的不僅是自我青春時代的精神焦慮，更重要的是對民族國家和民族文化的雄渾、有力、博大、希望的價值判斷。因此，「尋根與其說是對時代的精神焦慮的超越，不如說是掩飾。尋根的意義從來沒有在個人記憶的意義上得到理解，而是作為藝術創新和思考『民族/國家』未來命運的宏大神話被加以塑造。結果，尋根依然像是丟失了某種生存依據式的焦灼和找到後的誇大的興奮和激動。」〔註35〕這種「誇大的興奮和激動」正是80年代理想主義、激進主義的典型表徵，但是當民族國家被「神話」化的同時，也就失去了對民族歷史、民族文化進行深入考察和反省的機緣。換言之，一個「現代中國」的出現不只是對表象的體認，更重要的是對其歷史和文化的豐富性、複雜性、曲折與苦難的歷史境遇的現代思考。

賈平凹以懷舊的方式擁抱他的商州故地，以商洛文化的淳樸、率真、真誠、古道熱腸、俠肝義膽來映照現代都市文明的虛弱與頹廢。在他的視野中，「商州，實在是一塊神奇的土地呢。它偏遠，但並不荒涼，它貧瘠，但異常美麗。……其山川河岩，風土人情，兼北部之野曠，融南部之靈秀；五穀雜糧茂生；春夏秋多分明；人民聰慧而不狡黠，風土純樸絕無混沌。」〔註36〕但他「尋根」的目的並不只是完成對自己故土商州的文化傳承，而是在對商州文化的認同中重建中國傳統文化的意義和價值。他曾經說過：「對山川地貌、地理風情的描繪，只要帶著有意『尋根』的思想，而以此表現出中國式的意境、情調，表現出中國式的對於世界、人生的感知、觀念等一系列美學範疇的東西，這當必然是『尋根』的結果。」〔註37〕可見，對中國文化人格、中國文化的美學風格的探尋才是他「尋根」的目的所在，也就是說，賈平凹通過商州系列故事講述的其實是中國生存和中國文化境遇。在商州系列小說中，質樸、敦厚的文化正在經歷著「現代」的洗禮，仇殺、奸詐、嫉妒等正衝擊著古老的文化傳統，商州的文化痛苦也是中國痛苦，它所經歷的古老文化的散失也是中國傳統文化的命運。同樣，莫言的《紅高粱家族》借「我爺

〔註35〕陳曉明，《表意的焦慮》，中央編譯出版社，2002年版，第67頁。
〔註36〕賈平凹，《在商周山地》，《小月前本·代序》，花城出版社，1984年版。
〔註37〕賈平凹，《答〈文學家〉問》，《文學家》，1986年，第1期。

爺」、「我奶奶」的故事講述的也不僅是高密東北鄉的後代子孫的懦弱和卑微，而是對中國文化傳統中的剛烈、坦蕩、敢愛敢恨等品格在「現代」流失的深憂隱痛，是對現代中國文化境遇的焦慮。對傳統文化的打撈和對現代文化的批判，都基於他們在歷史「斷裂」之後重新尋找民族文化認同的現代性焦慮，顯示的是他們在文化轉型時期尋找自我文化歸屬的痛苦經驗。

　　鄭義、李杭育、王安憶等回到鄉土民間，追尋鄉土中國悠久而古老的文化傳承，希望在傳統文化中找到現代人安身立命的精神歸屬。但是，他們在找到了傳統文化的悠長和美麗的同時，也看到了傳統文化尷尬的現代境遇，他們在建立起對傳統文化認同的同時，也不得不看到傳統文化風流雲散的現實。鄭義回到貧瘠的太行山區，在《老井》中找到了傳統文化的堅韌、剛毅、對苦難的勇於承擔，這種文化傳承使老井人祖祖輩輩堅持不懈地走在了找水的路上。但是，也正是老井文化中的貧窮、壓抑、鄉村權力阻止了孫旺泉對自我幸福的尋找，孫旺泉對故土的堅守、走不出老井的命運固然讓人欽佩和感動，但是，他卻是一個失去了個體選擇自由、被鄉村古老的倫理道德束縛在土地上的人。鄭義本是偏愛趙巧英的「現代意識」對個人命運的把握，但是，寫到後來，卻被孫旺泉的堅韌、勇毅、敢於承擔所折服，本意是展示「現代」對傳統文化注入的活力，卻反被淹沒在傳統文化的汪洋大海中。李杭育的「葛川江」系列雖然傾心讚美了福奎式的「最後一個」的自由、瀟灑、不為世俗倫理所羈絆的人性自由，但是他又不得不寫出「最後一個」在傳統中國向現代中國轉換中的悲涼命運。對傳統生活方式的認同使人精神自由，但是堅守傳統的現實生活卻捉襟見肘，這是中國現代性的經驗，也是中國在「現代性」進程中的悲劇性體察。王安憶《小鮑莊》中傳統的「仁義」文化的命運也是殊途同歸，「仁義」使小鮑莊人情淳樸、善良、扶老愛友、不離不棄，但也是「仁義」使有情人難成眷屬、苦難如影隨形，文化的悖論在於，正是「仁義」之死和「現代」的文化構建帶來了小鮑莊人生活的轉機。鄭義、李杭育、王安憶等的困境，也是中國傳統文化的困境，是傳統中國走向現代中國的痛苦境遇。他們尋找到的「傳統文化之根」不僅不能建立個體的文化歸屬，也不能建立整體性的民族文化認同，他們遭遇的尷尬處境，正顯示了在傳統文化中尋求身份認同的中國困境。

　　因此，「尋根派」尋找民族文化認同的途徑注定了步履艱難、障礙重重，這一方面與中國傳統文化本身的悖論性處境息息相關，另一方面也與「尋根派」

作家進行民族文化認同的方式和知識資源相關。中國的儒道文化曾經是傳統中國人安身立命的文化歸屬，也使中國傳統知識分子在「入世」和「出世」之間找到了永遠的平衡，但是，當傳統中國在西方現代性的衝擊之下屢遭挫敗之後，中國傳統文化也就失去了存在的合理性和合法性。在普遍的西方現代性語境中，中國要擺脫被動挨打的處境就必須進行現代轉換，中國傳統文化因此面臨西方現代文化的全面挑戰。在 80 年代的中國，「現代化」成爲了全民意識形態，在這樣的歷史邏輯上，「尋根派」作家試圖從傳統文化中尋求民族身份認同的方式，必要遭遇歷史和現實的雙重拷問。對於「尋根派」作家而言，精英意識和啓蒙情懷依然是他們的自我身份定位，「五四」傳統依然是他們重要的精神指向。他們回到鄉土民間，一定程度上總是帶著文化上的新奇感和精神上的優越感，「可是浮光掠影地記錄民風民俗和民間傳說又不能眞正代表文化之根，於是他們中的聰明者及時抓住了歷史散落在民間的一些文化碎片，如阿城，從揀垃圾老頭嘴裏發現了玄妙無窮的道家哲理，如韓少功，在湘西深山老林裏感悟到『鳥的傳人』，……可是文學創作一旦把碎片當做文化的整體來炫耀，那就不能不變得做作和矯情。」〔註38〕於是，僅僅有過幾年鄉村生活經驗的「尋根派」作家們帶著尋找中國文化的目的來到鄉土民間，以文化啓蒙的精英姿態觀照鄉土中國的文化境遇，這就注定了他們不可能在鄉土大地中尋找到民族文化認同。這是一代知識者的宿命，也是 80 年代「現代性」進程中的中國文化的宿命。

當然，「尋根派」的「文化尋根」遭遇了民族文化認同的困境並不意味著他們的「尋找」本身沒有意義，他們的意義也正在於對困境的表達，對眞實的中國文化境遇的顯現。「尋根派」在 80 年代整體的「現代化」和「西化」語境中對傳統文化的反思，「實際上已經不知不覺地調整了 80 年代對於傳統的態度，對於傳統文化不再是簡單的、全面的極端否定，而是開始產生了複雜的、多元的評價，並且相反開始形成了對於現代化的某種情感上的懷疑和並非自覺的批判。」〔註39〕陳曉明在論及文化尋根者從最初的「尋根」到對文化劣根性和國民劣根性的批判與「五四」時代反封建的相同時，指出，「二者都是基於中國的現代性啓蒙來寫作中國歷史中隱藏的文化結構，從現代的

〔註38〕陳思和，《民間的還原——文革後文學史某種走向的解釋》，《文藝爭鳴》，1994年，第 1 期。

〔註39〕曠新年，《寫在當代文學邊上》，上海教育出版社，2005 年版，第 65 頁。

文化啓蒙到 80 年代的文化反思，中國知識分子的任務依舊，而中國歷史在文化方面的象徵意義，似乎並沒有改變多少。人們知道，在當代中國，『文化』經常也是政治的代名詞，文化反思不過是政治反思的另一種表述而已。」〔註40〕因此，文化認同的問題不僅是一代知識者的個人精神訴求，更重要的是，他是一個民族、一個國家的精神境遇和現實境遇的鏡像，在這個鏡像面前，「文化尋根」正顯示了 80 年代中國文化的艱難處境和尋求新的起點的艱難探索。

二、民族身份：東方宿命

在 80 年代的文學、文化和思想界，「西學派」和「尋根派」實際上代表的是中國知識分子對中國文化未來走向的不同構想，雖然在方式和途徑上他們採取了不同的策略，但對新的「現代中國」的期待卻是殊途同歸。「中國文化如何在當代西方各種強勢文化的影響下進行自我定位和自我構想，這實際上也就是一個爭取自主性，並由此參與界定世界文化和世界歷史的問題，這反映出一個民族的根本性的抱負和自我期待。」〔註41〕所以，「西學派」和「尋根派」對中國文化的態度實際上都是爲了在西方強勢文化下尋求中國在「世界」的位置，相對於「西學派」的「西化」主張，「尋根派」在中國傳統文化中尋求民族認同的抱負，更顯示了中國知識分子基於自我境遇和民族歷史建構不同於「西方」的民族文化認同的努力。

民族文化認同是一個對個體和民族的身份建構都非常重要的問題，尤其是在中國自現代以來個體自我始終和民族國家緊密結合在一起的歷史境遇中，「中國與西方的暴烈撞擊將民族觀嵌進了自我觀，自我觀嵌進了民族意識。但現代自我觀卻不能簡單簡約爲民族身份。相反，兩者之間長久存在著互斥、爭鬥以及互相滲透的張力。正是這種互斥與互滲表達了作爲一種歷史體驗的中國現代性。」〔註42〕個體與民族之間的這種張力性的互滲和互斥，使中國的民族認同包含了不同的自我或群體話語的爭奪，雖然，「民族主義一般被看做一個社會中壓倒其他一切認同，諸如宗教的、種族的、語言的、階級的、性別的、甚至歷史之類的認同，並把這些差異融匯到一個更大的認同之中。然而，即便

〔註40〕陳曉明，《表意的焦慮》，中央編譯出版社，2002 年版，第 68 頁。
〔註41〕張旭東，《我們今天怎樣做中國人》，《全球化時代的文化認同‧序》，北京大學出版社，2005 年版。
〔註42〕劉禾，《跨語際實踐——文學，民族文化與被譯介的現代性》，北京三聯書店，2002 年版，第 119 頁。

此種融匯一時一地取得成功，但不同的自我意識群體對民族的構想和表達仍大異其趣。」〔註43〕「尋根派」群體和「西學派」群體對民族文化的構想和表達在表面上看來確實是大異其趣，因此，在80年代「現代化」的全民意識形態下，「尋根派」才會被指認為保守主義、復古主義和歷史倒退。這種歷史的判斷是在「西方文化」和「傳統文化」這兩個「他者」鏡像下所做出的，「尋根派」的民族身份構想在這樣的意義上被認為是遠離「現代文化」向古老的「傳統文化」的回歸。但這種判斷屏蔽的一個重要問題在於，中國的「現代性」始終是基於「中國」歷史境遇和文化傳統的現代性，中國的「民族身份」認同也始終是受到傳統文化言傳身教的「中國人」的身份認同。雖然「尋根派」對傳統文化的尋找最終並未能提供傳統文化進行現代轉換的路徑，但是，他們對民族文化的挖掘和反思，確實體現了「東方」國家如何跨越普遍主義的「西方」現代話語而探索新的民族認同的可貴嘗試。

「每一文化的發展和維護都需要一種與其相異質並且與其相競爭的另一個自我的存在。自我身份的建構——因為在我看來，身份，不管東方的還是西方的，法國的還是英國的，不僅顯然是獨特的集體經驗之彙集，最終都是一種建構——牽涉到與自己相反的『他者』身份的建構，而且總是牽涉到對與『我們』不同的特質的不斷闡釋和再闡釋。每一時代和社會都重新創造自己的『他者』。」〔註44〕「尋根派」在建構民族文化認同時所參照的「他者」有兩個路向：在內部他們是通過把傳統文化分為「規範文化」和「不規範文化」對傳統文化進行再闡釋，從而構建了「不規範文化」對於「現代中國」的民族文化認同的意義；在外部，他們是通過對西方霸權文化的反抗，重新構建了「非西方」的本土文化的意義，其中拉丁美洲的「魔幻現實主義」文學在「世界」的成功成為他們重要的動力和可資借鑒的「標本」。

韓少功回到曾經插隊的汨羅江邊，在崇山峻嶺中找到了「鳥的傳人」和活著的楚文化，他以對「浩蕩深廣的楚文化」的讚美延伸到對「不規範文化」的認同。韓少功認為「鄉土中所凝結的傳統文化，更多地屬於不規範之列。俚語、野史、傳說、笑料、民歌、神怪故事、習慣風俗、性愛方式等等，其中大部分鮮見於經典，不入正宗，更多地顯示出生命的自然面貌。」而正是

〔註43〕 杜贊奇，《從民族國家拯救歷史》，社會科學文獻出版社，2003年版，第8頁。
〔註44〕 愛德華‧W‧薩義德，《東方學》，北京三聯書店，1999年版，第426～427頁。

這些「不規範文化」「像巨大無比、曖昧不明、熾熱翻騰的大地深層，潛伏在地殼之下，承托著地殼——我們的規範文化。在一定的時候，規範的東西總是絕處逢生，依靠對不規範的東西進行批判的吸收，來獲得營養，獲得更新再生的契機……從某種意義上，不是地殼而是地下的岩漿，更值得作家們注意。」〔註45〕李杭育更是通過對「純粹中國的傳統，骨子裏是反藝術的」的判斷，認爲「儒學的哲學淺薄、平庸，卻非常實用」，而「重實際而黜玄想的傳統，與藝術的境界相去甚遠。這個傳統對文學的理解是膚淺的、狹隘的、急功近利的。」他對中國的規範文化幾乎持全盤否定的態度，認爲「規範之外的少數民族文化是奇異的瑰寶」，和漢民族的「規範文化」相比，少數民族文化則是「純淨而又斑斕，直接地、渾然地反映出他們的生存方式和精神信仰，是一種眞實的文化，質樸的文化，生氣勃勃的文化」，「諸夏、荊楚和吳越的文化哪一個都比那個規範美麗，且它們又各有異彩，枝繁葉茂。」〔註46〕可見，「尋根派」以對「規範文化」和「不規範文化」的區分完成的民族文化認同，建立在他們對儒道等中國傳統文化的主流和正統部分的批判和否定中。但是，對悠久的中國傳統文化史而言，實際上所謂「規範文化」對「不規範」文化的吸收在歷代文化中都有體現，單純地依靠「不規範」文化完成中國的「現代」轉換必然面臨種種悖論：一是這種「非主流」的文化是否可以承載現代中國的所有文化境遇、是否可以提供現代中國所需求的文化資源，依然是一個需要考量的問題；二是，當對中國文化的主體「規範文化」持完全否定的態度後，對於從傳統文化中走來的「中國」和「中國人」如何面對自我的歷史並以自我的歷史經驗重建文化認同，顯然也是一個悖論性的問題。

「尋根派」這一貌似「保守」的文化認同，實際上依然帶有 80 年代的「革命」的話語特徵，「把最近的過去說成是『黑暗的』（這個過去必然結構著現在），同時設想著『光明』的未來必至無疑（即使這個未來是先前某個黃金時代的復活），這一涉及到一種革命的思想方式，……革命不同於任何自發的或有意識的造反，因爲除了否定或拒絕之類的本質因素，它還隱含著對時間的一種特定意識以及與時間的結盟。」〔註47〕對聯繫著現在的「傳統」的否定

〔註45〕韓少功，《文學的「根」》，《作家》，1985 年，第 4 期。
〔註46〕李杭育，《理一理我們的「根」》，《作家》，1985 年，第 9 期。
〔註47〕馬泰‧卡林內斯庫，《現代性的五副面孔》，商務印書館，2002 年版，第 27 頁。

和拒絕，在「尋根派」那裡隱含的是在時間的未來向度上對傳統的「不規範」文化的「重鑄」，但是這種被構造的「過去」和被建構的「未來」在「現代性」的革命意義上獲得合法性的同時，也可能使民族認同陷入單純的「革命」激情。因為，「過去總是在現在實踐的，不是因為過去硬纏著現在，而是因為現在的主體在他們的社會認同的實踐中塑造了過去……影響現在的過去是在當前被構造的和／或再生產的。」〔註48〕在對過去的「塑造」中，在對現代的「再生產」中，「傳統文化」需要面對的依然是當下的中國語境和中國現實，依靠對「過去」的傳統文化的肯定和否定的二元劃分方法，在重建現代民族文化認同時也必然遭遇同樣的問題。「當代」是流動的現實，對「文化」的價值判斷也會隨時間而改變，事實上 90 年代以後中國的文化選擇和文化認同回到的恰恰是被「尋根派」所否定的「規範」的傳統文化，90 年代以後的現實文化走向也正好與 80 年代的「西化派」和「尋根派」構成了某種有趣的回應。

再看「尋根派」所追慕的拉美爆炸文學的「本土化」版本，在 80 年代，馬爾克斯的《百年孤獨》獲得諾貝爾文學獎給中國文壇造成的衝擊不啻於一場風暴體驗。李潔非描述了這樣的情景：「實際上還沒有一位諾貝爾文學獎得主像馬爾克斯這樣在中國作家當中引起過如此廣泛、持久的關注，當時，可以說《百年孤獨》幾乎出現在每一個中國作家的書桌上，而在大大小小的文學聚會上發言者口中則屢屢會念叨著『馬爾克斯』這四個字，他確實給八十年代中期的中國文壇帶來了巨大震動和啓示。」〔註49〕尹昌龍則有趣地描述了「尋根派」對「諾貝爾文學獎」的渴慕之情，「我們追尋『尋根文學』的根，還誇張著『根』的焦慮：我們隔著都市紅塵有些矯飾地眺望著貧窮的故鄉，努力地『記起』故鄉並不貧窮的文化『積澱』；我們想像著『尋根文學』輝煌的前景，彷彿看見一個就要領取諾貝爾獎的中國『尋根』作家，正歡天喜地地走在去斯德哥爾摩的路上。」〔註50〕為什麼在 80 年代進入中國的諸多域外文學中，中國作家如此鍾情於拉丁美洲的創作呢？實際上中國知識界並不是從學理上認為拉美文學蘊含著文學寫作更多的可能性，而是從馬爾克斯的《百年孤獨》中讀出了第三世界文學豐富的暗示：「融現代主義精神、社會政治熱

〔註48〕喬納森‧弗里德曼，《文化認同與全球化過程》，商務印書館，2003 年版，第
　　　　213 頁。
〔註49〕李潔非，《尋根文學：更新的開始（1984～1985）》，《當代作家評論》，1995
　　　　年，第 4 期。
〔註50〕尹昌龍，《1985：延伸與轉折》，山東教育出版社，1998 年版，第 23～24 頁。

情與民族文化傳統三位一體」。〔註51〕中國作家看重的正是拉美文學的「非西方」性，是他們以「非西方」性和「本土性」進入「西方」文學的成功。通過拉丁美洲這個和中國有相似的歷史和現實境遇的「他者」，中國的「尋根派」作家也試圖以「本土性」的民族文化認同進入「世界文學」。然而，這裡卻有明顯的誤讀，因爲不管是馬爾克斯還是巴爾加斯，他們都是受西方的教育成長起來的拉美知識分子，並都曾頻繁的旅居歐洲，他們對於故土的想像性表達在某種意義上展示的也是「西方」所期待的「東方奇觀」，他們恰恰是以「非西方性」被納入了以西方文學爲主流的世界文學秩序。雖然，「對於中國作家而言，拉美文學最成功的地方可能正是因爲它的『非西方性』，或者『超西方性』與『反西方性』。至於拉美文學是不是眞正能夠反抗西方，對中國作家而言並不重要。重要的是這個地方以外的另類文學昭示了走西方以外的道路的可能。」〔註52〕但是，既然拉美文學在後殖民主義的意義上無法逃離「非西方」文學被「西方」體認的文化政治，那麼，中國「尋根」作家指望通過複製拉美文學的成功而進入「世界文學」體系，無疑會陷入同樣的困境。換言之，中國作家試圖以回到鄉土民間的方式尋找民族文化的身份認同，依然暗合了後殖民時代的「東方」宿命，因爲「在『現代西方』和『傳統中國』之間找尋第三條道路，從來就是包括中國在內的非西方國家的宿命。」〔註53〕對於中國的「尋根派」和拉美的魔幻現實主義文學來說，雖然他們的民族身份認同存在內在的差異，但在「本土」文學進入「世界」文學的途徑中，他們都可能遭遇被「西方」誤讀並同時被「東方」誤讀的困境。

因此，「自我身份或『他者』身份絕非靜止的東西，而在很大程度上是一種人爲建構的歷史、社會、學術和政治過程，就像是一場牽涉到各個社會的不同個體和機構的競賽。」〔註54〕「尋根派」在80年代「西化」語境中試圖通過對「中國」傳統文化的尋找而建構民族身份認同的路徑，依然無法逃離身份認同中的文化政治邏輯。他們在反抗「規範文化」的意義上挖掘「不規範文化」的優長、他們在「反西方」的意義上試圖進入「西方」的文學秩序，但這種「非西方」的、「本土化」的烏托邦想像和身份建構，卻再一次顯示了

〔註51〕許子東，《現代主義與中國新時期文學》，《文學評論》，1989年，第4期。
〔註52〕鍾文，《「尋根文學」的政治無意識》，《天涯》，2009年，第1期。
〔註53〕鍾文，《「尋根文學」的政治無意識》，《天涯》，2009年，第1期。
〔註54〕愛德華‧W‧薩義德，《東方學》，北京三聯書店，1999年版，第426～427頁。

在「現代西方」和「傳統中國」之間尋找「第三種道路」的困境和悖論。「尋根派」的民族文化認同的努力，遭遇的正是第三世界國家的文學、文化的「東方」宿命和後發現代性國家超越「東方」宿命的艱難。

三、自我表述：族群認同

在「文化尋根」思潮中，阿城、王安憶、鄭義等的文學書寫顯示了儒家、道家等主流文化在現代的命運和以正統的儒道文化為資源建構民族認同的艱難，而韓少功、李杭育則以理論宣言的方式呈現了對正統的「規範文化」的反思和以「不規範文化」為資源重構文學書寫和尋求身份歸屬的努力。民族身份和民族自我的建構總是有個「他者」的參照對象，對於這些作家而言，他們建構民族文化身份的「他者」是「西方」文化和中國「傳統文化」的不同面相。但對於少數族群的民族認同和文化認同來說，「尋根」則呈現出不同的特質。「作為成員之間的關係，民族『自我』在任何時候都是相對於『他者』定義的。民族自我還根據對立面的性質和規模而包含各種更小的『他者』──歷史上曾經互相達成過不穩定的和解的他者和潛在的、正在建構其差異的他者。」〔註55〕相對於對主流文化的想像性建構，「尋根」文學中少數族群書寫在面對「西方」、「傳統」等「他者」鏡像的同時，也包含了「更小的他者」即「漢文化」，「尋根」中的少數族群寫作也正是在這個「他者」面前，顯示出自我求異的民族認同方式。

扎西達娃是個藏族的族群書寫者，他的「西藏」系列小說講述了藏民族的「傳奇」故事、尋求族群認同的文化資源和文化特質。在《西藏，隱秘歲月》中，藏民族輪迴的時間觀念和代代相傳的宗教信仰使這個民族可以抗拒來自外部世界的侵襲，這種在「正統文化」視野中的「傳奇」其實是藏民族的某種生存真實。在孤獨的廓康，因為對神靈的堅守，使幾代次仁吉姆血脈傳承，這個種族的女神成為藏民族生命力的化身。扎西達娃對本民族堅韌的民族信仰和生存方式的體認，使他的族群文化認同構成了對「現代」歷史的反駁。但是，這種古老的族群文化認同終久不能屏蔽「現代文明」的入侵，在《西藏、繫在皮繩扣上的魂》中，以繩記事和記時的文化傳承終於在「現代文明」前顯示了它的虛弱，民族的神祇之地卻再也不能傳來神靈的啟示之聲。扎西達娃的族群認

〔註55〕杜贊奇，《從民族國家拯救歷史》，社會科學文獻出版社，2003 年版，第 14 頁。

同最終未能逃離「現代性」的普遍話語，他對民族文化和民族信仰的憂患，顯示的正是在「現代性」衝擊面前族群文化認同的困境。他「在哺育了自己的大地土，重新找回了失落的夢想」，他「在家鄉的每一探古老的樹下和每一塊荒漠的石頭縫裏，在永恆的大山與河流中看見了先祖的幽靈、巫師的舞蹈，從遠古的神話故事和世代相傳的歌謠中，從每一個古樸的風俗記儀中看見了先祖們在神與魔鬼、人類與大自然之間為尋找自身的一個恰當的位置所付出的代價。」〔註56〕但扎西達娃在找到了自我的族群認同的同時，也意識到了所謂對本民族文化的認同也許是一個「陷阱」，那就是這種獨特的民族文化的自我表述可能滿足的是主流文學「獵奇」的目光、是「他者」窺視的欲望。

　　烏熱爾圖這個鄂溫克作家對他的族群的「狩獵文化」的表述，表現的是鄂溫克民族的淳樸、善良、他們在游牧生活中對自然的敬畏和與自然的和諧相處。他對鄂溫克族群生存方式的書寫和對族群文化的認同，並不是建立在對這個獨特的少數族群生活表象的記錄，因為「我如果陶醉在這種獨特的森林生活的表面，不花氣力地掠記生活的表象，獵奇式的胡抹亂畫，那我對自己的民族犯下的罪過是無法挽回的。我的民族沒有授予我獵奇的權力。獵奇式貪婪和懶惰的表現。」〔註57〕在《琥珀色的篝火》、《七岔犄角的公鹿》、《棕色的熊》等小說中，烏熱爾圖通過對這個民族善良、淳樸、勇敢的品質和他們艱苦的狩獵生活的展示，建構了對淳樸的鄂溫克族群文化的認同。但是，這卻是一個行將消亡的民族，對他們的族群文化的認同最後可能成為在歷史邊緣的輓歌式的書寫。烏熱爾圖雖然看到了自己族群文化的「獨特而豐厚」，「但是，鄂溫克的文化鏈條傳承到今天，已經變得多麼脆弱。這使我感到一種危險，一種變成福克納小說人物的危險，就是那個空有欲望，毫無表述能力的班吉。現在看來，有多少獨特的民族情感，有多少古老的文化印記，將要在我，在我們心猿意馬，熱衷於新奇的一代手中斷裂，這是使我真正感到驚悸的事情」，他唯一能做的是用小說記載下這個民族的歷史點滴，使那些「願意讀鄂溫克人的小說的朋友，或是偶然翻閱鄂溫克人的小說的朋友，記住鄂溫克這個曾跨越幾千年時空的民族。」〔註58〕烏熱爾圖找到了自己族群認同的資源，但是，這卻是一種即將走出歷史的文化，對自我民族文化的書寫成為對最後的民族歷史的記錄。

〔註56〕扎西達娃，《你的世界》，《文學自由談》，1987年，第3期。
〔註57〕烏熱爾圖，《創作通信》，《人民文學》，1984年，第3期。
〔註58〕烏熱爾圖，《我屬於森林》，《文學自由談》，1986年，第5期。

　　和扎西達娃、烏熱爾圖對本民族的族群文化認同的自我表述不同的是，韓少功和李杭育在他們「尋根」的理論宣言中，是以作為「他者」的知識分子的精英姿態在對「不規範」文化的尋找中建構起對少數族群文化的認同。韓少功在湘西苗、侗、瑤、土家所分布的崇山峻嶺中尋找到了活著的楚文化，那裡的人「『製荇荷以為衣兮，集芙蓉以為裳』，披蘭戴芷，佩飾紛繁，縈茅以占，結苣以信，能歌善舞，呼鬼呼神。只有在那裡，你才能更好地體會到楚辭中那種神秘、奇麗、狂放、孤憤的境界。他們崇拜鳥，歌頌鳥，模仿鳥，作為『鳥的傳人』，其文化與黃河流域『龍的傳人』有明顯的差別。」〔註59〕而李杭育在南方少數民族文化中找到了「侗族的、傣族的、瑤族的、苗族的、佘族的、納西族的」美麗的民間故事、史詩和歌謠，「真是五彩繽紛，美麗得令人神往」。而「吳越的幽默、風騷、遊戲鬼神和性意識的開放、坦蕩」、「楚人的謳歌鬼神、態度天真」更是令人神往。相對於扎西達娃和烏熱爾圖的「自我表述」，韓少功和李杭育是以「他者」的目光對少數族群文化的表述，而在被描述、被刻畫、被向世界講述的過程中，少數族群文化的變異也就再所難免。而且，這種被「他者」書寫的文化認同，也會面臨內在的身份分裂。印地安作家貝絲·布蘭特曾就這個問題，發表了自己的觀點。她的態度鮮明而直接：「我不認為只有印第安人能寫印地安人。但是你們不能偷走我的故事然後把它說成是你們自己的。你們不能偷走我的精神然後把它說成是你們的。這是北美洲的歷史；被盜走的財富，被盜走的生命，被盜走的夢想，被盜走的靈性。如果你們的歷史是文化統治的歷史，你們必須認識清楚並且對這段歷史講真話。你們必須承認這段歷史，然後你們才可能得到寫我的允許。」〔註60〕貝絲·布蘭特提出的問題其實具有普遍性的意義，那就是，被「他者」表述的族群歷史在多大程度上可以完成一個民族的身份認同和文化認同，自我闡釋和被「他者」闡釋在有所洞見的同時也會造成新的盲視。

　　因此，對於80年代的「文化尋根」而言，「自我表述」的族群認同和被「他者表述」的文化認同必然存在身份建構上的內在差異。因為族群歷史和族群文化畢竟不是「個人發明」，它帶有個體生命經驗、族群生存方式的歷史印記。對於「自我表述」者來說可能會囿於自我的民族情感而對族群文化在認同的同時擱置反省的視野，也就是一個處於族群中間的人可能會因為身在

〔註59〕韓少功，《文學的「根」》，《作家》，1985年，第4期。
〔註60〕貝絲·布蘭特，《尋回被盜走的聲音》，《世界文學》，1994年，第5期。

其中而造成對族群文化的盲視。而被「他者」表述會面臨相似的問題，那就是當「他者」描述少數族群文化時，可能因為「獵奇」而不能擁有對文化認同的切身的生命體察。這是一個自我表述和被表述的悖論，但從另外的意義上，這兩者的闡釋也可能構成有效的互補而呈現族群認同中的複雜性。

總之，「尋根派」通過不同的方式和途徑構建的民族身份認同和文化認同，都需要面對「中國」獨特的歷史經驗和現實境遇，不同的「尋根」個體、不同的「族群」生存、不同的歷史語境，都隱含了尋求民族身份認同的艱難。在傳統與現代之間、在規範文化與不規範文化之間、在東方與西方之間、在少數族群與漢民族之間、在「自我表述」與被「他者表述」之間，「尋根派」對民族文化認同的思考有洞見也有盲視，它顯示的正是「中國」身份認同的痛苦經驗和可能的探索。如何確立自我的身份認同和如何找尋自我的民族和族群身份認同，是纏繞著現代人的永遠的夢魘，因為，在自我和族群之間、在心靈體察和身份歸屬之間，是不斷漂移的現實和文化變遷，對民族身份的認同問題的考察，也成為對「中國」的「本土」經驗和「本土」境遇的思考。

第三節　全球化語境中的身份認同

「文化尋根」作為一種現代現象，是「全球化和現代化所激發的現象，本身就是多元現代性和動態現代性的應有之義。」〔註61〕作為對「全球化」和普遍的「現代性」話語的反抗，「文化尋根」呈現的一系列問題包含了多重面相：在全球化進程中如何進行身份識別？在文化認同中那些因素在不斷地被同化？那些因素又在不斷地被邊緣化和被拒斥？民族文化的歷史淵源如何在全球化關係中被重新塑造？傳統文化的「現代轉換」在全球化中遭遇了怎樣的身份困境？它的歷史和現實動力何在？它的未來和可能走向怎樣？在對這一系列問題的探討中，「文化尋根」中的文化認同和身份建構的複雜性漸次呈現出來，在民族文化的「自我」與「他者」之間、在「尋根派」的「本土」認同與「世界」鏡像之間、在個體的記憶置換和真實的生命經驗之間，「文化尋根」不僅構成了在「全球化」視野中尋求身份建構的中國經驗，而且它所呈現的問題也包含了複雜的文化政治因素。那就是在「全球化」語境中如何進行自我批判和自我超越，如何在和「他者」的對抗與交流中實現文化更新

〔註61〕韓少功、李建立，《文學史中的「尋根」》，《南方文壇》，2007年，第4期。

和文化轉換，並在對「全球」霸權的抵抗和拆解中反觀歷史敘述和文化建構的當下意義。

一、中國身份與「世界」認同

費瑟斯通認爲，「全球化進程同時意味著兩幅文化圖景。第一幅圖景是一定文化擴張越出其邊界進入全球、異質文化慢慢融入和整合進一個主導的文化，後者終會覆蓋整個世界。第二副圖景是指向文化的壓縮。以前分離的事物現在進入了一種彼此關聯和並列的狀況……第一幅圖景暗示了全球空間的一個征服和統一過程。這個世界變成爲一個單一的、馴服的空間，任何人都被同化進一個共同的文化之中。」〔註62〕但在全球化的進程中，實際的情形要複雜的多，對於不同的民族國家的知識分子而言，全球化在造成文化的同一性的同時，其實也恰恰提供了發現和重塑本土文化的契機。也就是說，正是有了「全球化」這個「他者」，民族文化才更能顯示出自己的獨特性和差異性。因此，「全球化是一把鋒利的雙刃劍。它一方面導致了傳統文化的困境進而引發認同的危機，另一方面它又爲本土文化認同的重建提供了契機。從這個角度來看，全球化正是文化認同及其危機的外在誘因，但對文化認同的當代建構又具有積極作用」。〔註63〕

在上個世紀80年代，中國的「現代化」進程正是被納入世界一體化的現代體系的一個重要步驟，當然，對於中國的歷史和現實境遇來說，「近代以來的中國的抵抗，在它根本的價值論意義上，是承認、接受甚至擁抱來自西方的一系列『現代的』、『普遍的』的價值觀的。與這種外來的東西在一個意義上是強加給中國人的，但在另一個意義上又是吸引中國人，激活中國人的東西。」〔註64〕中國的「被迫現代性」和「主動現代性」體現了後發現代性國家在「現代性」過程中的艱難歷程和所處的悖論與困境。而「文化尋根」對中國傳統文化的挖掘與重構，正是處於這樣的一個歷史序列中，一方面它建立在80年代的知識分子對當時普遍的「西化」語境的反駁之上，在「西學派」對西方文化的全面擁抱中，「尋根派」試圖彰顯的是中國文化不同於「西方文

〔註62〕轉引自周憲，《全球化與身份認同》，《問題與方法——南京大學人文社會科學高級研究院年刊》，2006年版，第138～139頁。

〔註63〕周憲，《全球化與身份認同》，《問題與方法——南京大學人文社會科學高級研究院年刊》，2006年版，第143頁。

〔註64〕張旭東，《全球化時代的文化認同》，北京大學出版社，2005年版，第8頁。

化」的獨特性。另一方面,「尋根派」也期待通過對傳統文化的「現代重塑」以打開進入「世界」的通道,得到「世界」的體認,這實際上也是主動地進入「全球現代性」的一種努力與嘗試。

但在「普遍化」的全球現代化境遇中尋求本土文化身份認同,必然面臨了在「現實」與「歷史」之間、在「中國」與「世界」之間、在「東方」與「西方」之間的種種困境。文化作爲一個民族的歷史積澱,往往攜帶著本民族的歷史記憶和文化情感,而文化認同的發生,一般是在本土文化遭遇「異質」文化的衝擊之時。從這個意義上說,文化認同永遠不會是一種關於即在的文化現實的話語,而是一種已然失去的、或正在失去的、面臨現實挑戰的文化話語,「要麼是這種文化現實已經以另一種方式存在,要麼它被感知爲部分喪失,要麼被認爲需要重建、重振、復興、認同內涵,不是一種佔有物,可以一勞永逸的保有,而是一個不斷尋求的過程」。〔註65〕因此,對文化身份的追尋,常常是經由對歷史久遠的傳統文化的現代反思而指向未來的文化走向。這種時間向度上的指向過去和空間向度上與「異在」的文化現實的游離,正是通過對民族文化的重新解釋以建立現實的合法性和價值感,爲當下的民族國家的文化認同提供歷史和現實的依據。「文化尋根」在 80 年代中國的發生,在上述的歷史邏輯上就體現爲對一種在現代性的時間序列上被指稱爲「落後」的傳統文化的打撈,而它在「空間」上遭遇的則是「西方」的、「世界」的現代文化壓力。對於「尋根派」而言,他們在「時間」上的回到「過去」和在「空間」上的回到「本土」,應對的正是 80 年代全球性的「現代話語」,但這種以潛在的「反抗」與「重建」的方式尋求中國文化認同的路徑,卻依然難以逃離「全球現代性」的文化邏輯。那就是當中國的知識者把目光投向已然遠去而且在當下失去了闡釋力的中國傳統文化時,他們背後的一個最大的期許是通過「過去」以獲得「現代認同」,通過對「本土」的彰顯以走向「世界」。這不僅使他們的「尋根」姿態充滿了曖昧不清,而且這種方式其實也暗合了「全球化」的另一個邏輯,那就是「全球化」在另外的意義上正是通過對「異在」的「本土性」的高揚以完成「認同」的自覺。詹姆遜曾描述了這一文化邏輯:「你就會慢慢地進入後現代對差異和區別的高揚:突然間,世界上的全部文化被置於相互容忍的交往之中,共處於一種巨大的多元主義之

〔註65〕張寧,《文化認同的多面性》,周憲主編,《中國文學與文化的認同》,北京大學出版社,2008 年版,第 12～13 頁。

中，這個世界很難不去歡迎多元主義。除此之外，除了對文化差異的最初高揚之外，而且往往與這種高揚緊密相關的，是對不同群體、種族、性別、弱勢民族等一系列新近進入公共話語領域的高揚；這些結構的消解把人口的所有組成部分貶降到沉默和從屬的地位；大眾民主化的全球性發展——爲什麼不呢？看起來與媒體的發展有關，但又即刻在新的世界空間裏表現爲文化的一種新的豐富性和多樣性」。〔註66〕

那麼，「尋根派」在對傳統文化的挖掘和尋找中，建構了怎樣的「中國」形象呢？在史鐵生那裡，它是純樸、溫暖、詩意的田園牧歌；在阿城那裡，它是王一生清淨虛無、超越現實的道家生存哲學；在王安憶那裡，它是仁義、貧窮、苦難的小鮑莊；在韓少功那裡，它是閉塞、愚鈍、冥頑不化的雞頭寨；在李杭育那裡，它是率性、自由、勇敢的葛川江；在鄭萬隆那裡，它是荒寒、遼遠、野性的大興安嶺；在扎西達娃那裡，它是獨孤、神秘、神性的西藏……。在這樣的「多樣性」和「差異性」中，那裡是眞正的「中國」？那裡是可以進入「世界」的「中國」？「尋根派」的這種中國認同，是期待在地域文化的意義上重構中國的一部分以探求從鄉土中國進入現代中國的文化動力，但是，史鐵生的「清平灣」實際上貧瘠、閉塞；「棋王」王一生有因飢餓而不得已的精神補償；「仁義」的小鮑莊是以「仁義」的死亡走出苦難；韓少功的雞頭寨不得已再一次的遷徙；李杭育的葛川江面臨著「最後一個」的命運……。不同空間中的傳統中國都正在遭遇著「全球現代性」的衝擊，雖然，「特定空間的穩定性和同質性對於維護認同會起到關鍵作用，而全球化所導致的空間流動性和混雜性，使得傳統空間場所的認同建構功能變得不確定和多樣化了」。〔註67〕「尋根派」回到「凝固」的歷史深處、回到遙遠的「空間」深處，希望尋找到「傳統中國」進入「現代世界」的動力資源，但在變動不居的世界中，時間上的回溯和空間上的探尋都變得步履維艱。「尋根派」是在一個不斷變化的世界維度上尋求中國認同，他們回到「傳統」的時間和空間中，找到的卻是不斷被邊緣化和被拒斥的「中國經驗」，而可以進入「世界」、進入「全球化」的「多樣性」和「多元性」的卻是「中國」的「東方奇觀」。在「世界」的想

〔註66〕詹姆遜，《作爲哲學問題的全球化》，王逢振主編，《詹姆遜文集》（第四卷），人民文學出版社，2004年版，第388～389頁。

〔註67〕周憲，《全球化與身份認同》，《問題與方法——南京大學人文社會科學高級研究院年刊》，2006年版，第142頁。

像中，古老的「東方」或者是美麗的田園牧歌、或者是古怪野蠻的食人民族，「尋根派」筆下的「清平灣」和「雞頭寨」作爲「中國」的某種「象徵」正不期然暗合了「全球現代性」的期待，「清平灣」的古樸淳厚呈現了「鄉土中國」的寧靜保守，而「雞頭寨」的愚昧野蠻則成爲「國民性」的指認。他們不僅未能提供「傳統中國」向「現代中國」轉換的動力，反而爲全球化化視域下的「獨特」的「東方」提供了證明。

　　「尋根派」中國認同的困境在於，他們構建的「中國」無法提供一個自足的、可以自我說明的世界。「對個體性的主體或被集體界定的主體來說，歷史建構是在構造一個由事件與敘述構成的富有意義的世界。」〔註68〕但在「尋根派」對中國傳統文化和中國歷史的構造中，他們始終是以「當下」的視野回視過去，當然這是一個必然的選擇，因爲沒有「當下」視野，那麼對「傳統」的尋找就會失去意義。但是「當下」視野的另一個問題就是，當「尋根派」以「現代性」的目光回視「鄉土中國」時，「鄉土中國」本身的「鄙陋」和「蒙昧」就成爲題中應有之意。但從「現代轉換」的期待上來看，一個「鄙陋」和「蒙昧」的「鄉土中國」又如何走向「現代」？「尋根派」的中國認同給自我設置了一個巨大的障礙，他們不是徹底的「傳統主義者」，也不是徹底的「西化者」，他們的起點決定了抵達終點的艱難。這不僅是「尋根派」中國認同的困境，實際上也是現代以來的中國困境，同樣是所有後發現代性國家身份認同的困境。當然，從另外的視野上也可以說，「尋根派」的意義也正在於他們以文學想像的方式記錄了「中國經驗」的獨特性，展現了中國進入「全球現代性」、獲得「世界」體認的困境與悖論。因爲，在「『全球文化』的意識形態的保護傘下，不同的『地方性』文化和社會的主體性（或自我身份）在全球化面前被迫懸置起來，這些文化和社會的本體論的（也即是精密地建構起來的）生存模式和價值體系也被迫化簡爲種族『身份』的一種標簽，然而，西方的神話——以其『解構』的形式和形象——卻成爲一種更加抽象也更爲活躍的攘奪有力位置及橫加干預的能量。」〔註69〕「尋根派」建構現代中國的身份認同的艱難實踐，證明的正是「全球化」的暴力和代表「世界」的「西方」的霸權。「全

〔註68〕喬納森・弗里德曼，《文化認同與全球化過程》，商務印書館，2004 年版，第177 頁。

〔註69〕張旭東，《東方主義和表徵的政治》，《批評的蹤跡》，北京三聯書店，2003 年版，第 133 頁。

球化」和「現代性」神話對「地方性」文化和「種族身份」的標籤化，也使「尋根派」的「中國認同」陷入了被「懸置」的境地。但這不並意味著中國知識者走向傳統文化深處尋求中國認同的無意義，雖然他們左衝右突都不免陷入「全球現代性」的陷阱，但是，仍不能忽視的是他們建構的「本土」中國所具有的反抗意義和拒絕被「同化」的努力所顯示的精神自覺。

「全球化」的「現代性」歷史不僅是一種時間性的範疇同時也是一種空間性的範疇，但這種時間和空間範疇的起點在現代歷史中卻是圍繞「西方」的「主體性」和「同一性」而形成的，「現代的東方經歷了入侵和戰敗，受到了剝削，然後它才誕生。這就是說，東方只有等到它變成了西方的對象的時候才開始進入現代時期。因此，對非西方來說，現代性的真諦就是它對西方的反應。」〔註70〕「文化尋根」作為中國知識者對「西方」的反應，它對於「非西方」的「中國」的意義也就在於打破了「西方化」的幻影，再次還原了在「被迫現代性」的歷史境遇中「中國認同」的問題視域。德里克曾經描述了「現代性」的矛盾和悖論：「啓蒙運動既成為使人們從過去中解放出來的工具又是對民族的主體性和智慧的否定；而過去則成為一種民族特性的源泉又是加諸現在的負擔；個人既是現代國家的公民又是全民族解放的威脅因素；社會革命既是把階級和社會群體解放出來從而建立一個真正民族的工具又是導致民族解放的分裂因素；鄉村既是古老的民族特性的根源又是發展的絆腳石；……諸如此類的矛盾無窮無盡；它們在不同的社會視野裏以不同的方式表現出來，但是它們都屬於現代性的矛盾。」〔註71〕這種「悖論性」處境也是「尋根派」重構「中國認同」的處境，那就是民族文化在成為民族特性的源泉時也成為進入「現代」的負擔，鄉土中國既蘊含了民族古老的文化積澱又是發展的絆腳石，「尋根派」試圖超越「西方」的線性歷史以回到「過去」的方式重新進入「世界」，卻又落入了「全球化」對「差異性」的「他者」的潛在需求。因此，「尋根派」對「中國身份」的建構和對進入「世界」的期許，顯示的正是在「現代性」和「全球化」的視野下尋求中國認同的艱難，他們在「時間」和「空間」上以回到「過去」和「民間」重構「中國」的實踐，在反抗「全球化」霸權的同時，也不期然會落入「全球化」的陷阱。

〔註70〕酒井直樹，《現代性及其批判：普遍主義與特殊主義問題》，張京媛編，《後殖民理論與文化批評》，北京大學出版社，1999 年版，第 405 頁。
〔註71〕阿瑞夫・德里克，《現代主義與反現代主義》，《在歷史的天平上》，工人出版社，1999 年版，第 89 頁。

二、本土文化與記憶置換

「尋根派」在時間和空間上回到鄉土中國，以文學想像的方式重構了他們的知青記憶、也重構了鄉土中國的文化記憶。文學書寫所試圖構建的本土中國是經過知識者過濾後的「中國形象」，而且在其中他們對自我記憶和民族記憶都進行了某種置換。馬爾庫塞在《審美之維》中曾經表達了虛構的文學世界所具有的美學上的真實性：「作爲虛構的世界，作爲顯象，它包含著比日常現實更多的真實，因爲日常現實在它的制度和關係方面已經神秘化了，日常現實把必然性塞給偶然的東西，把異化強加給自我實現。事物只有在顯象的世界中，才呈現其本來面目和它們可能的情景。處於唯有藝術才能以感性方式表現的這種真理，世界就被顛倒過來了。那個現存的日常世界，現在看起來才是不真實的、虛假的、欺騙人的。」〔註72〕在這樣的意義上，「尋根派」作家虛構的「中國形象」也包含了比現實中的傳統中國和現代中國更「真實」的「中國經驗」，其中對本土化的構造和對自我記憶的置換在「全球化」的視野下呈現出更爲豐富的意蘊。

「全球化」的一個典型特徵就是對時空的壓縮，前現代的時間的悠遠和空間的隔絕在「全球化」時代已成爲過去，現代科技的發展使時間和空間日益被壓縮爲一個「地球村」。現代文明比起傳統文明的動態性正在於日益神速的變遷速度，「這種發展趨勢尤其明顯地呈現在時空分離及其『虛空化』，傳統生活的『在場』被全球化當下生活的『缺場』所取代，這就導致了所謂的『脫域』現象的出現。所謂『脫域』意指『社會關係從彼此互動的地域性關聯中，從通過對不確定的時間的無限穿越而被重構的關聯中脫離出來』。即是說，傳統社會那種穩固的、變化緩慢的『在場』機制被摧毀了，取而代之的是一種遠處所發生的事件對本地在場生活世界的深刻影響，吉登斯稱之爲『遠距作用』」。〔註73〕在「全球化」的「在場」機制被摧毀之後，對「在場」的傳統生活的追溯和重構就成爲緩解現代焦慮的重要途徑。在此邏輯上，80 年代中國文壇上的「文化尋根」重構的鄉土中國的本土文化記憶，對於當時普遍的「現代性焦慮」就具有了「文化還鄉」的意味。但「文化還鄉」回到的「本土」卻是經過了記憶置換的「本土」，史鐵生對「遙遠的清平灣」的詩意

〔註72〕馬爾庫塞，《審美之維》，北京三聯書店，1989 年版，第 244 頁。
〔註73〕周憲，《全球化與身份認同》，《問題與方法——南京大學人文社會科學高級研究院年刊》，2006 年版，第 140 頁。

和抒情性回望是在脫離了「在地」的苦難回到城市後的文學想像，韓少功對曾經插隊的汨羅江邊的楚地民風的書寫也因為知識者的「啓蒙情懷」而置換爲對「國民性」的批判。王安憶說：「我寫農村，並不是出於懷舊，也不是爲祭奠插隊的日子，而是因爲，農村生活的方式，在我眼裏日漸呈現出審美的性質，上升爲形式。這取決於它是一種緩慢的，曲折的，委婉的生活，邊緣比較模糊，伸著一些觸角，有著漫流的自由的形態。」〔註74〕而這種「緩慢的」、「曲折的」、「委婉的」鄉土生活對應的正是「快速的」、「直接的」、「理性的」的現代生活。「尋根派」作家的這些記憶置換和記憶選擇，正是「現代性」歷史進程中對「傳統」和「本土」的懷舊記憶，是「全球化」視野下對曾經「在場」的生活的價值認同，它對抗的正是「全球化」下虛擬的「不在場」的生活。「懷舊感及其表象的湧現，與其說表現了一種歷史感的匱乏與需求，不如說是再度急劇的現代化過程中深刻的現實焦慮的呈現；與其說是一份自覺的文化反抗，不如說是別一種有效的合法化過程。」〔註75〕

但對已被捲入全球現代性進程的中國而言，進行了記憶置換和記憶選擇後的本土中國依然不能完成現代中國人的文化認同。懷舊是對家園感消失的焦慮和重構，而鄉愁則顯示了對家園文化符號的重構，對於「現代」中國人而言，在「懷舊」的「鄉愁」中尋求身份認同找到的只能是一種日益被撕裂的經驗。「尋根派」回到鄉土中國的目的並不在簡單的「懷舊」，而是一種「文化鄉愁」，他們痛感優美的傳統文化消失的蒼涼，韓少功感言「絢麗的楚文化到哪裏去了」、李杭育惋惜著吳越的幽默文化、荊楚的鬼神文化的流失，而阿城和鄭義則痛感「五四」所造成的「傳統文化的斷裂」。「鄉愁」是對失去的「不在場」生活的懷念，是對當下生活所缺乏的東西的需求。費瑟斯通把它表述爲「刻意的鄉愁」。因爲，「鄉愁或懷舊作爲一種集體歷史記憶的重現，是對美好過去的追懷，在這種複雜的過去重建過程中，它滿足了今天看似比較單純的對往昔的憶念。恰如長者對自己童年時光的美好回憶一樣，在懷舊的重建中，過去必然會依據現在的需要而被美化和理想化，它重現的總是今天人們所匱乏的迫切所需之物，因此過去在鄉愁中總是值得回憶和值得珍藏的。同時，『刻意的鄉愁』也遮蔽甚至消解了過去歲月中的苦痛與陰鬱。這就

〔註74〕 王安憶，《生活的形式》，《上海文學》，1999 年，第 5 期。
〔註75〕 戴錦華，《隱形書寫——90 年代中國文化研究》，江蘇人民出版社，1999 年版，第 126 頁。

使得過去變得單純化和令人神往了，對今天的人們具有獨特的吸引力」。〔註76〕同樣，「尋根派」的「文化鄉愁」在一定程度上遮蔽和消解了「傳統文化」中的負面因素，改寫了眞實的文化記憶。阿城對道家文化的張揚使他在敘述中遮蔽了王一生在極端的物質匱乏中進行精神補償的無奈，他是以啓蒙的知識者姿態看到了王一生的道家人生的眞諦並認同了民間生活的自足性，但是這種「刻意」的文化表達在某種意義上卻是遠離最眞實的民間生存眞相的。王安憶對「儒家」的「仁義」文化的表達卻有所不同，她雖然以知識者的目光打撈了「仁義」文化的精髓，但王安憶同時也創造了一個具有「自我反省」精神的敘述者，她在建構「仁義」神話的同時也拆解了這個神話，因爲她看到了傳統「仁義」在「現代」的命運。那就是，在「現代性」的壓力之下，傳統的「文化鄉愁」的精神認同和維繫功能已面臨消解，王安憶的「文化尋根」的重要意義也就在於她還原了鄉土中國的文化記憶同時也置換了這種記憶，因此，王安憶意義上的「文化鄉愁」和「文化反省」才有可能爲「尋根派」對「文化家園」的精神性重建提供可資借鑒的方式。

　　「建構過去是一項工程，通過有選擇得組織與當代的主體有連續關係的事件，對一直發展到當前的生活創造出一個恰當的表述，即這是一個在自我界定的行動中形成的生活史。」〔註77〕因此，被表述的和經過記憶置換的「本土中國」要完成身份認同必然要和當下的中國境遇相聯繫，也就是說，對於「尋根派」而言，要想重建對中國本土文化的認同，必須能夠以「當下」爲基點爲「傳統」的意義世界提供證明。但「尋根派」在時間上回到過去、在空間上回到邊緣的方式正是對 80 年代中國現實的擱置，這也是當時的許多批評者所詬病的，那就是「尋根」對豐富的現實生活的放逐。中國認同的重建並不是發生在已「不在場」的歷史場域和被「全球化」定義爲「多樣」和「差異」的現實生存中，而是應基於本土的具有整體性的現實生存空間。或者說，在「全球化」語境中尋求本土中國的身份認同，不僅需要打撈一個民族古老的文化傳統，而且應該重視「傳統」在「現代生活」中的積澱呈現出怎樣的面貌並有怎樣的處境，「文化反省」的意義也在於對當下的文化積澱的反省性批判和建設性重構。本土認同的重建，要以「歷史」和「當下」雙重視野下

〔註76〕周憲，《全球化與文化認同》，《問題與方法——南京大學人文社會科學高級研究院年刊》，2006 年版，第 146 頁。

〔註77〕喬納森·弗里德曼，《文化認同與全球化過程》，商務印書館，2004 年版，第176 頁。

的民族文化主體性的建立爲基礎，而新的文化主體性的建立和文化認同的構建，首先是來自自我的或中國的群體性的日常生活經驗，來自一個民族所負載的歷史經驗和文化記憶，來自對當下中國文化現狀的思考和對未來文化走向的瞻望。「如果我們不能夠在意義、價值和『生活世界』的整體上考慮自身的具體、特殊的文化形態，我們就談不上具備一種文化政治的意識，就談不上有自己的文化。這種文化不可能憑空被『創造』或『想像』出來；它也不能借『回歸傳統』去獲得。它的歷史性的存在依附於新的生活世界的建立，而它的感念輪廓則只能在文化價值體系內部和它們彼此之間交往和衝突過程中產生。」〔註78〕

　　因此，對於「尋根派」來說，他們通過記憶置換構建的「本土中國」在時間的維度上具有對傳統文化進行重新挖掘和反思的意義，在空間的維度上具有豐富邊緣的族群生存和民間生存的「中國經驗」的意義。但是，他們在「時間」上回到「過去」和在「空間」上對「邊緣」和「民間」的選擇，也使他們遠離了「當下」和「現實」的中國境遇而遭遇身份認同的困境。從「傳統」到「現代」的時間和空間體驗，對「中國認同」的維繫和構建具有重要的功能性價值。而當「全球化」帶來的時空壓縮使「不在場」的全球體驗成爲一種文化霸權時，經過「記憶置換」的本土認同對「過去」和「現實」的鏈接就更具有了相當重要的現實意義。

三、身份認同與文化政治

　　身份認同的問題從來就不是一個單純的關於個人、族群的自我事件，也不只是一個關於文化、思想的知識問題，在「全球化」的西方現代性霸權之下，身份認同和文化政治始終是纏繞在一起的。如何在權威話語的現代性情景中進行自我識別、如何在一個日益一體化的世界中尋求與全球霸權異質性的身份表述，都包含著在「東方」與「西方」之間、在「民族國家」與「全球化」之間的文化政治。「尋根派」在「現代性」語境中對傳統文化的重新發現、在「西化」的知識場域中對文化的多聲部的建構，使全球現代性的普遍主義話語發生分裂。他們以對「過去」的重新建構而指向當下的文化現實，這一姿態和策略不僅是一種文化行爲，而且顯示了知識分子進行民族文化認同和中國身份重建的思想激情和現實動力。

〔註78〕張旭東，《全球化時代的文化認同》，北京大學出版社，2005年版，第9頁。

　　誰有權力進入歷史、誰有權力以「民眾」和「民族」的名義在現代性普遍主義話語下尋求「中國認同」，這本身就是一個知識和權力的問題。在 80 年代的文壇上，「尋根派」是以被流放歸來的知識精英的自我定位進行文化反思和文化啓蒙的，他們能夠爲民族文化立言的權力在於他們自認爲是經歷了歷史洗禮的知識「貴族」、是對中國傳統文化和現實境遇有闡釋能力的知識精英。「既然歷史是認同的話語，誰『擁有』或佔有過去的問題就是一個誰有能力在給定的時間和空間上識別他或她自己和他人的問題。」〔註 79〕作爲本土的知識分子，他們以對中國歷史傳統和文化傳統的「掌控」進入文化反思，阿城在後來的訪談中是這樣描述自己的知識構成的：「『尋根』是韓少功的貢獻。我只是對知識構成和文化結構有興趣。……我的文化構成讓我知道根是什麼，我不要尋。韓少功有點像突然發現一個新東西。」〔註 80〕阿城在時隔二十年後，重談當年的「尋根文學」，表達原來「根」是根本就不用尋的，因爲他對中國文化結構早已了然以胸。而韓少功在 2007 年的一次訪談中，甚至斷然否定了當時的拉美文學對「尋根」的影響，自稱他們在杭州會議之前沒有任何中國作家讀到過馬爾克斯的作品，他們之所以提出「尋根」，是因爲他們關切的是在「全球化的趨向已經明顯，中、西文化的激烈碰撞和深度交流正在展開」時，「如何認清中國的國情，如何清理我們的文化遺產，並且在融入世界的過程中利用中、西一切文化資源進行創造，走出獨特的中國文學發展理路。」〔註 81〕不管韓少功是記憶的有意篩選還是爲了突出當時提出「尋根」的知識者的思想前沿性，都無法遮蔽他對獨特的「中國」問題的精英思考。但批評家李慶西卻這樣描述了這群文壇的「後來者」參與到這次重要的對話中的欣喜和狂歡：「在一部分青年評論家的記憶中，一九八四年十二月的杭州聚會，至今歷歷在目。這番情形就像一個半大孩子還陶醉在昨日的遊戲之中。也許對他們來說，像那樣直接參與一場小說革命的機會難得再能碰上了。」〔註 82〕也就是說，當「尋根」群體作爲文壇的「後來者」進入歷史和作爲歷史的「精英者」闡釋歷史時，其實存在著自我身份的分裂，當他們以這

〔註 79〕喬納森・弗里德曼，《文化認同與全球性過程》，商務印書館，2004 年版，第 214 頁。
〔註 80〕查建英，《八十年代訪談錄》，北京三聯書店，2006 年版，第 33 頁。
〔註 81〕王堯，《1985 年「小說革命」革命前後的時空》，《當代作家評論》，2004 年，第 1 期。
〔註 82〕李慶西，《尋根：回到事物本身》，《文學評論》，1988 年，第 4 期。

種內在「分裂」的視野看待「全球化」語境下的中國處境時，可能同時帶來了對自我身份和民族文化身份的雙重遮蔽。一方面，「文化尋根」的出場，是知青群體為了重獲對現實的發言權的話語爭奪；另一方面，他們的寫作對「革命」和「西化」的雙重反叛也有著深刻的政治意味。而且，他們被「拉美文學」引爆的本土情結，實際上看重的也是拉美文學的「非西方性」，對「這群『前紅衛兵』而言，拉美文學的另一層隱含不見的意義恰恰在這裡：它們動搖了西方的『中心主義』，打破了『歐美文化的種種桎梏』——我們知道，文學從來是政治想像的投射，在這一意義上，中國作家對拉美文學的熱情，或許真正是因為他們對拉美文學的文學——政治想像復活了一代中國人殘存的政治無意識。」〔註83〕而韓少功時過境遷後的否認，可能隱含的正是「尋根」群體對自我身份指認的意識形態內涵，那就是他們並不是步「拉美文學」後塵的模仿，而是基於知識精英對中國現實問題的反省和對中國文學、文化的自覺。

「尋根」作為有知青經歷的一代作家對知青經歷的重構，其實同樣遮蔽了知青生活中的悲壯、痛苦、扭曲的歷史。這種跨越時空回到「過去」和「民間」的方式對於「尋根者」來說，在一定意義上恰恰是對自我經驗的「無根」的重構。他們回到被個體記憶置換過的鄉土中國尋找民族文化的遺跡，但這種缺失了鮮活的個人生存經驗的民族文化之「根」卻可能成為一次「無根」的回返，這和他們作為本土知識精英的自我身份認同顯然產生了巨大的裂隙。因為，在「全球化」的現代邏輯中，本土知識分子承擔著重建文化認同的職責，而他們懸置了真實的「自我身份」的本土文化認同，必然帶來這樣一些問題：進入歷史並闡釋歷史的知識權力者在歷史中究竟扮演了怎樣的角色？他們對民族文化的探尋和對民族身份的重構的合法性何在？對於一個民族國家的文化認同而言，「民族及其認同在民族的可信性記憶、符號、神話、遺產以及本土語言文化被表述和展示出來，它構成了共同體的歷史和命運，……因為保護、承認和歸屬的需要，鼓舞了其民族及其成員，特別是鼓舞了其知識分子和專業人員，在民族國家裏或通過民族國家，去努力使他們的符號、文化和遺產制度化。……一般而言，族裔知識分子和專業人員們代表民族利益，指導民族的文化政策，證實民族的遺產、文化和象徵」。〔註84〕

〔註83〕鍾文，《「尋根文學」的政治無意識》，《天涯》，2009年，第1期。
〔註84〕安東尼·史密斯：《全球化時代的民族與民族國家》，中央編譯出版社，2002年版，第118頁。

在這樣的邏輯上，「文化尋根」本身暗含了一種文化政治行爲，那就是在對民族文化的追溯中重建民族國家共同體的群體認同，在日益「全球化」和「一體化」的世界中重建中國文學和文化的自信。但是，作爲民族國家知識分子的「尋根者」並不能在自身的經驗邏輯上完成本土文化的表述，而是作爲一個擱置了自我經驗的、具有精英意識的「他者」去挖掘歷史深處的文化積澱以重建文化自信和文化認同，這就可能使「尋根」成爲一種精神姿態，而未能成爲一種有效的實踐。

那麼，如果暫時擱置「尋根派」的主體因素而進入他們構建的「本土」和「地方」文化，在身份認同中又會呈現怎樣的問題和困境呢？「尋根派」在他們的文學書寫中構建了不同的地域本土文化，這種本土性或地方性的文化或者指向淳樸溫情、或者指向蒙昧麻木，指稱著民族歷史和民族文化的優長和劣根，並以對本土文化的張揚或反叛作爲新的文化認同的起點。但是，在「全球化」語境下，對本土文化的歷史反省和未來建構都可能落入一個圈套，那就是反省和重建的基點依然是已成爲全球意識形態的「現代」文化，甚至可能是在「全球化」的文化邏輯上的自我呈現。因爲「地方性（主要是非西方的）歷史和文化不得不內化其自身的離散——此時，祈求於一個集體的過去或是關於未來的烏托邦形象的任何企圖都會由於種種原因和禁忌而變得徹頭徹尾的可恥——以便接受被納進後現代的、全球文化（一個現代歷史的盛大聚會）的多元文化協奏中，而西方由於擁有根據歷史的新變化反思自我和重新表達自我的權力和能力，卻抵達了現代性的另一階段，這一現代性在過去半個世紀裏在普泛化和世俗化上已經獲得了前所未有的發展。」〔註85〕換言之，對本土性、地方性文化的彰顯可能成爲「全球化」「多元文化協奏」之一，而「傳統文化」的「現代重塑」參照的標杆同樣是「已經獲得了前所未有的發展」的「西方」現代性。這就回到了原來的問題上，那就是，不管你建構了「清平灣」還是「雞頭寨」，不管你回到的是商州的野性浪漫還是葛川江上「最後一個」的蒼涼，在問題的視域上，對本土中國的構建在現代性的時間序列上永遠處於「西方」之外的民族追趕「西方」的路途中，而且，「西方」表達自我和反思自我的權力和能力使「東方」永遠處於邊緣和落後的話語序列中。這就是在全球化的「西方」霸權下「東方」進行身份認同的困境，

〔註85〕張旭東，《東方主義和表徵的政治》，《批評的蹤跡》，北京三聯書店，2003 年版，第 133 頁。

「他者」成爲了自我反省的「鏡像」，同時，「他者」也成爲了不能共處同一空間的「前行者」。

「文化尋根」本意在反抗「全球化」的普遍現代性話語，期待以本土文化的回返拆解現代性的神話、在對全球霸權的反抗中重建本土中國的文化認同。法儂曾經描述了殖民地知識分子對傳統文化回溯的意義：「當本土知識分於站在野蠻今天的歷史面前時，他們驚訝不已，決心回溯得更遠，探入得更深，也許這都是無意識之中的事情。不錯，他們無比喜悅地發現民族的過去絕沒有羞於見人的地方，相反，過去是尊貴的，輝煌的，莊嚴的。對過去民族文化的張揚不僅恢復了民族原貌，也會因此對民族文化的未來充滿希望。這就使本土人的心理情感平衡出現了重要的變化」。〔註86〕也就是說，民族傳統文化對重建民族自信心有重要意義，但法儂隨後也揭示了在殖民地建立政治上的民族國家對文化建構的決定意義。中國的「文化尋根」在80年代的文化和思想史上有同樣的文化政治內涵，但「尋根派」是在政治允許的框架內討論文化問題，這就決定了「文化尋根」的革命性意義是非常有限的。但它呈現的問題卻是頗具症候性的，如果在法儂的意義上對「尋根派」的文化反省進行考察，可以看到其強烈的文化政治訴求，那就是在「全球性」的現代意識形態下探索「非西方」道路的嘗試。文化的訴求、思想的反省在根本的意義上都是一種意識形態行爲，而在全球化的歷史境遇中重構自身的文化身份、重建民族國家認同，也注定無法逃離「全球化」的文化政治。

雖然，「全球化」和「現代化」作爲一種新的神話話語，在「西方」的歷史序列上不斷地構建了需要「西方化」的「東方」和需要納入「全球化」序列的「地方性」、「本土性」。但問題也許不在於誰成爲誰的「他者」，而在於對文化實踐的複雜性和豐富性的揭示，這正是「尋根派」的文化反省和認同重建的意義和價值。作爲一次歷史的衝動，作爲一次文學、文化和思想的自覺，「文化尋根」攜帶的80年代複雜而豐富的歷史符碼成爲進入歷史的一個可能通道。

總之，全球化以普遍主義的話語邏輯遮蔽了內在的對文化和價值多樣性的壓抑，對於中國知識分子而言，如何在全球化的進程中重建中國文化的獨特性和自主性，就成爲一個關係到自我身份、民族身份建構的重要問

〔註86〕佛朗茲·法儂，《論民族文化》，張京媛編，《後殖民主義文化理論》，北京大學出版社，第278頁。

題。「重新確認自己的認同，這不只是把握自己的一種方式，而且是把握世界的一種方式，也是我們獲得生存理由和生存意義的一種方式。」〔註 87〕對於「尋根派」而言，他們在「全球化」的普遍主義話語中，尋求自我的身份認同、民族身份認同、民族國家的文化政治認同，就不僅是一個中國知識分子尋找安身立命的文化支點的問題，更是一個如何重建中國的文化認同和重構中國身份的問題，並通過身份認同，重建個人生存的意義和民族國家在「世界」的存在價值。在日益全球化的現代性話語空間中，「文化尋根」所揭示的認同問題從根本上是一次對文化重建和身份重構的努力，那就是「如何讓價值的、倫理的、日常生活世界的連續性按照自身的邏輯展開，而不是又一次強行納入一種『世界文明主流』的話語和價值系統中去。」〔註 88〕對「尋根派」來說，在什麼樣的思想和脈絡中去談論中國問題，帶給我們的啓示也許在於：不是在對歷史和文化的斷裂與延續的判斷中進入問題、以否定此前歷史的方式建立當下敘述的合法性，而是在文化溯源和文化反省中，在與「他者」的交流、斷裂、衝突中發現問題新的可能性。

〔註 87〕 汪暉，《汪暉自選集・自序》，廣西師範大學出版社，1997 年版。

〔註 88〕 張旭東，《我們今天怎樣做中國人》，《全球化時代的文化認同・序》，北京大學出版社，2005 年版。

餘論：「尋根話語」與 90 年代以來的文學、文化、思想狀況

　　「文化尋根」作爲中國當代文學、文化、思想史的一個重要轉折點已成爲歷史，但它所攜帶的豐富的歷史意蘊卻對此後的文學、文化和思想的變遷產生了深遠的影響。30 多年過去了，80 年代已成爲一段遠去的歷史，「文化尋根」卻更像一個巨型的寓言、一個集體的神話、一個招魂的儀式，在 90 年代以後的歷史中不斷地聽到它的迴響。「文化尋根」曾爲 80 年代「文化熱」中的傳統文化討論開拓了一個廣闊的話語空間，爲「當代中國文化意識」〔註 1〕提供了一個重要的參照路向。而 90 年代以後中國思想界在告別 80 年代的激情和浪漫之後，「通過對西方理論和意識形態話語的細緻分析去破除思想氛圍的幻想性和神話色彩，從而爲當代中國問題的歷史性出場及其理論分析提供批判意識和知識準備。告別八十年代的姿態或許有助於中國知識思想界擺脫種種話語的桎梏和政治的陰影，從而積極地迎接九十年代的課題；但它同時也容易使人有意無意地迴避種種當代中國文化思想的與生俱來的立場困境和理論匱乏。」〔註 2〕在這樣的邏輯上，「文化尋根」作爲一次重要的文學、文化和思想實踐，不僅不會被歷史淹沒，而且可能以一種更爲隱晦的方式爲未來的話語實踐提供思想基點，並在新的現實語境下攜帶著它的問題意識爲當代中國的文化討論提供歷史資源。

〔註 1〕80 年代「文化熱」中甘陽主編的「西學」討論的一個文集，2007 年，以《八十年代文化意識》的書名再版。

〔註 2〕張旭東，《重訪 80 年代》，《讀書》，1998 年，第 2 期。

一、「尋根話語」與 90 年代以來的文學書寫

「尋根文學」作為「文化尋根」思潮在文學書寫中的實踐，在 80 年代的文壇上具有重要意義，它終結了「傷痕文學」和「反思文學」的政治化書寫，打破了文學書寫和政治話語的黏合，開啟了新時期文學從宏大敘事向民間敘述、從政治生活向日常生活的轉向。它對「現代派」文學的反駁和對中國民族傳統的回歸，使「本土化」的鄉村敘述呈現出不同於 50～70 年代的農村小說的新面貌，而且這種鄉土中國的文學想像和文化建構在「全球化」的新歷史語境下具有反抗普遍「現代性」的重要意義。另外，「尋根文學」在小說形式上的創新，不僅在西方「現代」和中國「傳統」之間搭建了一座浮橋，而且這種形式創新成為此後小說書寫的一種重要先導。因此，「尋根文學」在 80 年代的文壇上具有轉折性的意義，一方面它反抗了 50～70 年代延續而來的寫作方式，另一方面它對 90 年代以後的文學書寫產生了重要影響。

自「尋根文學」始，小說中的故事講述和人物命運不再是政治生活的演繹者和政治挫敗的承擔者，它以文化反思的方式拆解了自 50 年代以來形成的政治化人格和被「極左」政治戕害的日常生活。而從政治生活到日常生活成為此後小說寫作的一個重要轉向，發端於 80 年代中期的「新寫實小說」，以平民視角「講述老百姓自己的生活」〔註 3〕，以池莉的《煩惱人生》、《不談愛情》、《太陽出世》三部曲為起點，「新寫實」不批判、不控訴也不意在啟蒙，它拒絕講述歷史本質和挖掘生活的意義，對瑣碎的、日常化的現實生活表現出濃厚的興趣，講述普通人的生老病死、衣食住行，書寫個人的煩惱、欲望、困頓、欲望。這種對日常生活的展示和生存本相的裸露，在「新生代」小說中達到了極致，個體的無意義的日常生活成為小說敘述的內容和目的，在朱文、韓東等人的寫作中，小說成為個人日常生活的流水記錄。如果說日常生活書寫在「尋根文學」中依然具有反抗政治生活、並在日常生活中挖掘文化內涵的話，那麼到「新寫實小說」，生存本相的展示是生活本身也是文學本身，而且「新寫實小說為 20 世紀 90 年代文學在另一個價值平面的展開提供了新的座標。它消解生活的詩意，拒絕烏托邦，將灰色、沉重的『日常

〔註 3〕《東方時空》中的《百姓故事》欄目的主題詞，「講述老百姓自己的故事，用鏡頭記錄普通中國人的喜怒哀樂，關注處於社會轉型之中的中國人的生存狀態，與您共同分享人生」。《東方時空》欄目開辦於 1993 年 5 月 1 日，如果從時間的序列上看，早在 80 年代中期就出現的「新寫實小說」無疑引領了講述普通人日常生活的先河。

生活』推到了時代的前面。」〔註4〕在 90 年代的「個人化」寫作中，個體的日常生活和私人成長經驗成爲重要的寫作資源，「日常生活」甚至已不具有對抗宏大敘事的意義，它更多地成爲一個無根時代的欲望張揚。當「歷史」、「現實」、「政治」、「文化」等話語都已遠去，「日常」和「個人」也日益剝離了美學的意義成爲一個無根時代的象徵。

「尋根文學」對西方「現代派」文學的反抗和對中國傳統文化的回歸，爲文學的形式創新開啓了新的路向。從韓少功的《爸爸爸》對魔幻現實主義的借鑒到王安憶的《小鮑莊》的「引子」、「還是引子」、「尾聲」、「還是尾聲」對敘述的拆解和重構，從阿城的《棋王》對古典的白描語言的運用到賈平凹的古雅簡省、俊朗質樸的「商州系列」故事，「尋根文學」打破了「現代派」小說對西方小說技巧的生搬硬套，把西方的小說技巧和本土的中國講述結合起來，並從中國傳統文化中尋找小說的新體式。就形式創新而言，與「尋根派」幾乎同時登上文壇、并成爲 80 年代後期文壇領軍者的「先鋒小說」在「尋根」的形式創新上走的更遠，形式甚至成爲意義本身。在余華、蘇童、格非、洪峰等先鋒作家那裡，形式不再是「意義」和「故事」的承擔者，余華曾經說過：「當我發現以往那種就事論事的寫作態度只能導致表面的眞實以後，我就必須去尋找新的表達方式。尋找的結果使我不再忠實地描繪事物形態，我開始用一種虛僞的形式。這種形式背離了現狀世界提供給我的秩序和邏輯，然而卻使我自由地接近了眞實。」〔註5〕余華雖然試圖追求一種超越現實世界「眞實」的「形式」、并達到對生存世界的更爲深入的解讀，但對於整個先鋒群體而言，「爲形式而形式」最後依然成爲讀者遠離先鋒小說的重要原因。在 90 年代以後，先鋒小說家們紛紛從「形式試驗」回歸故事、回歸古老的家族傳奇和鄉村敘事，「形式」再次成爲「意義」的有機部分。如曾經迷戀於迷宮設置的格非寫出了《敵人》，揭示了「敵人即在自己心中」的命題。曾迷戀於暴力敘事的余華寫出《活著》、《許三觀賣血記》，以「反復」和「迴環」的形式，從個體生存最內在的困境出發，把碎裂散置的人生轉變爲整體的「現世」來加以觀照，從而逼出了苦難本體。意義再度回歸溫暖的家園，曾經的放逐已是昨日風景，「先鋒」小說從存在的哲學本體向存在的日常詩意轉移。而且，這種對「形式」的自覺成爲 90 以後小說寫作的普遍傾向。同時，「尋根文學」

〔註 4〕曠新年，《寫在當代文學邊上》，上海教育出版社，2005 年版，第 90 頁。
〔註 5〕余華，《虛僞的作品》，《上海文論》，1989 年，第 5 期。

向中國傳統回歸的一脈，不僅在80年代後期的「新歷史小說」中得到了迴響，而且在90年代以後的「家族傳奇」和「鄉村傳奇」中，傳統的故事講述方法也成為很多作家主動的追求，從《白鹿原》、《豐乳肥臀》到《河岸》、《人面桃花》等，傳統的講述方式和古老的故事結合又達到了新的高度。

　　而對於「尋根派」作家本身而言，他們在80年代「尋根文學」思潮中的寫作，不僅奠定了他們在文學史上的重要地位，而且在90年代的寫作中，有延續也有超越。王安憶從《小鮑莊》的「鄉村寓言」到90年代以後的《長恨歌》、《富萍》、《上種紅菱下種藕》等長篇小說，不曾改變的是她是對普通人日常生活的關注。如果說在80年代她更多地關注日常生活的「意義」和「文化內涵」的話，那麼，在90年代以後的寫作中，她讓日常生活回到了本身，在普通人的日常冷暖和悲歡離合中，挖掘了民間和日常生活中最細微的觸角，觸摸著普通人心中最隱秘的脆弱、敏感、堅韌和溫柔。韓少功在「尋根」中通過《爸爸爸》的魔幻現實主義講述他的「民族寓言」，而90年代以後的《馬橋詞典》繼續了他對小說形式的新探索。在《馬橋詞典》中，他嘗試以詞典的語言問題來寫小說，並且展示了被各種權力話語所遮蔽的民間生活的豐富性。到2002年的《暗示》，韓少功的文體實驗達到了極致，「以語言來挑戰語言，用語言揭破語言所遮蔽的更多生活真相。」史鐵生從《我的遙遠的清平灣》出發，以「鄉村牧歌」的「懷舊」視野書寫了鄉土生活的溫暖和詩意，在90年代以後的《務虛筆記》和《我的丁一之旅》中，他依然從個人的日常經驗出發，但不同的是，這次他回到的不是民間和日常的生活，而是個體的精神訴求和靈魂疼痛。史鐵生依然保持了他在每一次文學思潮和每一段文學史中的不可替代性，在80年代，當「知青文學」在「苦難」、「青春」、「激情」中駐留的時候，他回到了鄉土日常生活的簡樸和溫情，在90年代，當「個人化」寫作回到個體的瑣碎經驗時，他以精神的「特立獨行」探索了人性的深度和精神的高度，在終極的意義上對人的個體存在進行新的追問。賈平凹以「商州系列」在文壇揚名，他以商州的風土人情書寫了鄉土中國自在自為的生存狀態，2005年的《秦腔》延續了他對鄉土的深情，但這次他曾傾心讚美的鄉土中國已不再令人神往，《秦腔》是鄉土破碎的歷史，從某種意義可以說，這是整體性的鄉土寫作的終結，是一曲悲愴的鄉村輓歌。因此，對於「尋根派」作家而言，「尋根文學」中的文學實踐，不僅成為他們寫作的一個重要起點，而且也成為此後寫作不斷回視和超越的文學經驗，它不僅是一代人的文

學思考，更顯示了一個時代的文學症候。

「尋根」作爲一次文學史上的集體行爲帶有 80 年代「反抗」和「探尋新路」的時代印記，而在 90 年代以後的文學寫作中如何繼承「尋根文學」的歷史遺產和超越「尋根文學」的歷史局限，成爲一個新的問題的起點。「尋根文學」關注「日常生活」和探尋「形式變革」的文學實踐在 90 年代以後的文學中已日趨成熟，而「尋根文學」關注「群體」經驗、以「群體」發言的姿態，在 90 年代以來的寫作中則具有了雙重的意義。一方面，它銘記了那個時代作家們普遍的文化關懷和啓蒙熱忱，爲當下「不能承受之輕」的寫作提供了一個時代的精神鏡像；另一方面，「群體性」的文學訴求對於文學本質上的「個人化」書寫來說，也提示了另一個問題：在個人和群體之間如何探尋人類共同的生存經驗？這也是內在於「尋根文學」中的文學如何走向「世界」的問題。而如何使中國文學走向「世界」，就必須在「個體」經驗和「群體」經驗之間打開一個通道，就像劉小楓所說的：「所謂進入世界，不過是換一種景觀，從存在的根性、從個體的處身性，而非僅只是從中國的國家和民族性來審視個人的處境，那樣的話，也許漢語文學有可能更深入地透視中國人的特殊存在，進而爲世界文學提供出漢語文學的經驗。」〔註6〕

二、「尋根話語」與 90 年代以來的文化選擇

「文化尋根」在 80 年代「新啓蒙」運動中的重要訴求是「文化的現代化」，是在普遍的「西化」語境中尋求中國傳統文化現代轉換的可能途徑，「他們通過文化言說的方式，從政治／意識形態體制和知識的專業學科體制中逐漸分離或超脫出來，在民間開拓了新的思想空間，重新獲得了文化的自主性和精神的公共性。」〔註7〕對於「尋根派」來說，「尋根」回到民間大地、回到傳統文化深處尋求「文化創新」的選擇，在 80 年代實際上隱含了強烈的現實訴求，也就是借思想文化問題尋求解決現實困境的途徑，這是 80 年代知識分子普遍的啓蒙情懷和救世熱誠的體現，也是中國現代知識分子在西方與東方、在現代與傳統的二元對立中尋找中國道路的延續。如果說在 80 年代，「文化尋根」回到傳統文化在普遍的「西化」語境中顯示了中國文化創新的另外的可能性的話，

〔註6〕許紀霖《啓蒙的命運──二十年來的中國思想界》，《另一種啓蒙》，花城出版社，1999 年版，第 256～257 頁。

〔註7〕許紀霖《啓蒙的命運──二十年來的中國思想界》，《另一種啓蒙》，花城出版社，1999 年版，第 254～255 頁。

那麼，90 年代以後，關於「激進與保守」、「新儒學」、「國學熱」等論爭等則在一定意義上回到了「文化尋根」所開啓的問題，並有了新的拓展。

在 80 年代的「文化熱」中，有三個重要的團體分別代表了當時知識分子文化思考的不同路向，顯示了 80 年代知識分子對中國文化的未來走向的不同想像和建構，並對 90 年代以後的文化走向產生了不同的影響。以金觀濤、劉青峰爲首的「走向未來」叢書編委會以「科學精神」和「科學方法」，介紹了波普的批判理性主義、庫恩的範式理論以及拉卡托斯的科學研究綱領方法論等，以科學的方法研究中國歷史，把中國歷史看作自然科學處理的「超穩定結構」，但從文化的角度看，「由於強調科學主義而忽略價值與傳統問題，……他們試圖通過科學史的反思對傳統作爲評價，但由於缺乏自覺的文化意識，使他們的前衛地位受到挑戰。」〔註8〕但這種批判理性主義精神，爲 90 年代以後現代性的自我反思提供了方法論的先導。以甘陽爲首的「文化：中國與世界」編委會，在《文化：世界與中國》雜誌的開卷語明確地提出：「中國要走向世界，理所當然地要使中國的文化也走向世界；中國要實現現代化，理所當然地必然實現『中國文化的現代化』——這是 80 年代每一有識之士的共同信念，這是當代中國偉大歷史騰飛的邏輯必然。」〔註9〕對他們來說，「繼承傳統的最好方法就是反傳統」，因此推論出「批判傳統文化也是發展文化傳統的途徑的結論」。〔註10〕在 80 年代這一派別專注於對「西學」的介紹，「文化：中國與世界」叢書包括「現代西方學術文庫」、「新知文庫」、「人文研究叢書」三個子系列，不僅翻譯了現象學、闡釋學、宗教學、法蘭克福學派的各種著作，而且在對西方「現代性」譜系的系統介紹中，把福柯、德里達、傑姆遜、丹尼爾·貝爾等的理論帶入中國，也就是說，他們其實在 80 年代的「西學」熱中已經引入了對「現代性」反思和批判的聲音。這種人文主義的批判立場和文化憂慮，不僅和 90 年代的人文精神討論有內在的聯繫，可以歸入一個精神譜系，而且，他們的反思「現代性」的知識介紹也成爲 90 年代以後文化研究的重要的思想資源，爲知識分子打開了重新進入現實、對現實發言的一個可能的通道。在 80 年代的「西化」思潮中，以湯一介、龐樸、李澤厚等爲首的「中國文化書院」居於比較邊緣的位置，主要介紹中國的傳統文化並對

〔註 8〕陳來，《當代》（臺灣），第 21 期，1988 年 1 月。
〔註 9〕甘陽主編，《文化：世界與中國》（第 1 輯），北京三聯書店，1987 年版。
〔註 10〕陳來，《當代》（臺灣），第 21 期，1988 年 1 月。

中西文化進行學理性研究,那裡也是海外新儒學進入中國的一個思想陣地,他們邀請了杜維明、林毓生、余英時等海外新儒家來中國講學。相對於金觀濤的以科學衡量中國傳統文化和甘陽的以西方的文化價值判斷中國文化,「中國文化書院」對中國傳統文化比較認同。這在充滿激情的 80 年代被稱爲「文化保守主義」,但這一文化取向同時也成爲 90 年代「新儒學」和「國學熱」興起的一個重要起點。

「文化熱」中的這三個重要團體,雖然在對中國傳統文化的評價上有分歧,但他們的共同期待是以文化反省推進現代化的進程,對中國文化傳統的批判和張揚都基於「現代化」的意識形態訴求。「文化尋根」在「文化熱」中的價值取向比較接近於「中國文化書院」對傳統文化的價值判斷,期待中國傳統文化的現代轉換。「文化尋根」思潮以文化言說的方式,游離了國家意識形態的政治話語,爲「新啓蒙」開拓了新的話語空間。「尋根派」共同的思想預設是「現代化」的知識話語和現實實踐,是內在於「新啓蒙」的「現代化」意識形態的另一路向的文化反省。但 80 年代中國思想界在「新啓蒙」中形成的這種「態度的同一性」〔註11〕在 90 年代面臨終結,90 年代的知識群體分化爲三個不同的思想和文化權力場域:以重新塑造國家意識形態爲中心的權力內部的理論界、以現代學院體制知識分工爲基礎的專業學術界和以民間的、跨學科的公共領域爲活動空間的公共思想界。〔註12〕在 90 年代初「激進與保守」的論證中,「五四」被重新評價,整個 80 年代的文化論爭和思想實踐也被認爲是「激進主義」的延續,「激進主義」帶來的直接後果就是 80 年代末的社會運動。在經歷了 80 年代末劇烈的社會變革後,比較早的對激進主義進行反思的是「新啓蒙」中的中堅人物李澤厚和王元化。如李澤厚在 80 年代把中國近現代以來的歷史概括爲「救亡壓倒啓蒙」,而在 90 年代,他則提出「告別革命」,對「革命」的激進主義傳統進行了全面反省。在 90 年代,文化思想界也經歷了從「思想史」到「學術史」的轉變,1990 年陳平原、汪暉、王守常主編的《學人》雜誌創刊,標誌著 80 年代的知識分子從干預現實的思想激情中「退回書齋」,並開始從學理上反省 80 年代文化和思想的複雜性。這一知識分子群體性的轉向,也預示了 80 年代「文化」討論的啓蒙情懷的終結。

〔註11〕 汪暉,《中國現代歷史中的「五四」啓蒙運動》,《汪暉自選集》,廣西師範大學出版社,1997 年版。

〔註12〕 許紀霖、羅崗等,《啓蒙的自我瓦解》,吉林出版集團,2007 年版,第 1 頁。

在 80 年代「新啓蒙」的思想場域中，「文化尋根」被視爲「保守主義」、「復古主義」而受到了激進派的批判，而在 90 年代「保守主義」的歷史語境中，「文化尋根」回到中國傳統文化的路向則具有了先導性的意義和價值。從時間序列上看，「尋根派」回到傳統的思想路向在 80 年代就與海外「新儒學」有了呼應，早在 1986 年，林毓生的《中國意識的危機》的中譯本在大陸問世，1988 年 9 月，余英時在香港中文大學做了題爲《中國近代思想史上的激進與保守》的演講，批判了「五四」以來的激進主義，對立足於傳統的漸進式的改革持肯定態度。而這種在世界範圍內尋求中國傳統文化認同的思想，在 90 年代一度成爲文化思想界的主流。相對於「文化尋根」對傳統的儒道文明的反省和批判、對「不規範」的民間文化的認同，90 年代的「新儒學」、「國學熱」則更多得張揚傳統文化的優長，王國維、陳寅恪、吳宓、辜鴻銘等在 90 年代都作爲「國學大師」而被推崇。因此，相對於 80 年代「文化尋根」派對中國傳統文化的張揚、批判與反省，90 年代的「新儒學」、「國學熱」等在文化認同上可以說更爲後撤。

因此，「文化尋根」所攜帶的中國傳統文化與西方文化、激進與保守、批判與認同的問題，不僅顯示了 80 年代複雜的文化面相，而且在 90 年代的文化走向中可以看到思想界對這些問題新的思考。「文化」選擇成爲一個時代的精神鏡像，在 80 年代的「文化熱」中，研究西學成爲「八十年代文化意識」的核心，但對於當時的知識分子而言，討論海德格爾、薩特等，也隱喻了對中國當下的思想實踐和文化政治的介入。而在 90 年代的「國學熱」中，向傳統文化回歸的「保守主義」傾向，則顯示了在新的歷史語境下知識分子的「民族主義」訴求，「但該中國民族主義理論無法脫離它在全球資本主義語境中的自主意識和話語策略而存在，而這種自主意識和話語策略的活動又反過來指示出置於全球環境中的當代中國社會、政治、經濟、文化和思想的狀況。」〔註13〕

三、「尋根話語」與 90 年代以來的思想實踐

「文化尋根」所隱含的東方與西方、傳統與現代、全球化與本土化等問題史，在 80 年代「現代化」的全民意識形態下，往往表現爲「西方」、「現代」、「全球」等霸權話語壓倒了「東方」、「傳統」、「本土」等話語方式，「尋根」

〔註13〕張旭東，《民族主義與當代中國》，《批評的蹤跡》，北京三聯書店，2003 年版，第 176 頁。

在這種二元對立的「現代性病症」中曾被指認爲「保守主義」思潮受到「西學」派的批判。但在經歷了 80 年代末劇烈的社會變動後，90 年代以後的思想界告別了 80 年代的批判激情和啓蒙情懷，在學理上開始反省 80 年代的思想實踐，而且呈現出不同於 80 年代的思想路向。在 90 年代，「文化尋根」所彰顯出的問題依然是思想界持續關注的問題，但是，在價值判斷和理論支點已發生了很大的變化。在 90 年代以後日益全球化的語境中，中國已捲入全球資本體系，對東方與西方、傳統與現代、本土與全球等問題也因此有了不同的考量。

90 年代知識界在對「西學」反省的同時，開始重新重視民族文化。1992 年，北京大學正式成立了中國傳統文化研究中心，1993 年，《國學研究》雜誌第一卷出版，致力於推進對傳統文化的研究，北大出現的「國學」研究在媒體的推動下迅速成爲一種在文化失範的歷史語境下進行輿論導向的文化行爲。「國學熱」一方面是 80 年代末「西學」全面潰敗後的文化真空中的選擇，並在國家意識形態的整合和倡導下成爲一種熱潮。另一方面，亞洲四小龍的崛起被認爲是儒道資本主義在全球勝利的典範和樣本，但實際上，「『儒教資本主義』仍然是一種現代化的意識形態；通過對西方價值的拒斥，『儒教資本主義』所達到的則是對資本主義生產方式和世界資本主義市場這一導源於西方的歷史形態的徹底否定，只是多了一層文化民族主義的標記。在中國的語境中，『儒教資本主義』與當代中國改革的社會主義只是同一問題的兩種表述罷了。」〔註 14〕在「國學熱」中，從「五四」以來開始被批判的「傳統文化」重新獲得了存在的合法性，並被認爲是在西方文化沒落之後拯救人類的新的文化取向。文化上向傳統的回歸實際上是 80 年代一部分知識分子在 90 年代對傳統文化的持續的關注和研究，但在 90 年代初荒蕪的思想界卻成爲國家意識形態重新整合思想的重要資源，有維護社會穩定的國家意識形態訴求。湯一介在 1994 年夏天曾表達了對國家意識形態對文化收編的憂慮，擔心「國學熱」的走向「也有另外一種可能，這就是國學熱離開了學術的軌道，而意識形態化，從而背離某些學者熱心宏揚中國民族文化的初衷。」〔註 15〕但「國學熱」在 90 年代以後中國思想界所扮演的角色和發展的路向在一定程度上使湯一介的擔心成爲了某種現實。從 80 年代的「文化熱」到 90 年代的「國學

〔註 14〕汪暉，《當代中國的思想狀況與現代性問題》，《天涯》，1997 年，第 5 期。
〔註 15〕轉引自陳來，《90 年代步履維艱的「國學研究」》，《東方》，1995 年，第 2 期。

熱」，中國思想界從「態度的同一性」到分化可見一斑。如果說在 80 年代被指稱爲「保守主義」的「文化尋根」在對「傳統文化」的尋找和挖掘中，依然有批判和反省的啓蒙情懷，那麼，到 90 年代「國學熱」的「新保守主義」，知識者的批判和反省視野已然陷落。如果說，在 80 年代的「文化尋根」中，「西方」依然是一個潛在的視野，「尋根」可能會不期然陷入後殖民主義的「東方」文化奇觀的話，在 90 年代，「傳統文化」則被賦予了超越「西方文化」的普世價值，「東方」和「西方」的位置在「文化」的邏輯上發生了翻轉。

在 80 年代中期「西學」主導的思想界，「文化尋根」從傳統文化中尋求「現代轉換」的路向有明顯的「民族主義」傾向，期待以「本土化」和「民族化」對抗普遍的「西學」話語和日益全球化的世界文化圖景。90 年代以後，伴隨著中國被捲入全球化浪潮，民族主義再次受到了普遍關注。全球化霸權作爲一種傳統民族國家疆界的解構性力量，對民族國家認同和文化認同構成了挑戰。在冷戰結束後的新的歷史語境下，知識界從 1994 年圍繞《戰略與管理》雜誌開始了關於民族主義的論爭，而 1994 年創刊的同仁刊物《原道》則開宗明義地表明瞭其文化民族主義立場，「《原道》立足傳統資源進行文化建設。這不僅因爲我們相信古聖先賢的智慧今天仍富啓迪，還因爲我們認爲當代文化成就的獲得從本質上說必然是民族意志和創造力的體現與驗證，而此二者乃我們理解的傳統之核心。從中國歷史的內在性和一貫性來理解和認識中國，積極探索中華民族自己的文化表達式，即是《原道》的追求目標。」〔註16〕可見，90 年代的知識界已開始從本土文化資源中尋求解決「中國問題」的途徑，這和 80 年代「文化尋根」派試圖從傳統文化中尋求文學和文化創新的思想路向可以說是一脈相承。如果說，在 80 年代，「西學」的霸權話語在「現代化」的全民意識形態下依然潛藏於地表之下，中國知識界在主動「現代性」的過程中擱置了對「本土化」和「民族化」的思考，那麼，在 90 年代以後的知識界，尋求「本土化」和「民族化」的知識創新則成爲一種主動的選擇。

從 90 年代末期到當下的中國思想界，一種被稱爲「新左派」和「新自由主義」的對峙格局開始出現，中國人文思想界的分化日趨鮮明。「自由主義」和「新左派」在 90 年代前期圍繞香港的《二十一世紀》雜誌、在 90 年代後期以《天涯》爲中心，展開了一系列的思想論證。1996 年由韓少功主編的《天涯》改版爲思想文化雜誌，成爲「新左派」的主要思想陣地。而汪暉於 1997

〔註16〕陳明，《新原道》（第二輯），大象出版社，2004 年版。

年發表於《天涯》的《當代中國的思想狀況與現代性問題》，以左翼批判理論反思中國的現代性實踐，成為「新左派」與「自由主義」論證的一個重要起點。新左派更為關注中國現代性進程中產生的社會不公和階級分化的新問題，把中國問題置於全球資本主義的格局中進行考量，在對全球市場的霸權和暴力的揭示中提出反省「自由市場」的神話。而自由主義則認為中國的問題不是過度的市場化而是市場化沒有充分展開，而阻礙市場的是依然是傳統的政治權力，因此中國應該繼續推進自由市場並進行政治改革。曾經在 80 年代倡導了「文化尋根」的韓少功在 90 年代成為「新左派」的重要知識分子，那麼，從「尋根派」到「新左派」，其中有怎樣的思想脈絡和共同的知識資源呢？從「尋根派」以文化的「本土性」對抗西方普遍的「現代性」話語到「新左派」關注中國本土「現代性」進程中的歷史經驗、從「尋根派」以民族文化對抗「全球化」中的西方文化擴張到「新左派」對全球資本進程中霸權的揭示、從「尋根派」以對傳統反省的姿態重建民族國家的文化認同到「新左派」在世界體系中對「中國經驗」的強調，80 年代和 90 年代的知識群體試圖從「本土文化」、「中國經驗」出發，抗拒全球化的文化和資本神話，尋求解決中國問題的另外的可能性的努力一直未曾中斷。韓少功這樣的思想者也一直在探索著中國文化現代性和政治、經濟現代性的不同於普遍的西方經驗的「中國」路徑，在對抗普遍的「西方」、「世界」、「全球」話語的同時尋求解釋中國問題的知識話語和思想路徑。

雖然，90 年代的思想界在新的歷史語境下創造了不同於 80 年代的思想空間和文化空間，「不僅深刻改變了原有的知識分子與國家的關係，而且知識界自身的同一性也不復存在。從尋求傳統的價值，到人文精神的呼籲；從職業責任的自覺承擔，到重新呼喚社會使命感，當代中國知識分子的這些各不相同又相互交叉的努力一方面是對當代社會變遷所做的一種批判性的道德化的姿態，另一方面又是以這些姿態來進行自我重新確認的社會行為。」〔註 17〕但是，80 年代和 90 年代的思想界卻不可能是一種完全的歷史「斷裂」，從「文化熱」到「國學熱」、從「西學」到「儒學」、從「激進主義」到「保守主義」等，中國知識分子對中國問題的思考其實一直不曾中斷。而且，被 80 年代「西學」所遮蔽的思想空間在 90 年代以後呈現出文化多元和思想多元的景觀，80 年代浮出歷史地表的「西化」、「本土化」、「民族國家」、「現代性」、「文化認

〔註 17〕汪暉，《當代中國的思想狀況與現代性問題》，《天涯》，1997 年，第 5 期。

同」等問題，在 90 年代以後有了較為深入的學理的梳理，80 年代所攜帶的中國問題也依然是當下的知識界需要不斷重回並深入反省的。

　　總之，回到歷史現場，通過對文學史、文化史、思想史的梳理，是為了建立一個知識反思和批判的譜系，一方面還原歷史的複雜性和多重面向，另一方面也試圖建立進入當代問題的座標，通過對當代中國自身的文學、文化和思想實踐的知識考查，為當下中國問題的思考提供新的生長點。「文化尋根」作為 80 年代文學、文化和思想的一個「症候性」事件，折射了當代中國問題的複雜性和多面性，作為歷史的「中間物」，它承擔了尋找、反抗、救贖的種種文化訴求，從歷史的邏輯上講，「九十年代學術思想不但是八十年代『文化討論』的發展，更包含著一個文化思想史上的未完成時代的自我贖救。」〔註18〕在這個意義上，80 年代的「文化尋根」依然是一個未完成的「現代」事件，他所攜帶的民族國家、現代性、身份認同等問題依然是今天的文學、文化、思想實踐所要面對的歷史和現實。張旭東在《重訪八十年代》中說過：「如果在隱喻的意義上當代中國文化是一部巨大的譯作（這裡的『原作』不僅僅是西方，也是失傳的傳統和種種被現代文明壓抑、扭曲的文化和記憶），那麼它的真實性就來自不斷的『闡釋』和批判，來自對自身語言歷史性的忠實。」〔註19〕因此，今天對「尋根話語」的討論和思考，也是期待在不斷地「闡釋」和「批判」中尋求進入當下中國文學、文化和思想史一個通道，並嘗試為當下的思想創新提供可供借鑒的知識資源和歷史經驗。

〔註18〕張旭東，《重訪八十年代》，《讀書》，1998 年，第 2 期。
〔註19〕張旭東，《重訪八十年代》，《讀書》，1998 年，第 2 期。

參考文獻

國內文獻

1. 陳曉明，《無邊的挑戰》，廣西師範大學出版社，2004 年版。
2. 陳曉明，《表意的焦慮》，中央編譯出版社，2002 年版。
3. 陳樂，《現代性的文學敘事》，浙江大學出版社，2008 年版。
4. 程光煒，《文學想像與文學國家》，河南大學出版社，2005 年版。
5. 戴錦華，《隱形書寫》，江蘇人民出版社，1999 年版。
6. 費孝通，《鄉土中國生育制度》，北京大學出版社，1998 年版。
7. 樊星，《當代文學與地域文化》，華中師範大學出版社，1997 年版。
8. 葛兆光，《中國思想史》（一、二卷），復旦大學出版社，2005 年版。
9. 甘陽，《八十年代文化意識》，上海人民出版社，2006 年版。
10. 甘陽，《古今中西之爭》，北京三聯書店，2006 年版。
11. 洪子誠，《中國當代文學史》，北京大學出版社，1999 年版。
12. 洪子城，《問題與方法》，北京三聯書店，2002 年版。
13. 賀桂梅，《人文學的想像力》，河南大學出版社，2005 年版。
14. 胡建玲主編，《中國新時期小説研究資料》（三卷本），山東文藝出版社，2006 年版。
15. 黃子平，《「灰闌」中的敘述》，上海文藝出版社，2001 年版。
16. 何言宏，《中國書寫》，中央編譯出版社，2002 年版。
17. 丁帆，《中國鄉土小説史論》，北京大學出版社，2007 年版。
18. 曠新年，《寫在當代文學邊上》，上海教育出版社，2005 年版。
19. 孔範今、施戰軍主編，《中國新時期文學思潮研究資料》（三卷本），山東文藝出版社，2006 年版。
20. 劉禾，《跨語際書寫》，北京三聯書店，2002 年版。

21. 李軍，《「家」的寓言》，作家出版社，1996 年版。

22. 劉小楓，《拯救與逍遙》，上海三聯書店，2001 年版。

23. 劉小楓，《現代性社會理論》，上海三聯書店，1998 年版。

24. 劉小楓，《這一代人的怕和愛》，華夏出版社，2007 年版。

25. 李澤厚，《中國近代思想史論》，天津社會科學出版社，2003 年版。

26. 李澤厚，《中國現代思想史論》，天津社會科學出版社，2003 年版。

27. 孟悅，《歷史與敘述》，陝西教育出版社，1998 年版。

28. 南帆，《後革命的轉移》，北京大學出版社，2005 年版。

29. 唐小兵，《英雄與凡人的時代：解讀 20 世紀》，上海文藝出版社，2001 年版。

30. 唐小兵編，《再解讀：大眾文藝與意識形態》，北京大學出版社，2007 年版。

31. 汪暉、陳燕谷主編，《文化與公共性》，北京三聯書店，1998 年版。

32. 汪暉，《汪暉自選集》，廣西師範大學出版社，1997 年版。

33. 汪暉，《去政治化的政治——短 20 世紀的終結與 90 年代》，北京三聯書店，2008 年版。

34. 王曉明主編，《二十世紀中國文學史論》，東方出版中心，2003 年版。

35. 王德威，《當代小說二十家》，北京三聯書店，2006 年版。

36. 王德威，《想像中國的方法》，北京三聯書店，2003 年版。

37. 許紀霖、羅崗等，《啟蒙的自我瓦解》，吉林出版集團，2007 年版。

38. 許志英、丁帆，《中國新時期小說主潮》，人民文學出版社，2002 年版。

39. 許紀霖，《二十世紀中國思想史論》，（上、下卷），東方出版中心，2006 年版。

40. 徐慶全，《風雨送春歸——新時期文壇思想解放運動記事》，河南大學出版社，2005 年版。

41. 葉舒憲，《文學與人類學》，社科文獻出版社，2003 年版。

42. 楊匡漢主編，《20 世紀中國文學經驗》，東方出版中心，2006 年版。

43. 張旭東，《批評的蹤跡》，北京三聯書店，2003 年版。

44. 張旭東，《全球化時代的文化認同》，北京大學出版社，2005 年版。

45. 查建英，《八十年代訪談錄》，北京三聯書店，2006 年版。

46. 周策縱，《五四運動史》，嶽麓書社，2001 年版。

47. 張清華，《天堂的哀歌》，山東文藝出版社，2005 年版。

48. 張京媛編，《後殖民理論與文化批評》，北京大學出版社，1999 年版。

翻譯文獻

1. 愛德華・賽義德,《東方學》,王宇根譯,北京三聯書店,2000 年版。

2. 愛德華・賽義德,《文化與帝國主義》,李現譯,北京三聯書店,2003 年版。

3. 安東尼・D・史密斯,《全球化時代的民族與民族主義》,龔維斌、良警宇譯,中央編譯出版社,2002 年版。

4. 安東尼・吉登斯,《現代性的後果》,田禾譯,譯林出版社,2000 年版。

5. 安敏成,《現實主義的限制》,姜濤譯,江蘇人民出版社,2001 年版。

6. 本雅明,《機械複製時代的藝術作品》,王才勇譯,浙江攝影出版社,1993 年版。

7. 本雅明,《發達資本主義的抒情詩人》,張旭東、魏文生譯,北京三聯書店,1989 年版。

8. 本尼迪克特・安德森,《想像的共同體》,吳叡人譯,上海人民出版社,2005 年版。

9. 巴赫金,《巴赫金全集》,曉河、白春仁、顧亞玲等譯,河北教育出版社,1998 年版。

10. 巴特・穆爾・吉爾伯特,《後殖民理論》,陳仲丹譯,南京大學出版社,2001 年版。

11. 丹尼爾・貝爾,《資本主義文化的矛盾》,趙一凡譯,北京三聯書店,1989 年版。

12. 戴衛・赫爾曼,《新敘事學》,馬海良譯,北京大學出版社,2002 年版。

13. 杜贊奇,《從民族國家拯救歷史》,王憲明譯,社會科學文獻出版社,2003 年版。

14. 恩斯特・卡西爾,《人論》,甘陽譯,上海譯文出版社,1985 年版。

15. 恩斯特・卡西爾,《國家的神話》,范進等譯,華夏出版社,1999 年版。

16. 福柯,《知識考古學》,謝強、馬月譯,北京三聯書店,1998 年版。

17. 福斯特,《小說面面觀》,花城出版社,1981 年版。

18. 佛克馬、蟻布思,《文學研究與文化參與》,俞國強譯,北京大學出版社,1996 年版。

19. 弗朗西斯・福山,《歷史的終結及最後之人》,黃勝強、許銘原譯,中國社會科學出版社,2003 年版。

20. 哈羅德・布魯姆,《影響的焦慮》,徐文博譯,江蘇教育出版社,2005 年版。

21. 海登・懷特,《後現代歷史敘述學》,陳永國、張萬娟譯,中國社會科學

出版社，2003 年版。

22. 霍克海默、阿多爾諾，《啟蒙辯證法》，渠敬東、曹衛東譯，上海人民出版社，2003 年版。

23. 赫伯特・馬爾庫塞，《愛欲與文明》，黃勇、薛民譯，上海譯文出版社，1987 年版。

24. 華萊士・馬丁，《當代敘事學》，伍曉明譯，北京大學出版社，2005 年版。

25. J・希利斯・米勒，《解讀敘事》，申丹譯，北京大學出版社，2002 年版。

26. 卡爾・曼海姆，《意識形態與烏托邦》，姚仁權譯，九州出版社，2007 年版。

27. 雷迅馬，《作為意識形態的現代化》，牛可譯，中央編譯出版社，2003 年版。

28. 雷蒙德・威廉斯，《文化與社會》，張文定譯，北京大學出版社，1991 年版。

29. 列文森，《儒教中國及其現代命運》，鄭大華、任著譯，中國社會科學出版社，2000 年版。

30. 羅傑・加洛第，《論無邊的現實主義》，吳岳添譯，百花文藝出版社，1998 年版。

31. 馬克思，《1844 年經濟學——哲學手稿》，劉丕坤譯，人民出版社，1985 年版。

32. 馬泰・卡林內斯庫，《現代性的五副面孔》，顧愛彬、李瑞華譯，商務印書館，2003 年版。

33. 馬爾庫塞，《審美之維》，李小兵譯，廣西師範大學出版社，2001 年版。

34. 馬克斯・韋伯，《新教倫理與資本主義精神》，彭強、黃曉京譯，陝西師範大學出版社，2002 年版。

35. 普安迪，《中國敘事學》，北京大學出版社，1996 年版。

36. 喬納森・弗里德曼，《文化認同與全球性過程》，郭建如譯，商務印書館，2003 年版。

37. 齊格蒙特・鮑曼，《流動的現代性》，歐陽景根譯，上海三聯書店，2002 年版。

38. 塞繆爾・亨廷頓，《文明的衝突與世界秩序的重建》，周琪等譯，新華出版社，2002 年版。

39. 特瑞・伊格爾頓，《審美意識形態》，王杰等譯，廣西師範大學出版社，1997 年版。

40. 托多羅夫，《巴赫金、對話理論及其他》，蔣子華、張萍譯，百花文藝出版社，2001 年版。

41. 熱奈特，《敘事話語新敘事話語》，王文融譯，中國社會科學出版社，1990年版。

42. 韋勒克、沃倫，《文學理論》，劉象愚等譯，江蘇教育出版社，2005年版。

43. 約翰·B·湯普森，《意識形態與現代文化》，高銛等譯，譯林出版社，2005年版。

44. 約翰·湯普林森，《全球化與文化》，郭英劍譯，南京大學出版社，2002年版。

45. 伊夫·瓦岱，《文學與現代性》，田慶生譯，北京大學出版社，2001年版。

46. 伊恩·瓦特，《小說的興起》，高原、董紅鈞譯，北京三聯書店，1992年版。

47. 詹姆遜，《政治無意識》，王逢振、陳永國等譯，中國社會科學出版社，1999年版。

48. 詹姆遜，《後現代主義與文化理論》，唐小兵譯，北京大學出版社，1997年版。

49. 詹姆遜，《晚期資本主義的文化邏輯》，陳清僑等譯，北京三聯書店，1997年版。

50. 詹姆斯·費倫，《作為修辭的敘事》，陳永國譯，北京大學出版社，2002年版。

主要參考論文

1. 阿城，《文化制約著人類》，《文藝報》，1985 年 7 月 6 日。

2. 丁帆、何言宏，《論二十年來小說潮流的演進》，《文學評論》，1998 年第 3 期。

3. 韓少功，《文學史中的「尋根」》，《南方文壇》，2007 年第 4 期。

4. 韓少功，《文學的「根」》，《作家》，1985 年第 4 期。

5. 曠新年，《「尋根文學」的指向》，《文藝研究》，2005 年第 6 期。

6. 李楊，《重返八十年代：為何重返以及如何重返》，《當代作家評論》，2007 年第 1 期。

7. 李潔非，《尋根文學：更新的開始（1984～1985）》，《當代作家評論》，1995 年第 4 期。

8. 李慶西，《新筆記小說：尋根派，也是先鋒派》，《上海文學》，1987 年第 1 期。

9. 李慶西，《尋根，回到事物本身》，《文學評論》，1988 年第 4 期。

10. 李杭育，《理一理我們的「根」》，《作家》，1985 年第 9 期。

11. 李杭育，《「文化」的尷尬》，《文學評論》，1986 年第 2 期。

12. 李書磊，《從「尋夢」到「尋根」》，《當代文藝思潮》，1986 年第 3 期。

13. 孟繁華，《啓蒙角色再定位》，《天津社會科學》，1996 年第 1 期。

14. 南帆，《箚記：關於「尋根文學」》，《小說評論》，1991 年第 3 期。

15. 吳俊，《關於「尋根文學」的再思考》，《文藝研究》，2005 年第 6 期。

16. 王一川，《傳統性與現代性的危機》，《文學評論》，1995 年第 4 期。

17. 王堯，《1985 年「小說革命」前後的時空》，《當代作家評論》，2004 年第 1 期。

18. 烏熱爾圖、李陀,《創作通信》,《人民文學》,1984 年第 3 期。

19. 吳炫,《穿越當代經典》,《南方文壇》,2003 年第 3 期。

20. 葉舒憲,《文化尋根的學術意義與思想意義》,《文藝理論與批評》,2003 年第 6 期。

21. 鍾文,《「尋根文學」的政治無意識》,《天涯》,2009 年第 1 期。

22. 鄭萬隆,《我的根》,《上海文學》,1985 年第 5 期。

23. 鄭義,《跨越文化斷裂帶》,《文藝報》,1985 年 7 月 13 日。